U0164144

# 白蛇傳

## 故事

### 型變研究

范金蘭 ◎著

# 目　錄

# 董　序

　　為配合教育部推動在職教育的政策，政大中文系於八十八學年度向中教司申請開辦教學碩士專班，主要考量是招收的學生都是現職中學國文教師，程度整齊，便於教學及作各種學術要求。我在當時因負責系務，故針對以往各校辦理四十學分班的缺失，一方面將上課時間規畫為平均分布於隔週的週六、日和暑期，用意是希望學生整年都能接受學術的薰陶，以累積學習成果。另方面則商請任課教師婉拒學生的各種邀宴，但也利用系裡頭舉辦各種學術研討會的機會，要求學生參加，以便增進師生之間的互動。實施以來，學生頗能認同此種安排，學習態度亦極為認真，普遍受到系內教師的肯定。三年之後，學生陸續畢業，於論文口試時，有些校外委員甚至於不曉得應考學生讀的是教學專班，而於獲悉實情後，咸認為其程度並不亞於一般碩士生。

　　范金蘭君就是政大中文系教學碩士專班第一屆的學生，她於在學期間，除認真修習各種課程外，也積極參加系內外舉辦的相關學術研討會，以收博觀約取之效。其後又在陳錦釗教授的指導下，以「白蛇傳故事型變研究」為題，著手撰述碩士論文，利用教學餘暇，勤跑各地圖書館廣泛蒐集資料，並在國家圖書館研究小間潛心研究達半年之久，終能順

利完成論文，並於口試時，獲得委員的一致好評。

　　白蛇傳的故事在民間流傳極為廣遠，其故事結構、情節發展、人物形象、表現技巧及主題意義等，每每隨著時間、空間的遞變，呈現出不同的精神面貌。尤其是近代以來，配合新興研究論題，如：關懷弱勢、兩性關係等的受到重視，白蛇傳的故事也就益形變化而豐富多姿，充分反映了各時代的人民生活及心聲，其發展的情形及所顯現的意義，當然是一個很值得關注的主題。范君運用蒐集的各種資料，將白蛇傳故事的演變，類分為起源、發展、成熟、增異四期，尤其著重於增異期，蓋因變化較大，故又再細分為上、中、下三章；充分掌握其演變的狀況，進而尋繹其所蘊涵的意義。不論是題目的選擇、章節的安排、內容的探究、主旨的闡述等各方面，皆頗為適切合宜，絕對稱得上是水準之上的作品。

　　這本論文的完成，當然主要是有賴於范君本人的孜孜矻矻，潛心探究；但也得要感謝陳錦釗教授的口授指畫，悉心引導，始能克盡厥功。而作為當初規畫成立政大中文系教學碩士專班的我，眼見各同仁的悉心灌溉，終能開花結果，范君之作正可作為很好的例證，尤其倍感欣慰，因樂為之序云。

董金裕 識於政大文學院

二〇〇三年七月

# 第1章

# 緒　論

## 第一節　研究動機與目的

### 一、研究動機

　　「白蛇傳」是中國四大傳說之一，也是俗文學中的奇珍異寶。其故事淵源可遠溯至唐，迄今千年不衰。在長期廣泛的流傳中，產生了諸多異文，展現了時空的廣延性、結構的開放性、內涵的多重性、思想的人民性、風骨的民族性特徵。[1]「白蛇傳」的故事隨時代演變，呈現不同的風貌與意識型態，不斷地被重新詮釋及演繹，體現可貴的「文學生命價值」。

　　「白蛇傳」故事所表現的體裁極為豐富而多元。舉凡小說、戲曲、俗曲等，皆各以其文學表現的特性，詮釋此故事及其意涵，投射了人民心靈的寄託與民族文化的情感。由於「白蛇傳」故事創作與演進的過程中，出現了許多問題與矛盾，頗多不合情理處，故此一題材即不斷被討論與創作，呈

現出「時代進化的新生命」現象。

本文的研究動機是：著眼於傳統的「白蛇傳」故事，流傳廣泛，影響深遠，故事內容往往因時代背景的遞變與讀者接受度的不同，而時有改編的情形。尤其是近代，更屢見以此為題材的新觸發，頗值得探討。如：田漢之劇作《白蛇傳》，張恨水之小說《白蛇傳》，台灣作家大荒之詩劇《雷峰塔》，張曉風之散文〈許士林的獨白〉，李喬之小說《情天無恨——白蛇新傳》，香港作家李碧華之《青蛇》等，都針對原有之「白蛇傳」故事進行改編，頗富創見與新意，彰顯了文學的時代意義。他們分別以宗教[2]、人性、愛情、親情[3]等觀點來探討「白蛇傳」故事所衍生的問題，提供了突破性的新詮。甚至，「白蛇傳」故事的人物糾葛關係，都被近來「同性戀」的同志們，加諸象徵意義，這使「白蛇傳」故事更具淵遠流長的「文學」與「生命」價值。在林麗秋所撰寫的碩士論文《論雷峰塔白蛇故事的演變》中，曾提到：她所討論的範圍僅至民初，民國之後的雷峰塔白蛇故事亦值得研究討論，可探討其母題與主題的變異如何，以彰明不同時代作者的意欲，不同時代的群眾需求。[4]筆者與她有相同看法，故嘗試將「白蛇傳」故事在近代的發展略作延伸性的探討，以體現此故事「歷史的演進」概況。

## 二、研究目的

文學應該是生命哲學的體現，民族思想的反映，能滌淨靈魂，能進化並反映人性。「白蛇傳」故事，白氏由「蛇妖」，變為「人身」，修為「仙道」，甚而提昇為「菩薩」之

果位。[5]許宣（仙）之形象典型或遇劫了悟，或貪色無情，或鍾情高義，[6]隨著時代與創作的變異，塑造了不同的風貌。此外，青蛇與法海，也均富時代的形象思維。筆者欲藉由故事與人物形象之轉變，探討文學的歷史意義與文化的民族內涵，思考藝術的情境與生命的哲學，盼能對人性關懷與性靈的提昇有所智悟。

此外，「白蛇傳」故事，歷來都是文學與藝術不朽的題材。在散文、小說、詩歌、曲藝、音樂、舞蹈、電視、電影、網路媒體中，都呈現不同的特色與風貌。其對於市井生活、社會民俗、藝術美學、宗教哲學等方面，均有象徵的涵義，本論文試圖略窺堂奧，突顯出這一故事所代表之價值與多元文化意義，這是本文的研究目的。

# 第二節　研究範圍與文獻資料

## 一、研究範圍

本文的研究範圍以明・馮夢龍《警世通言》的〈白娘子永鎮雷峰塔〉為中心，作溯源與下探之研究。溯源是先探討中華民族對「蛇」的圖騰信仰及民族神話觀，後評論筆記小說、話本對「白蛇傳」故事形成的關聯。下探則以〈白娘子永鎮雷峰塔〉所衍生之故事發展狀況作追蹤，了解其情節發展與主題意識。

「白蛇傳」故事究其發展成形，學者多朝向四階段說：

(1)從唐人筆記《博異志》的〈李黃〉等，經宋人《夷堅志》的〈孫知縣妻〉，而《清平山堂話本》的〈西湖三塔記〉，此為靈怪故事期。

(2)從明‧馮夢龍《警世通言》的〈白娘子永鎮雷峰塔〉，為後世戲曲、講唱文學之底本，至黃圖珌的《雷峰塔傳奇》，為文人所編的戲曲版本，此為逐漸定型期。

(3)方成培編《雷峰塔》情節較完整，對後世影響大。往後之戲曲與說唱文學，據此為藍本改寫成諸種繁複的文學形式，可謂成熟期。

(4)清代中葉以後直到現在，尚在不斷地創作流傳，可謂增異期。

本論文大致依照以上四期為探討研究的範圍，又由於潘江東君已有論著《白蛇故事研究》，故本文擬續作其未盡部分，而基於文學歷史一脈相承之發展性，仍對「白蛇傳」故事演變作一要述，但側重台、港近期重要之創作為探討主題。

## 二、文獻資料

文獻方面以《警世通言》為中心，作上溯與下探之研究。上溯及《史記》、《山海經》、《太平廣記》、《夷堅志》、《清平山堂話本》等所載人蛇之事作探源，下探則以墨浪子之《西湖佳話》、黃圖珌之《雷峰塔傳奇》、方成培之《雷峰塔》等作品為依據，探討「白蛇」故事改編增華的情形。

學者傅惜華先生，曾將有關「白蛇」故事的曲藝、傳奇等創作，輯成《白蛇傳集》，[7] 而台北文化圖書公司亦將有關「白蛇」故事的小說、傳奇等文學作品，彙編為《白蛇傳》，[8] 資料豐實，頗能提供研究參考。此外，潘江東君於民國六十九年撰寫碩士論文《白蛇故事研究》，亦搜羅頗多的海內外有關資料，委由台北學生書局出版，可提供研究線索。

中央研究院傅斯年圖書館、國家圖書館等所典藏有關於《白蛇傳》的善本書籍、文史資料等，均可供研究依據。近代文學家張恨水、劇作家田漢，均改編有「白蛇傳」故事，見於文籍，而流傳廣泛。台、港近年來則有大荒[9]、李喬[10]、張曉風[11]、李碧華[12]、雲門舞集[13]等，根據「白蛇傳」的材料，再作省思與創作，這些作品，頗多新的觸發，皆有出版流通並有專文討論，足資參照、探討。

# 第三節　前人研究成果與研究方法

## 一、前人研究成果

前人以「白蛇」為研究主題的學位論文，主要有潘江東君之《白蛇故事研究》（文化大學中研所碩士論文，民69）與梁淑靜君之《「白蛇傳」與「蛇性之婬」的研究》（文化大學日研所碩士論文，民71），由於這兩本論文距今已有一段時間，且台、港地區的創作，亦不斷針對「白蛇傳」故事的內容，提出新思維與新詮釋，頗值得以「歷史」的觀點，探

討不同時代下文學生命的發展意義。

曾永義教授對於潘君《白蛇故事研究》極為讚譽，認為他資料搜羅豐富，用心寫作，非常難得。但亦有未盡之處。[14]此外，由於台海相隔，當時潘君所收的資料，關於作者的考查，亦頗多疏漏，以致後來學者，在援引參考時，也因未再查考，以訛傳訛。[15]故本論文擬針對有關疏漏，提出補證與探討。

最近有關的學位論文有：林麗秋撰寫之《論雷峰塔白蛇故事的演變》（國立中山大學中研所，民90），她針對「白蛇」故事的起源作探討，並對其發展與演變過程詳加論述。[16]但討論範圍僅至民初，近人的創作與改編，尚有探討的價值，可惜她並未多加述及，致文學與時代發展的意義，未能彰顯。此外，尚有李桂芬撰寫之《白蛇戲曲比較研究》（國立台灣大學中研所，民91），她概述「白蛇」故事的基型、發展、成熟三階段的情形，而主要是以「戲曲」的觀點，深入探討黃圖珌、舊鈔本、方成培三種《雷峰塔傳奇》之比較研究，並以京、崑、川劇中的白蛇戲曲為探討的主題，具有戲曲美學之研究價值，但田漢所改編的京劇《白蛇傳》，是現代許多地方戲曲所演出的版本，惜未契合時代之趨，作深入地延續性探討。而王碧蘭撰寫之《田漢《白蛇傳》劇本研究》（私立文化大學中研所，民91），則主要探討田漢創作的京劇《白蛇傳》之藝術成就，故本文將就「白蛇傳」故事在現代的創作概況，加以補論，使「白蛇故事」型變發展之歷史脈絡，更富完整的意義與價值。

## 二、研究方法

　　檢視白蛇故事研究方法，約可分成兩種：一為民俗學觀點，一為主題學觀點。前者多流於趣談、雜說，缺乏嚴密的組織論述；後者或側重故事源考，或偏於作比較研究，未及孳乳延展的根由，述及作品、時代、作者三者的聯繫。[17] 故本論文擬從白蛇故事的結構發展加以觀察，選擇具有代表性文本，針對其故事的主題流變與意義加以分析探討，並在主題學研究基礎上，強化其象徵的文學與歷史之時代性。

　　又香港陳炳良教授用心理分析的方法，研究廣西瑤族、洪水故事和白蛇故事，頗獲肯定、引用。故本論文也試圖用心理分析和兩性關係的角度，作適當的切入、探究。以歷史發展、時代意識、文學變異、民族文化、美學觀點，來探討「白蛇傳」故事的型變意義。

# 第四節　研究進路與本文論述結構

## 一、研究進路

　　「白蛇傳」故事是神怪小說，故筆者首先將「蛇」與圖騰信仰、民族神話、人與蛇之互動與傳說，以及在民俗、宗教、文學藝術中的現象，略作概述，並將漢魏六朝志怪小說中，與「蛇」有關之文學史料略作探究，作為研究「白蛇傳」

故事的基礎。

　　緊接著按照「白蛇傳」故事的源流，循著歷史發展的脈絡，依序作探討。分為起源期、發展期、成熟期、增異期四個階段，分別論述。前三期主要承襲前人的研究觀點，逐期討論。但在成熟期中，地方戲曲與曲藝方面的探討為顧及研究方便與表現形式，列入同期討論，不以年代區分。且僅以傅惜華所編的《白蛇傳集》為代表，依照該書編排的序類，探討曲藝的表現方式與演義內容。本論文依據「白蛇傳」故事的各型變期，以掌握時代演進的趨勢、故事情節的遞變、主題思想的意義、人物角色的呈現等方面作綜觀。

　　由於「白蛇傳」故事在「增異期」之時發展蓬勃，出現已由故事「母題」逐漸衍生發展、變異增華的現象，故事的意識型態呈現多元、質變性，故筆者針對這樣的現象，依作家的「時代背景」、「主題思想」、「表現形式」等方面加以分類：

　　上期：民國初年至民國六十年代的作品。

　　中期：民國六十年代以後至民國八十年代的台灣作家在
　　　　　「白蛇傳」故事的創作作品；表現「物類平等」
　　　　　觀念者。

　　下期：民國八十年代以後至現在；具「同性戀」意識；
　　　　　有關「白蛇傳」的舞蹈創作題材。

　　最後，回歸「神話」的觀點，將「蛇」與「人」之間的文化關係、心理趨向等方面，作總結性的提示，以「進化」的觀點把以上四期的故事形貌、內容、思想、人物演變情形作歸納性說明。並以「白蛇傳」故事在歷史時代、宗教哲學、文學價值、民族文化、藝術美學的意義，加以扼要闡

述。從中探討故事的影響性、發展面，探究「白蛇傳」故事在我國歷史文化中的演變過程與文學發展概況。

## 二、本文論述結構

本文各章節的論述內容，大要如下：

### （一）第一章　緒論

說明本文之研究動機，並在了解前人對「白蛇傳」故事研究成果後，訂定本文之研究範圍與研究方法，指出研究的目的，並對論文結構，作前導式的說明。

### （二）第二章　蛇與神話

將「蛇」與圖騰信仰、民族神話、人與蛇之互動與傳說，以及在民俗、宗教、文學藝術中，所表現的意義，略作探討，作為研究「白蛇傳」故事，多元文化意義的認知基礎。並將漢魏六朝志怪小說中，與「蛇」有關之文學史料略作概述，作為研究本論文的引子。

### （三）第三章　白蛇傳故事的起源期

「白蛇傳」故事吸收了民間許多傳說，而逐漸醞釀與發展。本章以唐人筆記中〈李黃〉等故事、宋人《夷堅志》中〈孫知縣妻〉、《清平山堂話本》中〈西湖三塔記〉之故事結構、人物形象、表現技巧、主題意義等加以探討，為「白蛇傳」故事的起源期作探討。

## （四）第四章　　白蛇傳故事的發展期

明‧馮夢龍〈白娘子永鎮雷峰塔〉是「白蛇傳」故事的雛形階段。無論故事結構、人物形象、主題內容，都已完整。而清‧墨浪子《西湖佳話》中錄有〈雷峰怪蹟〉，是根據馮氏之作加以修改潤飾，使情節更富人情化與合理性。此外，《西湖拾遺》中亦載〈鎮妖七層建寶塔〉，黃圖珌改作《雷峰塔傳奇》，使「白蛇傳」故事日益發展與創新。本章將針對故事結構、情節發展、人物形象、表現技巧、主題意義等作遞變性探討。

## （五）第五章　　白蛇傳故事的成熟期

方成培改編的《雷峰塔》是「白蛇傳」故事發展的成熟期，他比前人增加許多情節，使整個故事更完善。白蛇的「妖」性減低，「人」情增加。其故事結構、人物形象、表現技巧、主題意義均有突破性的創作意義，甚至影響到許多地方戲曲與曲藝的發展。另玉山主人《雷峰塔奇傳》，將宿命思想融入故事中，加深了宗教意味。本章將比較黃本與方本之不同，並選擇富有特色的地方戲曲與曲藝，加以介紹與探討。

## （六）第六章　　白蛇傳故事的增異期（上）

民國以後，「白蛇傳」故事這個不朽的題材，仍不斷地演變與發展。「白話文學」運動以後，即有人根據彈詞《義妖傳》，以語體文撰寫《白蛇傳》（前）與《後白蛇傳》，這些章回語體小說頗為通俗且流傳廣泛。劇作家田漢的《白蛇

傳》，更是藉舞台與螢幕，成功地詮釋這個膾炙人口的故事，讓廣大的民眾了解這感人的傳說。小說家張恨水的《白蛇傳》，則是運用流暢的文字語言技巧，以小說的方式，重新改寫，引起臺海兩岸的共鳴與喝采。本章將針對以上作品的故事結構、情節發展、人物形象、表現技巧、主題意義等方面作探討。

## （七）第七章　白蛇傳故事的增異期（中）

近年來《白蛇傳》故事在台、港的發展更是蓬勃而多元。在台灣如：大荒的詩劇《雷峰塔》、張曉風的散文〈許士林的獨白〉、李喬的小說《情天無恨——新白蛇傳》，都展現不同的創作風貌。這些作家秉持「物類平等」的觀念，針對「白蛇」的異類出身而遭受歧視與迫害，深表同情。本章將針對以上作品的故事結構、人物形象、表現技巧、主題意義等方面，略加評介與討論。

## （八）第八章　白蛇傳故事的增異期（下）

香港作家李碧華將白蛇傳說另作「翻案」寫成《青蛇》，而嚴歌苓也創作〈白蛇〉，二位同是海外作家，二作同是「愛情」小說的性質，而且所塑造的故事人物，皆具「同性戀」議題的色彩，頗能反映現實人生中複雜的情感現象。「白蛇傳」故事成為諸舞蹈創作題材，且〈白蛇〉的主角是舞蹈家，而同性戀者田啟元又有《白水》、《水幽》的舞劇創作，故將這些創作列入本章論述。

## （九）第九章　結論

　　本章將就二至八章所敘述之內容，作一綜論。文學是生活的體現，反映每一時代人民的心聲。而「白蛇傳」故事，源遠流長，不斷被傳唱與改寫，它彰顯了歷史時代、宗教哲學、文學價值、民族文化、藝術美學、情慾象徵的意義，在國外流佈廣泛，是文學與藝術創作的泉源。本章將總結本文的研究成果，並提出困境與檢討，省視所論與未來展望。

## 註　釋

1　賀學君：《中國四大傳說》（台北：雲龍出版社，1989年6月），頁189～218。

2　宋澤萊認為：「假如原先的白蛇傳只是小乘的出入世間的錯誤觀念，李喬的《新白蛇傳》就是企圖糾正它，使之成為大乘的正確觀念。」參見宋澤萊：〈李喬宗教思想撲象——為李喬《白蛇新傳》點眼〉，收錄於李喬：《情天無恨——白蛇新傳》（台北：草根出版事業有限公司，1997年7月修版三刷），頁16。

3　張曉風之散文〈許士林的獨白〉，以許士林的心情，寫出對於母親的思念。另參見張曼娟：〈白蛇傳中拆不散的愛情和斬不斷的親情——自《警世通言》至〈許士林的獨白〉〉，收錄於金榮華：《比較文學》（台北：福記文化圖書公司，1982年8月），頁82～89。

4　林麗秋：《論雷峰塔白蛇故事的演變》（高雄：國立中山大學中國文學研究所碩士論文，2001年6月），頁169。

5　李喬：《情天無恨——白蛇新傳》，頁409。（見註2）

6　大荒之詩劇《雷峰塔》結尾安排為許宣（仙）伴白氏，長相廝守於雷峰塔旁。見大荒：《雷峰塔》（台北：天華出版社，1979年8月），頁252；另參見林景蘇：〈白蛇傳的階級意識與象徵〉，《文藻學報》，（高雄：文藻學院，1996年3月，第10期），頁1～9。

7　包括馬頭調、八角鼓、鼓子曲、鼓詞、子弟書、小曲、南詞、寶

卷、灘黃、南北曲、傳奇等。傅惜華：《白蛇傳集》（上海古籍出版社，1987年6月）。

8 内容包括：《白蛇傳》、《後白蛇傳》、《白蛇精記雷峰塔》、《雷峰寶卷》、《看山閣樂府雷峰塔》、《雷峰塔傳奇》等。（台北：文化圖書公司，1993年7月再版）

9 大荒著有詩劇《雷峰塔》，許常惠教授配樂，以歌劇形式演出。俞大綱先生讚譽：「誰說中國沒有史詩？大荒寫的《雷峰塔》就是。」其他相關資訊，另見吳美瑩：《論台灣作曲家音樂創作中的傳統文化洗禮》（台北：國立藝術學院音樂學系音樂碩士班論文，1999年5月），頁135～139。

10 李喬著有《情天無恨——白蛇新傳》（台北：草根出版事業有限公司，1997年7月修版三刷），小說中彰顯佛教「平等」觀。許宣是位浪蕩子，白素貞修成菩薩，法海冥頑成石。

11 張曉風著有散文〈許士林的獨白〉，見張曉風：《步下紅毯之後》（台北：九歌出版社，1997年5月初版37印），探討許士林對於白素貞的思念與壓抑的心靈呼聲，該文獲民國六十八年第二屆時報文學獎。

12 李碧華著有《青蛇》（台北：皇冠文學出版有限公司，1996年3月二版），原著曾改編成電影。

13 林懷民編舞《白蛇傳》。見余光中等著：《雲門舞話》（台北：聯經出版社，1993年8月）

14 曾永義先生於〈細窺白蛇故事的脈絡與價值〉一文中，曾評論潘江東君的《白蛇故事研究》：「『何以會如此的生枝長葉？又何以會如此的蔚成大樹？』也就是白蛇故事因時空流轉所產生的不同意識型態，以及白蛇故事成熟定型後所象徵的民族思想與情感，均未暇顧及。其結論一章中，雖然提到白蛇故事的影響與價值，但是對於『文學價值』也付之闕如。」本文收錄於潘江東：《白蛇故事研究》（台北：學生書局，1981年3月），頁363。

15 潘君將民國六十七年九月，將河洛出版社印行的《白蛇傳》，作者列為「無書名氏」。或許是台海政治因素，致出版時亦不能明列作者真實身分。其實，這是「張恨水」的改編創作。參見上註，頁70。張清發：〈由〈白蛇傳〉的結構發展看其主題流變〉，《雲漢學刊》（台南：1999年6月，第6期），頁42中，在討論此書時，亦指出「無作者名氏」。

16　李桂芬評論林麗秋之作:「全文以白蛇故事為經,貫串自明代以
　　來的白蛇故事作品,討論其蘊含的深層意義,相當豐富。指示該
　　文專注的是演變意義的分析,因此便有談論到黃圖珌與方成培的
　　《雷峰塔傳奇》,也是以人物、情節的探討為主,而且時代僅及清
　　代中葉,至於傳奇之後的地方戲曲,討論均付之闕如,是其不足
　　之處。」李桂芬:《白蛇戲曲比較研究》(台北:國立台灣大學
　　中國文學研究所碩士論文,2002年5月),頁3。
17　張清發:〈由〈白蛇傳〉的結構發展看其主題流變〉,頁36～
　　37。(見註15)

# 第2章

# 蛇 與 神 話

　　「蛇」是一種令人畏懼、嫌惡的爬蟲類。人類的近親——「猿猴」，對其亦有同樣的嫌惡反應。野生之猿猴看到蛇時，會產生臉孔扭曲、瞪視、退縮、豎耳、露齒、低鳴等典型的畏懼與防衛反應。

　　靈長類動物（包括猿猴及人類）對蛇的畏懼與防衛反應，用生物學術語來說，是一種「本能」，用哲學術語來說，是「先驗」的，用心理分析學術語來說，則是「集體潛意識」的浮現，也是心理分析學之父——楊格（C. G Jung），所說的「客體心靈」（objective psyche），它是客觀存在的。[1]

　　「蛇」——是中國十二生肖之一，人們對牠是既崇拜又畏懼，因此產生了許多有關於「蛇」的神話與傳說，其中最有名者，應該是中國民間文學「四大傳說」之一的「白蛇傳」故事。而由於「人」與「蛇」殊途，人類對其有畏怖之心，認為「人性」與「蛇性」迥異，故法海即以此理，阻撓許仙（人）與白素貞（蛇）之戀，以「慈悲」與「度救超拔」為藉口，破壞他們的姻緣。這是造成「白蛇傳」故事悲劇性與探討性之癥結。因此，「話蛇」是本論文的引子。

# 第一節　蛇與圖騰信仰

## 一、圖騰的意義

　　圖騰崇拜是原始宗教形式之一。「圖騰」一詞是北美印地安人鄂吉布瓦人的方言，它的英文是Totem，也寫作Dodaim或Ototem，若直譯，它的意思是「他的親屬」。即人們把某種動物或其他物體當作自己氏族的標誌或象徵，認為這種物體同自己有某種血緣聯繫，這種物體就叫作「圖騰」。因此，圖騰信仰的簡單定義是：認為一個群體或個人與某種動植物具有神秘關係的信仰。[2]

　　俄人海通在其《圖騰崇拜》一書中，對「圖騰」有一完整的定義：

> 圖騰崇拜是初民氏族的宗教，它表現在相信氏族起源於一個神幻的祖先——半人半獸、半人半植物或無生物，或具有化身能力的人、動物或植物。氏族以圖騰動物、植物或無生物命名，相信圖騰能夠化身為氏族成員或者相反。氏族成員以各種形式表示對圖騰的崇敬，對圖騰動物和植物等實行部份或完全的禁忌。[3]

　　他推論圖騰崇拜發生的原因，乃源自人類對大自然變化的軟弱無力，對自然規律的無知和恐懼，進而引起對現實世

界的虛幻反應。於是人們將祖先塑造為能夠化身為動物、植物、自然力的神靈。將祖先的形象想像為：時為人，時為動物，時為自然界的無生物。半人半獸的祖先圖騰觀念即是如此產生。[4]

何星亮在《中國圖騰文化》中提到圖騰文化發展依時間先後，可分三層次：

> 第一層：圖騰親屬觀念：圖騰是作為親屬的某種意象。它的原始本義，源於ototeman一詞，即「我的親屬」，就是把圖騰當作父母，祖父母或兄弟等血緣親屬。
>
> 第二層：圖騰祖先觀念：圖騰是作為祖先的某種物象。此即前一含義的發展，由圖騰親屬關係進而有圖騰祖先觀念，進而發展出本群體起源於某一物的圖騰神話。
>
> 第三層：圖騰神觀念：圖騰是作為保護神的某種物象。這是圖騰文化晚期產生的，原有的圖騰祖先便升格為氏族或部落的保護神。[5]

這是討論「圖騰信仰」所必要的認知。中國雖沒有統一的圖騰信仰，[6]但各氏族都有自己的圖騰崇拜，後來衍生為姓，成為氏族的象徵。由於圖騰信仰與血緣關係相結合後，產生許多圖騰神話、祭祀活動與禁忌限制。而這種圖騰信仰對古代的社會、經濟、文化、藝術、建築等方面，均有重要的影響。[7]

# 二、以「蛇」為圖騰的信仰

在太古時代，漢民族即以蛇為圖騰，傳說中的女媧、伏羲等祖先，都是「人首蛇身」，這跟台灣南部排灣族，以「蛇」為其祖先的神話，魯凱族存有「百步蛇」崇拜，似乎來自同樣的心理機轉：「畏懼某物的心理導致了宗教式崇拜的思想」。在先民的野性思考裡，要擺脫蛇的威脅，最好的方法是敬畏牠、奉祀牠，甚至認同於牠，將牠視為祖先、奉為圖騰，讓「威脅者」搖身一變為「保護者」，如此便可稍解內心之懼怖感。中國文化中，甚而將令人嫌懼的「蛇」，轉化成尊貴的靈獸——「龍」，即反應了漢民族獨特的心靈進化過程。

葉舒憲、俞建章在《符號：語言與藝術》一書中，歸納了幾點「蛇」被視為崇拜物的因素：

1. 蛇沒有四肢，卻往來迅速，行動自如，這一特徵易於使人聯想到一切有靈性的、神秘的東西，於是蛇成了普遍崇拜的對象。
2. 蛇能蛻皮自新，使人聯想到一切死而復生的東西，如太陽、月亮、生命樹、生命海，於是蛇有了「生命」、「不死」的意義。
3. 蛇出於陰溼之地，其狀柔軟委曲，由此可以類比聯想到女性的特徵。
4. 蛇來無影去無蹤，給人以精明、狡猾的印象。
5. 蛇的動作有如行雲流水，於是被聯想為水流、水

神，再經神秘化，便成為龍王、雨神。[8]

就原始民族的心理特徵來看：人類知道自己力量有侷限性，尚有超自然力量的存在。以想像使此力量形象化、人格化。動物中的蛇，生態特異，雙目常張不閉，鐵面無情，無足而行，神出鬼沒，似是鬼使神差。又能冬眠蛻皮，返老還童，長生不老，大令古人困惑不解，萌生了恐懼和神秘感。遂將蛇、鬼、神與亡靈，聯想在一起，或把蛇與一切超自然力量相配合，對牠歌頌、膜拜，盼望能脫災納福，[9]這些都有可能成為蛇崇拜的因素。

# 第二節　蛇與民族神話

人由畏蛇、敬蛇而崇蛇的心理，導致「人蛇合一」的神話出現。而世界各民族民俗對蛇的信仰，有一個共同點：認為蛇和太陽、火都是人類的祖先神。我國的女媧和伏羲在漢代石刻中都是人首蛇身，正反映了這個民間信仰之謎。

初民對己身所由來的「圖騰信仰」，在神話中，造型多屬半人半獸形，是比較原始、樸素的。[10]在中國神話中，開天闢地的──盤古，據說是龍首蛇身。而「人祖」──女媧、伏羲，相傳是兄妹，也是夫妻，他們亦是人首蛇身或人首龍身。因此，「人蛇合一」的傳說，反映了原始社會的「蛇」圖騰崇拜和崇蛇習俗。[11]

神話傳說中的神人、原始宗教領袖們常常與「蛇」有著密切關係。認為牠是人神的助手，在江蘇楚墓出土的銅器

上，刻有不少神人執蛇、珥蛇的圖案。古代觀念認為：宇宙分為天、地、人三界，蛇則是溝通三界的重要助手。[12] 故神人經常以戴蛇、珥蛇、踐蛇、弄蛇的方式出現，突顯其不同於常人，而具「神靈」的本領。在《山海經》所述及的神怪中，即有不少這種特質。如：

> 有人珥兩黃蛇，把兩黃蛇，名曰夸父。[13]
>
> 西海陼中有神，人面鳥身，珥兩青蛇，踐兩赤蛇，名曰弇茲。[14]
>
> 南海渚中有神，人面，珥兩青蛇，踐兩赤蛇，曰不廷胡余。[15]
>
> 又有神，銜蛇、操蛇，其狀虎首人身。[16]

　　戰國時，神靈操蛇、踐蛇之形象已漸趨消失。但蛇身人首式的神靈已日趨重要。這顯示蛇在神話迷信中的地位，起了轉變。這可能與「劉邦斬蛇」的神話中，看到天帝之子可以化作白蛇有關。[17]

> 高祖被酒，夜徑澤中，令一人行前，行前者還報曰：「前有大蛇當徑，願還。」高祖醉曰：「壯士行，何畏！」乃前，拔劍擊斬蛇。蛇遂分為兩，徑開。行數里，醉，因臥。後人來至蛇所，有一老嫗夜哭。人問何哭，嫗曰：「人殺吾子，故哭之。」人曰：「嫗子何為見殺？」嫗曰：「吾子，白帝子也，化為蛇，當道，今為赤帝子斬之，故哭。」人乃以嫗為不誠，欲告之，嫗因忽不見。後人至，高祖覺，後人告高祖，

高祖乃心獨喜，自負。諸從者日益畏之。[18]

崇蛇、畏蛇之風，不僅在劉邦的故鄉──沛豐有之，在中國版圖的許多氏族、部落中，如：華夏集團、東夷集團、苗蠻集團、北狄集團、羌戎集團等，也存有此現象。[19] 如：《山海經》〈海外西經〉記載：

> 軒轅之國，在此窮山之際，其不壽者八百歲，在女子國北，人面蛇身，尾交首上。[20]

而《史記》卷五〈天官書〉言「軒轅，黃龍體。」[21]〈五帝本記〉正義也說：

> 黃帝，有熊國君也，……，生日角龍顏，有景雲之瑞，以土德王，故曰黃帝。[22]

這說明黃帝部族中，有「蛇」的圖騰崇拜，後來「蛇」又演變為「龍」。而「蛇」由一般動物提昇到被尊崇神靈，後來取得神話迷信地位，有的「蛇」被賦予「飛騰」的本領，這「騰蛇飛龍」的現象，充滿幻想與神話的色彩。

而在諸蛇中，「白蛇」在民間文學中被認為法力最大，根據中國民間迷信認為，這種畸形的怪物，會有超乎尋常的神力。[23]「白蛇傳」故事中的白素貞，能呼風喚雨，盜仙草救夫，施法水漫金山等，也說明這個神話故事中，白娘子這條──「蛇」，是具有靈異本領，而多麼神通廣大啊！

# 第三節　人與蛇之互動與傳說

「白蛇傳」故事反映人蛇之間的情感與鬥爭。白素貞為
報恩,而步入紅塵,與許仙結緣。[24] 其與法海的爭鬥,又說
明「人」與「蛇」是異類,不能婚配,且絕對不能共處,故
法海必須扮演「執法者」的角色,以維護道統與法則。[25] 因
此,我們須對人與蛇之互動與傳說,略作探討。王迅在《騰
蛇乘霧》一書中指出:

> 戰國時期已經產生了反映人蛇關係的傳說,但一般比
> 較簡略。漢代以後,有些傳說的情節逐漸生動細緻。
> 這些傳說,可以分為兩類。一類是人蛇鬥爭的傳說。
> 另一類是人蛇和睦相處,蛇知恩圖報的傳說。後一類
> 傳說產生於漢代以後,這與人征服自然的能力增加,
> 畏蛇心理減少有關,或許也有受佛教思想影響的成
> 分。(頁109)

在《山海經》〈大荒南經〉中,即記載人射殺蛇的事例:

> 有蜮山者,有蜮民之國,桑姓,食黍,射蜮是食,有
> 人方扞弓射黃蛇,名曰蜮人。[26]

另外,后羿在洞庭湖射殺修蛇的傳說,也反映上古時期人蛇
鬥爭的現象。在干寶《搜神記》中,有「李寄殺蛇」的傳

說。[27] 謂東越閩中傳有大蛇，每年八月均須吞噬童女。李寄勇敢、機智，自告奮勇前去為民除害，其精神讓越王欽佩，聘為后，她智勇雙全，反對迷信的精神，廣為人傳頌、讚揚。[28]

在《太平廣記》四四一卷中，引《傳奇》轉述了孽蛇危害象群的故事——「蔣武射蛇」。[29] 象負猩猩向蔣武求救，指出蛇吞噬象族，豪勇的蔣武以毒矢射蛇，象以紅牙數支相報，使蔣武生財增資而致富。

由「李寄殺蛇」、「蔣武射蛇」中，可知：孽蛇具邪惡與凶殘的本質。但蛇報恩之說，又體現了其人性化的一面。《水經注‧濁漳水》、《廣異記》均記載「檐生救主」的故事。[30] 此外，《淮南子‧覽冥訓》及《搜神記》中，均載蛇「銜珠報恩」的故事，而傳為美談。[31]

> 隋縣溠水側，有斷蛇丘。隋侯出行，見大蛇，被傷中
> 斷，疑其靈異，使人以藥封之。蛇乃能走。因號其處
> 「斷蛇丘」。歲除，蛇銜明珠以報之。珠盈徑寸，純
> 白，而夜有光明，如月之照，可以燭室。故謂之「隋
> 侯珠」，亦曰「靈蛇珠」，又曰「明月珠」。丘南有隋
> 季良大夫池。[32]

這「銜珠報恩」之蛇，是「神蛇」。甚至能變化為人形，水路兩棲，頗富「靈性」。

> 昔隋侯因使人入齊，路行深水沙邊，見一小蛇，可長
> 三尺，於熱沙中宛轉，頭上血出。隋侯見而愍之，下

馬以鞭撥於水中，語曰：「汝若是神龍之子，當願擁護於我。」言訖而去。至于齊國，經二月還，復經此道。忽有一小兒，手把一明珠，當道送與。隋侯曰：「誰家之子，而語吾。」答曰：「昔日深蒙救恩，甚重感恩，聊以奉貺。」侯曰：「小兒之物，詎可受之？」不顧而去。至夜，又夢見小兒持珠與隋曰：「兒乃蛇也，早蒙救護生全，今日答恩，不見垂納，請受之，無復疑焉。」侯驚異。迨旦，見一珠在床頭，侯乃收之而感曰：「傷蛇猶解知恩重報，在人反不知恩乎？」侯歸，持珠進納，具述元由，終身食祿耳。[33]

牠們受恩必報，深具「人性」。反之，人若忘恩負義，即不如蛇虺之類！此外，《搜神記》卷二十中，記載了一個「邛都大蛇」——蛇為恩人復仇的傳說：

邛都縣下，有一老姥家貧孤獨，每食，輒有小蛇，頭有戴角，在床間，姥憐而飴之食。後稍長大，遂長丈餘。令有駿馬，蛇遂吸殺之。令因大忿恨，責姥出蛇。姥云：「在床下。」令即掘地，愈深愈大，而無所見。令又遷怒，殺姥。蛇乃感人以靈，言：「瞋令，何殺我母？當為母報讎。」此後每夜，輒聞若雷若風，四十許日，百姓相見，咸驚語：「汝頭那忽戴魚？」是夜，方四十里，與城一時俱陷為湖。土人謂之為「陷湖」。唯姥宅無恙，迄今猶存。漁人採捕，必依止宿，每有風浪，輒居宅側，恬靜無他。風靜水

清，猶見城郭樓櫓嬰然。今水淺時，彼土人沒水，取
得舊木，堅貞光黑如漆。今好事人以為枕，相贈。
（頁243）

　　這故事敘述人民對統治者的暴行專斷行為之控訴。綜言
之，蛇知恩圖報的方式，一般分為三種：一是以寶物報恩，
如：「銜珠報恩」。二是救恩人脫險，如：「櫓生救主」。三
為替恩人復仇，如：「邛都大蛇」。[34] 故蛇於凶邪的本性
外，也有通情知義的一面，故《白蛇傳》彈詞中，即最早出
現白蛇為「報恩」，而情繫許仙之說。[35]這是「白蛇傳」故
事中，白娘子形象能由醜陋的「孽蛇」，轉變為美善「蛇仙」
的基礎。

# 第四節　蛇與民俗

　　蛇在中國人的生活中，起著各種重要作用，這些作用不
僅表現在精神生活上面，也表現在物質生活方面。蛇在民俗
中，是十二生肖之一，俗稱「小龍」，在考古資料中，與蛇
有關的遺物頗多。而民俗藝術中，也有許多以蛇為圖像的繪
畫、器物、刻飾及工藝品。
　　在中國的民俗民風中，素有畏蛇、崇蛇的現象，民間有
不准殺蛇的禁忌，有馴蛇、弄蛇的娛樂，有游蛇燈、賽蛇神
的活動，也有各樣的蛇形玩具，作為遊戲之用。此外，民俗
舞蹈中，有蛇舞。而語言生活中，許多的典故、俗語、成
語、謎語，都與蛇有關。所以，蛇與中國民俗生活，關係頗

為密切，不勝枚舉。茲針對本論文有關部分，將「夢蛇生女」、「蛇」與「財」、「家蛇鎮邪」三部分，略作討論。

## 一、夢蛇生女

在上古神話中，女媧是「人首蛇身」，古人認為若夢見蛇或虺，因其是陰物穴處，則會生女兒。《詩經‧小雅‧斯干篇》有言：

> 下莞上簟，乃安斯寢，乃寢乃興，乃占我夢。吉夢維何，維熊維羆，維虺維蛇。大人占之：維熊維羆，男子之祥；維虺維蛇，女子之祥。[36]

因「虺蛇陰物也穴處，柔弱隱伏，女子之祥也」，[37]故周人雖重男輕女，但仍認為夢蛇是一種吉兆。這種想法或許因女媧、伏羲都是「人首蛇身」的上古神話中人物有關吧！[38]

在歷史傳說中，周幽王因迷戀蛇女化成的寵妃褒姒而亡國，蘊含了不可貪戀女色的告誡意義。而「白蛇傳」故事於發展期的諸作中，也富有勿貪戀蛇蠍美人的教化思想。

後人對於夢蛇的解釋不同，夢見黑蛇要生個好姑娘，夢見灰白色的蛇則生兒子，已不限生女一事了，但周人其迷信的內容，卻仍影響於後世。[39]

## 二、「蛇」與「財」

古人用繩索串銅錢，謂之「錢龍」，《太平廣記》四五

七卷，即記載了「古錢成蛇」的故事：

> 隋絳州夏縣樹提家，新造宅，欲移入，忽有蛇無數，
> 從室中流出門外，其稠如箔上蠶，蓋地皆遍。時有行
> 客云：「解符鎮。」取桃枝四枚書符，繞宅四面釘
> 之，蛇漸退，符亦移就之。蛇入堂中心，有一孔，大
> 如盆口，蛇入並盡，令煎湯五百斛灌之，經宿，以鍬
> 掘之，深數尺，得古銅錢二十萬貫，因陳破，鑄新
> 錢，遂巨富，蛇乃是古銅之精。（頁3736）

　　據說古代之富人會挖窖藏金銀財寶，年久之後，這些金
銀財寶會變幻成形，金銀變成雞雛，銅錢就變成青蛇，有福
者可捉得之，使它恢復原形。而無福者，則反為所傷。因
此，後代人見蛇也不敢傷害，深怕傷了「錢龍」，所以有人
將「蛇」當成可發橫財的「財神」了。[40]

　　華北地區民間信奉──「胡、黃、白、灰、柳」五仙。
「胡」是狐仙，「黃」是黃鼠狼，「白」是刺蝟，「灰」是
老鼠，「柳」則是蛇。北方因為地理環境關係，妖異之說流
傳已久，故居民供奉五仙甚為恭謹，若得「仙緣」，則能
「商賈利市，莊農千倉，銀錢自來，廣發財富」。因此，敬奉
「蛇神」，就如恭迎「財神」，「蛇」與「錢財」形成特殊的
關聯性。[41] 因此，許仙婚後是「人財兩得」，過著「衣食無
虞」的生活，都得感謝這位「蛇」妻的恩賜呀！[42]

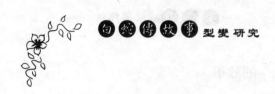

## 三、家蛇鎮邪

民間俗說中認為家家都有所謂的「家蛇」，牠可以鎮宅，牠們藏在古老的住宅裡，平安「無事」即不出來，如果這個家中有重大變故時，通常「家蛇」出現是「凶兆」。如：家主去世，家要敗落時，家中有蛇出現，就是預兆。[43]琦君在〈「白蛇傳」的回憶〉一文中，即寫出自己親身的經歷：

> 有一次，我和母親的臥室裡，忽然出現一條大蛇，沿著床腳徐徐地爬行。我一眼看見了，駭得魂不附體。奇怪的是母親，竟然非常鎮靜地起身，輕輕地打開房門，讓那條灰白色的大蛇慢慢兒爬了出去，再關上房門上床。我一直打著哆嗦，問母親為什麼大蛇會跑出來。母親一聲不響，只吩咐我好好睡，不許聲張，更不要告訴五叔婆大蛇的事。我心裡納悶，第二天還是悄悄的告訴外公，外公聽了後也呆了一下，卻馬上說：「沒有甚麼，蛇跟人一樣，也要出來走走，換換地方。你不要傷害牠，牠就不會傷害你。尤其這是家蛇，驚動牠不得。牠是保佑家宅平安的。」我心裡想難道家蛇也跟白娘娘一樣，是修煉過的妖精嗎？但我再多問，連外公都不再作聲了。沒有多久，哥哥在北平不幸去世的噩耗傳來，母親這才哭著說家蛇出洞，家宅一定有不祥的事。我一面哭一面想，為甚麼一個家庭的命運，要應驗在一條蛇身上。蛇是妖也好，是

仙也好，為甚麼不能保佑哥哥呢？[44]

因為民間有「家蛇」之說，所以田漢在創作「白蛇傳」故事中，即運用此民間習俗為「釋疑」之題材。說白素貞端午節當日喝了雄黃酒後，現出原形，許仙驚見後，即昏死而不省人事。她盜仙草救夫，為消除許仙之疑慮，即變白錦為銀蛇，運用此俗，說是家蛇出現，「蒼龍」佑福——「一家興旺之兆」，[45] 讓許仙趨於習俗，自然地相信白素貞。

# 第五節　蛇與宗教

佛教約於漢代傳入中國，而道教也是在漢代發展起來。這兩個宗教與中國人的崇蛇、畏蛇、厭蛇的心理與習俗相結合，形成豐富的蛇與宗教之意識與內容。「白蛇傳」故事的情節與人物，經常與這兩個宗教發生關聯。故本節簡述「蛇」與這兩個宗教的關係：

## 一、「蛇」與佛教

佛教自印度傳來，印度本有崇蛇的傳統。他們對蛇有圖騰崇拜的現象，也有不少人認為蛇是神的兒子。大神溼婆以聖蛇為臥榻，躺在蛇身上。而他們又有「蛇節」的習俗，節慶前須先禁食、祈禱、打掃、沐浴，並準備鮮花、稻米、供品等，才舉行隆重的供蛇儀式。供奉完畢，還要以花朵拂拭蛇的頭部，以香粉遍灑蛇的身體，然後恭送放生。[46]

　　佛教後來吸收了印度教某些崇蛇的內容，佛教中的「龍」，就是「蛇」，佛教傳入中國後，印度的「龍」（蛇）也為中國僧眾所接受，而與中國傳統文化中的神蛇、異蛇相結合，影響到古代的中國社會。

　　「蛇」是佛教中的「八部眾」，也就是「天龍八部」。[47] 包括：天眾、龍眾、夜叉、乾達婆、阿修羅、迦樓羅、緊那羅和摩睺羅迦，其中龍眾與蛇神相關，摩睺羅迦是大蟒蛇神，牠們能護持佛法，所以受到尊崇。此外，四大天王中的廣目天王，手上纏著一條龍或一條蛇，牠可說是天王的隨從者。古印度傳說有十二神將，蛇是安底羅神將。而蛇的十大弟之一——阿難，前世名叫「萇」，竟然是一條知恩圖報的蛇，後來成為佛的助手。[48]

　　這些觀念隨著佛教傳入中國後，也被人們所接受。在佛經中本有諸多龍王、龍女的故事。[49] 而佛教傳入中國後，龍女的故事也形成獨特的風格。其中以〈柳毅傳〉最為有名。[50] 印度的龍女仍有蛇的影子，但中國的龍女，已無蛇的血統，發展出獨特的文化精神。[51]

　　對於「白蛇傳」故事的起源說，許多學者認為是受印度傳來的影響。這多少與印度崇蛇之風與佛教龍王等故事有關，而「白蛇傳」故事外來說，已漸受學者們的懷疑。[52] 畢竟人類祖先共同的經驗和智慧普遍存於各民族藝術家的心靈深處，會創造出相似母題與結構的作品，這是「集體潛意識」的自然現象[53]，故認為「白蛇傳」故事是「外來說」立論不夠客觀。儘管如此，「白蛇傳」故事和其他中國文學諸多創作一樣，在故事中將佛教的思想，諸如：色、空、宿世根源、因果報應等觀念，藉由故事的流傳，而深入人心，引起

廣泛教化性的影響。[54]

# 二、「蛇」與道教

　　道教與佛教有關蛇的觀念，有互涉與合一的情形。由於道教是源於中國，故較富本土的宗教與習俗的特色。

　　道教信奉真武帝君，真武本為玄武，祂主宰北方，是龜蛇之交，龜蛇相合。演變為真武帝君，就成人形，身旁有龜和蛇，或腳踏龜和蛇。而道教六十甲子神像中，有五位蛇相神——己巳太歲郭燦將軍、辛巳太歲鄭但大將軍、癸巳太歲徐單大將軍、乙巳太歲吳遂大將軍、丁巳太歲楊彥大將軍。這五位蛇相神，是屬蛇的人們尊奉的元辰星宿神。供奉祂們可獲護佑，趨福避禍，平安長壽。

　　「蛇」是具長壽的動物之一，而「白蛇傳」以蛇的「白」色，突顯牠神奇靈異之所在，且是修煉多年，具有幻化成人形之長。故《抱朴子》卷三〈對俗篇〉中言：

> 又云：蛇有無窮之獸，獼猴獸八百歲變為猨。猨壽五百歲變為玃。玃壽千歲。蟾蜍獸三千歲，麒麟壽二千歲。騰黃之馬，吉光之獸，皆壽三千歲。千歲之鳥，萬歲之禽，皆人面而鳥身，壽亦如其名。虎及鹿兔，皆壽千歲，壽滿五百歲者，其毛色白。熊壽五百歲者，則能變化。狐狸豺狼，皆壽八百歲。滿五百歲，則善變為人形。鼠壽三百歲，滿百歲則色白，善憑人而卜，名曰仲，能知一年中吉凶及千里外事。如此比例，不可具載。[55]

白蛇修煉成仙變人的說法，是受到魏、晉以來中國特有的宗教——道教文化的影響。[56]

在東晉·葛洪的道教論著《抱朴子》一書，分內外篇，內篇二十卷，內容是「神仙方藥，鬼怪變化，養生延年，攘邪去禍」之事。外篇五十卷，講「人間得失，世事臧否」。內篇和外篇都多次提到「蛇」。[57] 由於道教尚養生、丹藥、神仙、符咒之術。因此，「白蛇傳」故事中有許多材料，都是援引道教這樣的思想。民間傳說中將「白蛇傳」中法海與白素貞之仇，溯於白素貞（白蛇）吞食法海（蝦蟆精）之內丹，[58] 而增加五百年功力，致法海欲報宿世之仇，而鎮白素貞於雷峰塔之下。[59]

《抱朴子》卷十七〈登涉篇〉中提到許多避蛇的方法。如：「雄黃」據說具有趨蛇之效：

> 或問隱居山澤避蛇蝮之道。抱朴子曰：「昔圓丘多大蛇，又生好藥，黃帝將登焉，廣成子教之佩雄黃，而眾蛇皆去。今帶武都雄黃，色如雞冠者五兩以上，以入山林草木，則不畏蛇。蛇若中人，以少許雄黃末內瘡中，亦登時癒也。……。（頁133）

因此，在「白蛇傳」故事中，白娘子端陽現形，是因與許仙共飲雄黃酒後，不勝酒力藥效，而失態暴形。另外，「麝」、「蜈蚣」也有趨蛇之效。故在「盜草救夫」中，鹿、鶴二童看守仙山靈芝仙草，即成白蛇的天敵，[60] 增加盜仙草的困難度，也使白蛇冒死救夫的精神，更令人感動欽佩。《抱朴子》卷十七〈登涉篇〉即說：

《介先生法》：到山中住，思作五色蛇各一頭，乃
閉炁以青竹及小木板屈刺之，左徊禹步，思作蜈蚣數
千板，以衣其身，乃去，終亦不逢蛇也。或以乾姜、
附子帶之肘後，或燒牛羊鹿角薰身，或帶王方平雄黃
丸，或以豬耳中垢及麝香丸著足爪甲中，皆有效也。
又麝及野豬皆啖蛇，故以厭之也。

又南人入山，皆以竹管盛活蜈蚣，蜈蚣知有蛇之地，
或動作於管中，如此則詳視草中，必見蛇也。大蛇丈
餘，身出一圍者，蜈蚣見之，而能以炁禁之，蛇即死
矣。蛇見蜈蚣在涯岸間，大蛇走入川谷深水底逃，其
蜈蚣但浮水上禁，人見有物正青，大如綖者，直下入
水至蛇處，須臾蛇浮出而死。故南人因此末蜈蚣治蛇
瘡，皆登愈也。（頁134）

　　玉山主人《雷峰塔奇傳》第十一回及《白蛇傳》（前）
第三十八回中有「降蚣」的情節，即是利用道教「蛇畏蜈蚣」
的說法，而衍生的情節。[61]

# 第六節　蛇與文學

　　在原始社會中，由於圖騰的信仰與崇拜的關係，「蛇」
早就成為造型藝術發揮的題材，也成為文學與藝術創作的來
源。因此，在音樂、舞蹈、雕刻、民間藝品等諸創作中，均
見牠的形貌或精神躍然其間，成為豐富的文化資產之一。本
節僅針對研究之需，探討「蛇」與「文學」的關係。

# 一、「蛇」與詩歌

蛇的本質與性情，自古以來即經常運用在文學的比興上。如在《詩經·召南·羔羊》中有：

> 羔羊之縫，素絲五總。委蛇！委蛇！退食自公。[62]

這是痛斥穿羔羊皮的貴族們，凶狠殘毒，如毒蛇般，走路搖擺，不知民間疾苦。而〈小雅·巧言〉中言：

> 蛇蛇碩言，出自口矣。巧言如簧，顏之厚矣。（頁425）

即指人愛說大話，口出非由心，言行不顧，是厚顏無恥之人。

又在《楚辭》〈天問〉中，也論及蛇虺傷害生靈的情形，[63]而〈招魂〉更指出：

> 魂兮歸來！南方不可以止些。雕題黑齒，得人肉以祀，以其骨為醢些，蝮蛇蓁蓁，封狐千里些，雄虺九首，往來儵忽，吞人以益其心些。歸來歸來！不可以久淫些。（頁120）

這吞人害命的蛇，是多麼令人怖畏！故唐朝大詩人李白於〈蜀道難〉中，也寫道：

蜀道之難難於上青天！使人聽此凋朱顏。連峰去天不
盈尺，枯松倒挂倚絕壁，飛湍瀑布爭喧豗，砯崖轉石
萬壑雷。其險也如此，嗟爾遠道之人胡為乎來哉！劍
閣崢嶸而崔嵬，一夫當關，萬夫莫開。所守或匪親，
化為狼與豺。朝避猛虎，夕避長蛇，磨牙吮血，殺人
如麻。錦城雖云樂，不如早歸家。[64]

這兩種招喚歸家的方式，頗有異曲同工之妙，都說明環境險
惡，蛇虺行動飄忽，隨時會侵犯人的性命，安全堪虞之下，
還是早歸家鄉吧！隱含對於時局不靖的憂患。

中國詩詞中不乏以「蛇」為題材的創作，[65]巧妙地運用
了象徵的筆法，寄託寓意於其中。即使元曲中，也有類似之
作。如：馬致遠的〈雙調・夜行船・（秋思）〉

【喬木查】想秦宮漢闕，都做了、衰草牛羊野。不恁
麼漁樵沒話說。縱荒墳橫斷碑，不辨龍蛇。[66]

「龍蛇」，此指秦漢的篆書是筆法詰屈，如龍蛇之形，或
暗喻古代帝王，賢德與否，是「龍」抑或「蛇」，已不得而
知。面對荒墳上泯然的殘碑，怎不令人感嘆唏噓呢？從周代
以來，詩人以「蛇」為題材，或寄寓、或感嘆、或興發，隨
著不同的時代環境，牠被賦予不同的形貌與意義出現。即使
在現代，也仍有許多作家，以「牠」為題，嘗試以不同的角
度來創作。[67]不同以往的是：「蛇」竟也以情感豐富，溫婉
可人的樣貌出現，迥異於傳統對「牠」的集體文化象徵。
如：大陸詩人馮至即以「蛇」為題，寫了一首抒情詩：

我的寂寞是一條長蛇，
冰冷地沒有言語——
姑娘，你萬一夢到它時，
千萬啊，莫要悚懼！

它是我忠誠的伴侶，
心裡害著熱烈的鄉思：
它想那茂密的草原——
你頭上的，濃郁的烏絲。

它月光一般輕輕地，
從你那兒潛潛走過；
為我把你的夢境銜了來，
像一只緋紅的花朵。[68]

　　這是一首含蓄、婉約的愛情詩，突破傳統以來大家對於
「蛇」的印象與思維，[69] 綿密細緻的表達深厚的情意，可謂
是成功的創作。而台灣作家大荒，也以詩歌的體裁，創作了
詩劇《雷峰塔》，重新詮釋白蛇傳。他們以作家獨特的「個
人藝術關照」，賦予「蛇」迥於以往的象徵意義，以「詩」
的語言，「情」的文字，表現「蛇」異樣的心靈悸動，讓牠
展現「愛」與「美」的另類特質，真是頗具巧思與創意。
「牠」的文學生態環境似乎開始改變了！「牠」已有了新的
生命意義與契機呀！

## 二、「蛇」於長篇章回小說中的形象

「蛇」在中國古典小說中，經常被運用到。蛇在小說中被塑造的形象可能為：蛇神、蛇妖、人與蛇的後裔、蛇怪、孽蛇等。如同「白蛇傳」故事中，有人將白蛇喻為妖、喻為仙、喻為人、喻為菩薩一樣，「蛇」在古典小說中即呈現多元面貌。[70] 茲配合本論文討論的主題，簡以長篇章回小說為例，加以概述。

在《三國演義》第一回中，「蛇」是不祥之物，牠以令人震懾的型態出現，並造成了災殃：

> 建寧二年四月望日，帝御溫德殿，方陞座，殿角狂風驟起，只見一條大青蛇，從梁上飛將下來，蟠于椅上。帝驚倒，左右急救入宮，百官俱奔避。須臾蛇不見了，忽然大雷大雨，加以冰雹，落到半夜方止，壞卻房屋無數。[71]

而《水滸傳》第一回中也出現「狂風起，怪蛇現」的情形，同以驚人的態勢出現：

> 吹得毒氣直沖將來。太尉定睛看時，山邊竹藤裡簌簌地響，搶出一條吊桶大小，雪花也似蛇來。太尉見了，又吃一驚，撇了手爐，叫一聲：「我今番死也！」望後便倒在盤跎石邊，微閃開眼來看那蛇時，但見：昂首驚飆起，掣目電光生。動盪則拆峽倒岡，呼吸則

吹雲吐霧。麟甲亂分千片玉，尾梢斜捲一堆銀。
那條大蛇逕搶到盤跎石邊，朝著洪太尉盤做一堆，兩
只眼迸出金光，張開巨口，吐出舌頭，噴那毒氣在洪
太尉臉上。驚得洪太尉三魂蕩蕩，七魄悠悠。[72]

太尉被嚇得魂不附體，原來是「祖師」有意「試探」。足見
「蛇」是多麼威猛駭人！吳承恩在《西遊記》第六十七回裡
塑造了一個害人精怪——「蟒蛇精」，其「本相」是：

眼射曉星，鼻噴朝霧。密密牙排鋼劍，彎彎爪曲金
鉤。頭戴一條肉角，好便似千千塊瑪瑙攢成，身披一
派紅鱗，卻就如萬萬片胭脂砌就。盤地只疑為錦被，
飛空錯認作虹霓。歇臥處有腥氣沖天，行動時有赤雲
罩體。大不大，兩邊人不見東西；長不長，一座山跨
佔南北。[73]

上述這些章回小說中「蛇」的神貌，似與「白蛇傳」故事
中，「白素貞」現出本相時，如出一轍。

那員外眼中不見如花似玉體態，只見房中蟠著一條吊
桶來粗大白蛇，兩眼一似燈盞，放出金光來。驚得半
死，回身便走，一絆一交。眾養娘扶起看時，面青口
白。[74]

色膽包天的李克用，尾隨白娘子到淨房內，本想一逞獸慾，
未料見到原形的「她」（牠），竟是恐怖的蟒蛇，而當場魂飛

破膽，不省人事。而「良人」（許仙）於「端陽」共飲雄黃酒後，欲溫柔探視「愛妻」（白素貞），驚見「現形」，那一幕是：

> 許宣移步上樓行，來到床前叫一聲。
> 連叫數聲無人答，揭開羅帳看分明。
> 不見妻子多姣女，一條白蛇好驚人。
> 身軀長大盤床上，頭大如斗眼銅鈴，
> 美貌花容全不見，魄散魂消膽顫驚！
> 大叫一聲就跌倒，手足如冰就歸陰。
> 小青聽得樓上響，隨即上樓看動靜，
> 只見官人死在樓，手足如冰臉鐵青；
> 揭開羅帳來觀看，那曉娘娘現真形，
> 官人嚇死歸陰去，全然不覺半毫分。[75]

難怪許仙會驚嚇昏死，才衍生出後來盜草救夫的感人情節！

在中國長篇章回小說中，蛇的形象一般是不佳的。這反映世人對於「蛇」存著怖畏之心，故白素貞雖無害於許仙的性命，但仍被「原罪」地決定了「牠」的命運，驚世駭人的「蛇相」，易使人產生「防衛機制」的心結，這是白蛇——白素貞注定終須面臨悲劇收場的肇因吧！

## 三、有關「人蛇戀」的傳說

蛇寓意愛情永篤，「人蛇戀」的主題，在世界各地都有流傳的蹤跡，不論在神話、傳說或民間故事裡都屢見不鮮。

在《詩經‧鄘風‧君子偕老》中有：

> 君子偕老，副笄六珈，委委佗佗，如山如河。[76]

寓意著恩愛夫妻白頭到老，愛情像蛇一樣，溫存綿長，像山河一樣永恆。而「白蛇傳」是「人蛇戀」的愛情悲劇故事，故對於此議題，應有文學發展的認知基礎。

事實上，「人與蛇」異類婚戀的類型，從魏晉以來即有此傳說。[77]這類「男蛇與凡女」或「蛇郎」的戀愛故事，由來已久。其中「蛇郎」故事，在我國各省區、各民族中，流傳廣泛。丁乃通所編《中國民間故事類型索引》一書中，著錄即有近百種。大陸學者劉魁立歸納出「蛇郎」故事五個組成部分：

1. 開頭：交代故事發展的條件，為進一步敘述作準備。
2. 婚配：男女主人公的結合是理想的狀態，為下一步的打破理想和懲罰謀害者的情節提供前提。
3. 謀害：謀害者謀害正面主人公，打破理想狀態，以己代之，造成虛假的理想。
4. 爭鬥：謀害者和正面主人公多次較量，真善美同假惡醜，反覆鬥爭。
5. 結局：謀害者受到最後懲罰。[78]

這類故事的結局，必定有懲罰出現，雖然這類「人蛇戀」的結果不一定是夫妻團圓和美，但透過「爭鬥」性的努

力過程，突顯故事的主題內涵。

男蛇傳說或蛇郎故事通常都顯示出：因為「人」與「獸」屬性不同，「牠」們大多先幻化為人形，方能與人類通婚聯姻。而「牠們」卻幾乎都是具經濟優渥，富貴之家的氣派。更擁有「異能」與「權勢」，可支配許多同類成為奴僕，為其驅使效力。而被「牠們」愛戀的對象多是美善之人。[79] 綜觀得之，「白蛇傳」故事背景因素、情節發展與故事主題的彰顯，竟與這類故事有不謀而合之點，這是頗值得玩味之處。

「男蛇與凡女」這類「人蛇戀」的故事，從魏晉至清代皆有之。葉慶炳先生於〈禮教社會與愛情小說〉一文中認為：漢朝缺少愛情小說，一因沒有適合的文體產生愛情小說，故直到六朝才有愛情小說的誕生。二為漢朝禮教完備，沒有愛情故事可為題材。如：〈孔雀東南飛〉，是倫理的夫婦之愛，而非浪漫的愛情。直到六朝，儒家衰落，禮教鬆弛下，愛情小說藉志怪小說之興，而醞釀產生。[80]

> 中國最早的愛情小說，不是人與人的愛情小說，而是人與鬼、人與妖的愛情小說。因為沒有人敢寫人與人的愛情故事，而人與鬼、人與妖的愛情，是禮教所管不到的，它是虛構、幻想，而非事實。一直到唐朝才有人與人的愛情小說。所以，六朝志怪小說是中國愛情小說的溫床。愛情小說不能很健康、很正常的發展，於是轉個彎而誕生了。所以我們不能看不起志怪小說中的人與鬼、人與妖的愛情，它是中國愛情小說的溫床。[81]

人們對於壓抑的情慾，未知的命運，渴求的生活，往往藉這些志怪小說、異類戀情的故事創作，得到想像與紓解。它不受禮教的約束，道德的藩籬，可以自由發揮，宣洩情感。故「人蛇戀」即是這樣的創作題材之一。

魏晉時期男蛇與凡女婚戀的傳說主要有兩則：一則為：曹丕《列異傳》〈楚王英女〉。[82] 蛇精幻化為「人」形，魅惑楚王女兒，致使生病。楚王請道士魯少千收妖，少千於途中，「夜有乘鱉蓋車，從數騎來」的「伯敬侯」。請少千飲宴後，贈二十萬錢，令他勿去楚王府收妖。少千虛與尾蛇後，仍前往驅妖。發現竟是蛇妖危害，也終於救回楚王小女的性命。而賄賂少千的「伯敬侯」是蛇妖之父。酒宴是御廚房所竊得，所贈之二十萬錢，則是大司農府庫所失的財物。這與「白蛇傳」故事中，白蛇運用五鬼以「偷盜」銀兩與物品贈人的情形，頗為雷同。

另一則故事為：陶潛《搜神後記》，〈女嫁蛇〉中有言：

> 晉太元中，士人有嫁女於近村者。至時，夫家遣人來迎，女家好發遣，又令女乳母送之。既至，重門累閣，擬於王侯。廊柱下有燈火，一婢子嚴粧直守。后房帷帳甚美。至夜，女抱乳母涕泣，而口不得言。乳母密于帳中，以手潛摸之，得一蛇，如數圍柱，纏其女，從足至頭。乳母驚走出外，柱下守燈婢子，悉是小蛇，燈火乃是蛇眼。[83]

由此可見蛇妖冒充男家的人，以豪門王侯的態勢娶妻，

把新娘迎到蛇穴。蛇妖佔有婦女，雖未變為人身，但婢女卻是人形盛裝。乳母逃離了蛇穴，可是新娘的命運未卜，實在令人捏了一把冷汗。

唐朝男蛇戀凡女的故事較多，計有：〈薛重〉、[84]〈朱覲〉、[85]〈王真妻〉。[86]〈薛重〉是講薛妻為蛇郎誘惑，被丈夫發現，斬除蛇精的故事。〈朱覲〉是說蛇精幻為「衣甚鮮潔」的「白衣少年」，狎戲鄧女，遊俠朱瑾，義勇救之，射死白蛇，最後迎娶女子。〈王真妻〉是言美麗的王妻，被「蛇」幻化成的「少年」戲誘、共寢，王真發現後，蛇化原形遁逃，王妻也神奇地變為蛇，俱入華山。

宋・洪邁《夷堅志》中〈程山人妻〉[87]則是：化為風流士人的蛇精，讓程山人之妻神魂顛倒而不自知其為「蛇」（別人見是「蛇」，她見是「人」），致嫌惡丈夫，深戀「蛇郎」。幾經波折，奮力拆散「孽緣」後，終於「吞符以正人心，藥餌以滌其腸胃」，而恢復神智。

明・馮夢龍《情史》中〈白蛇精〉傳說，[88]敘述震澤龍王的部下——白蛇精化為「白皙少年，深著素練，衣甚鮮潔」，與「姿容絕美」的小奚妻相狎。攜手入帷時，被丈夫發現，看見男子竟「半身悉是蛇鱗」，立即以磚擲擊，少年「化為白氣一道，其光如電，穿牖而出」。這故事還提到「造水府」時「龍蛇興水害民」是「龍會之日」。將龍蛇形象，密切連結。此外，在〈蟒精〉[89]中則敘述了蛇幻為美女，愛戀青年男子——芮不疑，兩情繾綣一年後，致他日漸瘦弱，母親扣問其故，也堅不吐實。最後由屈道人開導，指引芮不疑以符粘在「她」的裙上，翌日「屈先生遍訪野外，有一巨蟒死焉。屍橫百尺，其符在鱗甲，可見也！」這時，芮不疑

才如醉初醒。此人蛇相戀的故事與〈李黃〉、〈李琯〉同樣提示了切勿「貪色好淫」的思想。此故事的素材，甚至被認為與「白蛇傳」故事極有淵源。[90]

清‧長白浩歌子《螢窗異草》中〈李念三〉則敘述「蟒精幻化魅女」的傳說。李念三娶美婦，但久而未歸。蛇精數次化為人形（其夫或美少年），誘惑其妻，行房時「身如礪石，磷磷然著肌欲破」。不久，新婦私處暴痛而亡。蟒精繼續危害其他婦女，後來生角（上面寫有李念三之名）的蟒精，被雷劈死，才知是其作怪害人。

「蛇郎」故事與「男蛇傳說」雖同是「人蛇戀」，主題相似或母題相近，但結局往往迥異。[91]「男蛇傳說」的結果，多是東窗事發後，男蛇被殲除。人類以「現實」考量，「異類」視之，顯示人類對精怪的態度是——害怕、厭惡，終將剷除。而蛇女故事的禁忌母題，有人認為昭示了人首蛇身神的降格，這顯然與現實生活中，女性地位的下降有關。在新石器時代和青銅時代，父權逐步取代了母權制，女性日益依附於男性，這致使女性神亦受到株連，[92] 地位已不若往昔崇高。中國的男蛇與凡女相戀的傳說較多於凡人與蛇女的傳說，應與女性情感主控性弱與社會地位低落有關，且在禮教的約束下，女性情感只能含蓄表達。而在男性作家為主的環境下，男蛇幻人誘惑女子的情況，則較易成為創作的題材。總之，人蛇戀進入人類生活之中，往往埋下不幸的禍根，因他們可能「本性難移」，不得不設「禁忌」，千方百計掩蓋自己的真面目。這種掩蓋實際是為後代凡人的違禁做了鋪墊，[93] 具警世作用。「白蛇傳」故事中白蛇的下場，也是在類似的心理作祟下，致法海終須收伏白蛇，將牠鎮壓於「雷峰塔」

呀！

# 註　釋

1　王溢嘉：〈蛇之魅惑與心之徬徨──試析白蛇傳〉，《古典今看
　　──從孔明到潘金蓮》（台北：野鵝出版社，1990年7月3版），頁
　　128～129。

2　王小盾：《神話話神》（台北：世界文物出版社，1992年5月），
　　頁89。

3　（蘇）海通著、何星亮譯：《圖騰崇拜》（上海：上海文藝出版
　　社，1993年），頁74。

4　同上註，頁216～226。

5　參見：何星亮：〈圖騰觀念〉，《中國圖騰文化》（北京：中國社
　　會科學出版社，1992年）頁55～90。

6　夏明：〈漢代陶井上的「神人操蛇制四方」圖騰〉，《歷史月刊》
　　（台北：1992年12月，第59期），頁114～117。

7　宋兆麟：〈什麼是「圖騰」？〉，《國文天地》（台北：1991年1
　　月，第6卷8期），頁100～102。

8　參見葉舒憲、俞建章：《符號：語言與藝術》（台北：久大文化
　　出版公司，1990年初版），頁154。

9　莫克：〈蛇崇拜〉，《蛇誌》（1994年12月，第6卷第4期），頁53。

10　傅錫壬：〈楚辭九歌中諸神之圖騰形貌初探〉《淡江學報》（台
　　北：淡江大學，1992年1月），頁11。

11　王迅：《騰蛇乘霧》（北京：社會科學文獻出版社，1998年7
　　月），頁8。

12　莫克：〈蛇崇拜〉，《蛇誌》，頁53。（同註9）

13　晉·郭璞傳；清郝懿行箋疏：〈大荒北經〉，《山海經》（台北：
　　漢京文化事業有限公司，1983年1月），頁448。

14　同上註，〈大荒西經〉，頁429。

15　同上註，〈大荒南經〉，頁413。

16　同上註，〈大荒北經〉，頁448。

17　王迅：《騰蛇乘霧》，頁15。（同註11）

18　漢·司馬遷：《史記(1)》卷八〈高祖本紀〉（台北：鼎文書局，

1987年9月），頁347。

19 (1)華夏集團——黃帝、陶唐氏。(2)東夷集團——太昊、少昊、臯陶、祝融族。(3)苗蠻集團——修蛇、三苗。(4)北狄集團——共工、后土、幽都。(5)羌戎集團——炎帝、己氏之戎。以上皆有以「蛇」為圖騰及崇蛇之風。王迅：《騰蛇乘霧》，頁16～41。（同註11）

20 晉·郭璞傳；清郝懿行箋疏：〈大荒北經〉，《山海經》，頁305。

21 漢·司馬遷：《史記(2)》，頁1299。（同註18）

22 漢·司馬遷：《史記(1)》，頁2。（同註18）

23 丁乃通著；陳建憲、黃永林譯：〈得道者與美女蛇〉，《民間文學季刊》（1987年，第3期），頁233。

24 《浙江杭州府錢塘縣雷峰寶卷》（上集）：「凡為仙者，必要酬恩報德，纔可位列仙班。你一千七百年前，原是一條小小白蛇，有一個乞丐，要將你一刀兩段，取出蛇膽。幸有一個木客，名曰呂泰，起了慈悲之心，取出一百銅錢，買你放生，故能修到如今。但此人今轉世在杭州，姓許名漢文。你前去報答，再來赴會。」見《白蛇傳》（台北：文化圖書公司，1983年5月再版），頁85～86。

25 「在結局的處理上（「白蛇傳」故事），縱使發展到了蛇女仙的階段，本質上也仍是『人與異類是無法永遠共處的』，不管是許仙心生害怕或已願意接納蛇妻，基本上都只能在了緣之前繼續共聚，而無法長相守的。」；「白蛇原本是禁忌物，她是美女與毒蛇的合體，既非完全的動物，又不是純粹的人類，處於模稜兩可狀態的物和人都是躁動不安的、痛苦的、不正常的。……，法海之所以要毀掉白娘子，是因為她是異類，並不是在於她的善與惡。說明此故事的禁忌母題著意揭示的是人與異類（自然與超自然）的矛盾及對立。」李豐楙：〈白蛇傳說的「常與非常」結構〉，收錄於李亦園、王秋桂編：《中國神話與傳說學術研討會論文集》（台北：漢學研究中心，1996年3月），頁425；萬建中：〈蛇郎蛇女故事中禁忌母題的文化解讀〉，《雲南大學人文社會科學學報》（2000年，第5期，第26卷），頁108。

26 晉·郭璞傳；清郝懿行箋疏：〈大荒北經〉，《山海經》，頁415。（同註13）

27　晉・干寶撰；汪紹楹校注：《搜神記》（台北：里仁書局，1999
　　年1月，初版三刷），頁231。

28　可參考張育甄：〈論「搜神記」中屠龍與英雄歷險典型——以
　　「李寄」殺蛇為例〉，《興大中文研究生論文集》（台中：中興大
　　學，2000年9月，第5期），頁141～150。

29　宋・李昉《太平廣記》第441卷，（北京：中華書局，1994年4月5
　　刷），頁3603。

30　同上註，頁3744。

31　故梁武帝蕭衍在〈孝恩賦〉中寫道：「靈蛇銜珠以酬德，慈烏反
　　哺以報親。」參見王迅：《騰蛇乘霧》，頁113。（同註11）

32　晉・干寶撰；汪紹楹校注：《搜神記》，頁238。（同註27）

33　見《搜神記》卷之三（稗海本卷）。晉・陶潛：《搜神後記》（台
　　北：木鐸出版社，1982年2月），頁85～86。「《搜神後記》應是繼
　　干寶《搜神記》而作的續書，二者在內容與文字上仍然有某些錯
　　綜複合的關係。和干寶的《搜神記》沒有什麼牽涉，而也叫做
　　《搜神記》的，另外還有兩本書，一是商濬《稗海》八卷本，一
　　是句道興一卷本。」見《搜神後記》出版說明，頁2。

34　王迅：《騰蛇乘霧》，頁114。（同註11）

35　「乾隆間蘇州雲龍閣刊《新編東調雷峰塔白蛇傳》彈詞開頭，交
　　代許仙前世，妻死後，化蛇而去，從此見蛇起善心，故後來曾救
　　過白蛇，白蛇報恩而有這段塵緣。」見車錫倫；〈《金山寶卷》
　　和白蛇傳故事研究中的幾個問題〉，《俗文學叢考》（台北：學海
　　出版社，1995年6月），頁133。

36　〈小雅・斯干〉，《十三經注疏本(2)・詩經》（台北：藝文印書
　　館，1979年3月7版），頁386～387。

37　同上註。

38　郭立誠：《中國藝文與民俗》（台北：漢光文化事業股份有限公
　　司，1991年6月），頁60。

39　王迅：《騰蛇乘霧》，頁62～63。（同註11）

40　郭立誠：《中國藝文與民俗》，頁63。（同註38）

41　同上註，頁63～64。

42　子弟書《合缽》中有云：「……空與你恩愛相隨這幾年！且休題
　　錦衣玉食長供奉，也休題堆金積玉有銀錢，也休題顛鸞倒鳳房中
　　樂，也休題對酒高歌月下歡。……虧了你毒心辣手太難堪！」傅

惜華編：《白蛇傳集》（上海：古籍出版社，1987年6月），頁
101。

43 郭立誠：《中國藝文與民俗》，頁64。（同註38）

44 琦君：《留予他年說夢痕》（台北：洪範書店，1998年11月），頁
181。

45 白素貞騙許仙，「蒼龍」佑福，為許仙「療驚」。田漢：《白蛇
傳》收錄於《中國新文藝大系·戲劇集（下）》（北京：中國文聯
出版社，1991年9月），頁276。

46 王迅：《騰蛇乘霧》，頁116～118。（同註11）

47 明·釋一如法師編纂：《三藏法數》（台北：慈雲山莊，三慧學
處，1995年7月），頁364。

48 王迅：《騰蛇乘霧》，頁120。（同註11）

49 如：《華嚴經》有無量諸大龍王，是水神，能興雲佈雨。《法華
經·提婆達多品》有龍女與佛的故事。《孔雀經》、《大雲經》
均有龍王之事。據說：大權菩薩曾示現龍身，普施雲雨，護國護
民。明·釋一如法師編纂：《三藏法數》，頁513。（同註47）

50 宋·李昉：《太平廣記》，第419卷，頁3410～3417。（同註29）
中國古代即有「龍」一詞，但「龍王」、「龍女」一詞，出現於
佛經中，「龍」在印度佛經中是以佛弟子身分出現，其生活、威
力、靈異等同於人，甚而可超出人類。佛經《感應記》、《龍王
授記品》，都與「龍」有密切關係。龍女故事是受印度那伽故事
的影響。唐人關於龍的小說除〈柳毅傳〉外，還有〈柳子華〉
（龍女求夫故事）（《太平廣記》，第420卷）、〈張無頗〉（人與龍
婚戀）（《太平廣記》，第419卷）、〈湘中怨解〉（人與蛇婚戀）
（《太平廣記》，第298卷）、〈應龍傳〉（《太平廣記》，第492卷）、
〈李衛公靖〉（《太平廣記》，第417卷）、〈蕭昕〉（人與龍女、神
女婚戀）（《太平廣記》，第421卷）、〈任頊〉（《太平廣記》，第
421卷）等。另可參考臺靜農：《佛教故實與中國小說》（台北：
聯經出版事業公司，1989年）。

51 龍女故事自東漢由漢譯佛經傳到中國，歷經魏晉南北朝，一直到
唐代才大放異彩。這期間悠久的歷史過程，是我們吸收外來文
化，進而創造自己文化的最好契機。

52 趙景深於「〈白蛇傳〉考證」一文中言：「『白蛇傳』雖非專闡佛
教，其來自印度卻有可信之處。本來有一派研究故事就說過，一

切故事起源於印度，又何況是蛇的故事，怎能使人不疑心出自蛇之國呢！……，大約這『白蛇傳』故事是從印度來的，另外印度又把這故事傳到希臘，以至英國濟慈有根據希臘神話而寫的七百行長的敘事詩『呂美亞』。……『呂美亞』與『白蛇傳』卻是同系的故事。」見趙景深：《彈詞考證》（長沙：商務印書館，1938年7月初版），頁1～6。該文另收於《白蛇傳》（台北：文化圖書公司，1993年7月再版），頁362～394。而朱眉叔於〈白蛇傳故事的原始素材外來說〉一文中認為：「有一些學者經過研究，以為白蛇傳的原始素材可能來自蛇之國印度。……『一切故事起源於印度，又何況是蛇的故事，怎能使人不疑心出自蛇之國呢！』〈趙景深；白蛇傳考證〉這種說法顯然不可信。大量事實說明中國很多故事都是土生土長，並非起源印度。……，不同國家的文學作品的題材具有類同性，這是中外文學史上常見的事實。……，白蛇傳故事並非來自外國，這就是我們的結論。」見朱眉叔：《白蛇系列小說》（瀋陽：遼寧教育出版社，2000年12月3印），頁4～8。

53 鄭芳：〈論文學創作出現相同現象的潛意識因素〉，《社會科學家》（1999年，第2期；總第76期），頁69～70。

54 孫昌武：《佛教與中國文學》（台北：東華書局，1989年12月），頁259～290。另可參見周慶華：《佛教與文學的系譜》（台北：里仁書局，1999年9月），頁143～157。

55 葛洪：〈對俗篇〉，《抱朴子》〔內篇·第三卷〕（上海：上海古籍出版社，1990年10月），頁15。

56 賀學君：〈論四大傳說的總體特徵〉，《民間文學季刊》（1989年，第4期），頁171。

57 可參考〈論仙卷〉、〈對俗卷〉、〈至理卷〉、〈雜應卷〉、〈仙藥卷〉、〈登涉卷〉、〈地真卷〉、〈袪禍卷〉、〈遐覽卷〉、〈逸民卷〉、〈任命卷〉、〈酒誡卷〉等。另可參考王迅：《騰蛇乘霧》，頁125～132。（同註11）

58 「吞食靈物而得道成仙，在道教傳說中也很普遍，但是從現有文獻來看，這些情節進入白蛇傳故事卻是明代以後的事。」見車錫倫：〈《金山寶卷》和白蛇傳故事研究中的幾個問題〉，《俗文學叢考》（台北：學海出版社，1995年6月），頁131。

59 見江蘇宜興一帶的傳說〈韋馱三戲白娘傳說〉。收錄於譚達先：

《中國四大傳說新論》（台北：貫雅文化事業有限公司，1993年6月），頁176～178。另見於鹿憶鹿：〈白蛇傳〉，《中國民間文學》（台北：里仁書局，2001年9月），頁37～46。李喬小說亦採此說，言法海「不是人，是一隻癩蝦蟆，老蟾蜍！」見李喬：《情天無恨——白蛇新傳》（台北：草根出版事業有限公司，1997年7月修版三刷），頁391。

60　如：「白素貞道：『我再蠢也知道我們犯剋，鶴兄既已成仙，當不會率爾殺生，招致不復的貶謫。』」大荒：《雷峰塔》（台北：天華出版社，1979年8月），頁142。

61　「……蘇州神仙廟裡的那個茅山道士，去年四月十四日，與白氏鬥法者也。當場吃了大虧，回山去修煉妙法，正所謂恨小非君子，無毒不丈夫；寒天吃冷水，點點在心頭，定要報復前仇。現幸妙法已成，煉就一條蜈蚣，定能收拾蛇怪，消釋此恨。」後白蛇降收蜈蚣，道士復仇計劃失敗。見文化圖書公司編輯部編：《白蛇傳》（台北：文化圖書公司，1993年7月再版），頁230～233。

62　〈小雅・羔羊〉，《十三經注疏(2)・詩經》，頁58。（同註36）

63　「一蛇吞象，厥大何如？」見，王逸章句；洪興祖補注：〈招魂〉，《楚辭》（仿古字版）（台南：北一出版社，1972年8月），頁56。

64　收錄於宋・郭茂倩編撰：《樂府詩集(1)》（台北：里仁出版社，1984年9月），頁592。

65　王迅：《騰蛇乘霧》，頁173～179。（同註11）另以「蛇」作詩詞網路檢索時，顯示資料為：（網址：http://cls.hs.yzu.edu.tw/QTS/HOME.HTM/網路展書讀）「全唐詩」中佔331首（354句）；「宋詩」中佔369首；「唐宋詞」中佔20首。足見古典詩詞中「蛇」為題材者頗多。

66　轉錄自《中國文學欣賞全集（25）》（台北：莊嚴出版社，1985年11月），頁75。

67　如：艾青、劉征都曾寫過新詩〈蛇〉，都是以傳統、寫實的手法來詮釋。

(1)（艾青：〈蛇〉）「……，美得令人發森/凶惡而又寧靜/……/陰柔中的貪婪/最毒又最狠/……/沒有惻隱之心/互相扭動身體/糾纏得難解難分/為了吸吮對方的血/只要咬住就不放/為自己的遍

體鱗傷/去換取敵人的死亡/……。」轉錄自周良沛：《馮至評傳》（重慶：重慶出版社，2001年2月），頁209～211。

  (2)（劉征：〈蛇〉）「……，涼森森，滑溜溜，還有點腥氣，/在蠕動，在爬行，噴著毒沫，/不是蛇是什麼，是什麼？！/快橫掃、炮打、火燒、油煎，把一切蛇都碎屍萬段！/黑的、白的，青的，花的，/蛇祖先蛇子孫都不要放過。/掃出一個空蕩蕩的世界，/住一個不是蛇的我。/……。」轉錄自藍棣之編：《當代詩醇——獲獎詩集名篇選萃》（北京：師範大學出版社，1989年3月），頁103～104。

68 轉錄自《新詩鑑賞辭典》（上海：上海辭書出版社，1991年11月），頁173～174；另可參見劉立波：〈一條出乎意料的《蛇》〉，《解放軍藝術學院學報》（2001年第1期），頁94～95。

69 馮至曾自述他寫〈蛇〉的動機是：見到一幅蛇的畫像，而產生的聯想。他說：「……，畫上是一條蛇，尾部盤在地上，身軀直立。頭部上仰，口中銜著一朵花。蛇，無論在中國，或是在西方，都不是可愛的生物，在西方它誘惑夏娃吃了禁果。（馮至將蛇以『它』稱之，而非『牠』）在中國，除了白娘娘，不給人以任何美感。可是這條直挺挺，身上有黑白花紋的蛇，我看不出什麼陰毒險狠，卻覺得美麗無邪。它那沉默的神情，像是青年人感到的寂寞，而那一朵花呢，有如一個少女的夢境。於是我寫了一首題為〈蛇〉的短詩，……。」轉錄自周良沛：《馮至評傳》（重慶：重慶出版社，2001年2月），頁205～209。

70 王迅：《騰蛇乘霧》，頁179～197。（同註11）

71 明·羅貫中原著：《繡像全圖三國演義》（台中：青山出版社，1977年6月），頁33。

72 明·施耐庵、羅貫中著；凌賡、恆鶴、刁寧校點：《容與堂本水滸傳》（上海：古籍出版社，1997年4月，6刷），頁7。

73 明·吳承恩：《西遊記》（台北：桂冠出版社，1994年4月再版5刷），頁842。

74 明·馮夢龍編撰；徐文助校訂、繆天華校閱：〈白娘子永鎮雷峰塔〉，《警世通言》（台北：三民書局，2001年4月），頁323。

75 見《雷峰寶卷》，收錄於傅惜華編：《白蛇傳集》，頁208。（同註42）

76 (1)見〈鄘風·君子偕老〉，《十三經注疏本(2)·詩經》，頁110。

（同註36）

(2)參見莫克：〈蛇崇拜〉，《蛇誌》，頁53。（同註9）

77　簡齊儒：《台灣地區蛇郎君故事之研究》（台中：中興大學中國文學研究所碩士論文，2000年9月），頁53～64。

78　劉魁立：〈中國蛇郎故事類型研究〉，《民間文學論壇》（北京：1998年第1期），頁40。

79　簡齊儒：《台灣地區蛇郎君故事之研究》，頁53～61。（同註77）

80　葉慶炳：〈禮教社會與愛情小說〉，《幼獅文藝》（台北：1977年6月，第282期），頁73～75。

81　同上註，頁75。

82　見宋・李昉《太平廣記》，第456卷，頁3726。（同註29）

83　晉・陶潛：《搜神後記》（台北：木鐸出版社，1982年2月），頁68。另見於宋・李昉〈太元士人〉，《太平廣記》，第456卷，頁3729。（同註29）

84　宋・李昉〈薛重〉《太平廣記》，第456卷，頁3735。（同註29）

85　宋・李昉〈朱覬〉《太平廣記》，第456卷，頁3733。（同註29）

86　宋・李昉〈王真妻〉《太平廣記》，第456卷，頁3732。（同註29）

87　宋・洪邁：〈夷堅三志辛卷第五〉，《夷堅志》（京都：株式會社中文出版社，據涵芬樓藏新校輯活字本影印，1980年12月），內頁6，總頁582。

88　明・馮夢龍《情史類略》卷二十一，收錄於國立政治大學古典小說研究中心主編：《明清善本小說叢刊初編(11)》（台北：天一出版社，1985年5月），頁43。

89　同上註，頁41～43。

90　芮不疑是隨父「掃墓」，而遇「青衣小鬟」，持簡邀之。「掃墓」的背景與許、白於清明時邂逅類似。而這「青衣小鬟」的角色，如同「白蛇傳」故事中的「小青」。又如：朱眉叔認為：「屈道人作法降妖，盒中藏符，都可能是法海使用金缽的前身。」朱眉叔：《白蛇系列小說》，頁19。

91　簡齊儒：《台灣地區蛇郎君故事之研究》，頁58。（同註77）

92　萬建中：〈蛇郎蛇女故事中禁忌母題的文化解讀〉，《雲南大學人文社會科學學報》（2000年，第26卷，第5期），頁109。

93　同上註，頁107。

# 第 3 章

# 白蛇傳故事的起源期

　　美麗而動人的「白蛇傳」故事，是中國「四大傳說」之一。它是動物變人，邂逅愛戀人間男子而締結情緣的故事。

　　依主題來看，這類故事大體有兩種類型。一種是「惡獸型」的故事，即動物變成美女，以窈窕之姿來迷惑、蠱害世人。故事的結尾，往往是動物現出原形，加害男子告終，或者再敷演情節，出現仙師道士，降服這個動物；另一種是「善獸型」的故事，動物變成溫柔而美善的女子，和男子真心相愛，並無心存害人之念，而是真誠、熱烈的表達情感，這與一般男女相戀的模式相同，經過磨鍊與考驗後，情感彌堅，永恆不渝。「白蛇傳」故事兼具這兩種類型：「白蛇」起初是惡獸型，後來逐步演化為善獸型，故事的主題和情節，不斷的嬗變，頗具歷史與時代的意義。[1]

　　大抵說來，民間故事的發展原則，都是先由根源，然後萌芽生枝，燦然成樹，亭亭如蓋。發展的程序循著：「雛型」→「進展」→「成熟」等三個脈絡演化進行。「白蛇傳」故事的演進過程，最早溯自唐代傳奇，直至明朝馮夢龍〈白娘子永鎮雷峰塔〉，才見較完整的故事雛形。

　　關於「白蛇傳」故事的起源，學者們提出許多不同的看法。三十年代的研究者認為：白蛇傳說的由來，既有中國的

基礎，又有外國的源流。[2] 往後的研究者，多不採外來說，而是以新的觀點，依照我國傳統文獻為基礎，綜合民間流傳的口頭傳說加以考證，由於依據不同，意見亦有分歧。[3] 茲將馮氏之前有關白蛇故事的作品，歸之為「白蛇傳」故事的起源期，加以略敘。這類作品大體上是屬於「惡獸型」的故事，這種「毒物」具有以「色誘害人」的特性。這些早期的白蛇故事，賦予蛇妖「美女」的外殼，卻令人有恐怖、憎惡的自然屬性。它們缺乏藝術美感，具宣傳說教的性質。

# 第一節　唐人筆記中〈李黃〉等故事

傳奇小說是在唐代開始出現的文言短篇小說，這種小說在宋、元、明、清續有創作。承前章所言「人蛇戀」的主題，可知在唐以前的古典小說中，絕大多數的蛇妖都是男性，而「白蛇傳」故事中的蛇妖——白素貞，卻是一位絕美的女性。因此，本論文根據各家的說法，將〈李黃〉、〈李琯〉這二篇「人」（男）與「白蛇」（女）之戀，溯為「白蛇傳」故事的源頭。

## 李　黃

元和二年，隴西李黃，鹽鐵使遜之猶子也。因調選次，乘暇于長安東市，瞥見一犢車，侍婢數人於車中貨易。李潛目車中，因見白衣之姝，綽約有絕代之色。李子求問，侍者曰：「娘子孀居，袁氏之女，前事李家，今身依李之服。方除服（「除服」原作「外

除」，據明鈔本改），所以市此耳。」又詢：「可能再
從人乎？」乃笑曰：「不知。」李子乃出與錢（「錢」
字原空闕，據明鈔本補）。帛，貨諸錦繡，婢輦遂傳
言云：「且貸錢買之，請隨到莊嚴寺左側宅中，相還
不負。」（「負」原作「晚」，據明鈔本改）李子悅。
時（「時」字原闕，據明鈔本補）已晚，遂逐犢車而
行。礙夜方至所止，犢車入中門，白衣姝一人下車，
侍者以帷擁之而入。李下馬，俄見一使者將榻而出，
云：「且坐。」坐畢，侍者云：「今夜郎君豈暇領錢
乎？不然，此有主人否？且歸主人，明晨不晚也。」
李子曰：「迺今無交錢之志，然此亦無主人，何見隔
之甚也？」侍者入，復出曰：「若無主人，此豈不
可，但勿以疏漏為誚也。」俄而侍者云：「屈郎君。」
李子整衣而入，見青服老女郎立於庭，相見曰：「白
衣之姨也。」中庭坐，少頃，白衣方出，素裙粲然，
凝質皎若，辭氣閑雅，神仙不殊。略序款曲，飄然却
入。姨坐謝曰：「垂情與貨諸彩色，比日來市者，皆
不如之。然所假如（明鈔本「所假如作其價幾」）
何？深憂愧。李子曰：「綠帛麤繆，不足以奉佳人服
飾，何敢（「敢」原作「苦」，據明鈔本改）指價乎？」
答曰：「渠淺陋，不足侍君子巾櫛。然貧居有三十千
債負，郎君儻不棄，則願侍左右矣。」李子悅。拜於
侍側，俯而圖之。李子有貨易所，先在近，遂命所使
取錢三十千。須臾而至，堂西間門，劃然而開。飯食
畢備，皆在西間。姨遂延李子入坐，轉盼炫煥。女郎
旋至，命坐，拜姨而坐，六七人具飯。食畢，命酒歡

飲。一住三日，飲樂無所不至。第四日，姨云：「李
郎君且歸，恐尚書怪遲，後往來亦何難也？」李亦有
歸志，承命拜辭而出。上馬，僕人覺李子有腥臊氣異
常。遂歸宅，問何處許日不見，以他語對。遂覺身重
頭旋，命被而寢。先是婚鄭氏女，在側云：「足下調
官已成，昨日過官，覓公不得，某（「某」原作
「其」，據明鈔本改）二兄替過官，已了。」李答以媿
佩之辭。俄而鄭兄至，責以所往行。李已漸覺恍惚，
祗對失次，謂妻曰：「吾不起矣。」口雖語，但覺被
底身漸消盡，揭被而視，空注水而已，唯有頭存。家
大驚懼，呼從出之僕考之，具言其事。及去尋舊宅
所，乃空園。有一皂莢樹，樹上有十五千，樹下有十
五千，餘了無所見。問彼處人云：「往往有巨白蛇在
樹下，便無別物，姓袁者，蓋以空園為姓耳。」[4]（出
《博異志》）

文中記士人李黃，在長安遇到一位白衣美女，在她家住了四
天之後，家人覺得李黃身上全是腥臊氣，李黃也覺得頭昏身
重，即倒睡床上，在說話之間，被子底下的身體已漸消蝕，
家人掀開被子一看，李黃只剩頭顱，身下已化為一灘水。後
來家人找到白衣美女的「家」——只是一所空園，一棵皂莢
樹。據附近居民說，常見到一條白蛇，出沒於樹間。

〈李黃〉、〈李琯〉是唐代傳奇小說集《博異志》中的兩
篇，後來都收錄在宋人李昉主編的《太平廣記》之中，明·
陸楫編在《古今說海》中，稱為〈白蛇記〉，[5]是十分恐怖的
故事類型。〈李黃〉中白衣美女與「白蛇傳」故事中女主角

同是「孀居」身分。〈李黃〉故事於搭訕後，以「借錢」（李男）須「還錢」（女）的理由，而進入女家。女方因故遲延拖欠，致使李黃羈留，而有展開進一步相戀交往的機會。「白蛇傳」故事也因「借傘」、「還傘」之由，藉故熟稔而婚盟。〈李黃〉與「白蛇傳」故事最大不同點是：〈李黃〉中「白衣美女」，以「色相惑人」，並利用李黃愛慕她的弱點而「迷惑騙財」。甚而，奪人精氣神魂，讓李黃枉送性命。頗有「貪戀美色」，而「咎由自取」的意味。「婚外艷遇」讓李黃忘記仕宦就職的要務，欺騙家人的作法，似也顯現出人性弱點——「色」如「毒藥」，斷送家庭幸福、前程功名、個人性命，其有告誡警世作用。薛寶琨說：

> 〈李黃〉所描寫的正是導源於蛇的自然屬性。蛇的壞心、惡意等狀態，是由於其對人「壞的、有害的感覺」而引起的。……，它隱喻的是「色空」而不是愛情，是「妖性」而不是人情。女人妖性和妖性人化是一致的。女人即妖，妖似女人，這正是〈李黃〉的主題。[6]

〈李黃〉表現的不是兩性共處的生活關係，而是「色欲」的結合，是動物性的原欲層面，缺乏感情的基礎，一種把女人視為「洪水猛獸」一般的抽象觀念。[7]而〈李琯〉也是一篇雷同之作：

### 李　琯

復一說，元和中，鳳翔節度李聽，從子琯，任金吾參軍。自永寧里出遊，及安化門外，乃遇一車子，通以

銀裝，頗極鮮麗。駕以白牛，從二女奴，皆乘白馬，
衣服皆素，而姿容婉媚。琯貴家子，不知檢束，即隨
之。將暮焉，二女奴曰：「郎君貴人，所見莫非麗
質，某皆賤質，又醜陋，不敢當公子厚意。然車中幸
有姝麗，誠可留意也。」琯遂求女奴，乃馳馬傍車，
笑而廻曰：「郎君但隨行，勿捨去。某適已言矣。」
琯既隨之，聞其異香盈路。日暮，及奉誠園，二女奴
曰：「娘子住此之東，今先去矣。郎君且此廻翔，某
即出奉迎耳。」車子既入，琯乃駐馬於路側。良久，
見一婢出門招手。琯乃下馬。入座於廳中，但聞名香
入鼻，似非人世所有。琯遂令人馬入安邑里寄宿。黃
昏，方見一女子，素衣，年十六七，姿艷若神仙。琯
自喜之心，所不能諭。及出，已見人馬在門外，遂別
而歸。纔及家，便覺腦疼，斯須益甚，至辰巳間，腦
裂而卒。其家詢問奴僕，昨夜所歷之處，從者具述其
事，云：「郎君頗聞異香，某輩所聞，但蛇臊不可
近。」舉家冤駭，遽命僕人，於昨夜所止之處覆驗
之，但見枯槐樹中，有大蛇蟠屈之跡。乃伐其樹，發
掘，已失大蛇，但有小蛇數條，盡白，皆殺之而歸。[8]
（出《博異志》）

這則故事與〈李黃〉相同的是：同是在街市上邂逅嬌顏，尾
車跟隨，看到女子色容豔麗，宛若神人，即一見傾心。等到
他們回家後，也都感到不適，而俱入黃泉。跟隨他們同行的
僕人，聞到的都是腥臊的蛇氣，但為美色所迷惑的士人，反
覺得異香撲鼻，無法自拔。家人們追根究底後尋找到答案，

都是盤藏於樹中的「白蛇妖」作怪，牠們幻化成美女，以蠱惑男子，佈置幻境，讓醉心佳人的士子們誤墜情網，成為「牡丹花下死」的風流冤魂了！

　　這兩則「蛇妖」媚人的故事，都是「白蛇」戀人的典型。著「素衣」白服，以煥麗的外表，讓人痴醉迷戀。一場溫存纏綿後，竟是銷魂奪命的下場，怎不叫人唏噓呢？牠們都具「蛇性」──原形是蛇，有毒性，毀人性命；「妖性」十足──幻為美女，佈置幻景；還有「人性」──貪愛青年男子，色誘相戀。大陸學者朱眉叔認為：上述之人與白蛇相戀的故事，為後來的「白蛇傳」故事提供了素材，讓荒誕不經的神怪傳說，轉向反映社會生活與現實矛盾。兩則故事都體現了一個共同主題：勿貪色好淫，以免惹來殺身之禍。[9]

　　故唐傳奇中的〈白蛇記〉是「惡獸」害人的典型，讓人聞之膽寒心驚，具有奇聞警世的作用。但故事較為簡略粗糙，缺乏深刻的意涵。只是說明：「艷遇」非福，「蛇妖」儷人罷了。

# 第二節　宋人《夷堅志》中〈孫知縣妻〉

　　唐傳奇〈白蛇記〉中的人蛇相戀，是短暫的露水姻緣，逢場作戲。人與蛇交媾後，結果是得不償失，枉送性命。「白蛇傳」故事裡，白蛇與許仙曾締結姻緣，有夫妻的名實。在宋・洪邁撰《夷堅志》中，有一則〈孫知縣妻〉，也是「蛇」妻「人」夫的故事：

## 孫知縣妻

丹陽縣外十里間，士人孫知縣，娶同邑某氏女。女兄弟三人，孫妻居少。其顏色絕艷，性好梅粧，不以寒暑著素衣衫，紅直繫，容儀意態，全如圖畫中人。但每澡浴時，必施重幃蔽障，不許婢妾輒至，雖揩背亦不假手。孫數扣其故，笑而不答。歷十年，年且三十矣，孫一日因微醉，伺其入浴，戲鑽隙窺之。正見大蛇堆盤於盆內，轉盼可怖。急奔詣書室中，別設床睡。自是與之異處。妻蓋已知覺，才出浴，即往就之，謂曰：「我固不是，汝亦錯了。切勿生他疑。今夜歸房共寢，無傷也。」孫雖甚懼，而無詞可却，竟復與同衾，綢繆燕昵如初。然中心疑憚，若負芒刺，展轉不能安席。怏怏成疾，未踰歲而亡，時淳熙丁未歲也。張思順監鎮江江口鎮，府命攝邑事，實聞之。此婦至慶元三年，年恰四十，猶存。[10]

孫知縣與「蛇」妻相處十年，平安無事。只是其妻於沐浴、擦身時，不許人近。孫氏屢次疑惑問妻子原因，妻子僅笑而不答。一日，微醉的孫氏，趁妻子洗浴時窺伺，竟見到她「蛇」形恐怖的模樣，即「本能」地「分床」避禍。妻子知道東窗事發後，丈夫嫌惡自己，主動保證不會傷害丈夫，丈夫無詞相對下，仍與妻子同衾共枕。但「心病」難醫下，抑鬱而終。蛇妻依然健在，且為他人見聞確有此事。

　　這段故事的「蛇」妻與「白蛇傳」故事的蛇妻一樣，於「禁忌」被揭，洩露身份後，雖未曾傷害自己的丈夫，但都遭到「驚疑與排斥」。孫知縣與許仙的心態相同，知道妻子

原形是「蛇」時，都心存懼憚，對「愛妻」敬而遠之。但終究拗不過妻子溫情相待，又擔心其顯露蛇性凶殘本質，吞噬自己的情形下，均與「蛇」妻同房共處，沉迷歡愛中，顯示出他們懦弱的本性。唯〈孫知縣妻〉故事較為簡單，沒有出現道士或法師「收妖鎮邪」的結局，而是被自己「心魔」所困，憂鬱成疾而亡。

這說明：「蛇精」不一定都會害人，真正「著魔」的是自己的「心障」。因為與「蛇」妻結髮十年，都無傷於夫，足見牠無害人之衷。而「人」與「畜」本是異類，是不宜通婚共處。人類基於「現實」的考量，本能地會以「防衛機制」的心態，預防「畜類侵害」。但事實上，則是「否定畜類情義」的存在性。因此，即使「蛇」妻貴以真心相待，溫柔相守，無怨無悔的深愛丈夫，也不一定會取得丈夫的認同，衝破人、畜之間的藩籬限制，獲致到情感上的「尊重」與「回饋」。這是「蛇」妻之悲，「人」夫之「哀」，也是「白蛇傳」故事中，溫柔可愛的蛇妻──「白素貞」，千古以來贏得人們同情與讚嘆的原因吧！

# 第三節 宋《清平山堂話本》中 〈西湖三塔記〉等故事

宋代話本〈西湖三塔記〉中，[11] 也寫了白蛇變化害人的故事，其大意如下：

岳相公麾下有一位奚姓的統制官，有一子名為奚宣贊，與妻母同住。年方二十餘的他，於清明時遊西湖，巧遇一位

著縞素衣服的女孩，迷蹤失路。女孩自稱姓白，名卯奴，和婆婆閒走出遊，不慎失散。在白卯奴哭鬧央求下，宣贊只好將她帶回奚家，勾留十餘日。而後婆婆尋著卯奴，感念宣贊的搭救之恩，於是邀請他前去作客。

宣贊至卯奴家後，見到其母乃是一位如花似玉的白衣婦人，即心神蕩漾，痴醉愛戀。席間竟見有人來稟告婦人——「以新代舊」。即見婦人召了兩力士，活捉一後生，剖肚挖肝，作為佳餚。宣贊當即膽戰驚恐，不敢舉箸。白衣婦人自稱無夫，願以身相許。酒色情迷之下，遂入蘭房燕好。住宿半月餘，宣贊已面黃肌瘦，擬歸家數日。有人稟告白婦，新人已到，可換舊人，即命取宣贊的心肝，並以籠罩之。宣贊三魂蕩散，求救於卯奴，卯奴以飛羽護送宣贊脫困。

宣贊回家後，告訴母親詳情，即尋閒房吉時喬遷他處。一年後的清明時節，宣贊閒遊間，射一烏鴉，瞬間化為卯奴的婆婆，將他擒赴白衣婦人的府第中，復留作夫妻。宣贊經半月餘後，思歸探母，稟告之，引起勃然大怒，命鬼使取宣贊心肝，卯奴求情未果，仍強行羈於鐵籠之中。卯奴伺機，再救宣贊。歸家後即告知老母蒙難經過，於是足不出戶。

宣贊之叔——奚真人，於龍虎山出家學道。察見妖氣沖天，循線來訪，洞悉實情後，書道符、遣神將，捉拿三妖——婆子、卯奴、白衣婦人；令牠們現出原形——獺、烏雞、白蛇。奚真人取鐵罐，分盛裝之。並化緣造塔，鎮住三怪於湖中，迄今仍為古蹟遺蹤。而宣贊隨叔叔、母親，在俗出家，百年而終。

〈西湖三塔記〉的「白蛇」形象，還是「惡獸」型——令人驚悚恐懼。會殺人取肝，喜新厭舊，好逞淫欲，缺乏人

性。對於女兒的救命恩人，忘恩負義，企圖吞噬奪命。凶殘暴怒，獸性畢露。而奚宣贊和〈李黃〉一樣，都是成為「婚外情」——「艷遇」的受害者，隱含「色迷心竅」、「貪欲招禍」的警世、教化意義。

〈西湖三塔記〉與〈白娘子永鎮雷峰塔〉故事內容相比較，有許多雷同之處：

1. 故事發生的地點：以西湖的地緣為背景。
2. 故事發生的時間：清明時節。
3. 故事的結局：道法收妖，鎮壓其中，受害者「悟道」，修行有成。
4. 故事中白蛇造型：幻化為白衣美婦，具「獸性」。
5. 故事的情感狀況：有夫妻之名實，白蛇糾纏索求，離而後合。
6. 男主人翁對白蛇的態度：都曾經疑懼躲避「牠」。
7. 結緣的原因：以義助人，而衍生進一步的情節發展。
8. 收妖之兆：施法者道法高深，觀察黑氣沖天，主動救贖受害者。

故〈西湖三塔記〉為〈白娘子永鎮雷峰塔〉提供許多創作線索，致後出轉精，初具「白蛇傳」故事的基礎。且在〈西湖三塔記〉中，奚宣贊的父親是——「岳相公麾下統制官」，李喬撰寫《情天無恨——白蛇新傳》時，即利用歷史政治為背景，將許宣（依李喬之稱）塑造為一位落拓的官宦子弟。但不同處為：後者是「主和派」將軍之子，玩世不恭的士子。

「白蛇傳」故事除了與〈西湖三塔記〉的素材相契合外，也與〈雙魚扇墜〉這篇話本小說有關聯之點。在綠天館

主人《古今小說·序》中，曾提到：

> 按南宋供奉局，有說話人，如今說書之流。其文必通
> 俗，其作者莫可考。泥馬倦勤，以太上享天下之養，
> 仁壽清閒，喜閱話本，命內璫日進一帙，當意，則以
> 金錢厚酬。於是內璫輩廣求先代奇蹟及閭里新聞，倩
> 人敷演進御，以怡天顏。然一覽輒置，率多浮沉內
> 庭，其傳布民間者，什不一二耳。然如《翫江樓》、
> 《雙魚墜記》等類，又皆鄙俚淺薄，齒牙弗馨焉。[12]

可惜《雙魚墜記》故事已失傳。[13]但明·田汝成於《西湖遊
覽志餘》中，曾提到當時傳唱此故事的情形：

> 杭州男女瞽者，多學琵琶，唱古今小說、平話，以覓
> 衣食，謂之陶真。大抵說宋時事，蓋汴京遺俗也。瞿
> 宗吉〈過汴梁詩〉云：「歌舞樓臺事可誇，昔日曾此
> 擅豪華，尚餘艮獄排蒼昊，那得神霄隔紫霞？廢苑草
> 荒堪牧馬，長溝柳老不藏鴉。陌頭盲女無仇恨，能撥
> 琵琶說趙家。」其俗殆與杭無異，若《紅蓮》、《柳
> 翠》、《濟顛》、《雷峰塔》、《雙魚扇墜》等記，皆
> 杭州異事，或近世所擬作者也。[14]

由此可知《雙魚墜記》在當時已廣為流傳，成為講唱者演說
的題材，且在民間也極為流行。故事全貌雖已不可見，但在
《西湖遊覽志餘》中，卻記錄了這個故事的梗概：

弘治間，旬宣街有少年子徐景春者，春日遊湖山，至斷橋，時日迫暮矣，路逢一美人與一小鬟同行。景春悅之，前揖而問曰：「娘子何故至此？」答曰：「妾頃與親戚同遊玉泉，士子雜遝，遂失群，悃悃索途耳。」景春曰：「娘子貴宅何所？」答曰：「湖墅宦族孔氏二姊也。」景春遂送之以往，及門，強景春入曰：「家無至親，郎君不棄，暫寄一宿，何如？」景春大喜，遂入宿焉。備極繾綣，以雙魚扇墜為贈。明日，鄰人張世傑者，見景春臥冢間，扶之歸。其父訪之，乃孔氏女淑芳之墓也，告于官，發之，其祟絕焉。[15]

這雖不是人蛇之戀，而是人鬼之戀。但美人與丫鬟出現在斷橋，與「白蛇傳」故事中白娘子與小青伴隨出現西湖類似。孔淑芳贈景春雙魚墜，白娘子贈許仙珊瑚扇墜，兩物極為相像。小丫鬟為孔、徐二人作媒，小青為白、許二人牽線，又十分相同，由於傳說故事本是來自於民間的流佈，而逐漸醞釀、遞嬗為文學創作的來源，故匯集增華的情形，極為自然而普遍。所以，《雙魚墜記》也提供了「白蛇傳」故事一些創作的素材，是無庸置疑的。

此外，明‧錢唐人田汝成所輯撰的《西湖遊覽志》第三卷之「南山勝蹟」中，記載了「雷峰塔」的勝景及傳說：

雷峰者，南屏山之支脈也。穹窿迴映，舊名中峰，亦曰迴峰，宋有道士徐立之居所，號迴峰先生，或云有雷就者居之，故又名雷峰。吳越王妃於此建塔，使以

> 千尺十三層為率，尋以財力未充，姑建七級，後復以
> 風水家言，止存五級，俗稱王妃塔。以地產黃皮木，
> 遂訛黃皮塔。俗傳湖中有白蛇，青魚兩怪，鎮壓塔
> 下。[16]

這「白蛇、青魚」兩怪，可說即是〈白娘子永鎮雷峰塔〉中的「白娘子」與「青青」的由來。對於「白蛇傳」故事的起源，已有諸多學者作過研究。[17]大陸學者朱眉叔於《白蛇系列小說》中，踵前人之說，搜羅整理後指出：若將五段神怪傳說、[18]三篇傳奇小說、[19]兩篇話本小說，[20]加以綜合梳理，有所取捨，即可掌握了「白蛇傳」的輪廓。所以他即以此論證：「白蛇傳」故事源於中國，並非外傳之說，駁斥趙景深先生等人的看法。

引人注目的是：最近孟繁仁在〈《白蛇傳》故事源流考〉中，提出新的歷史、地理與傳說資料，為「白蛇傳」故事的起源，提供了新的線索，有別於以往學者之論，頗值得參考，茲將其論引述如下：[21]

孟氏在考證過各家「白蛇傳」故事的版本，並以黑山金山寺的地圖查證後發現：「白蛇傳」故事濫觴於北宋後期河南湯陰黑山一帶（今屬河南省鶴壁市郊區）民間流行的「白蛇鬧許仙」故事；後經宋室南渡而遷播南方並與杭州一帶流行的〈西湖三塔記〉故事嫁接、融匯，演變成現在流行的「白蛇傳」故事。

## 一、關於「白蛇鬧許仙」的傳說

「白蛇傳」故事起源於北方河南省鶴壁市黑山之麓、淇河之濱的許家溝村。許家溝所依的黑山，又名金山、墨山、大伾山，依《湯陰縣志》記載，這裡本有「犢配連眉」的典故，此典故演變成為「白蛇鬧許仙」的傳說。

在黑山西南約八里左右的南山村青岩絕，有一「白蛇洞」，住一修行千年、即將蛻化成仙的「白蛇仙女」，附近還有一個「青魚洞」，住一即將蛻化成仙的「青魚精」。某年初冬，許仙的先人到青岩絕一帶放牧，見一老鷹正捕捉一條凍僵的白蛇，許仙的先人見此而生憐憫心，將白蛇救回餵養，春天時才原地放生。

白蛇後來修煉成仙，為報答許家的救命之恩和嚮往人間的幸福生活，而產生嫁許家後人——牧童許仙的想法。白蛇仙女和青魚精小青變為二女，她們作法下雨，藉機邂逅許仙。許仙見二女被雨淋得狼狽不堪，好心借傘給她們。小青登門還傘，見許家雜亂，問明許仙尚未婚配，即撮合許、白結為夫婦。

白娘子常以草藥為村民治病，聲名遠播，使得附近的「金山寺」的香火變得冷落，因大家不再前往寺中祈求治病。[22] 金山寺裡的長老「法海和尚」即是當年欲叼食白蛇的老鷹轉世，他知以往的因緣，故欲破壞許、白的婚姻，以吐怨氣。春天因白蛇要蛻皮，她指示丈夫到黑山附近的冷泉村看泉、趕會。法海為點悟許仙，也特地趕來。說他妻子是「蛇精」所變，他有性命之危。許仙回家果見一條翻動的大

白蛇，即受驚嚇死。白娘子與小青趕到蓬萊仙島盜回靈芝仙草，救回許仙的性命。

農曆二月十五日是金山寺傳統廟會。許仙藉口「看臥佛」到寺中求法海救命，法海即將其藏匿。白、青前去求饒放人不成，調動淇河之水，漫灌金山寺。因白娘子懷孕，觸動胎氣，終於被法海以金缽罩住，現出原形。因白娘子懷孕與許仙的苦苦哀求，白娘子才未被處死，而被壓於金山寺前南山頂上的「雷峰塔」下，熬過十八年的苦難時光。許仙心灰意冷下，在雷峰塔下出家修行，護塔侍子。而後白蛇之子許仕林高中狀元，回鄉祭祖拜塔，才救出母親，一家團圓。

因事久年湮，位於「金山嘉佑禪寺」南山頂上的雷峰塔早已坍毀無存，但遺址猶存。當地民間為紀念白娘子的恩德，尊稱她為「白衣菩薩」、「白衣娘娘」，她在青岩絕修行的天然溶洞也被名為「白衣仙洞」，洞前還蓋了小廟，至今成為當地淇河邊的名勝。

孟氏認為「許家傳說」中的「白蛇鬧許仙」故事有許多真實、合理之處：

1.「許仙」的祖上因搭救白蛇仙女而與之成婚，且「許家溝村」早年以「許」姓人家居住而得名。清代以前，該村居民皆許姓人家，清代中葉以後，才有他姓人家遷入。此人物的出處和姓名來歷，比〈白娘子永鎮雷峰塔〉裡「許宣」之名更切合於生活真實。

2.「白蛇鬧許仙」中說白蛇仙女是為報恩而與許仙結婚，此說符合傳統道德觀念，比〈白娘子永鎮雷峰塔〉裡，一見鍾情、相愛許身的輕率行為，有更為深刻、可信的行為動機。

3. 以地理位置分析：金山寺與許家溝村近在咫尺，有地
　　緣上的關係。杭州與鎮江的金山寺，卻相去甚遠。而
　　「白蛇鬧許仙」提到白蛇與法海因先有「夙冤」，後因
　　金山寺的香火衰微，才導致法海干預，較為合乎情
　　理。

「白蛇鬧許仙」故事，具備「白蛇傳」故事發生的諸多因
素，以地理觀點作分析，更為合理。因為杭州只有「靈隱寺」
而無「金山寺」，由數百里外鎮江金山寺「借廟」敷演，不
夠自然。而盜仙草則「捨近求遠」跑到三、四千里外的「峨
嵋山」，似乎有移花接木、東拼西湊、人為雕琢的痕跡。

　　孟氏認為：位於黑山南麓的金山寺，創建於北宋仁宗
（一○五六～一○六三）年間，以寺院所在的地望和創建年
代而得名。「白蛇鬧許仙」故事當成型於北宋後期。〈白娘
子永鎮雷峰塔〉故事中的「金山寺」正是從原河南湯陰縣、
浚縣交界處的黑山「金山嘉佑禪寺」發軔而來。他還說了兩
個旁證：

　　　　一是黑山金山寺有「睡佛殿」即「臥佛殿」。這一帶
　　　　自古相傳：民間有每年農曆二月十五到金山寺趕廟
　　　　會、看臥佛的習慣，在馮夢龍小說〈白娘子永鎮雷峰
　　　　塔〉裡，有如下一段描寫：「時值春氣融和，花開如
　　　　錦，街坊熱鬧。許宣問主人道：『今日如何人人出去
　　　　閒遊，如何喧嚷？』主人道：『今日是二月半，男子
　　　　婦人都去看臥佛。』」這段顯然和黑山金山寺的廟會
　　　　同出一轍。
　　　　二是在黑山以北數里有村名曰冷泉村，村中有冷泉寺

和冷泉多處，……，在馮夢龍小說〈白娘子永鎮雷峰塔〉裡，描寫金山的風景時說：「山前有一亭，今喚作『冷泉亭』。」這正是黑山金山寺一帶風景的反映，只不過寫錯了一個字：把「山後」寫成了「山前」而已。據筆者了解：江蘇鎮江「金山寺」之前、之後一帶，並沒有冷泉、冷泉亭或冷泉村等地名。可見馮夢龍筆下的〈白娘子永鎮雷峰塔〉故事，顯然是從黑山一帶流傳的「白蛇鬧許仙」故事脫胎而來。[23]

孟氏又指出杭州「雷峰塔」原名「黃妃塔」等名，[24] 是為慶賀五代吳越王錢鏐的愛妃黃氏得子而建，南宋時重修，明代被入侵的倭寇燒毀，一九二四年轟然倒塌[25]。「黃妃塔」與「白蛇傳」故事毫無關係，故杭州西湖邊的雷峰塔之名，是由黑山金山的雷峰塔移植而來。[26]

## 二、 「白蛇傳」故事南播與〈西湖三塔記〉嫁接成新

孟氏研究認為：「白蛇鬧許仙」的故事向江南一帶流傳與金人南侵、宋室南渡有關，其中的「媒體」為追隨宋高宗趙構以及岳飛的「相州籍」軍中士兵有關。他們被大量招募而南渡，自然地將「白蛇鬧許仙」的故事流傳至臨安。而高宗晚年曾有說話藝人朱修、孫奇等人擔任「御前應制」，他任太上皇後，又「喜閱話本」，「命內當日進一峽。當意，則以金錢厚酬」。因「上有所好，下必甚焉」，昔日在相州風行富「故地」鄉土色彩的「白蛇鬧許仙」故事，即被這些慰

藉「鄉愁」者傳述，或許因此成為宋、元時期「白蛇傳」故事在杭州一帶廣泛流傳的主要因素。[27]

此時，浙江杭州一帶本身也流傳著有關「白蛇成妖」的故事，這就是保存在宋元話本集《清平山堂話本》裡的〈西湖三塔記〉。它遂於「白蛇鬧許仙」故事相融匯，而成為「白蛇傳」故事的素材。二者在人物和情節方面，存有幾點相近、雷同之處：

1. 都是白蛇修煉成精，蠱惑青年男子與之交媾、成婚的故事。

2. 干預人、妖婚媾事件者，都是有法術的宗教人物。

3. 都以「鎮塔」方式為降妖的手段。

4. 兩故事都流傳於南宋前期的高宗、孝宗階段。

由於兩故事頗有雷同處，孟氏推測：可能是書會才人在敷演講述中，難免產生混淆，影響「說話」效果，在市民聽眾中也造成混亂，所以兩個故事在敷演、流傳中逐漸合而為一，最後嫁接、融匯為後來的「白蛇傳」故事。[28]

在演變過程中，兩故事的人物和情節發生了以下變異：[29]

1. 作品的女主角由一個修煉成人、隔世報恩、為人醫病的「白蛇仙女」，和一個修煉成精、吃人心肝的「白蛇妖精」，演化為一個熱愛人間生活、大膽追求自由愛情、勇敢捍衛幸福婚姻的「白娘子」。

2. 作品的男主角由善良的農村放牛少年許仙和城市已婚青年奚宣贊，演變成為心地善良、樂於助人的城市未婚青年許宣。

3. 許、白婚姻的干預者由「黑山金山寺」的法海和尚和江西「龍虎山道士」奚真人，演變成為江蘇「鎮江金

山寺」的法海禪師。

4. 鎮壓白娘子的鎮物，由黑山金山寺的「雷峰塔」和西湖中的「三塔」，演變成維修建於五代時期的杭州「雷峰塔」。

5. 〈西湖三塔記〉中的「烏衣婆婆」、「卯娘」消失；「白蛇鬧許仙」中的「青魚精」演化為「白蛇傳」故事中的青兒。

6. 增加「遊湖借傘」、「水漫金山」、「斷橋相會」等細膩情節，使故事更曲折動人、富於人情色彩……。

以上是孟氏根據地理資料、歷史考證、田野調查的結果所提出的看法，是突破性的見解。但是該文的末段看法，筆者認為卻有待修正：

> 「杭州型」的「白蛇傳」故事雖然明白顯露出「人工雕琢」的痕跡，但它在「白娘子、許仙」愛情、婚姻模式的處理上，已經明顯的擺脫了「白蛇鬧許仙」故事的「隔世報恩」、「因果相報」等傳統道德的宿命情調，以及〈西湖三塔記〉故事的詭異、神怪色彩，……。[30]

誠如孟氏所言：「水漫金山」、「斷橋相會」的確是「白蛇傳」故事後來「潤飾」的部分（方成培撰《雷峰塔傳奇》時所增加的情節）。而「隔世報恩」與「因果相報」的思想其實並未從「白蛇傳」故事中擺脫。在玉山主人《雷峰塔奇傳》中明顯呈現，甚至廣為出現在往後與「白蛇傳」故事有關的民間戲曲、曲藝、小說中，故「白蛇鬧許仙」報恩的道德情

操與因果報應的思想，是一直普遍存在於中國人傳統的人生哲學中，也普遍流行於文學創作裡，因此，對於孟氏之說筆者需在此作一補充說明。

孟氏的新發現，為「白蛇傳」故事的起源，提供了新線索，能為駁斥「白蛇傳」故事「外來說」增加新的論證，頗具參考與研究價值。

## 註　釋

1　繆咏禾：〈略論人和異類戀愛的故事〉，《民間文藝集刊》（上海：上海文藝出版社，1983年5月），頁77～91。

2　秦女、凌雲持此論。參見秦女、凌雲：〈白蛇傳考證〉，《中法大學月刊》（1933年1月，第二卷，第3、4期），頁107～124。

3　約分為三類說法：(1)宋代說。(2)唐代說。(3)古圖騰或民俗志怪說。見陳勤建：〈五四以來《白蛇傳》研究概況〉，《民間文學論壇》（1984年，第3期），頁40～43。

4　宋・李昉〈李黃〉，《太平廣記》，第458卷（北京：中華書局，1994年4月5刷），頁3750～3752。

5　明・陸楫：〈白蛇記〉，《古今說海》（台北：廣文書局，1968年），頁1～3。

6　薛寶琨：〈白蛇傳和市民意識的影響〉，《民間文學論壇》（1984年，第3期），頁35。

7　同上註，頁36。

8　同註4，頁3752。

9　朱眉叔：《白蛇系列小說》（瀋陽：遼寧教育出版社，2000年12月3刷），頁18。

10　宋・洪邁：《夷堅志》（台北：明文書局，1982年），頁1063。

11　明・洪楩：《清平山堂話本》（台北：世界書局，1995年3月），頁18～28。

12　明・馮夢龍編；許政揚校注：《古今小說》（台北：里仁書局，1991年5月），頁1。

13　(1)「《雙魚扇墜》書已失傳，其事蹟猶載於《西湖志餘》之終卷，觀之頗與今人所唱《白蛇傳》初回相彷彿，……。事與許仙之遊湖、借傘相類，蓋小說窠臼，大都如此也。」錢靜方：〈白蛇傳彈詞考〉，《小說叢考》（台北：河洛圖書出版社，1979年10月），頁197。(2)「又，《雙魚扇墜》小說今有明‧熊龍峰刊本，全名為《孔淑芳雙魚扇墜傳》，末增數月後徐景春在武林門外復遇女鬼一事，前半事跡與此大致相同。」譚正璧編：《三言兩拍資料》（上海：古籍出版社，1981年10月2印），頁341。

14　明‧田汝成：《西湖遊覽志餘》（台北：世界書局，1982年2月），頁368。

15　同上註，頁481。

16　明‧田汝成：《西湖遊覽志》（台北：世界書局，1982年3月再版），頁34。

17　如：秦女、凌雲、趙景深、錢靜方、潘江東、桑秀雲、陳泳超等。關於白蛇傳考證的主要論據，大體上建立於趙景深〈白蛇傳考證〉一文，而完備於潘江東的《白蛇故事研究》一書，林麗秋於其論文中也針對此問題作整理。
　　參見(1)趙景深：《彈詞考證》（長沙：商務印書館，1938年7月），頁1～6。
　　　　(2)潘江東：《白蛇故事研究》（台北：學生書局，1981年3月），頁29～50。
　　　　(3)林麗秋：《論雷峰塔白蛇故事的演變》（高雄：國立中山大學中國文學研究所碩士論文，2001年7月），頁7～20。

18　(1)「俗傳湖中有白蛇、青魚兩怪，鎮壓塔下。」（明‧田汝成：《西湖遊覽志餘》）
　　(2)「雷峰塔相傳鎮青魚、白蛇之妖，父老子弟轉相告。嘉靖時塔煙摶羊角（旋風）而上，便謂兩妖吐毒，追視之，聚蚊（牛蚊）耳，傳奇定妄。」（明萬曆年間修《錢塘縣志》）
　　(3)「宋時法師鈦貯白蛇，覆于雷峰塔下。」（明末清初‧吳從先：《小窗自記》）
　　(4)「雷峰塔，五代時所建。塔下舊有雷峰寺，今廢久矣。大士囑之曰：『塔倒湖乾，方許出世。』崇禎辛巳，旱魃久虐，水澤皆枯，湖底泥龜裂，居民驚相告曰：『白蛇出矣！』互相驚懼，遂有假怪以惑人者。后得雨，湖水重波，塔煙頓息，人心

始定。」（清‧陸次雲：《湖壖雜記》）

(5)「杭州舊傳有三怪：金沙灘有三足蟾，流福溝有大黿，西湖有
白蛇。隆慶時，黿已為魚家釣起，蟾已為方士捕得，惟白蛇尚
存與否，不可得而知。」（清‧洪昉思《書〈湖壖雜記〉後》）
——參見該書，頁10～11。

19　即〈李黃〉、〈李琯〉、〈蟒精〉（見明‧馮夢龍《情史》）。

20　即〈西湖三塔記〉、〈雙魚扇墜〉。

21　孟繁仁：〈《白蛇傳》故事源流考〉，《歷史月刊》（台北：2002
年6月，第173期），頁97～103。

22　這與鎮江民間傳說類似。李志中等口述；鎮江市民間文藝研究彙
編：〈白蛇的傳說〉，《鎮江民間故事》（北京：中國民間文藝出
版社，1982年8月），頁93～99。

23　同註21，頁101～102。

24　陳漢民、洪尚之：〈雷峰塔興衰論述〉，《浙江學刊》（1996年，
第1期），頁97～100。

25　雷峰塔建於西元九七五年，吳越王錢鏐為感念佛祖賜子而修塔供
奉佛螺髮髻、佛經及供奉品等。雷峰塔倒於一九二四年九月二十
五日，其地宮開挖於二○○一年三月十一日，而雷峰塔於倒塌後
七十八年重新屹立，它以鋼骨銅身打造，號稱古今中外最大銅
塔。有關「雷峰塔」的詳細介紹可參見《聯合報》（台北：2001
年3月11日，第11版）；《中國時報》（台北：2002年11月11日，
第12版）。

26　孟繁仁：〈《白蛇傳》故事源流考〉，頁102。（同註21）

27　同上註。

28　同註21，頁103。

29　同上註。

30　同上註。

# 第4章
# 白蛇傳故事的發展期

　　話本小說流傳到明代時，許多作家即將宋、元以來風行的話本故事，加以潤飾、改編，或者模擬話本進行新的創作。白蛇與許宣（仙）的傳說，於宋、元時期，已在民間廣泛流布，故「白蛇傳」故事，是在這種風潮下所形成。

　　「白蛇傳」故事的基本定型階段，謂之為發展期。即是由故事的原始素材，發展為成熟的故事之過渡階段。故事中的角色齊備，顯現人物性格，情節發展完整，這一階段的代表作品是〈白娘子永鎮雷峰塔〉。

　　但〈白娘子永鎮雷峰塔〉的故事，仍頗多值得商榷之處。清・墨浪子即根據馮夢龍的舊作，加以增刪為〈雷峰怪蹟〉，收錄於《西湖佳話》中，它與馮氏之作相較，則更富人情，更趨理性。故事發展至此，尚頗有討論的餘地，故黃圖珌《雷峰塔傳奇》，又加潤飾增華，使「白蛇傳」故事，更為曲折感人。因此，本文將這些作品，列為「白蛇傳」故事的發展期代表作，加以探討。

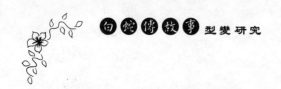
# 第一節　馮夢龍〈白娘子永鎮雷峰塔〉

「白蛇傳」故事其原始素材，可上溯至圖騰信仰、六朝精怪故事等。《太平廣記》中〈李黃〉，已是蛇怪幻為人形，人蛇共處後，唯存頭部，全身化水而亡。《清平山堂話本》中〈西湖三塔記〉，則是女妖怪變人，色迷男子並謀殺後，再汰換新人。明‧馮夢龍可謂是匯集諸說，加以增刪創作，成為富情節變化，精采動人的故事。[1]至此，白蛇故事之輪廓已勾勒完成。

馮夢龍，字猶龍，一字子猶，一字耳猶。所居曰墨憨齋，因以為號。又署墨憨子，墨憨主人，墨憨齋主人等。生於神宗萬曆二年甲戌（西元一五七四年）。卒於南明唐王隆武元年，即清順治三年（西元一六四六年），時未及夏，馮氏殷憂國事而亡，年七十三。現代學者胡萬川先生，論及馮夢龍對小說之貢獻，曾認為：

> 馮氏一生，以編作為事業，以推廣通俗文學為職志，舉凡小說、戲曲、民歌、小曲，皆蒐輯倡導不遺餘力，於俗文學之發展，甚有貢獻，其中尤以小說一項，成就更大。演義小說不論，單就對平話小說之提倡與編輯而言，其所成就者，更無與比，以之為承先啟後之惟一功臣，實當之無愧。至因其為強調通俗小說之價值，而主張寓教化於小說，於後世略有不良之影響，雖為小疵，未損其偉大之成就也。[2]

〈白娘子永鎮雷峰塔〉收錄於馮夢龍所編寫的《警世通言》第二十八卷中，故事末尾即含警世教訓之意味，呈現馮氏「寓教化於小說」的創作論點。[3] 故事梗概如下：

宋高宗紹興年間，杭州臨安府過軍橋黑珠巷，有一宦家，家中住了李仁、妻子許氏、妻弟許宣三人。許宣於清明節時，應保叔塔寺僧之請，向藥舖請假，前往追薦祖先。歸途值雨，搭船邂逅一孝服裝扮的白衣美婦白娘子，與其青衣女婢青青。白衣美婦聲稱未帶船錢、雨傘，故轉向許宣暫借，而邀許宣造訪其家。

許宣自別後即魂牽夢縈白娘子，在尋訪無著下，一日，巧遇主僕二人，遂入豪宅。白娘子藉故拖延歸還雨傘，促使許宣再度拜訪取傘。席筵中，白娘子傾吐心聲，自稱亡了丈夫，與許宣有宿世姻緣，願成百年眷屬。許宣考慮自身條件欠佳，恐難成家立業。白娘子即命青青取五十兩銀子資助許宣。

許宣回家後，張羅酒菜，告知姊姊、姊夫欲娶妻成家之事，但苦等數日後，不聞姊姊與之商議，料想是他倆怕出錢為他辦理婚事，故主動取出白娘子的贈銀，請姊姊代辦婚配之需。許氏將採辦婚禮之銀兩出示給丈夫李仁看時，被認出是邵太尉庫內失銀，為求自保下，李仁遂將這一錠銀兩，報官處理。

大尹審訊許宣，認為邵太尉府中，不動封鎖竟失大銀五十錠，判定他是個妖人，欲以穢血潑之。許宣遂將白娘子邂逅、借傘等事上稟大尹。大尹隨即差人按址捉人，尋訪中驚聞白娘子的住處是荒廢的鬼屋，入內則感到冷清陰腥，塵垢

盈室，遽見如花似玉的白娘子，不知是人是鬼，差人將空酒罐砸向她時，霹靂一聲，她即不見蹤影，徒留四十九錠銀兩罷了。大尹認為此定是妖怪所為，判許宣發配蘇州勞城營做工。李仁心覺有愧於小舅，即請蘇州押司范院長及開客店的王主人，代為看管照料許宣。

許宣赴蘇州半年後，白娘子與青青忽來尋訪。許宣積怨難平，即責怪羞辱她們，疑是鬼怪，不准她們進門。白娘子巧辯說明，加上王主人等寬厚體諒的勸解，許宣遂與白娘子成婚，婚後二人如魚似水，情愛纏綿。

二月某日，許宣赴承天寺看臥佛，偶遇在寺前賣符水之終南道士。他驚然叫住許宣，指出他黑氣罩頂，有妖怪纏身，贈二符給許宣，以保性命。許宣接了符，即納頭拜謝，更加懷疑白娘子真是妖怪。三更時果依道士的吩咐，藏一符於自己的髮內，並欲燒一符鎮壓白娘子。不料被她發現，感嘆夫妻情薄，竟輕信外人之說，逕奪符燒之，而白娘子亦安然無事。許宣立刻辯說，此事非出己意，乃是寺前道士之論。

白娘子第二天即到佛寺前找尋那位道士，怒斥他無禮，誣人為妖並書符捉拿，願當場吃符為證，以辨是非。白娘子在眾人之前，果然嚙符而無恙，眾人遂齊罵道士。白娘子當眾施法吊起道士，致其出窘而奔逃。夫妻情感依舊，夫唱婦隨，朝歡暮樂。

佛誕日時，許宣想去承天寺浴佛，白娘子取出鮮潔衣飾，為他全身裝扮，並付他一把細巧百摺描金美人珊瑚墜扇，吩咐丈夫早去早回，才讓他赴寺去觀佛會。許宣看完熱鬧後，欲回家時，被一群官人揪住，指出他身上穿著及行

頭，與周將仕典當庫內，所失的金珠細軟物件一般，遂將他綁送法辦。

許宣向大尹供出，一切物件出於妻子之手，自己是無辜受枉。大尹派人捉拿白娘子，卻是不見蹤影，王主人稟告大尹，指出白娘子是妖怪，於是羈押了許宣，而後周將仕的失物，四五千貫之金珠等，竟在家中空箱中尋得，只丟了頭巾、縧環、扇子、扇墜。適逢李仁訪蘇州，獲悉許宣又吃官司，央人情、上下使錢，讓許宣僅杖一百，押發鎮江。並委託開藥舖的李克用，就近照顧小舅子。

許宣抵鎮江後，即在李克用的生藥舖工作。一日，酒後行路中，被人以熨斗播灰，怒從中來，正欲開口大罵，發覺竟是白娘子所為，憤斥她為賊賤妖精，害他吃了兩場官司。

許宣欲休妻，白娘子以「一夜夫妻百日恩」之由，加以勸解。並為盜取衣飾及脫身逃逸之事，巧言辯白。許宣又為色迷媚惑，流連之間復登白娘子住處，從此夫妻團圓，言歸於好。白娘子為答謝李克用對許宣的照顧之恩，親赴拜謝。不料，他乃嗜女色之人，見到白娘子具傾城之姿，心生染指之念。遂設計妙策，邀其參加生日壽筵，伺機侵犯。白娘子於席筵間去淨手，被誘引入骰，李克用將逞獸慾時，忽見如花似玉的白娘子，變成一吊桶粗的大白蛇，兩眼似燈，放出金光，令他驚避顛仆，嚇得魂飛魄散，暈昏倒地。白娘子擔心李克用說出她的本相，先發制人而向許宣控訴他欲姦騙她的經過，慫恿許宣同意由她出資自立藥舖營生。

藥舖生意日漸興隆。一日，忽有金山寺的和尚來店向許宣化緣，希望七月初七英烈龍王生日，他能至寺中燒香。白娘子攔他不住，只好叮嚀許宣三事：一不去方丈房內；二不

與和尚說話；三則速去速回，若有遲滯，必會相尋。許宣赴寺後，為法海和尚瞥見，循跡而出。巧遇白娘子與青青，在驚濤駭浪中，駕舟尋覓許宣。法海一見白娘子即喝斥：「業畜！敢再來無禮，殘害生靈！老僧為你特來。」白娘子與青青，倏即翻入水中，逃逸無蹤。法海禪師道出白娘子正是妖怪，要他速回杭州，如有糾纏，則可至湖南淨慈寺尋他。

許宣拜謝法海禪師，歸家後，恐懼昏悶而一夜未眠。次日，去李克用家，並告知前情。李克用方將生日驚見蛇妖之事告訴許宣，他遂再搬至李宅居住。約宿二月餘，逢朝廷恩赦，許宣歡喜歸杭。回家後，姊夫責怪娶了妻小，卻未告知。許宣辯解：「我不曾娶妻小。」姊夫說出妻小已先來此，召之相見時，許宣目瞪口呆，無言以對。夜時同房中，許宣跪向白娘子，道：「不知你是何神何鬼？可饒我的性命！」白娘子道：「小乙哥是何道理？我和你許多時夫妻，又不曾虧負你，如何說這等沒力氣的話。」許宣說出遭連累兩場官司等事，請求饒命。白娘子不悅，除曉以夫妻之義，以舊情相感外，並加恫嚇，若不聽言語，即令滿城人等死於非命。許宣無奈，將前因後事告知姊姊，當夜並躲在姊姊房中。

姊夫於夜間舐窗，欲窺他倆動靜時，竟見一條吊桶蟒蛇，伸頭在天窗內乘涼，麟甲放出白光，照得房內如同白日。姊夫次日才問許宣其妻之來龍去脈，並請白馬廟前，捉蛇戴先生，前來捕蟒。不料，逢白娘子在家，戴先生屢次驅趕不去，白娘子即化蛇張口，欲吞噬之，嚇得戴先生之雄黃罐翻倒碎地，落荒而逃。道逢李仁與許宣，遂將經過稟報，退回銀兩，另請高明。

　　李仁欲安排許宣，往張成處避難。豈知他倆歸家後，許宣即被白娘子叫住，斥責他竟遣人捉蛇。若好意相待，佛眼視之，反之，連累一城百姓，死於非命。許宣心寒膽戰，急往他處避險，卻遺失李仁所交之票子，一路上愁悶尋找，至淨慈寺前，忽憶法海禪師之言，亟扣問寺僧，卻未見法海前來，心中抑鬱難當，欲跳水輕生時，忽見法海馱衣缽，提禪杖而來。許宣忙跪請救命，稟訴前項。法師遞缽予他，教其趁她不防時，緊按頭頂，鎮定行之，即可收妖。

　　許宣歸家後，趁機將缽往白娘子頭上使勁用力一罩，緊緊按住，只聽見缽內道：「和你數載夫妻，好沒一些兒人情！略放一放！」許宣未言，恰聞有收妖的和尚來到，立刻禮請入內，道：「救弟子則個！」法海禪師念念有詞，只見白娘子的軀身縮成七八寸長，說道：「禪師！我是一條大蟒蛇。因為風雨大作，來到西湖上安身，同青青一處。不想遇著許宣，春心蕩漾，按納不住，一時冒犯天條，卻不曾殺生害命，望禪師慈悲則個！」並為青青求情，她不曾享受貪歡，祈禪師憐憫。禪師隨即怒喝白娘子與青青現出本相，原是一條三尺白蛇與尺餘長的青魚，遂置於缽中，而白蛇猶兀自昂頭看著許宣。

　　禪師將缽拿到雷峰寺前，搬石砌塔措置。許宣更化緣，築七層寶塔押鎮之。禪師留偈語四句：

　　　　西湖水乾，江潮不起，雷峰塔倒，白蛇出世。

又題詩八句，以勸後人：

奉勸世人休愛色！愛色之人被色迷。
心正自然邪不擾，身端怎有惡來欺？
但看許宣因愛色，帶累官司惹是非，
不是老僧來救護，白蛇吞了不留些。

　　許宣情願出家，禮拜法海禪師為師，披剃為僧，修行數年，一夕坐化去了。眾僧買龕燒化，造一座骨塔，千年不朽。臨去世時，留詩警世：

祖師度我出紅塵，鐵樹開花始見春；
化化輪迴重化化，生生轉變再生生，
欲知有色還無色，須識無形卻有形，
色即是空空即色，空空色色要分明。

　　〈白娘子永鎮雷峰塔〉吸收〈李黃〉中白蛇成精，幻為美女的寫法。融合〈西湖三塔記〉的情節框架與結局：白蛇化為美女纏人，精怪終被道法高深者所鎮伏，男主角受到感召而虔心學道等情節。不同的是：〈白娘子永鎮雷峰塔〉的白蛇形象雖仍有妖氣，卻已深具人性。偶有荒誕怪異的故事情節，但較不令人有怖畏、戰慄的形象。她不是有意作祟人間，而是羨慕愛情婚姻的幸福生活，在「春心蕩漾」下，才冒犯天條，卻未殺生。她對許宣是真情對待，故幾經試探，確定他老實可靠後，才提出婚事，以身相許。從結識、借船錢、借傘，要許宣去找她，藉故飲宴，最後才言婚嫁之事，都充滿人情味與溫柔性。

　　在當時小市民生活貧困，「婚姻論財」之風仍盛，[4] 娶

妻不易，白娘子「盜銀」贈許宣，並慎重「媒證」，確實有
締「百年姻眷」的誠意。白娘子對於自己的愛情與婚姻，是
以「忠貞」的態度，努力經營。李克用欲對她非禮，她予以
懲處，不同於〈西湖三塔記〉中的精怪，是滿足貪婪的慾念
為目的。她對許宣的感情，純真而熱烈。她雖然施法盜銀，
盜衣物，而連累許宣吃兩次官司，但都是出於關愛、呵護與
討好。許宣因受她所盜的衣物，而遭逢牢獄之災，憤恨不平
的辱罵她時，她也是委曲求全，陪笑解釋：

> 「死冤家！自被你盜了官庫銀子，帶累我喫了多少
> 苦，有屈無伸，如今到此地位，又趕來做甚麼？可羞
> 死人！」那白娘子道：「小乙官人不要怪我，今番特
> 來與你分辯這件事。我且到主人家裡面與你說。」白
> 娘子叫青青取了包裹下轎。（頁316）

> 許宣怒從心上起，惡向膽邊生，無明火焰騰騰高起三
> 千丈，掩納不住，便罵道：「你這賊賤妖精，連累得
> 我好苦！喫了兩場官事！」恨小非君子，無毒不丈
> 夫。正是：
> 踏破鐵鞋無覓處，得來全不費工夫。

> 許宣道：「你如今又到這裡，卻不是妖怪？」趕將入
> 去，把白娘子一把拿住道：「你要官休私休！」白娘
> 子陪著笑面道：「丈夫，『一夜夫妻百日恩』，和你
> 說來事長。……。我也道連累你兩場官事，也有何面
> 目見你！你怪我也無用了。情意相投，做了夫妻，如

今好端端難道走開了？我與你情似泰山，恩同東海，誓同生死，可看日常夫妻之面，取我到下處，和你百年偕老，卻不是好！」（頁321）

白娘子痴戀許宣，故願忍受屈辱，情感熱烈而執著。這種帶有「獸性」原始、純真的「強大情慾」，是禮教社會中女子們少有的心聲，其情感是自然而奔放，不同於後來的「白蛇傳」故事般「世俗化」傾向。當許宣得知她是「蛇」時，閃躲她，並請人降服捉妖時，她仍糾纏不放，甚至擔心許宣離棄她，而恐嚇威脅他，並非真要加害他，而是基於「愛情」的本能反應。即使被許宣用法海給的缽盂罩住，萬般痛苦中，仍「兀自昂頭看著許宣」。蛇精成為深情的化身，反應出人性的覺醒與人生的追求，寄託深刻的人生哲思——「擇其所愛，愛其所擇」，愛情是甜蜜的負荷，是人生中可貴的蛻變過程。

白娘子未殘害許宣之意，她犯的是「無禮」之罪，即「僭越本分」，故她往金山寺尋夫，法海斥責：

業畜！敢再來無禮，殘害生靈！老僧為你特來。（頁325）

「人」與「妖」殊途，有階級之別，白娘子無視於「分際」，鍾情於許宣並與婚配，才觸天條。[5] 她積極主動的追求愛情，敢於向破壞她美滿姻緣的惡勢力抗爭，雖然遭遇挫折與失敗，卻令人為她一掬同情之淚。她勇於挑戰局勢，掙脫桎梏，是受壓迫的婦女的精神象徵。雖然白娘子終究是面對悲

劇命運，但卻是懦弱自私的許宣造成。許宣嚮往愛情，卻又功利而畏縮，在貪生怕死的心態下，不敢為愛情作犧牲與承擔，他拿著缽盂，無情絕義的親手鎮壓了白娘子，做了扼殺愛情，毀滅人性之舉。[6]林麗秋認為：

> 許宣將白娘子視為「色」的代表，而白蛇卻將許宣視為「情」的對象，兩者認知不同，自難有和諧的終局了。[7]

許宣是一個庸俗的小市民，不僅缺乏理想，也由於他對愛情不忠實，才造成白娘子被鎮壓的悲劇。在角色的性格、對愛情的態度上，白娘子與許宣是強烈的對比。這是作者塑造人物典型成功之處。他對她又愛又懼，無法堅持自己的立場，卻經常向外人（道士、戴先生、法海）求助，希望掙脫白娘子的操控。[8]

許宣的搖擺不定，造成故事的一波波高潮，整個故事乃是由白娘子的偷盜贈與和許宣的反覆無常交織而成。[9]白氏的大膽莽撞和許宣的優柔寡斷，持續推動故事的發展，產生豐富的趣味。[10]諷刺的是「弱勢」的許宣，居然是「持缽的降妖者」。雷峰塔也是他化緣砌成，非法海所為。在馮夢龍的筆下，法海的面目較為模糊，他只是一個「協助收妖者」，不像後來的諸多「白蛇傳」故事中，他是執法者，將許宣與白蛇的矛盾，逐漸轉移為白蛇與法海的矛盾。[11]馮夢龍這樣寫法，凸顯了許宣的薄倖，代表弱勢男人對強勢女人的反撲，「人性」對「獸性」的制裁。[12]

〈白娘子永鎮雷峰塔〉表面上的寫作目的在於「懲戒色

欲」，敘述一位年輕俊俏的後生不慎為「異類」的「色」與「財」所惑，最終覺悟的故事。白蛇僅是許宣看破紅塵的「助緣」，[13] 許宣才是故事的主軸，[14] 用來證明「戒色」的重要性。以白蛇表示「色」，許宣表示「慾」，法海表示「法」，規勸世人莫因好色而遭災禍，若遇此劫，唯有廣大無邊的佛法，才能挽救危機。[15] 但自其中我們可看出慾望與現實的不平衡現象，「強者」與「弱者」的反諷，以及揭露人性的冷酷與自私面，這是馮夢龍話本突顯出的可貴創作精神。然而，故事中也呈現諸多問題，學者歐陽代發先生認為：

〈白娘子永鎮雷峰塔〉還不能擺脫舊有題材的影響，作者思想上還存在著矛盾。他既要改造蛇精害人的題材，又不能完全泯滅白娘子身上的妖氣；他既想肯定歌頌白娘子對愛情的執著追求，又不忘「奉勸世人休愛色，愛色之人被色迷」。這樣，作品中的白娘子，便一方面既溫柔多情，一如人間婦女；一方面又時出惡言，時露凶相，仍不脫妖氣了。與〈李黃〉、〈西湖三塔記〉中的白蛇精比起來，白娘子確實變得深情可愛多了，主要表現出年輕女性追求愛情婚姻幸福的特點，她的妖術多是不得已而用的，妖性服務於人性。但與後來戲曲《雷峰塔傳奇》、彈詞《義妖傳》等中的白娘子相比，她身上的妖氣還濃，不及那個脫盡妖氣後執著追求愛情，勇敢捍衛愛情，甚至不惜為愛情獻出生命的白娘子可愛。[16]

　　總體而言，〈白娘子永鎮雷峰塔〉中未擺脫「女人禍水論」的思想。描寫許、白之間情感的矛盾，說明許宣因貪愛女色，「艷遇」徒惹是非，致屢陷官司，具有「載道、教化」的意義，且這個神怪故事已脫離志怪階段，[17] 並在對世態人情、悲歡離合的摹寫中，對於未脫妖氣的白娘子流露了同情心。它在成分上仍是色情、人妖、虛實相揉合的內容。故事的情節與安排，人物的性格與主題的意義上，仍存在許多瑕疵與矛盾，但白蛇已完成由「獸性」蛻變為「人性」的「質變」階段，白娘子對丈夫有「情」外，兼具盡妻子的「義」責，已非獸類逞慾，傷及情郎的「惡獸」故事。在白蛇故事演變中，這個話本具有重要作用。它是宋、元以來，白蛇故事在民間發展的集大成，為後來的「白蛇傳」故事奠定基礎。由於「未臻理想」，故使後來的故事有「進一步」蓬勃發展，不斷演變、創生的機會，而締造「四大傳說」之一的文化光輝。

# 第二節　墨浪子〈雷峰怪蹟〉、 陳樹基〈鎮妖七層建寶塔〉

　　馮夢龍之〈白娘子永鎮雷峰塔〉的故事，原本可能是宋、元時期的說話底本，後來經過修飾，面貌有所改變。它與墨浪子之〈雷峰怪蹟〉除文字詳略、細節取捨有所不同外，二者的故事、人物、結構，幾乎如出一轍。後者的白蛇其「妖性」減少，「人性」增加，人物性格更為可愛、感人。

　　擬話本《西湖佳話》全書共十六卷，為清代無名氏所撰。所敘寫之故事均發生在西湖周圍，故無異是「西湖風景」之「導遊圖」。該書之目錄及卷端題「西湖佳話古今遺蹟」，署「古吳墨浪子搜輯」。而「古吳墨浪子」究竟是誰？已不可考。[18] 該書第十五卷名為〈雷峰怪蹟〉，即描寫白娘子與許宣之故事，其內容情節幾乎直接承襲《警世通言》卷二十八之〈白娘子永鎮雷峰塔〉，只是稍加增竄、潤飾而已。

　　如：《警世通言》中，許宣遇赦回杭州，白娘子先赴李募事家尋夫，許宣卻不認妻小，情節如下：

　　（許宣）不敢向前，朝著白娘子跪在地上，道：「不知你是何神何鬼？可饒我的性命！」白娘子道：「小乙哥是何道理？我和你許多時夫妻，又不曾虧負你，如何說這等沒力氣的話。」許宣道：「自從和你相識之後，帶累我喫了兩場官司。我到鎮江府，你又來尋我。前日金山寺燒香，歸得遲了，你和青青又直趕來。見了禪師，便跳下江裡去了。我只道你死了，不想你又先到此，望乞可憐見饒我則個！」白娘子圓睜怪眼道：「小乙官人我也只是為好，誰想倒成怨本！我與你平生夫妻，共枕同衾，許多恩愛，如今却信別人閒言語，教我夫妻不睦。我如今實對你說，若聽我言語歡歡喜喜，萬事皆休；若生外心，叫你滿城皆為血水，人人手攀洪浪，腳踏渾波，皆死於非命。」驚得許宣戰戰兢兢，半晌無言可答，不敢走近前去。青青勸道：「官人，娘子愛你杭州人生得好，又喜你恩情深重，聽我說，與娘子和睦了，休要疑慮。」許宣

喫兩個纏不過,叫道:「卻是苦耶!」(頁326)

這段許宣遇赦回杭,不認妻小的情節,在《西湖佳話》中則改為:

> 只見姊姊同了白娘子、青青,從內裡走了出來,道:
> 「他是妖精!切莫信他!」白娘子因接道說:「我與
> 你做夫妻一場,並無虧負你處,為何反聽外人言語,
> 與我不睦?我婦人家既嫁了你,卻叫我又到那裡
> 去?」一面說,一面便嗚嗚咽咽哭將起來。許宣急
> 了,忙扯李募事出外去,將前邊之事細細說了一遍,
> 道:「此婦實實是個白蛇精,不知有法可以遣他?」[19]

顯然地,對於許宣不認妻子的部分,在《警世通言》中,白娘子以恐嚇的話語,讓許宣屈服淫威,而《西湖佳話》中,則刪除白娘子這些惡言,面對丈夫背棄自己,白娘子以無助地啜泣,委婉地表露出自己的心聲,將禮教社會中「以夫為天」的感情,真實體現。白娘子用柔情的眼淚,企圖挽救夫妻的情義。在人物形象的塑造上,《西湖佳話》的白娘子多了女性的柔媚溫婉的特質,人情味十足。因此,學者趙景深先生於〈白蛇傳考證〉中,曾指出:

> 古吳墨浪子所輯的《西湖佳話》卷十五〈雷峰怪蹟〉
> 便是直抄《警世通言》而稍加增改的。他把白娘子寫
> 得更可以親近一些,上文所引的兩次恐嚇的話是完全
> 刪掉了。[20]不合理的部分也改得更為合理。許宣雖為

色所迷，理性當不至全失，潛形與盜扇，怎能不啟他
的疑心呢？墨浪子便添加了下面的兩小節：

　　許宣道：「差人來捉時，明明見你坐在床上，為何響
　　了一聲，就不見了？豈不是個妖怪？」白娘子笑道：
　　「那一聲響，是青青用毛竹片刷板壁，弄怪嚇眾人。
　　眾人認做怪，大家呆了半晌，故奴家往床後遁去。」
　　周將仕道：「扇子或有相同，明是屈了許宣。」[21]

墨浪子添加了情節，使故事的來龍去脈更為明晰，而更合情
理。至於不必要贅述，加以刪除。如《警世通言》中，戴先
生前去捉蛇失敗後，無可奈何下，李募事安排許宣前去投靠
友人張成，但票子遺失，許宣尋覓無著下，悵惘之餘，方憶
起法海交代，可赴淨慈寺尋他一事。這段安排雖突顯李募事
對小舅子患難相助之義，但與李仁「火到身邊，顧不得親
眷，自可去撥」的形象，並不吻合，故《西湖佳話》中，刪
除李仁為許宣覓躲藏之所的情節，是剪裁得宜之處。

　　此外，《警世通言》中，配合故事的發展，經常出現一
些詩文、俗語，以增華內容。《西湖佳話》時有援引抄襲之
處，[22] 但亦多有增刪、改寫之句。[23] 足見《西湖佳話》之
〈雷峰怪蹟〉是踵前之作，而去蕪存菁，使故事發展更合乎
情理與人性，敘述之文字則更為精簡扼要。

　　另一部西湖故事之話本著作，是選輯《西湖二集》與
《西湖佳話》二書之精華而成，[24] 名為《西湖拾遺》，該書題
為「錢塘梅溪陳樹基輯」。清・乾隆辛亥年刊行，[25] 台灣廣
文書局曾出版，為影印本上、下冊，名為《繪圖西湖拾
遺》。[26] 全書共四十四卷，「白蛇故事」被列為第二十四

卷，題為〈鎮妖七層建寶塔〉。

　　《西湖拾遺》之〈鎮妖七層建寶塔〉中的故事情節多抄襲自《西湖佳話》之〈雷峰怪蹟〉，僅卷首、卷尾敘述的文字，較有增刪，其餘文字多差異不大。

　　〈鎮妖七層建寶塔〉卷首為：

> 魔從心起，妖由人興。
> 聊憑翰墨，以寓勸懲。
>
> 西湖南屏山前，回峰以勢，回抱得名。吳越王妃建塔
> 其上，本名回峰塔，俗作雷峰，以回雷聲似致悮，而
> 淳佑咸淳舊志，以一雷姓者當之，可笑甚矣。宋有道
> 士徐元之築室塔傍，世稱回峰先生，此明有驗也。毛
> 西河集中辯之如此，乃相傳以為鎮怪而設，其說近乎
> 妄誕不經，然天地之大，何所不有？以訛傳訛，若有
> 歷歷可據者：宋高宗南渡時，杭州府過軍橋黑珠巷
> 內，有一人叫做許宣，……。（頁1）

由開卷詩中，可了解作者欲藉故事達「教化」之功。略述雷峰塔之來由、典故，以引出故事情節。它比《西湖佳話》之〈雷峰怪蹟〉的立意，更富宗教「勸世」意義。《西湖佳話》之〈雷峰怪蹟〉故事情節雖襲自馮氏之〈白娘子永鎮雷峰塔〉，但刪除部分具佛教偈語性質之教化詩句，而《西湖拾遺》中卻又強化了這種「聊憑翰墨，以寓勸懲」的功能。《西湖佳話》之〈雷峰怪蹟〉，開頭則是：

嘗思聖人之不語怪，以怪之行事近乎荒誕，而不足為
訓，故置之勿論。然而天地之大，何所不有？荒唐者
故不足道，若事有可稽，蹟不能泯，而彰彰於西湖之
上，如雷峰一塔，考其始，實為鎮怪而設。流傳至
今，雷峰夕照，已為西湖十景之一，則又怪而常矣。
湖上之忠墳、仙嶺，既皆細述其事，以為千古之快
瞻，而怪怪常常，又烏可隱諱而不傾一時之欣聽哉？
你道這雷峰塔是誰所造？原是宋高宗南渡時，杭州府
過軍橋黑珠巷內，有一人叫做許宣，……。（頁271）

故除了開頭部分略有不同外，兩書——《西湖佳話》與
《西湖拾遺》故事情節、文字敘述幾近雷同，僅文中夾雜的
詩句頗有出入。如：許宣被發放鎮江，白娘子來尋夫，許宣
怒氣難消，白娘子好言相勸。《西湖佳話》引用的詩句為：

　　許多惱怒欲持刀，幾句甜言早盡消。
　　豈是公心明白了，蓋因私愛亂心苗。（頁285）

而《西湖拾遺》則改為：

　　疊受艱辛恨未消，此仇得報在今朝。
　　如何見面無多語，一任柔情繫柳條。（頁19）

前後文的故事情節與敘述文字則完全相同。故《西湖拾遺》
之〈鎮妖七層建寶塔〉是承前所作，故事結構與發展，較無
突破與新意。僅其卷尾為：

法海禪師頌罷，大眾作禮而散。許宣醒悟迷途，就拜
法海禪師為師，披剃出家。又化緣將塔造成七層，修
行有年，一日無病坐化。眾僧買龕燒骨，建骨塔于雷
峰之下，西湖有此怪事，傳聞已久，故備述之：

即空是色色成空，都在無無有有中。
湖水澄清活潑潑，任他峰影浸玲瓏。（頁27）

這與卷首的創作精神是相同，與〈雷峰怪蹟〉相較，則富
「宗教性」的啟示作用。這與馮氏〈白娘子永鎮雷峰塔〉末
尾「諷世、教化」的意義相同，以「色、空」觀念，提示後
人勿沉迷女色，宜跳脫紅塵的桎梏，作智慧的覺悟與超脫。

# 第三節　黃圖珌《雷峰塔傳奇》

「白蛇傳」故事演為戲曲，可見之記載約起自明代神宗
萬曆年間，劇作家陳六龍之撰《雷峰塔傳奇》，可謂是始
祖，但惜已亡佚。[27] 而至清代乾隆年間，黃圖珌、方成培等
人之撰作及梨園搬演各類腳本出，傳奇作品至此而大放異
彩。後因高宗皇帝之喜好，在下者投其所好，劇壇即經常演
出此劇。故雷峰塔劇——「白蛇傳」故事，於乾隆年間之搬
演是盛況空前，可謂全盛期。[28]

《雷峰塔傳奇》，全書為二卷三十二齣，為峰泖蕉窗居士
著，刊刻於乾隆三年（西元一七三八年），後收錄於《看山
閣全集》，全集則是刊刻於乾隆十年。蕉窗居士即是黃圖

秘，字容之，蕉窗居士則是他的號，另亦號守真子，華亭
（上海松江）人。生於康熙三十九年（西元一七〇〇年），約
卒於乾隆年間。雍正年間曾任杭州、衢州同知。工詩文，善
作曲。著有《看山閣全集》、《看山閣閑筆》、《看山閣南
曲》，作有傳奇《雷峰塔》、《樓雲石》、《解金貂》、《百寶
箱》、《夢釵緣》、《雙痣記》、《溫柔鄉》、《梅花箋》等，
合稱《排悶齋傳奇》，今均有刊本傳世。《雷峰塔》是現存
同題材作品中最早的一種，也是黃圖珌作品中影響最大，成
就最高的一種。

《雷峰塔傳奇》之內容大要如下：[29]

| 各齣曲目 | 內　容　提　要 | 備註說明 |
| --- | --- | --- |
| 一<br>慈音 | 如來說因緣：白蛇與青魚，誤食達摩航蘆渡江所落之蘆葉，而有修為。許宣是座前捧缽侍者，與白蛇有宿緣，故令他降生了緣。如來告知法海禪師其中玄機，並領旨拜辭。 | （增加情節）將許宣與白氏之因緣道出，交代故事之因果關係，富佛教意義。 |
| 二<br>薦靈 | 許宣自敘生平——父母雙亡，依靠姊、姊夫生活，於生藥舖工作。清明時節，前去追薦父母。遇雨，乘船而歸。 | |
| 三<br>舟遇 | 白娘子自敘生平——風雨大作，故來潛身，與青魚同一處。春心蕩漾，情思迷離，幻化婦人與許宣邂逅締緣。 | |

| 各齣曲目 | 內　容　提　要 | 備註說明 |
|---|---|---|
| 四<br>榜緝 | 邵太尉府庫丟失五十錠大銀，何立奉令緝捕。 | （增加情節）官府辦案的立場而言，盜銀具詭異性，破案有緊急性。 |
| 五<br>許嫁 | 白氏款待許宣，彼此心儀。青兒說合，白氏命青兒取銀與許宣，以「早遣冰人，成就百年大事」。 | |
| 六<br>贓現 | 許宣告知姊姊欲與白氏婚姻之事，交銀請她「主婚」。姊夫聞之欣喜，見銀兩後，卻為丟失的庫銀，決「首公庭」，姊姊哭勸阻攔不成。 | 和一般版本不同，姊姊有哭勸姊夫勿將許宣報官審訊，凸顯人情。 |
| 七<br>庭訊 | 府尹審許宣，許宣交代緣由，府尹見其真摯，決拘提白氏與青兒，到庭審訊。 | |
| 八<br>邪祟 | 拘捕白氏剛上樓，即聞一聲巨響，已不見白氏，卻見床上一堆贓銀，戳記、數目悉同，遂歸府。 | 拘提白氏之情節安排同於《西湖佳話》。 |
| 九<br>回湖 | 恐許郎負屈難伸，故歸銀後，遁逃回湖。水屬哀告，遭漁人網捕殺戮，白氏決報冤雪恥。 | （增加情節）凸顯白氏統領水族之地位。 |

| 各齣曲目 | 內　容　提　要 | 備註說明 |
|---|---|---|
| 十<br>彰報 | 青兒捉捕魚者，白氏為水族報冤，將其等拋諸淺水薄灣之間，以示打網為生者之戒。 | （增加情節）白氏為水族出力，愛護水屬。 |
| 十一<br>懺悔 | 法海禪師救出眾漁夫，勸其勿再殺生。 | （增加情節）彰顯法海愛護生靈，慈悲為懷之形象。 |
| 十二<br>話別 | 許宣因盜銀案，發配蘇州，與姊姊痛哭而別，姊夫修書，委人照應小舅。 | |
| 十三<br>插標 | 許宣於蘇州王家夫婦店中，得妥善照料。王主人自敘許宣配蘇來由，次述小二插科打諢，插標開店。 | （增加情節）將王家夫婦為人與店務狀況略加描述，以衍生情節。 |
| 十四<br>勸合 | 許宣至蘇後，既思念白氏，又疑其為妖。半年後，白氏與青兒尋至，許宣憤恨驚疑白氏，經白氏婉言解釋，淚訴真情，遂和好如初。 | |
| 十五<br>求利 | 施賣符藥之道士，見許宣後，指其為妖所纏，故贈靈符兩道與許宣，以助他除其妖。 | |
| 十六<br>吞符 | 靈符收妖之舉，為白氏所識破，夫婦即尋找道士理論。白氏當眾吞服無恙，遂制裁道士，拋之於千里外。白氏謊稱道士為「自慚而退」。 | |

| 各齣曲目 | 內 容 提 要 | 備註說明 |
|---|---|---|
| 十七<br>驚失 | 蟹、龜精盜周將仕庫內之財物衣飾，孝敬湖主。周將仕稟懇追查失物。 | （增加情節）盜物指為精怪所為，強化白氏在水族中之影響力。 |
| 十八<br>浴佛 | 浴佛盛會，寺方請施主拈香，許宣前去拜佛。 | （增加情節）許宣參與熱鬧的盛會。 |
| 十九<br>被獲 | 白氏將珊瑚扇墜等物，交與許宣赴寺時帶去，被識出為失物，致許宣被捕。 | |
| 二十<br>妖遁 | 白氏知許宣被拘，怪自己失察，喚二精歸還失物。白氏與青兒，離店遁逃，官府捉拿白氏無著。 | |
| 二一<br>改配 | 周將仕失物既得，遂請鬆放許宣。雖不問罪，但改配鎮江。姊夫去信，請李克用就近照料。 | |
| 二二<br>藥賦 | 敘述李克用、夥計等插科打諢的情景。許宣勤謹遭妒，宴客調解。 | （增加情節）藉此描述許宣在店中情景。 |
| 二三<br>色迷 | 白氏與青兒尋許宣，知其在外宴客，伺機相見。許宣一見白氏，怒氣沖天，白氏再三陪笑解釋，許宣回心轉意，又復合、同居。 | |

| 各齣曲目 | 內　容　提　要 | 備註說明 |
|---|---|---|
| 二四 現形 | 李克用覬覦白氏美色，私欲染指。以誕辰之名，邀宴白氏，意圖姦污。白氏現形，李克用驚嚇倒地。 | |
| 二五 掩惡 | 白氏赴宴歸來，愁悶不樂。指出李克用摟抱侵犯，用力推倒，才僥倖脫逃。計議辭去李家店職，自行開業經營。 | |
| 二六 棒喝 | 許宣開店，生意興隆。龍王誕辰，許宣赴金山寺遊玩，法海禪師欲點化實情。僧眾尋許宣不著，逢白氏尋夫而來，白氏見法海禪師等翻船而逃。法海禪師囑咐許宣重歸故里，若遇難再來找他。 | |
| 二七 赦回 | 許宣遇赦回家，白氏等先至尋夫。許宣指其為妖孽，不是妻室。白氏佯稱自殺，被眾勸下。姊夫建議許宣，可請戴先生捉蛇。 | 揚言自殺的情節，顯現白氏頗能運用人性弱點，以取得信任。 |
| 二八 捉蛇 | 戴先生捉蛇失敗，白氏惡言恐嚇：若和睦，萬事休。否則，全城百姓化為血水。許宣窘急，赴淨慈寺請法海禪師救助。 | |

| 各齣曲目 | 內　容　提　要 | 備註說明 |
|---|---|---|
| 二九<br>法勦 | 法海禪師欲試其是否真悟，故意閃開。許宣尋不著禪師，欲投湖自殺。禪師適時阻之，喚揭諦神擒妖，法海令持缽收之。既收，與許宣同赴雷峰寺埋卻。 | （改寫情節）增飾揭諦神擒妖。持缽鎮蛇者，改由法海為之，非許宣手刃。 |
| 三十<br>埋蛇 | 奉寶塔鎮壓二怪，許宣情願出家。法海禪師付缽於許宣，命其募緣，造成七級浮屠，永遠鎮壓。那時功成行滿，才與披剃。 | |
| 三一<br>募緣 | 敘述許宣勸募情景。 | |
| 三二<br>塔圓 | 韋陀帶領旛幢，前去接引許宣。法海禪師至塔前收法寶，指引許宣歸元，許宣聞喝頓悟，易服受接引，同歸極樂。 | （增加情節）佛教意味濃厚，護法諸神現身，法海喝醒許宣，富教化意義。 |

由上表中，可略知《雷峰塔傳奇》之故事，是承襲〈白娘子永鎮雷峰塔〉的梗概，吸收〈雷峰怪蹟〉之長處而來，只是略加增刪改寫。[30] 尤其是〈慈音〉中，藉如來佛敘述白蛇的來歷，因牠「偶然誤食」達摩航蘆渡江時所折落的蘆葉，而「遂悟苦修」，說明白蛇與「佛教」間的特殊因緣，才成就牠的「修行法力」。徐信義說：

（〈白娘子永鎮雷峰塔〉與《雷峰塔傳奇》）基本上，
故事的母題（motif）與主題（theme）並無變革。當
然，兩者還有所不同，這是藝術形式不同造成的。話
本是敘事文類，情節的發展由敘述者描述，以許宣為
主軸，並不追述白娘子的來歷以及與許宣相會的緣
由。她的「蛇精」之身，她的欲望，是透過情節的發
展逐漸揭露的。而黃氏《雷峰塔》傳奇是戲劇，是代
言體的時間藝術，是受限於演員的戲分必須加以搭
配，主要演員（小生、旦）不是長時間在場上唱作。
同時為了觀眾了解劇情的需要，許多事件的緣起須要
交代。《雷峰塔傳奇》的作者，便將白娘子的來歷，
以及要與許宣成就姻緣的欲望，先呈現於觀眾前。因
此，情節的發展雖然仍以許宣為主線，但在一副線敘
述白娘子及相關的事件，然後再與許宣一線相交會。
只是這一副線並沒有發展成足以與主線相對的發展
線；與其他傳奇以雙線發展情節的方式略有不同。[31]

《雷峰塔傳奇》增改後的情節以首、尾兩齣部分最富佛教意
味，較以前之作品，更具神怪及「教化勸世」之實用功能，
深富「為宗教服務」的作用。沈堯認為：

> 全劇的開端「慈音」和結尾的「塔圓」，就直接宣揚
> 了許、白姻緣早由天定，宿緣既滿，即使一再追求，
> 也無法挽回。[32]

首齣將許宣與白氏之因緣，藉如來之口道出。以「因

果」、「因緣」、「色空」等佛教觀念，加以詮釋，也交代故
事的來龍去脈，這頗符合戲劇發展的效果：

> 空即是色色是空，眾生何苦鬥雌雄？佇看大地山河
> 美，盡在慈雲蔭注中。吾乃南無釋迦如來佛是也。聲
> 聞而悟，止觀為佛，慧眼開來，普照三千。大千世
> 界，香花拂處，頓悟四生、六道因緣。今東溟有一白
> 蛇，與一青魚，是達摩航蘆渡江，折落蘆葉，被伊吞
> 食，遂悟苦修，今有一千餘載。不想這孽畜，頓忘皈
> 依清淨，妄想墮落塵埃。那許宣本係吾座前一捧缽侍
> 者，因伊原有宿緣，故令降生凡胎，了此孽案。但恐
> 逗入迷津，忘卻本來面目。吾當明示法海，俟孽緣圓
> 滿，收壓妖邪，苦行功成，即接引歸元可也。[33]

首齣略述故事發展結局，說明許、白二氏因緣來由，指出
「歷劫」而「回歸」的悟道過程，這與《紅樓夢》首、末兩
回寫作手法與生命智覺的思維，頗為近似。末齣則寫道：

> 【江兒水】身幻如雲影，心明似鏡光，三乘妙法參無
> 上。〔見介〕〔外〕汝能苦心修道，不滅善根，合成正果。
> 〔小生〕可憐弟子呵，墮落塵寰遭悽愴，感蒙師父呵，慈
> 悲法力消魔障，苦海得相依傍，指示我，秘密圓明，
> 方不失原來本相。
> 【川撥棹】〔合〕登天上，拜菩提，全合掌，見旛幡
> 前導飄颺，見旛幡前導飄颺，趁天風回歸故鄉，覆金
> 雲飛寶光，吐清蓮生異香。（頁337）

其寫作故事的立意精神，深具宗教的哲思與人生態度。筆者認為：這是黃圖珌之作，異於以往「白蛇傳」故事之特出處。這種預伏玄機，為整個故事發生作前提的思想，影響了後來方成培在〈付缽〉的創作，呈現大體相同的內容。而在玉山主人《雷峰塔奇傳》、《雷峰寶卷》中，都承襲這樣的宗教宿命觀。[34]

白娘子與許宣的姻緣在「春心蕩漾，情思迷離」外，更增添了「宿緣」的成分：

〔旦〕今有臨安許宣，前往保叔寺薦靈，貌既不凡，情亦可眷，況有宿緣，並非偶遇，不免帶同青兒前去。（頁286）

〔貼〕我娘因與許宣，應有宿緣，故此臨凡俯就，看我變作青衣侍兒，若是因緣到手，卻怎生發放我呢？

【前腔】難道他兩兩鴛鴦入洞房，空叫我疊被鋪床？

〔旦轉出介〕你的心事，我豈是不知？劉郎若得同衿枕，恩愛平分便不妨。〔旦羞介〕不禁的舌尖翻譴浪，卻教我羞怎當？（頁287）

許、白之間的「宿緣」，註定這場「情劫」，其目的是要「了緣」、「覺悟」。而白、青「平分恩愛」的行為，除了顯示二妖之間情感深厚外，藉青兒「不禁的舌尖翻譴」，讓人聯想到獸類原始的「情慾」蠱惑性。由於「孽畜」頓忘皈依清靜，妄想入凡間結情緣，致本是「仙骨」的捧缽侍者──許宣，降生人間，了此「孽緣」，並遣法海來「救贖」他們跳脫苦海。由於這樣的宗教情懷，故法海禪師的形象是「慈悲渡眾者」，比起以往「白蛇傳」故事裡的人物典型，又被強

化許多了。因此，白氏為水族報仇，搭救漁民的是他，渡化許宣的是他，身負收妖「法旨」的是他，他是覺悟者的導師，也是利濟群生的佛門高僧。

而白氏在黃本《雷峰塔傳奇》中的形象，仍不脫其「妖」性，與〈白娘子永鎮雷峰塔〉之凶惡態度如出一轍：

> 〔旦怒介〕是什麼意思？既嫁了你，叫我到那裡去？和你做夫妻一場，何等恩愛，怎地聽那傍人言語，與我尋事？我今老實對你說了，你快快收心，與我和睦，萬事皆休；倘然還是這等狂妄，我叫滿城百姓，俱化為血水。不要帶累別人，喪於非命，你自去想來。（頁333）

白氏為護衛自己的婚姻，不惜出言恐嚇。當水族們向她報告遭到侵害的消息時，她以實際的行動，對漁民加以懲戒，但又免他們一死，顯示白氏雖仍具「妖」性，但未泯滅善根，[35]只是愛恨分明而已。而水族們盜物供她，足見她深受愛戴的影響力。後來方成培改寫的《雷峰塔傳奇》中，增加「水鬥」等情節，由白氏在水族中的聲望，號召牠們水漫金山寺以救援許宣，是合乎情理之安排。筆者認為：黃本「回湖」、「彰報」、「懺悔」、「驚失」等情節，為後來方本《雷峰塔傳奇》提供了不少創作線索。

黃本大體繼承了話本中對白娘子性格的刻畫，極力描寫白娘子對愛情的執著追求，但是黃本更增加了許多白蛇內心的描寫。[36]這樣的安排，使得劇作的演出更為傳神，深刻表現白娘子的情感與形象。雖經過兩次發配、道士破壞、李克

用調戲、金山寺挫敗等波折,都不能動搖她的意志與熱情。黃本比話本將白娘子點染得更顯「女性特質」——溫柔多情而又有細緻的心靈。如:黃本中改變了話本「遇赦還杭」,白、許再次相逢的描寫。話本中是她「圓睜怪眼」的恐嚇許宣——「若生外心,教你滿城皆為血水」;黃本改為白娘子委婉辯解,曲意求合,直到許宣找來戴先生抓蛇後,她才盛怒痛斥許宣。故黃本比話本,削弱白娘子的妖性。

黃本除了對白娘子的形象更富人情外。許宣的形象與性格的描寫,也更為明顯。沈堯認為:

> 黃圖珌對白蛇故事最重要的發展,是對許宣的形象塑造。黃本在許宣的庸俗小市民性格中,增進了新的因素。〈勸合〉一齣,許宣發配到蘇州,獨坐店樓,回思往事,既疑白娘子是個「妖邪」,又覺得「相遇以來,看他行有態度,語有倫序,又豈有如此活出現不怕人的妖邪嗎?」終於難忘白娘子的多情。〈改配〉一齣,許宣改配鎮江前,不由得又向王店主問起白娘子的下落。寫了許宣對白娘子的感情,寫了許宣的動搖,這對以後戲曲舞台上的許宣形象,起著不可抹殺的影響。[37]

黃圖珌對許宣的結局,仍發揮話本已有的「色空」觀念,讓許宣驅除「魔心」,趨向「佛心」,看破紅塵而皈依佛祖,闡釋「色即是空空是色,其中妙理少人知」的醒世之理及傳道之義。除了「色空」思想外,黃本並將人生「無常」的道理闡釋,頗有及時修行、弘揚佛法的意味:

我姊夫姊姊，俱已去世。哎！人生若寄，夢回燈燼幾
多時，歲月如流，歌罷酒闌止片刻。若是空中著色，
不如色裡悟空。你看世人急急忙忙，多因名利，顛顛
倒倒，那管是非，以為自得其樂，不知身受其苦也。
我今不免向師父拜求濟世法言，奉作傳燈正脈，有何
不可？（頁337）

故黃本將許宣的個人的人生際遇與覺悟歷程，以「佛法」的
精神加以詮釋，目的為利濟群生，讓人人皆能「自得觳因緣
知覺，早返蓮邦，拋卻臭皮囊，索與我原來面龐」，[38] 以回
歸「性靈的本質」。

為配合舞台之演出，製造高潮迭起的戲劇效果，「白蛇
傳」故事至此時已增加了許多的情節。黃圖珌撰寫《雷峰塔
傳奇》的時間，約為雍正末與乾隆初年，雖曾有演出，但因
未能達舞臺演出的戲劇張力，故為投觀眾所好，即有人妄增
白娘子產子的情節，黃氏曾批評云：

余作《雷峰塔傳奇》三十二齣，自「慈音」至「塔圓」
乃已。方脫搞，伶人即堅請以搬演之。遂有好事者，
續「白娘生子得第」一節。落戲場之窠臼，悅觀聽之
耳目，盛行吳越，直達燕趙。嗟乎！戲場非狀元不團
圓，世之常情，偶一效而為之，我亦未能免俗。獨於
此劇斷不可者維何？白娘，妖蛇也，而入衣冠之列，
將置己身於何地邪？我謂觀者必掩鼻而避其蕪穢之
氣。不期一時酒社歌壇，纏頭增價，實有所不可解
也。昔關漢卿續西廂記草橋驚夢後之諸戲，以為狗尾

續貂，余雖未敢以王實甫自居，在續《雷峰塔》者，
猶東村捧心，不知自形其醜也。然姑蘇仍有照原本演
習，無一字點竄者，惜乎與世稍有未合，謂無狀元團
圓故耳。[39]

黃圖珌認為後人妄增「產子」情節，流於荒誕、低俗，減損
了《雷峰塔傳奇》的價值。阿英在《雷峰塔傳奇敘錄》中，
針對可能是黃本之後的舊鈔本《雷峰塔傳奇》作敘錄時，曾
指出：

《雷峰塔傳奇》舊鈔本三十八齣，實即當時梨園演出
腳本，蓋經舞台實驗而寫定者。黃本詆其迎合觀眾，
增益生子，方本嫌其不文，不知是否此本否。其流傳
期間，至少在黃本出後。此本訛奪甚多，間註身段，
其為總講，殆無疑義。余作黃本、方本敘錄後，復假
得此冊，因復參其所作舊本與方本考證，補作此敘
錄。[40]

　　黃氏認為妄增「產子」的情節，有損於故事的精神，這
或許是黃氏主觀的認知，[41]因世俗人心，往往樂見團圓，且
「傳奇劇皆以喜劇收場」的俗套，由來已久，故「投其所
好」，而衍生劇情，實屬自然。且「產子」之情節，讓「蛇
妖」提昇為「人道」之境，也是增強「人性」的進化歷程，
讓故事情感的共鳴度更為增加，是無可厚非之事。

# 註　釋

1 「『白蛇傳』故事的起源很古老，它是經由魏晉志怪小說中水族化為美婦蠱惑男子的小故事，發展到唐傳奇中鋪敘有致的〈白蛇記〉，再結合古代杭州、鎮江兩地的有關風物傳說而逐步成型的。它基本上反映了南宋時期杭州、鎮江、蘇州的社會風貌。馮夢龍整理成文的故事中，那些官職名稱、街巷地名都是宋代的。只有一個例外，法海本是唐朝的和尚，因為他在後代也享有盛名，故被捏合過來。」王驤：〈白蛇傳故事三議〉，《民間文學論壇》（1984年，第3期），頁18。

2 胡萬川：《馮夢龍生平及對小說之貢獻》（台北：國立政治大學中文研究所碩士論文，1973年），頁112。

3 馮夢龍編撰；徐文助校訂、繆天華校閱：《警世通言》（台北：三民書局有限公司，2001年4月，初版三刷），頁309～329。

4 「白娘子和許仙訂親贈銀一事，實際上也就是當時買賣婚姻的一種折射反映。名為聘娶，實係買賣。追溯其源，由來久矣。……，唐代人嫁娶，必多取資，人謂之『買婚』。到宋代，承漢、六朝、唐代遺風，『婚姻論財』之風仍盛。」故羅永麟認為：後人改編「白蛇傳」故事刪去「盜銀相贈」不合情理，因它與婚娶民俗有關。若保留之，則見白氏的誠意與深情。羅永麟：〈《白蛇傳》的歷史價值和現實意義〉，收入中國民間文藝研究會浙江分會：《《白蛇傳》論文集》，（杭州：浙江古籍出版社，1986年10月），頁7～8。

5 同上註，頁328。

6 鎮壓白娘子之事，筆者認為是：扼殺白娘子實踐人性追求的理想，也突顯許宣薄情寡義，缺乏夫妻之義，辨明是非之善性。

7 林麗秋：《論雷峰塔白蛇故事的演變》（高雄：國立中山大學中國文學研究所碩士論文，2001年6月），頁46。

8 「中國傳統文化對女德的設計，以『貞靜』為主，至於人性中最強烈奔放的內驅力，如：性慾、權力感、社交感等。常在壓抑禁制之列。如果，白蛇象徵性的生命力源源不絕，那麼，會引起男性的恐懼是毫不意外的。」見賴芳伶：〈《白娘子永鎮雷峰塔》

析論〉，《興大中文學報》（台中：中興大學中國文學系，1999年6月），頁57。

9　「然而許宣的動搖卻是整個悲劇的焦點，白娘子的鍾情，小青的譴責，法海禪師的點化，扭結在這個焦點人物上，缺少了許宣動搖的性格，周邊人物的動作便無法展開，茫然若失的迷思結構更無法成型。」見黃敬欽：〈白蛇故事的迷思結構〉，《中國學術年刊》（台北：台灣師範大學國文研究所，1999年3月，第20期），頁494。又見頁491，「（偷盜）情節都會造成情海生波，在整個故事發展中位居重要的樞紐地位。……所有偷盜行為都是以許宣為中心，包裹在偷盜行為之外的，是至深的情愛。」

10　潘少瑜：〈雷峰塔倒，白蛇出世──白蛇形象演變試析〉，《中國文學研究》（台北：台灣大學中文系，2000年5月，第14期），頁8。

11　戴不凡：〈試論《白蛇傳》故事〉，《中國民間文學論文選（下）》（上海：上海文藝出版社，1982年10月1版2刷），頁154。

12　同註10，頁9。

13　「馮夢龍並不是欲以白蛇為主角，白蛇作為白蛇故事中主要著力描寫的人物，是黃圖珌《雷峰塔傳奇》之後的事了。」林麗秋：《論雷峰塔白蛇故事的演變》，頁28。

14　徐信義：〈論黃圖珌的《雷峰塔》傳奇〉，收錄於中山人文學術論叢編審委員會：《中山人文學術論叢（第三輯）》（高雄：復文圖書出版社，2000年10月），頁252。

15　「可知創作此人蛇故事的動機，係藉白蛇表『色』，許宣表『慾』，法海表『法』，以告誡世人，勿為色迷，以招致殺身之禍，若誤入歧途只有靠廣大無邊的佛法，方能解脫，佛家破迷開悟，勸世回頭之宗旨俱見。」潘江東：《白蛇故事研究》（台北：學生書局，1981年3月），頁35；黃得時：〈白蛇傳之形成及人蛇相戀在日本〉，《漢學研究》（第8卷第1期，1990年6月），頁746。

16　歐陽代發：〈從白蛇精到白娘子〉，《世態人情說「話本」》（台北：亞太圖書出版社，1995年9月），頁88～89。

17　沈堯：〈清代崑曲舞台的奇葩──《雷峰塔》傳奇〉，收於沈達人等編：《古典戲曲十講》（北京：中華書局，1986年8月），頁252。

18 「『古吳墨浪子』究竟為誰？目前尚無充分材料足以揭開此君真
　　名實姓。日本《舶載書目》著錄有《濟顛大師醉菩提全傳》一
　　書，題『西湖墨浪子偶拈』；光緒（一八七五～一九○八）間北
　　京西堂刻本《醉菩提全傳》亦署『西湖墨浪子偶拈』，二者所署
　　相同。或以此為『西湖墨浪子』與作《西湖佳話》之『古吳墨浪
　　子』即為同一人，但亦尚進一步考辨認定。」陳美林、喬光輝：
　　〈《西湖佳話》考證〉，《西湖佳話》（台北：三民書局，1999年9
　　月），頁1。

19 清・墨浪子編撰；陳美林、喬光輝校注：《西湖佳話》（台北：
　　三民書局，1999年9月），頁288。

20 趙景深先生所指的兩段話為：(1)「白娘子圓睜怪眼道：『我如今
　　實對你說，若聽我言語歡歡喜喜，萬事皆休；若生外心，叫你滿
　　城皆為血水，人人手攀洪浪，腳踏渾波，皆死於非命。』」(2)
　　「白娘子叫許宣道：『你好大膽，又叫什麼捉蛇的來！你若和我
　　好意，佛眼相看；若不好時，帶累一城百姓受苦，都死於非
　　命！』」──趙景深：〈白蛇傳考證〉，收錄於《白蛇傳》（台
　　北：文化圖書公司，1993年7月），頁373。事實上，第二段話《西
　　湖佳話》中，並未刪除，恐是趙氏誤載。

21 同上註。

22 援引抄襲之處：「心猿意馬馳千里，浪蝶狂蜂鬧五更。」；「數
　　隻皂鵰追紫燕，一群餓虎啖羊羔。」；「本是妖蛇變婦人，西湖
　　岸上賣嬌聲。汝因慾重遭他計，有難湖南見老僧。」

23 (1)增加之文句有：「邪邪正正術無邊，紅日高頭又有天。寧在人
　　　前全不會，莫在人前會不全。」；「許多惱怒欲持刀，幾句甜
　　　言早盡消。豈是公心明白了，蓋因私愛亂心苗。」
　　(2)刪減之文句有：「山外青山樓外樓，西湖歌舞幾時休？暖風薰
　　　得遊人醉，直把杭州當汴州。」；「隱隱山藏三百寺，依稀雲
　　　鎖二高峰。」；「清明時節雨紛紛，路上行人欲斷魂；借問酒
　　　家何處有，牧童遙指杏花村。」；「歡娛嫌夜短，寂寞恨更
　　　長。」；「踏破鐵鞋無覓處，得來全不費工夫。」；「三魂不
　　　附體，七魄在他身。」；「不勞鑽穴踰牆事，穩做偷香竊玉
　　　人。」；「不知一命如何，先覺四肢不舉。」；「感謝吾皇降
　　　赦文，網開三面許更新；死時不作他邦鬼，生日還為舊土人。
　　　不幸逢妖愁更甚，何期遇有罪除根？歸家忙把香焚起，拜謝乾

坤再造恩。」；「人無害虎心，虎有傷人意。」；「閻王判你三更到，定不容人到四更。」；「奉勸世人休愛色！愛色之人被色迷。心正自然邪不擾，身端怎有惡來欺？但看許宣因愛色，帶累官司惹是非。不是老僧來救護，白蛇吞了不留些。」；「祖師度我出紅塵，鐵樹開花始見春；化化輪迴重化化，生生轉變再生生，欲知有色還無色，須識無形卻有形，色即是空空即色，空空色色要分明。」

(3)改寫之文句有：「獨上高樓望故鄉，愁看斜日照紗窗；平生自是真誠士，誰料相逢妖媚娘！『白白』不知歸甚處？青青那識在何方？拋離骨肉來蘇地，相思家中寸斷腸！」改為「獨上高樓望故鄉，愁看斜日照紗窗；自憐本是真誠士，誰料相逢妖媚娘！白白不知歸甚處？青青豈識在何方？隻身孤影流吳地，回首家園寸斷腸！」；「西湖水乾，江潮不起，雷峰塔倒，白蛇出世。」改為：「雷峰塔倒，西湖水乾。江潮不起，白蛇出世。」

24 選自《西湖佳話》十五篇，《西湖二集》二十九篇，故《西湖拾遺》共四十四篇。

25 潘江東：《白蛇故事研究》，頁58～59。（同註15）

26 清‧陳數基輯：《繪圖西湖拾遺》（台北：廣文書局，1969年）

27 祁彪佳：《遠山堂曲品》著錄，云：「相傳雷峰塔之建，鎮白娘子之妖也。以為小劇則可，若全本，則呼應全無，何以使觀者著意？且其詞亦欲效鞾華贍，而疏處尚多。」（北京：中國戲劇出版社排印本，1959年），頁104；另見註14，頁247。

28 潘江東：《白蛇故事研究》，頁77～78。（同註15）

29 黃圖珌：《看山閣樂府雷峰塔》收錄於傅惜華：《白蛇傳集》（上海：古籍出版社，1987年6月）

30 林麗秋將增加的情節加以析論：（一）〈慈音〉——宿緣說。（二）〈榜緝〉、〈插標〉、〈浴佛〉、〈藥賦〉——配合戲曲演出所需的齣目。（三）〈回湖〉、〈彰報〉、〈懺悔〉、〈驚失〉——白蛇為「西湖之主」；刪去〈化香〉、〈訪李〉、〈窺形〉、〈覆缽〉等情節。見註7，頁51～56。

31 同註14。

32 沈堯：〈清代崑曲舞台的奇葩——《雷峰塔》傳奇〉，頁254。（同註17）

33 傅惜華：《白蛇傳集》（上海：古籍出版社，1987年6月），頁282
　　～283。

34 「傳統中國人的宿命觀念是很強的。宿命觀表現在人際關係方
　　面，便形成『緣』的想法，緣是中國人心目中的一種命定的或前
　　定的人際關係。……，在中國的歷史中，『緣』的觀念最早始於
　　何時，已渺不可考。但其明顯形成當在唐朝佛教傳入中國以後。
　　佛教的『因緣果報』之說與『三世因果流轉』之論，經過行世俗
　　與功利化之後，可能是緣的觀點的主要思想源頭。」楊國樞：
　　〈中國人之緣的觀念與功能〉，收錄於《中國人的心理》（台北：
　　學生書局，1993年1月初版4刷），頁123。

35 「〔旦〕汝等造惡，當受冥報，我雖千年修煉，從不莽殺一靈，
　　以副吾佛持齋戒殺之德。」同上註，頁196。

36 同註7，頁56。

37 同註17，頁255。

38 同上註，頁246。

39 轉引自魏如海：〈看山閣樂府雷峰塔提要〉，收錄於《白蛇傳》
　　（台北：文化圖書公司，1993年7月再版），頁157。

40 阿英：《雷峰塔傳奇敘錄》（上海：上雜出版社，1953年9月），
　　頁27。阿英曾作疑似為舊鈔本的《雷峰塔傳奇》敘錄，茲列此三
　　十八齣名稱如下：一、開宗。二、佛示。三、憶親。四、降凡。
　　五、收青。六、借傘。七、盜庫。八、捕銀。九、贈銀。十、露
　　贓。十一、出首。十二、發配。十三、店媾。十四、開店。十
　　五、行香。十六、逐道。十七、端陽。十八、求草。十九、救
　　仙。二十、竊巾。二一、告遊。二二、被獲。二三、審問。二
　　四、告何。二五、賺淫。二六、化香。二七、水門。二八、斷
　　橋。二九、指腹。三十、付鉢。三一、合鉢。三二、畫真。三
　　三、接引。三四、精會。三五、奏朝。三六、祭塔。三七、做
　　親。三八、佛圓。見上書，頁27～51。

41 黃圖珌尚有人與獸「道不同不相為謀」的看法，所以有「白娘，
　　妖蛇也，而入衣冠之列，將置己身於何地邪？」的認知，黃氏對
　　白蛇尚有歧視，缺乏族類間「眾生平等」的觀念。李桂芬說：
　　「這種階級分明的觀念或許受黃圖珌的生活影響甚深，他一生為
　　官，……，過著相當清雅的生活，……，而他的劇作也因為是他
　　消磨時間的產物，雖然他頗自豪於他度曲的功力，但畢竟與場上

之曲不同，缺乏通俗的趣味。他過的是典型高級知識份子的生活，吟風弄月、遊山玩水，他並不一定了解一般民眾的期待心理，但他顯然不願放下身段，迎合民眾的喜好，仍然堅持於自己的理念。」李桂芬：《白蛇戲曲比較研究》（台北：國立台灣大學中國文學研究所碩士論文，2002年5月），頁91。

# 第5章
# 白蛇傳故事的成熟期

　　白蛇的故事，流傳已久，在早期《古今說海》中的〈白蛇記〉與《清平山堂話本》中的〈西湖三塔記〉，這些白蛇故事都較殘酷，缺乏愛情的美化與人情的常理。直至馮夢龍《警世通言》之〈白娘子永鎮雷峰塔〉，及康熙年間古吳墨浪子所輯《西湖佳話》之〈雷峰怪蹟〉出現後，白蛇故事才逐漸富有人情味。迨黃圖珌《雷峰塔傳奇》，增刪諸多情節，雖白氏妖性仍存，但其故事內容已多所渲染、增華，故而更具戲劇張力。

　　白蛇故事是按照人民群眾的心理趨向，在戲曲舞台上繼續發展。由於藝人的不斷創造，先後出現了梨園舊鈔本《雷峰塔傳奇》和水竹居刻本《雷峰塔傳奇》（方成培之《雷峰塔傳奇》），[1] 這是值得注意的兩個本子，它們標誌著白蛇故事發展到達了成熟階段。在《清稗類鈔》記載乾隆三十年（西元一七六五年），乾隆第五次南巡時，兩淮鹽商「延名流數十輩，使傳《雷峰塔傳奇》」，架台於兩舟之上，向御舟演唱。[2] 又怕伶人不熟悉，即用「舊曲腔拍，以取唱衍之便利」。這個襲用「舊曲腔拍」的本子，很可能是在戲曲藝人增刪的黃本《雷峰塔》基礎上，再作整理、加工的本子，但可惜已經失傳。現存的梨園舊鈔本早於水竹居本，相傳為陳

嘉言父女演出本,這尚待探討。陳嘉言是當時崑腔老徐班名丑,該本兼注身段,當是藝人演出的腳本。[3]

　　乾隆時期,方成培的《雷峰塔傳奇》,在前人的創作基礎上,再銳意改編,贏得廣泛的認同,也使得白蛇的形象,更具人情與溫暖。嘉慶年間,玉山主人的章回小說《新編雷峰塔奇傳》,讓白蛇更富情意,甚至獲得「人、天、菩薩之助」,顯示其形象更完美、善良。深受世人喜愛的「白蛇傳」故事,更被許多地方戲曲與曲藝作家,擷拾成創作題材,以各種不同的表演形式演出,在民間廣泛地流佈,「白蛇傳」故事至此,可謂之「成熟期」。

# 第一節　方成培《雷峰塔傳奇》

　　《雷峰塔傳奇》是方成培改編前人同題材作品而成,他在文學史中的聲名,亦因改編《雷峰塔傳奇》而來。乾隆年間,他在黃圖珌和陳嘉言父女兩部《雷峰塔傳奇》的基礎上,推陳出新,亦以《雷峰塔傳奇》名之,但思想與藝術均明顯高於黃、陳之舊作。成為在民間流傳已久的「白蛇傳」傳奇作品中,最為流行的一種。也因方成培的改編,而形成「白蛇傳」故事新的面貌,得到更廣泛、久遠之流傳。

　　方成培是雍正、乾隆年間人,約生於清雍正九年(西元一七三一年),卒於乾隆四十五年以後(西元一七八〇年),字仰松,號岫雲,別署岫雲詞逸,徽州(今安徽省歙縣)人。他幼年多病,不能赴童子試,曾閉門學醫。《安徽通志稿》中說他:「幼病瘵,不能以舉業自奮,遂大肆力于倚

聲。」因此，由於健康因素，他放棄科考仕進，故將餘暇閒情，寄託於詩、詞、曲的鑽研。他精通音律，工於詩詞，著有《方仰松詞槧存》、《香研居詞麈》、《聽奕軒小稿》、《香研居談咫》、《香研居隨筆》等。戲曲作品今存《雷峰塔傳奇》，另有《雙泉記》傳奇被列為禁書而被銷毀，清道光《徽州府志》有傳。

　　方成培讓「白蛇傳」故事在戲曲舞台上奠定長久的地位，也促使後輩改編、創作同題材者，在其創作基礎上，更臻於理想，而煥發出異彩！其《雷峰塔傳奇》共三十四齣，各齣內容梗概如下：

| 各齣曲目 | 內　容　提　要 | 備註說明 |
|---|---|---|
| 一<br>開宗 | 唱：(1)【臨江仙】「西子湖光如鏡淨，幾番秋月春風，今來古往夕陽中。江山依舊在，塔影自凌空。多少神仙幽怪，相傳古老兒童。休疑艷異類齊東。妄言姑妄聽，聊復效坡公」。<br>　　　(2)【沁園春】略敘故事梗概與本末。 | 【臨江仙】仿《三國演義》之開卷詩。<br>【沁園春】內容富佛教思想。 |
| 二<br>付缽 | 敘釋迦文佛付缽法海，說明白、許來由與因緣。白氏為「峨嵋山一白蛇，向在西池王母蟠桃園中，潛身修煉，因竊食蟠桃，遂悟苦修」；許宣則是「佛座前一捧缽者」。 | 白氏出身異於黃圖珌的版本，她是「仙姑」。 |

| 各齣曲目 | 內　容　提　要 | 備註說明 |
|---|---|---|
| 三<br>出山 | 敘白雲仙姑（白氏）欲往凡間，其義兄黑風仙一再苦勸不成，囑其勿傷生靈，早日回山，兩人遂別。 | （增加情節）與其他版本不同，多了義兄黑風仙的角色，「妖」界富人情。 |
| 四<br>上塚 | 許宣，字晉賢，於藥舖工作。姊夫名李仁，在錢塘縣中充當「馬快」。清明時節，許宣前去掃墓。 | |
| 五<br>收青 | 敘青青「向居海島」，後蟄西湖，夜宿裴王府空宅，白氏至杭，欲得裴府空宅，遂收服青青，成為侍女。二人是主婢，也是友朋。 | （增加情節）與其他版本不同，青青由青魚，變為「青蛇」，本是西湖之主，與白蛇同類。 |
| 六<br>舟遇 | 白娘子見到許宣，故撮陣雨，藉故搭船。許宣借傘給白氏，以衍生後緣。 | 白氏表現情感的主動性。 |
| 七<br>訂盟 | 許、白情投意合，青兒撮合雙方。許宣苦無錢成親，白娘子令青兒取錢幫助許宣成親。 | |
| 八<br>避吳 | 許宣訪姊，李仁發現贓銀，許宣求救，李仁安排逃蘇，並請友人王敬溪代為照顧小舅。 | 李仁先安排許宣逃跑，顧念情分。 |

| 各齣曲目 | 內　容　提　要 | 備註說明 |
|---|---|---|
| 九<br>設邸 | 王敬溪促堂倌開市，插科打諢。許宣已來店工作。 | |
| 十<br>獲贓 | 李仁向縣府稟報白娘子盜銀，欲捉許宣問話，李仁稱恐洩漏消息，請逕拘捕之，惜未緝捕成功，卻追回失銀。 | 情節略不同於以前諸作。李仁保護小舅，先安排遁逃，又避免直接問訊他，堪稱「頗稱好義」。 |
| 十一<br>遠訪 | 白氏、青兒赴蘇訪許宣，被拒。王氏夫婦撮合，重歸舊好。 | |
| 十二<br>開行 | 許宣離開王家，與白娘子自立開業。她變幻仙法，助夫開店營生。行乞之人等來賀喜，歡慶開店。許氏夫婦祭祀祝賀。 | （改寫情節）他作則為白氏被偷香覬覦後，才鼓勵許宣開店。此本則開店在先，白氏賢德幫夫。 |
| 十三<br>夜話 | 白氏月夜抒懷，與青兒共話往昔，敍塵緣情劫之感。許宣繼至，於庭前散步互吐心聲。夫妻情篤，但恐月有陰晴圓缺，夫妻不能長久。 | （增加情節）此乃鋪敍作用。暗示白氏知夫妻終將分離。 |

| 各齣曲目 | 內　容　提　要 | 備註說明 |
|---|---|---|
| 十四<br>贈符 | 許宣於神仙廟遇主持，告知為妖所纏。許宣陳述與白娘子遇合之經過。主持贈符裨除妖。 | （改寫情節）贈符者為神仙廟主持，非一般道士。 |
| 十五<br>逐道 | 許宣晚歸，白氏知其藏符，嚙符無異後，遂吊打主持。許宣見一道白光騰空而逝，反疑主持為妖，向白氏致歉。主持回山修煉，欲再收妖。 | （改寫情節）許宣幫主持求情。白氏化光驅之，反讓許宣疑主持為妖。 |
| 十六<br>端陽 | 端陽時，喜慶懷孕，許宣邀白氏喝雄黃酒。白氏不勝酒力而現形，許宣被嚇死。青兒喚醒白氏，白氏冒險赴南極仙翁處，求仙草以救夫。表現白氏的真情摯愛。 | （增加情節）1.端陽現形。2.求草救夫。3.白氏懷孕。——增飾處更突顯白氏具有人情與情義。 |
| 十七<br>求草 | 敘白氏盜仙草，鶴、鹿及諸仙皆戰敗。白氏險遭制伏，白氏求饒乞草，南極仙翁哀憐賜草。 | （增加情節）白氏冒死赴險，情義感人。 |
| 十八<br>療驚 | 白氏盜草而歸，憐愛許宣受苦，灌藥救醒許宣。 | （增加情節）白氏憐惜許宣，情意真摯。 |
| 十九<br>虎阜 | 許宣出遊虎丘，白氏拿出八寶明珠巾讓他配戴。此時捕快正在查訪失物一案。 | 所盜之物為八寶明珠巾等，非珊瑚扇墜等物。 |

| 各齣曲目 | 內　容　提　要 | 備註說明 |
|---|---|---|
| 二十<br>審配 | 許宣因戴贓物被捕，供出緣由。官府捕白氏不成。許宣判發配鎮江，姊夫攜金資助許宣，介紹友人何仲武就近照料許宣。 | （易名）李克用的角色更之為何仲武。 |
| 二一<br>再訪 | 白氏至鎮江尋夫，許宣拒納，何仲武勸解，夫妻團圓和好。 | |
| 二二<br>樓誘 | 何仲武過壽，白氏前往祝賀。何仲武藉機誘至望江樓，欲姦污之。白氏變鬼，驚倒何某。 | （更改內容）白氏變鬼嚇人，非現原形退惡。 |
| 二三<br>化香 | 法海下山點化許宣，路遇劉成，哀泣檀香被竊。法海向許宣募化檀香佛身，許宣瞞著白氏許諾之。法海約許宣至寺，稱有要事相告。 | （改寫情節）法海主動下山募化告知許宣真相。 |
| 二四<br>謁禪 | 許宣至寺，法海派人引進。白氏率水族眾等佈陣，擬為救夫而鬥法。 | |
| 二五<br>水鬥 | 法海不放許宣，白氏興師救夫，兩相鬥爭。白氏哀求法海未果，怒漫金山寺。人（許宣）、妖（白氏）、佛（法海）衝突。天理（人、妖分際）與情對峙。白氏險被魁星收服，因懷孕而塵緣未滿，逃逸之。法海囑其回杭，待產子後來尋他收妖。 | （增加情節）1.水漫金山。2.法海囑許宣待白氏生產。看似彰顯人情，但有矛盾：法海何必先拘後放許宣？是欲擒故縱也。 |

| 各齣曲目 | 內　容　提　要 | 備註說明 |
|---|---|---|
| 二六<br>斷橋 | 許宣於斷橋適逢白氏，急欲奔逃，被白氏緊追。青兒憤恨許宣行徑，欲殺之。白氏勸阻，許宣致歉，復歸於好。 | （增加情節）青兒欲殺許宣，青兒重義，角色已較具實際意義。白氏知許宣薄倖無義，卻袒護他。 |
| 二七<br>腹婚 | 許宣將白氏等帶回姊姊家中，謁見之。姊許氏產一女，與白氏指腹為婚，計議將定，白氏臨盆。 | （增加情節）許氏生女，兩家指腹為婚，具喜劇性安排。 |
| 二八<br>重謁 | 白氏產後，許宣謁法海禪師，法海令其持缽收妖。許宣不忍，法海決定自行前往。 | （改寫情節）許宣懷不忍之心，符合夫妻常情。 |
| 二九<br>煉塔 | 白氏梳妝時，法海持缽收之。青兒見狀，與之怒鬥，被降伏。許宣悟道，法海偕之燒煉白蛇，鎮壓塔底。青兒出見時，唱【朱奴插芙蓉】兩闋，情意悲愴。 | |
| 三十<br>歸真 | 敘韋陀與眾神奉佛令，迎法海、許宣歸真。 | （增加情節）具宗教意識。 |

| 各齣曲目 | 內　容　提　要 | 備註說明 |
|---|---|---|
| 三一<br>塔敘 | 黑風仙得道，念及白雲仙姑。至西湖探訪，才知被鎮雷峰塔底，獲准相見。白氏無悔於紅塵之行，只覺如夢似幻。嘆距收塔之時，忽已十六年，母子相見無期。 | （增加情節）白氏情真意摯，流露人情。 |
| 三二<br>祭塔 | 白氏子許士麟中狀元，祭塔相見，悽惻哀傷。許士麟痛斥法海，離間他人骨肉。白氏望其夫妻和好，不可如許宣般薄倖，並切記須報國恩。 | （增加情節）狀元見母，孝行感人，母教子外，嘆白氏痴心，卻未獲良緣。 |
| 三三<br>捷婚 | 士麟完婚，獲朝廷封贈其二親。縣令云：「地埋蛇母休疑幻，天產麟兒事更奇。」 | （增加情節）白氏獲尊崇。 |
| 三四<br>佛圓 | 天帝哀感士麟孝忱，特赦白氏，命法海前往釋放。青兒有義，一併獲赦。天女接引主婢倆，前往天宮。尾聲：「嘆世人盡被情牽挽，……。」 | （增加情節）富宗教「教化勸世」的功能。 |

　　乾隆三十六年（西元一七七一年），兩淮鹽商為慶賀朝廷盛典，演出《雷峰塔》，為民間流行的無名氏本。方氏鑑於民間演出本「辭鄙調訛」，所以他興起改寫創作之念，他在〈雷峰塔自敘〉中指出：

　　　　《雷峰塔傳奇》從來已久，不知何人所撰。其事散見
　　　　吳從先《小窗自紀》、《西湖志》等書，好事者從而

摭拾之，下里巴人、無足道者。歲辛卯，朝廷逢璇闈
之慶，普天同忭。淮商得以恭裏盛典，大學士大中丞
高公語銀臺李公，令商人於祝嘏新劇外，開演斯劇，
祗候承應。余於觀察徐環古先生家，屢經寓目，惜其
按節氍毹之上，非不洋洋盈耳，而在知音繙閱，不免
攢眉，辭鄙調譌，未暇更僕數也。因重為更定，遣詞
命意，頗極經營，務使有裨世道，以歸於雅正。較原
本，曲改其十之九，賓白改十之七。「求草」、「煉
塔」、「祭塔」等折，皆點竄終篇，僅存其目。中間
芟去八齣。「夜話」及首尾兩折，與集唐下場詩，悉
余所增入者。[4]

　　方培成根據民間演出本，予以潤飾與創作，而呈現嶄新
的《雷峰塔傳奇》。其改寫、增刪了許多情節，[5]使得故事的
內容更為豐富感人，奠定往後「白蛇傳」故事的宗本地位。
從黃本到舊鈔本和方本，情節的變化過程，也是白蛇故事戲
劇衝突的變化過程。舊鈔本刪去黃本的「回湖」、「彰報」、
「懺悔」、「赦回」、「捉蛇」等場戲，方本又對舊鈔本兩次
發配的戲作了精煉，方本新增了「端陽」、「求草」、「水
鬥」、「斷橋」、「祭塔」等場，為黃圖珌《雷峰塔傳奇》中
所無，奠定《雷峰塔傳奇》的悲劇衝突。沈堯曾對《雷峰塔
傳奇》的悲劇演變過程，提出他的觀感，他說：

黃本沿襲〈白娘子永鎮雷峰塔〉話本的故事情節，嚴
格的說，不是一個大悲劇，舊鈔本和方本才使白蛇故
事成為一個真正的大悲劇，並以其悲劇衝突的深刻性

和獨特性，光照當時的劇壇，征服了廣大的觀眾。[6]

雖然有些情節是在民間演出本中已經存在，但方成培進行很大的改動，所謂「點竄終篇，僅存其目」（〈雷峰塔自敘〉），才形成膾炙人口之作。故事的悲劇精神，不是絕望的表現，反而是象徵對命運不屈的抗爭態度。又如：刪去「捉蛇」。讓自〈白娘子永鎮雷峰塔〉以來，因捉蛇，致激怒白氏，而出現恐嚇許宣之兇惡話語，盡皆刪去，使白娘子之「妖性」褪去。方成培將往昔流傳之故事去蕪存菁，更增華情節，不僅讓白氏「妖性」頓除，更突顯其「人性」光輝，將「牠」塑造成為一位善良、多情的世間女子。[7]李玫針對方成培改編的《雷峰塔傳奇》指出：

> 方成培的《雷峰塔》傳奇最突出的成就在於：他讓主人公白娘子身上的妖怪氣息和人情內涵達到了巧妙、和諧的統一。較為徹底地別除了傳說中白娘子妖孽害人的內容，使白娘子成為一個善良美好的形象，在她身上所寄寓的願望和追求更具有普遍的社會意義，全劇「揚善隱惡」的主題，也更具藝術感染力。尤其是「求草」、「水鬥」、「斷橋」等片段，充分表現了白娘子維護自己認定的幸福生活和美好愛情的堅定態度，為了實現自己的願望，她既要與破壞她安寧生活的惡勢力奮力鬥爭，又要向對她缺少了解和信任的情侶剖白心迹。她內心不斷受到煎熬，她的意志反覆受到考驗。她既剛強又溫柔，這一性格特點，在劇中表現得極為特出。正因為她心地是善良的，她的追求是

正當的，她的願望是美好的，所以她最終的悲劇結局才使歷代廣大觀眾感到深深的不平和遺憾。[8]

方成培改編的《雷峰塔傳奇》，使白娘子具剛毅而溫善的特質，獲得更廣泛的同情。若說《紅樓夢》中林黛玉「以淚償情」是個大悲劇，但黛玉深情之淚終究滌淨了寶玉這塊頑石，致性靈提升為「溫玉」。寶玉的出家可說是──「曾經滄海難為水，除卻巫山不是雲，取次花叢懶回顧，半緣修道半緣君」，故黛玉在感情上並不孤獨。而白娘子的愛情悲劇比黛玉「紅消香斷」之悲更具有震撼力的大悲劇！[9]

白娘子的「水漫金山」，不但沒有促使平庸的許宣回頭，滌淨他的俗眼，卻更加深他對「妖妻」的厭惡與恐懼，他為保全自我而躲進寺廟中，他與白娘子的情感與人格，形成鮮明的對比，白氏是體現了人們對於人生價值的追求與思考。白娘子與法海的衝突，總在他與許宣的關係中得到迅速的反應。許宣的動搖，使白娘子的情路走得艱辛與坎坷，致使她遭鎮壓，形成悲劇之因，雖然許宣在合缽時曾說：

> 白氏雖係妖魔，待我恩情不薄，今日之事，目擊傷情，太覺負心了些，咳！……。[10]

許宣看似「良心發現」，但畢竟仍是做了「損人不利己」之事。從黃本、方本中，均見到他雖未手刃其妻，卻陷妻於不義，只是方本筆下的許宣，比以往諸作，多些對妻子的依戀之情。由於白娘子對許宣鍾情、青兒對他譴責、法海對他「點化」，讓這個悲劇的衝突深度增加，而讓「白蛇傳」在戲

曲舞台上，贏得更多的迴響。

《雷峰塔傳奇》不僅是一個神話故事，更融入了人民的反抗精神。可說是當時政治、社會現象下的人民之「心情寫照」。[11] 方本《雷峰塔傳奇》是以清醒的現實主義對白娘子的愛情悲劇，寄予深度的同情。它可說是兼具社會悲劇與性格悲劇的雙重悲劇。[12] 又異於同期的蒲松齡《聊齋誌異》中之人妖戀模式，表現不同的文化內涵。蒲氏為「孤憤」而作「花妖狐媚」的「寒士美女」型的人妖戀故事，乃男權文化「夢幻式」的情感寄託。[13]《雷峰塔傳奇》則是籠罩在儒、釋、道思想高壓氛圍環境下，為爭取「生存」而擺脫桎梏富於寫實精神的故事。

白蛇的悲劇肇因於她異類的出身與許宣的意志不堅，[14] 而青兒的友情義助、法海對異類的鎮壓，曲折的反映不同社會階層者，對傳統政治統治者的態度。而在「付缽」、「歸真」、「塔敘」、「佛圓」中，尚秉承黃本中的「宿命」思想，姻緣天定，人為無用，而唯在佛祖的赦旨下虛心懺悔，才得皈依正果。此作又借助天神、仙佛等非凡力量，以實現人的理想和抱負，[15] 若以佛教的人生觀立場而言，這樣的故事結構是嚴謹而合理，堪稱是「佛教文學傑作」。[16] 而若以現實的人生觀立場而言，則結構的安排卻有令人詬病之處。李有運即說：

> 這是一個愛情悲劇，到「煉塔」就可結束了，後面的「歸真」、「塔敘」、「佛圓」等都是累贅，都是糟粕。而白娘子純真正直、敢於鬥爭的叛逆精神到「煉塔」也已完成了，而後面的轉變向佛讓人不可思議，

甚至憤慨。另外「出山」及「塔敘」加進一個黑風仙勸說白娘子完全是多餘，而佛教卻會認為這兩齣是必要的，它為白娘子樹立了一個學習的榜樣。[17]

李氏認為這是不同人生觀所導致的必然結果，不是創作過程中藝術手法的失誤。雖然方本最終的結局，減損了積極的抗爭精神，但它的影響卻十分深遠。戴不凡認為它在「白蛇傳」故事的演變中，有三方面值得注意，茲簡略歸納如下：[18]

1. 使白蛇脫盡了妖怪氣，完全成為一個溫柔、善良、很懂得愛情的人間婦女形象。

2. 開始把故事的主要矛盾，從許仙與白蛇的矛盾，轉移為白蛇與法海的矛盾。

3. 方成培已經有把負心的許宣，改為不負心的傾向。[19]

它可說是「白蛇傳」故事演變的關鍵。[20]方成培添加「端午現形嚇死許宣」、「水漫金山」等情節，並顯示溫柔多情的白娘子與許宣感情尚篤，安排白蛇生子、[21]高中狀元，母子最後終於相見等，使得白蛇更富「人性」與「人情」。她犧牲奉獻的精神，勇敢堅貞的形象，使得遭遇更值得同情。尤其是白狀元「孝感動天」終於救出母親，可說是具有家庭倫理、宗教神權、社會政治方面的「教化」作用。此外，更具有藉由鼓吹「孝道」為名，實踐文化心理中的「尋母」、「救母」的崇母情結，以暗中謳歌女性、張揚女權的意識。[22]因此，若以這樣的觀點而言：白蛇的地位在方氏塑造下，不僅由「妖」蛻變為「人」，更具同情女性，伸張女權的涵義。

方本之後，「白蛇傳」故事，更為廣泛流傳。在乾、嘉

以後的許多地方戲、曲藝、小說、話劇、舞蹈中，都以其為
故事的母題藍本，進而生根開花，使得故事的思想更趨深
刻，藝術更趨完善，形成多采多姿的風格與特色。

# 第二節　玉山主人《新編雷峰塔奇傳》

　　《新編雷峰塔奇傳》(《雷峰塔奇傳》)又名《繡像白蛇全
傳》(文化圖書公司出版之《白蛇傳》故事合編本，又名為
《白蛇精記雷峰塔》)作者為玉山主人。根據該書卷首芝山吳
炳文序中指出，該書的原名應為《雷峰楚史》[23]：

> 余友玉山主人，博學嗜古之士也，過鎮江，訪故跡，
> 諮詢野老傳述，網羅放失舊聞，考其行事始終之紀，
> 稽其成敗興廢之故，著為《雷峰楚史》一編。[24]

但目錄書題卻又作《新編雷峰塔奇傳》，下面題署為「玉花
堂主人校定」。這「玉花堂主人」和序中的「玉山主人」，恐
怕就是一人。[25] 序文中署「嘉慶十有一年歲在丙寅仲秋之
月，作此於西湖官署之夢梅精舍」。全書分五卷十三回，每
回題目都是七言對偶，但第三卷末回和第四卷頭回，卻是七
言單句。據潘江東於《白蛇傳故事研究》中指出：

> 「白蛇傳」被寫為章回小說，當出康熙間古吳墨浪子
> 搜輯《西湖佳話》〈雷峰怪蹟〉話本之後。清嘉慶十
> 一年（公元一八〇六年）已有玉山主人之《雷峰塔奇

傳》刊行。

《新編雷峰塔奇傳》（以下簡稱《雷峰塔奇傳》），傳本頗多，[26]
今根據嘉慶十一年刊本影印之文本，作為論述依據。在此書
中男主角姓許名仙，表字漢文；[27] 白素貞，名為白珍娘。茲
略列內容如下：

| 卷數 | 各回回目 | 內 容 提 要 | 備註說明 |
|---|---|---|---|
| 一 | 一<br>謀生計<br>嬌容托弟<br>思塵界<br>白蛇降凡 | 許漢文自幼失依怙，由姊嬌容與為縣役的姊夫撫養成人。他十六歲時，姊夫替他安排至藥舖工作。話說四川清風洞中有一修行一千八百年的白蛇精，名為珍娘，欲往杭州見識，遂駕妖雲而起。值北極真武大帝見之，謊稱欲往南海謁觀音，誓言若有欺瞞，必鎮於雷峰塔下。她到仇王府花園，降伏一修行八百年之青蛇，二者以主婢相稱。 | （增加情節）白蛇欺騙真武大帝，為其被鎮於雷峰塔作預示。 |
| | 二<br>遊西湖<br>喜逢二美<br>配姑蘇<br>獲罪三千 | 漢文於清明時去追薦父母、遊覽西湖。歸途遇雨，邂逅二女，遂一起乘船、搭傘，並互道身世。漢文借傘給他們，約定明日赴府取傘。珍娘許嫁漢文，贈銀二錠，此乃命五鬼盜自庫銀。漢文持銀請姊夫代辦婚事，被認出是贓款。漢文被杖打，未供出白氏贈銀。無奈姊夫為證，只好說明。二女知情後，隨即溜走。漢文發配蘇州，王員外寫信，請吳人傑代為照應。 | （改寫情節）(1)漢文為保珍娘名節，情願被杖打，而後迫於無奈，才說出實情。(2)非姊夫寫信託人照料。 |

| 卷數 | 各回回目 | 內　容　提　要 | 備註說明 |
|---|---|---|---|
| 二 | 三<br>吳員外<br>　見書保友<br>白珍娘<br>　旅店成親 | 漢文至蘇州，蒙吳人傑照料，在他的藥舖工作。珍娘重恩義，偕小青至蘇州尋夫。漢文斥為妖怪，不與相認，珍娘向吳氏夫婦哭訴原委，說姊夫為自保，誣陷於她，她作勢欲自殺。吳氏夫婦勸解許仙，遂成婚，夫妻恩愛，小青亦分潤春光。吳人傑義助許仙開藥店，但生意欠佳。許仙屢向珍娘訴苦，她說曾受黎山老母教授醫理，令其掛牌招攬，依然乏人問津。珍娘遂命小青散瘟，藥舖大賣瘟藥獲利。 | （改寫情節）<br>(1)珍娘誣陷姊夫。<br>(2) 小青合媾，分潤春光。<br>(3)吳人傑義助漢文開店。<br>(4) 散瘟謀利。 |
| | 四<br>白珍娘<br>　呂廟鬥法<br>許漢文<br>　驚蛇隕命 | 漢文到呂祖廟中參拜，陸一真人看出漢文身染妖氣，問其家世背景，贈三符予他除妖，他也贈銀真人，表達感激。珍娘預知此事，與小青一起識破，遂找真人理論，並驅逐他。端陽之時，小青裝病臥床避難，珍娘與許仙飲宴，被灌雄黃酒，她即令他去觀龍舟賽，自己睡臥房中。漢文念及二人皆生病，乏侍湯藥者，遂返家察看。 | （改寫情節）<br>(1)小青在家裝病避難，非躲入山中。<br>(2)漢文觀龍舟，關心珍娘，主動返家。 |

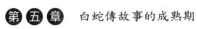

| 卷數 | 各回回目 | 內　容　提　要 | 備註說明 |
|---|---|---|---|
| | 五<br>冒百險<br>　瑤池盜丹<br>決雙胎<br>　府堂議證 | 漢文見床上盤著一條大蛇，驚嚇而死。小青搖醒珍娘，珍娘傷心不已。小青勸她，人既已死，不如吞噬，再另覓良人。珍娘秉於情義，決求丹救夫。她謊稱領黎山老母之旨而欲強入，被識破後即打傷白猿童子。聖母聞訊將斬蛇，幸觀音來救，說出因緣。指出許、白氏宿緣，文曲將投胎腹中，日後自有人來取她，鎮於雷峰塔下。聖母遂饒她，觀音指示珍娘往南極宮取仙草。她獲仙翁賜草，但歸途遭鶴童劫殺，又幸得觀音派鴛童來救，始得返家救夫。小青本遲不煎藥，顧慮漢文不解而弄巧成拙。珍娘以錦帕變白蛇以釋疑，許仙復甦，聽信他們所言。珍娘故意哭訴漢文輕信人言，揚言削髮入空門，漢文跪求饒恕，遂和樂如初。蘇州知府陳倫之妻難產，珍娘化為觀音，指示去保和堂求醫。她給漢文丹藥，讓他幫助陳夫人順產二公子。 | （增改情節）<br>(1)小青存妖性，故建議噬人，另結新歡。<br>(2)先赴聖母求丹不成，才蒙仙翁賜草。鹿童未阻，鶴童是天敵。<br>(3)觀音救命，道出因緣。<br>(4)珍娘泣訴並揚言出家。<br>(5)化觀音託夢知府，助許仙成名醫。 |

| 卷數 | 各回回目 | 內　容　提　要 | 備註說明 |
|---|---|---|---|
| 三 | 六<br>狠郎中<br>　設計賽寶<br>慈太守<br>　懷情擬輕 | 漢文成名，蘇州名醫們妒忌生恨，設計漢文為祖師聖誕排設寶器祭祀者。漢文苦無寶器而求助珍娘。珍娘命小青至梁王府盜四寶以交差。梁王派人尋失寶，拘捕漢文。因其有救命之恩，且陳知府觀天象知有妖，諒有隱情，羈之待查，並派人追捕珍娘等。 | （增改情節）郎中們設計賽寶。小青盜寶。知府觀天象疑珍娘為妖。 |
| | 七<br>巧珍娘<br>　鎮江賣藥<br>痴漢文<br>　長街認妻 | 陳知府輕判，漢文被發配鎮江。吳人傑自責當初不該勸漢文與妖怪成親，而害他受災。託徐乾就近照顧他。白、青二蛇化男裝送銀給公甫夫妻，隨即來鎮江開保安堂以利尋夫。漢文病倒，徐乾買保安堂的丹藥救治他。他病好後來探究竟，責怪妖精害人。珍娘委屈解釋，徐乾覺得有理，勸解夫妻團圓。 | （增改情節）<br>(1)白、青男裝赴杭州贈銀，深謀遠慮。<br>(2)漢文染病藉藥重逢。 |
| | 八<br>染相思<br>　徐乾求計<br>施妙法<br>　白氏脫身[28] | 徐乾自見珍娘後，相思成病。徐妻無奈，巧誘珍娘赴府觀花、飲宴，讓徐乾伺機逞慾。珍娘隱身脫困，留詩警誡，自此員外即收邪心。 | （改寫情節）<br>(1)徐妻助紂為虐。<br>(2)珍娘隱身，未現原形。 |

| 卷數 | 各回回目 | 內　容　提　要 | 備註說明 |
|---|---|---|---|
| 四 | 九<br>遊金山<br>　法海示妖 | 漢文赴徐乾家飲宴，閒聊後偕同往金山寺遊覽，謁見法海，他即道出珍娘、小青來歷，並詳述發生諸事，漢文跪拜求救，並欲出家，法海說他塵緣未了，暫留他於寺中避難。 | （改寫情節）<br>(1)徐乾邀請共赴金山寺。<br>(2)漢文主動求救、出家。 |
| | 十<br>淹金山<br>　二蛇鬥法<br>疊木橋<br>　兩怪敘情 | 珍娘、小青赴金山寺哀求法海放人未果，爭鬥失利而逃走。日暮時，復往懇求又險遭不測，幸奎星相救而逃歸。二妖決定水漫金山，但竟傷及生靈，犯下大錯，逃回清風洞。法海勸漢文回鄉暫居靈隱寺，歸途中逢二妖相認。漢文心動、認錯，共返姊夫家。 | （改寫情節）<br>(1)奎星相救。<br>(2)二妖二次跪求法海。<br>(3)漢文唾罵法海。 |
| | 十一<br>怒狠狠<br>　茅道下山<br>喜孜孜<br>　文星降世 | 三人歡喜赴姊夫家，用昔日珍娘喬裝託交的銀兩置產、安居等。陸一真人遣弟子蜈蚣精，暗殺於花園中為金山罹難祝禱的珍娘，幸南海觀音遣白鸚童子相救，故免於難。小青將陸一真人拋海懲戒，二妖對空拜謝觀音。文曲降世，珍娘產子。嬌容產女，遂指腹結親。 | （增寫情節）<br>(1)蜈蚣精為師報仇，《白蛇傳》（前）據之改寫。<br>(2)觀音遣白鸚童子相救，增宗教意味。 |

| 卷數 | 各回回目 | 內　容　提　要 | 備註說明 |
|---|---|---|---|
| 五 | 十二<br>法海師<br>　奉佛收妖<br>觀世音<br>　化道治病 | 法海嘆許仙被妖言迷惑，又與白蛇復合。佛祖降法旨，要他收珍娘。珍娘甫產子彌月，預知有難，作法欲避之。當日法海持鉢來訪，謊稱請許仙以鉢裝水。未料，鉢竟飛罩珍娘，她痛楚道出實情：為報前世漢文放生之恩，因今生許家無後，故特來結姻緣，為其傳嗣。又因愛護他，致起諸風波。許仙跪求法海饒妻，但法旨難違，僅許夫妻塔前再見一面。小青回清風洞修行，後成正果。漢文因傷痛隨法海往金山寺出家。夢蛟由嬌容撫育，聰敏懂事。某日，被嘲笑為妖精所生，歸問姑母，遂知本末。思念雙親成疾，幸為觀音救治。爾後奮發讀書，考中解元，並決定遵父母之命，待有成時與碧蓮表妹完婚。 | （增改情節）<br>⑴法海奉法旨收白蛇，富神怪色彩。他具人情，讓夫妻收鉢後塔前話別。張恨水改作時襲之。<br>⑵白蛇為報恩、傳嗣而與許漢文締緣。<br>⑶夢蛟身世遭嘲笑，思親成疾，蒙觀音治病。<br>⑷漢文會為妻求情，傷悲而出家。 |

| 卷數 | 各回回目 | 內　容　提　要 | 備註說明 |
|---|---|---|---|
| 五 | 十三<br>標黃榜<br>　名震金街<br>結花燭<br>　一家完聚 | 夢蛟高中狀元，向皇上秉告身世，獲聖恩欽賜父母及姑父母名銜。赴金山寺尋父，偕歸故鄉，歡聲同慶，並往祭塔。法海奉法旨放出珍娘，涕泣重聚。法海助許、白昇天成仙，夢蛟與碧蓮歡喜完婚。生二子，次子嗣李家。公甫及夢蛟夫婦，皆無疾善終。 | （增改情節）<br>(1)皇上賜封父母等。<br>(2)法海領旨放珍娘。並助許、白成仙。<br>(3)揭示孝、義，富宗教意味。 |

　　玉山主人《雷峰塔奇傳》可認為是「白蛇傳」故事集大成並定型之作。[29]它比〈白娘子永鎮雷峰塔〉至少加入：白蛇降凡、端陽節許仙驚蛇殞命、白娘子盜仙草救夫、水漫金山、斷橋相會、狀元拜塔等內容。而其與方本最大的差別是：更強化因果報應與天命思想。其中敘說前緣，說許仙前生曾從乞丐手中買蛇放生，故許、白之盟是珍娘基於「報恩」而「自薦」於許仙，以完成「宿緣」，非小青扮紅娘，代為開口，這與方本不同。她為小青解釋因緣中說：

　　　非是別處沒有俊秀郎君，一來我受他大恩未報。二來
　　　既與他訂盟，豈有再嫁別人之理？且他受罪外方，亦
　　　是我們所害，我今意欲同你前去尋他。[30]

故白娘子是重信而懂得知恩圖報之人。而在收鉢時，她也說出因緣：

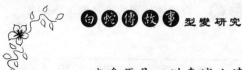

妾身原是四川青城山清風洞白蛇是也。在洞修行年久，只因遊玩，醉臥山下，夢中露出本體，被一乞丐所拿，攜往市中要賣。卻值官人看見，用錢取買，放生山中，妾感佩在心。因官人本世命該乏嗣，因此下山與官人締結朱陳，為他傳嗣，接續宗枝，以報他救命之恩。（頁227～228）

故白蛇與許仙邂逅、成婚是「皆因報恩前世，被官人三休四棄，並無怨悔」，[31] 她可說是以飛蛾撲火的精神來報恩，鍾情地對待許仙，可謂是「情到深處無怨尤」。而方本則將這段姻緣認為是：

> 這妖蛇雖然不守清規，却因許宣原有宿緣，故令汝前去，待他們孽緣完滿之日，點悟許宣，奉我法寶，收伏此妖，鎖於雷峰塔底，永鎮妖氛。再將許宣點悟大道，引他同歸淨土，以成正果。（《白蛇傳集》，頁343）

許宣在方本中是「迷其真性的捧缽侍者」，故法海奉旨收蛇，點悟許宣。兩本之寫作「因緣」不同，故造成故事演變不同。所以，方本中出現「黑風仙」在「白雲仙姑」決定「出山」時加以勸戒。而玉山主人則刪去「黑風仙」諫言與度化白蛇的〈塔敍〉描寫。由於「因果報應論」，造成白蛇因欺騙真武大帝，負於誓言而有被鎮於雷峰塔之「咎由自取」的結果：[32]

貧道到此，非為別事，因這白蛇與許仙有夙緣之分，
日後文曲星官應投在他腹中轉世。俟他彌月之日，自
有人來取他，壓在雷峰塔下，應他前日對真武大帝發
誓之言。待文曲成名之後，得了敕封，方成正果，此
時却不可傷他性命，望聖母寬恕。[33]

因為「天命」，故白蛇、夢蛟遇難，均有相救者於千鈞一髮
時出現。[34] 值得注意的是：觀音菩薩搭救最多，而陳知府夫
人難產，珍娘巧扮觀音指示他去尋許仙醫治，足見當時對
「觀音菩薩」的信仰，已深入民心。[35] 神佛是不可妄欺，否
則便如珍娘一般，應驗自己對神佛的誓言。這也說明了三
點：

1. 雷峰塔並非為鎮白蛇而設，它之前已經存在。
2. 水漫金山，誤傷生靈，並非是白蛇被囚禁的主因，枉
   欺神佛才是真正主因。
3. 具有傳教的「載道」意義，教導信眾，誠信為要，不
   可褻瀆、欺騙神佛。

白蛇為報恩，對許仙的情感是執著不悔。作者讓她為愛而助
許仙立業，為愛而散瘟，為愛而偷盜，為愛而欺騙，為愛而
險些喪命。許仙被發配鎮江，她與小青變裝送銀回姊夫家。
為助夫運，她巧化觀音，讓許仙有機會幫陳夫人產子，而成
名醫。故珍娘是溫柔體貼地關愛許仙。玉山主人增加白氏救
夫的諸多波折與難度，讓她更富於情義。先求聖母不成，險
遭擊殺。聽從觀音指示求救南極仙翁，雖然蒙賜仙草，光明
正大擁有，但仍遭鶴童阻攔，這比以往的盜仙草，更為艱
鉅。而觀音、仙翁的協助，是承認「命定」，成其「大義」。

珍娘雖散瘟「為愛昏智」，但是為現實「生計」而出此策，雖損其仁義形象，似是「不得已」的「為愛而犧牲的代價」。但水漫金山誤傷生靈，她每晚於花園中超薦贖罪，足見善性未泯，非乏人情。

許仙的形象在《雷峰塔奇傳》中，更富人情化。在「盜銀」中，他顧慮到珍娘的名節，先受屈挨打，不得已時，才供出實情，這和其他以前諸作直接供出二蛇的情況不同。他雖強灌妻子雄黃酒，但想到小青臥病，愛妻醉酒，恐乏人照料，遂主動返家關心妻子。他雖然仍是懦弱、輕信、自私的人，但最終仍被珍娘的真情所感，而跪求法海饒恕其妻：

> 老師！縱使他果是妖怪，他並未毒害弟子，想他十分賢德，弟子以是不忍棄他，望老師見諒！（頁223～224）
> 漢文將缽盂雙手捧起，定睛望內一看，只見一條小小白蛇，裝在裡頭。漢文伸手向內，撈來撈去，只是撈不著。無奈將缽盂捧出廳。來到禪師面前，雙膝跪下，叫聲：「老師！可憐弟子一家分離，望老師垂憐。」禪師雙手扶起笑道：「居士！這是他的大數註定，老僧不過奉佛旨而行，既然居士如此慘切，待到了西湖，老僧叫他出來，與你相見一面罷了！」（頁232）

他因妻子被鎮才「看破世情」，而傷心出家，[36] 是「鍾情」的表現。在方成培的劇本中，法海是「主動」地下山來找許宣，主導收妖的過程。故有「化香」、「重謁」的描述。而

在玉山主人《雷峰塔奇傳》中，法海則是「被動」地執行法
旨。是許仙與友人來金山寺，並跪拜求救自願出家。法海說
他塵緣未了，並未同意，所以才暫留他於寺中避難。法海到
許仙家收妖是奉佛旨，所以當許仙跪求其見妻時，他還網開
一面。但是，法海收缽卻是「謊稱口渴要茶，自備缽盂」，
缽盂飛罩白蛇頭頂，而陷許仙於不義。在玉山主人《雷峰塔
奇傳》中，法海像「佛使」般，傳達宗教神秘力量，賦予懲
戒、教化之功，最後竟用欺騙之法，收鎮白蛇，而「劊子
手」居然又協助他們昇天成仙，實在有些矛盾荒謬！

　　玉山主人《雷峰塔奇傳》一書，神怪、宗教成分濃重。
小青的「妖性」較強，且較為機智、世俗化，她和珍娘是忠
實的姊妹、主婢、諫言者。她與許仙、珍娘之間，出現微妙
的關係，這是以前其他諸作未言明者。黃本雖提到白氏允諾
與小青「恩愛平分」，但未有實際的作為，而此本卻證實小
青已是「偏房」，二女共事一夫：

　　　　三朝已畢，過來拜謝員外和院君。自此夫妻，朝朝寒
　　　　食，夜夜元宵，連小青亦有分潤春光。（頁61～62）

「三人行」情感上的分享，雖著墨不多，但是在後來的小說
《白蛇傳》（前）、李碧華《青蛇》兩書中，卻加強此間的情
感衝突的鋪寫，似乎是由玉山主人的作品中，找到這樣靈感
的根由吧！小青奉命偷盜、散瘟，經常駕起「妖雲」，負責
打聽消息的工作。許仙驚嚇而死時，她建議吞噬他。白蛇取
回仙草時，她不立刻聽命煎藥，顧慮到若許仙清醒，疑她們
是妖，反而好心沒好報。陸一真人派蜈蚣精害珍娘，她憤恨

懲戒牠。法海羈留許仙，她也義憤填膺。但是對她的結尾安排，卻是無力：

> （小青）跪在白氏跟前，哭道：「小婢苦勸娘娘改
> 禳，只望消除災厄，怎知運數難逃，依然受此大
> 禍。」說罷，痛哭起來。白氏也哭道：「小青我已知
> 今日此難難逃，只是蒙你數年跟隨，名雖主婢，情同
> 姊妹。今日與你分別，實在難捨。兒子姑娘自能照
> 顧，你今可收拾，歸我清風洞去，勿戀紅塵，免受災
> 禍。」小青痛哭一番，叩頭起來，別了漢文，駕雲回
> 返清風洞，修行苦煉，後來也成正果。（頁226～227）

在方成培「佛圓」中，許士麟於「孝感動天，超拔萱枝」下，小青賴「天助」才成正果。[37] 這與玉山主人讓小青「自助」修成正果殊異，後者更具積極的佛法自利的精神。

在「人性」善、惡面的對照描寫上，玉山主人是別具創意。王員外讓許仙在店中工作，對他仁慈寬厚。連清明許仙去薦祖，他都幫忙打點、安排。許仙不幸配蘇時，他寫信給吳人傑，請他幫忙照顧許仙。吳人傑不僅勸合婚事，還念在許仙已成家，故主動拿錢義助他開藥店。許仙配鎮江，他去信為他安排。兩人都是送佛送上天的「善人」典型。這與從前的「白蛇傳」諸作極為不同。而公甫姊夫與嬌容姊姊，幼時教養許宣，成人後又代為安排工作。許仙發配鎮江，他倆代為保管錢財；張羅許、白回杭後，置產安家之事，熱心不貪。撫育夢蛟成人，盡心無怨，是溫善、仁義之人。觀音慈悲救苦，陳知府知恩還報，皇帝愛才英明，都是體現人性之

「善」。而藥商們對許仙因妒忌而陷害賽寶，則是人性之「惡」的表現。徐乾在許仙發配鎮江時，保釋在前、治病在後，又勸夫妻團聚，應是「善士」。但是，對白氏起「色心」，徐妻為治夫「相思病」竟「助紂為虐」，幫忙誘騙白氏，又是突顯人性中道德與慾望相矛盾的弱點，顯示人性是「無善惡」，仍是自利為先。

玉山主人《雷峰塔奇傳》增加故事的宗教性的意義，將儒、釋、道的思想，更具體的表現在故事中。白蛇對許宣的愛情、恩義比以前諸作，更為濃烈。白蛇為愛犧牲的委屈也比以前諸作更為曲折，而許仙對她也開始有「情感的回應」，也較近似於寶玉為黛玉出離的精神。藉由曲折的情節，深入的描寫，「白蛇傳」故事在玉山主人的經營之下，白蛇是知恩圖報的重情尚義之「人」了，更富人情與人性了！

# 第三節　地方戲曲與曲藝

我國幅員廣大，戲曲、曲藝種類眾多，幾乎全國各民族、各地區的劇曲曲種和曲藝曲種中，大部分都有《白蛇傳》改編的傳統保留劇目，實在不勝枚舉，[38]且潘江東已於其論著中詳述概況，[39]李桂芬也針對京、崑、川劇中的「白蛇傳」戲曲作專論，[40]故有關於「白蛇傳」的戲曲、曲藝，本論文僅扼要舉隅述之。而自清代以來，有關「白蛇傳」的戲曲、曲藝之情節，主要多沿襲自方成培、玉山主人等的故事藍本，加以潤飾、創作，較乏突破性的情節衍生（田漢改編的京劇《白蛇傳》是獨樹一格，異於以往之作，另於下章中專

論），故有關於「白蛇傳」的戲曲、曲藝，不以時代為囿，歸在本節簡述之，並略言近代台灣歌仔戲、京劇在「白蛇傳」的演出新貌，以呈現「白蛇傳」故事在戲曲藝術的表現意義。

《雷峰塔》傳奇的舊鈔本和方本問世後不久，許多地方戲相繼演出這個劇目，甚至加以改編，加強了劇作的悲劇性與抒情性。如：《斷橋》、《產子》、《合缽》、《祭塔》等崑曲，即充分發揮了這個特點。其中秦腔的《斷橋》比方本的情節寫得更為悽惻深入，哽咽感人；漢劇的《腹婚》將分娩後白娘子預感將會母子分離，將子託姑母撫養的唱詞，表達得更為感人肺腑，深沉悽愴，不若方本那般平淡。[41]

在許多地方戲中，以川劇《白蛇傳》的處理最為獨特。以前的《白蛇傳》有三十幾折，而川劇只有七、八折，節奏明快，且以獨特「一桌二椅」的舞台美術效果，突顯劇中尊卑長幼，環境變化與人物心理。[42] 它強調主題的「鬥爭性」，全劇如驚濤駭浪，洶湧澎湃。除了「舟遇」、「訂情」是細膩的刻畫外，顯得活潑生動，情趣盎然外，其餘多情感激昂，援用許多「武功身段」、特技效果等，將白蛇的憤怒、神仙的法術、戰鬥的激烈等，表現得淋漓盡致。即使《斷橋》一齣中抒情意味濃厚，但青蛇恢復為男性，[43] 且以「變臉」的川劇特技，突顯她的怨怒，可謂氣勢奪人。

諸多地方戲曲受到說唱藝術與當地傳說的影響，頗能表現不同的風貌與特色。如揚劇《上金山》，在王萬青所傳本中，即敘述白蛇對青蛇吐露心聲，撫今追昔的感受，加強主人翁的心理描寫。而高甲戲《許仙說謝》，寫許仙發配鎮江，被人保釋後，他與徐乾去拜謝恩人，發現竟是白娘子

時，極為驚懼。後經她們辯解，徐乾勸說，夫妻才破鏡重圓，這是頗具特色的折子戲。[44]

在諸多戲曲中，如：崑劇、京劇、梆子戲、福州戲、閩劇、粵劇、滇劇等，白娘子的形象幾乎都是執著多情，賢妻良母的典型，而許仙仍是懦弱且缺乏為夫之義的俊美男子。法海是拆人姻緣的無情執法者。小青則為白娘子的患難姊妹，具忠誠、直率的性情。而許仕林則是「道德完美」的狀元孝子。[45]

「白蛇傳」故事一直不斷地被各地區的劇種、劇團加以改編、演出，展現出地域性的戲曲文化特色。如：五○年代泉州傀儡劇團在初創時期，即改編《白蛇傳》並予以演出。其中折子戲《水漫金山》中的小沙彌，維妙維肖，令人印象深刻。[46]

近年來在台灣地區，「白蛇傳」故事的歌仔戲演出，隨著時代的演進，更呈現另番風貌。一九六二年，台視即播出電視歌仔戲《雷峰塔》。一九九四年，新和興歌仔戲劇團演出《白蛇傳》，是由王生善先生擔任編導，可謂是「現代劇場」歌仔戲，特別強調了導演的職能。[47]包括劇本的修改、身段的設計、曲調的安置、舞台藝術的規劃等，藉由全面的掌握，俾能建立起劇團的統一風格，並呈現出整個綜合的藝術規律。[48]此劇將原本冗長的情節，濃縮為兩小時，節奏明快，排場流轉自如，並運用豐富的曲調唱腔，凝聚了觀眾的注意力。尤其是主題鮮明，表現不分物我的至情，且人物的塑造十分成功，使人們對於白娘子的堅貞美麗，以及為愛情執著無悔的高貴情操而感嘆、同情、欽佩，能深深觸動人心，令人蕩氣迴腸，可謂是「精緻歌仔戲」的演出模式。[49]

　　一九七九年，郭小莊成立「雅音小集」，以「傳統中的新生」為目標，自一九七九年即首演了《白蛇與許仙》。雅音小集的演出擺脫了說唱文學加諸戲曲的繁冗，使情節明快，並講究結構的緊湊和氣氛的營造，突破角色的限制，使人物塑造更為生動。在不妨礙虛擬象徵的表演原理下，適度運用佈景與燈光，渲染舞台情境。又加入國樂以充實文武場的陣容，並藉由合唱曲表明時空與情境的流轉，從而激起濃厚的感染力。就因為雅音小集能有開放的眼光，講求現代劇場的藝術理念和精神，所以能扎根傳統，進而別開新局，融入人們的藝術生活之中，受到廣大的迴響和擁護，[50] 而「白蛇傳」故事，在這種「現代化」京劇的詮釋下，賦予新的戲曲生命力。

　　大抵而言，諸多《白蛇傳》的地方戲是在《雷峰塔傳奇》的基礎上，依據各地戲曲特色、傳說、風俗、民心趨向以及劇作家的感受，[51] 經過千錘百煉、巧妙創變，才呈現出包羅萬象的戲曲藝術風貌，它們都是我國戲曲藝術的瑰寶，值得我們關心與發揚。在日新月異的時代環境中，有關「白蛇傳」故事的戲曲，仍是炙手可熱的演出曲目，且不斷地被改編，結合時代之需與多元藝術的美學效果，營造了更精緻、浪漫的情境，使這個悠久的故事，更具現代藝術表現的審美價值與生命意義，這是值得喝采與注目，因其體現的是「新時代」的「傳統情」，薪傳文化的使命性。

　　而我國有關於「白蛇傳」故事的曲藝創作，亦是包羅萬象，豐富而龐雜，綻放出具地域與文化特色的光輝。但由於傅惜華所編輯的《白蛇傳集》流傳最為廣泛，[52] 故茲用以作為討論的代表，今按該書的取列先後，略述如後：

## 一、馬頭調

　　馬頭調是盛行於清代的雜曲，名為「馬頭」，蓋取「碼頭」的調子之意。乃是流行於商業繁盛之區，賈人往來最多的地方的調子。歌唱這調子的，當以「妓女」們為中心。馬頭調所歌詠的簡直是包羅萬象，無所不有。[53]

　　道光之際，京城馬頭調仍鼎盛，伴唱的樂器為三絃與琵琶。現存中央研究院藏本的馬頭調與《白蛇傳集》，內容近似處頗多，而潘江東已撰文述及。[54]茲以傅惜華《白蛇傳集》中所收錄者略述如下：

| 各調名稱 | 內 容 提 要 | 備註說明 |
|---|---|---|
| 《玩景觀山》道光8年刻本（1828） | 描述對於西湖景緻，興白蛇故事之嘆。言及「借傘」、「贈銀」、「配蘇」、「重逢」、「端陽」、「現形」、「盜草」、「散瘟」、「還願」、「水鬥」、「產狀元子」等情節。 | 「散瘟」襲自玉山主人之作。 |
| 《西湖岸》咸豐6年北京鈔本（1856） | 描述對於西湖景緻，興白蛇故事之嘆。言及「借傘」、「贈銀」、「配蘇」、「重逢」等，述七星道人水淹鎮江，僧民塗炭。雷峰塔鎮蛇妖，狀元哭父母，奉旨到湖邊等。 | 未指白氏水淹鎮江，卻是七星道人所為。（似《白蛇傳》（前）） |

| 各調名稱 | 內　容　提　要 | 備註說明 |
|---|---|---|
| 《雷峰塔》道光8年刻本（1828） | 敘述清明拜掃、「借傘」，「贈銀」、「配鎮江」、「開店」、「端陽現形」、「盜草救夫」、「金山還願」、「羈留許宣」、「水漫金山」、「許宣下山」、「眾神擒妖」、「奎星救命」、「斷橋重聚」、「產子」、「收缽」、「鎮塔」、「狀元拆塔」，在雷電交加中，雷峰塔倒，母子重聚。 | (1)「前緣」已定，姻緣是「報恩」。(2)拆塔是狀元哀告錢塘令。水乾、塔倒，富神話意義。 |
| 《白蛇傳》嘉慶間北京鈔本（1796—1820年） | 敘述清明拜掃、「借傘」，「贈銀」、「配鎮江」、「開店」、「端陽現形」、「盜草鬥鶴」、「仙翁捉蛇」、「壽星賜草」、「金山還願」、「羈留許宣」、「水漫金山」、「眾神擒妖」、「魁星救命」，主婢分散各回臨安，法海言許、白緣未盡，駕雲護送回杭。遂「斷橋重聚」、「產子」、「收缽」、「鎮塔」、「狀元祭塔」、「遣人拆塔」，霎時刮起黃風，神火燒塔，現出仙語——「雷峰塔倒，西湖水乾，那時節母子再來重相見」！ | (1)報恩締姻緣。(2)開店長安。(3)仙翁未慈悲救白蛇、賜草，異於諸作。(4)悲劇收場——狀元榮歸亦不能赦罪，母子終不能相見！ |
| 《白蛇傳》河南排印本（1947年） | 清明祭掃至「水漫金山」前的情節，同於《雷峰塔》；之後同於《白蛇傳》（前）。 | |

| 各調名稱 | 內　容　提　要 | 備註說明 |
|---|---|---|
| 《合缽》<br>咸豐間北京鈔本（1851—1861年） | 利用「倒敘法」敷衍故事內容。佛祖賜缽，法海交給許仙。許仙拿來試用，白蛇驚懼，罵夫狠心傷情。無念豐衣足食是娘子賜。憶「借傘結親」、「端陽現形」、「盜草救夫」、「白綾釋疑」、「齋戒祝禱」、「水鬥金山」、「產子傷離」，盼妥善育子。白蛇被收鎮雷峰塔，許仙得道，度她成正果。狀元子祭父母墳塋。 | (1) 許仙無情。不顧念情義。<br>(2)許仙度白蛇。<br>(3)狀元子未見父母。 |
| 《合缽》<br>咸豐6年北京鈔本（1856年） | 利用「倒敘法」敷衍故事內容。佛祖賜金缽法寶給法海禪師。許仙接法寶，喜收妖邪。白娘子痛罵狠心的夫君，未念舊情——「借傘」、「開店」、「盜草救夫」、「釋疑」。她讓他錦衣玉食，享盡富、福。他竟奔法海，致青兒水漫杭州。如今無奈，囑咐養兒成人。再餵一口離娘奶，留肚兜為念。白蛇遂被收鎮雷峰塔，許仙得道，度她成正果。狀元子清明祭掃，立碑封祝其父母。 | (1) 許仙無情，喜收白蛇。享受生活，卻背恩忘義。<br>(2)許仙度白蛇。<br>(3)狀元子未見父母。<br>(4)內容大致同以上的《合缽》。 |

| 各調名稱 | 內　容　提　要 | 備註說明 |
|---|---|---|
| 《合缽》光緒間北京鈔本（1875－1908年） | 佛祖賜金缽法寶給法海禪師，怒於青、白二蛇婚配許郎，七星道人被劍誅。都因水漫姑蘇。許仙接法寶，稱收妖邪。白氏嘆前世恩人買蛇放奴，今生反相害。小青欲加害許宣，都是白氏提防，許宣辜負他！寒儒錦衣玉食，卻未念舊情。憶「借傘結親」、「鎮江開店」、「端陽現形」、「盜草救夫」、「白綾釋疑」、「齋戒祝禱」、「水鬥金山」、「產子傷離」，不勝唏噓。小青拔劍欲殺許宣，白氏勸阻。法海欲施法收青，只得乘風而逃。天兵神將嚴守四面八方，她囑咐許宣養兒成人。並再餵一口離娘奶，即伏法被鎮。許仙得道，度她成正果。狀元子祭掃墳墓。 | (1)許宣前世救白蛇。(2)小青幾次想害許宣，白氏晝夜提防。（小青妖性強）(3)捕白氏諸神嚴守東、南、西、北、中央，極盡鋪陳，增加神話性。 |

　　從這些「白蛇傳」故事的馬頭調來看：它們仍是「悲劇」的結局。悲劇肇因於許宣輕信人言，忘卻恩義，造成白蛇被收缽，幼兒失去母愛。將白氏內心之「悲情」，藉歌詞而發揮極至，尤其是收缽後，她為兒哺乳，叮囑許宣的話，字字血淚，聲聲哀泣，令人一掬同情淚。許宣這個「負心漢」，居然得道，最後度白蛇成仙，似乎頗為矛盾，或許象徵他最後的覺悟，反映世俗人民的內心呼聲吧！「前世報恩」說，解釋了許、白之緣，法海奉旨收妖，也都離不開宗教、宿命

之論，《白蛇傳》馬頭調基本上仍是承前之作，而不過以不同的文學形式表現這個悲劇故事！

# 二、八角鼓

「八角鼓」是盛行於清代的曲藝曲種。以演唱者所用的擊節樂器八角鼓而得名。它的起源，傳說不一。有說：原是滿族在關外牧居時的民間藝術，滿族人民常在行圍射獵之暇，以八角鼓自嘆自娛；又說：八角鼓原係一種坐腔岔曲形式，形成於清康熙、乾隆時期。乾隆嘉慶以後，已無專業藝人。僅由八旗子弟做非營業性的演出，清唱於廳堂筵席之前。

八角鼓自乾隆末年以後，盛行於滿族旗籍子弟之間，多組織票房，編詞演唱以為自娛。旗籍子弟演唱的八角鼓包括五種演唱形式：(1)岔曲。(2)群曲。(3)拆唱八角鼓。(4)單弦。(5)雙頭人。清代滿籍子弟組織票房演唱八角鼓，還包括一些其他曲藝、雜技形式，稱為「全堂八角鼓」。八角鼓在清代，嘉慶、道光以後，由於旗籍士兵在各地駐屯，和各地旗籍官吏的愛好，流傳到許多地區。[55]

在清代，「八角鼓」已是北京市場一種流行的演唱形式。[56]茲以傅惜華《白蛇傳合編》中所收錄者略述如下：

| 各鼓曲名稱 | 內　容　提　要 | 備註說明 |
|---|---|---|
| 《遊西湖》道光間北京百本張鈔本（1821－1850年） | 敘「借傘」、「贈銀」、「配蘇」、「重逢」、「端陽」、「現形」、「盜草」、「戰猿」、「開店」、「青兒盜寶」、「贈符」、「散瘟」、「配鎮江」、「還願」、「水鬥」、「產子」、「得第」等情節。 | (1)七星道人義助水漫金山。(2)憐小狀元。 |
| 《搭船借傘》清末北京鈔本 | 嬌容姊撫養許宣，及長在王鳳山店中工作。清明祭悼父母，東家遣人送傘許宣，告假遊湖探姊。遇著青、白衣二女，嬌滴可人，遂邂逅乘船、借傘。白氏思凡，青兒說何必戀此風流子，薄倖郎？白氏嘆因前生夙緣。許宣前生是富家子陳漢元，花錢贖蛇有救命恩。非思凡不顧大道，願損身殉命以報德。 | (1)救命之恩，夙緣結姻。(2)已知鍾情薄倖郎，仍以德報德。(3)王鳳山憐愛許宣，似玉山主人本所述之仁厚東家。 |
| 《盜靈芝》清末北京鈔本 | 敘「邂逅」、「借傘」、「贈銀」、「配蘇」、「重逢」、「開店」、「散瘟」、「端陽」、「現形」，青兒知許仙死，建議吞噬嚐鮮，白氏責備她。叮囑青兒留神看管，她更衣盜仙草，準備與白鶴仙童大戰，險些命送黃泉。 | (1)許仙會醫術。(2)白氏賢德。(3)青兒深具妖性，欲噬許仙。 |

| 各鼓曲名稱 | 內　容　提　要 | 備註說明 |
|---|---|---|
| 《水鬥》<br>光緒間北京別埜堂鈔本<br>（1875—1908年） | 許仙病好還願，竟二月未歸。憶「邂逅」、「借傘」、「周濟」、「端陽」、「現形」、「盜草」、「鬥猿」、「救夫」，嘆痴心相待，他竟還願未歸，偕青兒尋許仙。青兒苦勸莫留戀，不願隨行。白氏要求她攙扶孕婦，說許仙前生是陳漢元，花錢贖蛇有救命恩，青兒才願隨金山尋許仙。傻和尚稱廟中有許仙，但師父教說無此人。法海羈人，展開「水鬥」。白氏被四面八方諸神包圍，險被金缽罩頂。魁星來救說因緣，青兒乃得扶白氏回斷橋。 | (1)青兒忠告白氏莫尋夫。<br>(2)報恩締緣。<br>(3)極力鋪陳「水鬥」情節，諸神圍捕白氏，她處境艱危，富神怪意味。 |
| 《金山寺》<br>光緒32年北京鈔本<br>（1906年） | 白娘子悶坐房中，悔貪戀塵凡。憶「邂逅」、「借傘」、「端陽」、「現形」、「盜丹」、「救夫」，許宣無義，月餘來竟還願未歸，喚青兒同尋許宣。青兒勸她回山修煉成仙。白娘子說分娩後即歸山，青兒才同行。問許宣在否？傻和尚說：「有」，但師父吩咐說：「無」。青兒性暴，欲砍傻和尚。他急奔師父法海處，雙方展開纏鬥，遂水漫金山。諸神四面八方圍捕白氏，危難中北 | (1)許宣是無義男兒，將白娘子當異類看待。<br>(2)白娘子為情義赴金山。<br>(3)水漫金山具神話色彩。<br>(4)北斗星救難。 |

白蛇傳故事型變研究

| 各鼓曲名稱 | 內　容　提　要 | 備註說明 |
|---|---|---|
| | 斗星君相救，因她懷狀元子，才脫困回家。分娩彌月後，法海持缽，尋到門前。 | |
| 《斷橋》道光間北京百本張鈔本（1821—1850年） | 水鬥後青兒扶白氏歸斷橋。青兒憶述白氏「借傘」、「盜銀」、「配錢塘」、「杭州散瘟」、「開店」、「現形」、「盜草」、「鬥鶴」、「救夫」、「還願」、「遇法海」等，二人同悲痛哭。法海命許宣歸家，賜寶了俗情。許仙膽怯不敢回，法海說有佛庇護，即送他回斷橋。青兒怒斬許宣，白氏攔阻。他辯稱法海不讓他回，若忘恩義，天誅地滅。三人同歸姊家，產子後，法海收白蛇於缽中。 | (1)發配、散瘟地點更異。(2)許宣懦弱，卸責他人。(3)小青重義。 |
| 《合缽》道光間北京百本張鈔本（1821—1850年） | 甫分娩，法海持缽交許宣，稱法寶靈驗。許宣喜試法缽，白氏於驚呼聲中，現形收缽。她哀嘆許宣不念「借傘」、「配鎮江」、「婚悅」、「端陽」、「現形」、「盜草」、「釋疑」、「水鬥」等恩義，將兒哺乳交許宣，叮嚀善撫育，成大器。她被收鎮雷峰塔，許宣得道來度她入仙班，兒中狀元，傳為佳話。 | (1)與馬頭調《合缽》結尾相似。(2)尋夫致水漫金山造冤孽，許宣不救反而害之。 |

以上諸曲中，許宣的形象仍是「忘恩負義」的無義男兒。
《金山寺》中白娘子直接道出：

> 「實指望夫唱婦隨，學那梁鴻舉案。有誰知，他是無
> 義男兒，把奴當異類相看。」白娘子一陣陣把肝腸痛
> 斷，又哭又恨，……。（頁37）
> 管他愛還不愛還，噯哎喲，奴今把這情義占全。（頁
> 38）

故白娘子對許宣或因報恩，或因情義，甘心忍辱受難，
彰顯她可貴的情操。但合鈜後，馬頭調與八角鼓多以許宣得
道來度化白娘子，而其子中狀元收場。顯示結局符合於世俗
大眾的心理趨向與父權思想。值得一提的是：《水鬥》、
《金山寺》中多了一個甘草人物——「傻和尚」，他純真說出
許宣躲在金山寺中，法海欺瞞事實的真相，增加了曲藝在表
演時的詼諧性，也讓法海顯現為拘禁許宣而「打妄語」的行
為，醜化了他的「僧人」形象，讓人對他更為憎惡了！

## 三、鼓子曲

鼓子曲是俗曲的一種。一名南陽曲，[57] 近年來為別於高
臺曲，又名曰南陽大調曲，亦稱曲子戲。因為玩唱曲子，雖
不扮演，曲中每有各色人等，間加賓白，實為清唱。所以一
種曲曰一齣戲。[58]

相傳鼓子曲初見於開封，後來分出三支。周口一支，禹
縣一支，南陽一支。[59] 所用的牌子以馬頭、倒推、滿江紅三

者為著。[60]鼓子曲唱奏時之主要樂器為三絃。配合樂器有琵琶、箏、二絃、月琴、二嗡、勻板、八角鼓、月鼓等。[61] 其題材來源有：歷史記載、傳說故事、[62]小說、戲曲等。

| 各鼓曲名稱 | 內　容　提　要 | 備註說明 |
|---|---|---|
| 《收青兒》河南排印本（1947年） | 白雲仙領旨下凡採金蓮，黑風仙告誡勿動凡心，贈仙繩可縛妖魔。有個妖魔率二徒，殺了三位道姑變化其形，潛藏廟中伺機食香客。牠們襲擊仙姑，遭仙繩制伏，即幻為丫環青兒，隨仙姑採金蓮，爾後遊玩遇許仙。 | (1)白蛇是仙姑，奉旨採蓮。(2)道兄警示之。(3)青兒噬人。 |
| 《借傘》河南排印本（1947年） | 清明雨舟中邂逅許仙，白蛇愛戀他眉清目秀，性情溫柔。一場春夢，令她難啟口。召青兒說出心事，趁許仙還傘時，青兒為媒，成就風流。 | (1)白氏愛戀許仙。(2)以夢境暗示心聲。 |
| 《盜靈芝》河南排印本（1947年） | 法海擔酒求售，一斤三千。許仙好奇觀望，法海贈酒一瓶。夫妻歡飲，白娘子臥床現原形。白蛇酒醒，發現許仙已嚇死，喚小青看屍體，逕赴仙山盜靈芝。白鶴攔阻，南極仙翁哀憐賜草助許仙還陽。許仙復甦，假意流淚痛哭，他許願死後復活必還願上金山，告妻子今日去，明日還。 | (1)法海擔酒沽市，贈酒許仙。(2)許仙假情意，虛應白娘子。 |

| 各鼓曲名稱 | 內　容　提　要 | 備註說明 |
|---|---|---|
| 《水漫金山》河南排印本（1947年） | 敘「邂逅」、「借傘」、「贈銀」、「發配」、「開店」、「散瘟」、「端陽」、「現形」、「盜草」、「救夫」、「還願」、「尋夫」、「水鬥」，諸神下凡擒白蛇，魁星說明：她懷狀元子，許、白姻緣未盡。法海施法送許仙到斷橋續姻緣。白娘子責備許仙，害她差點命喪金山，唾罵他無義。許仙說他是無奈被拘，是愛戀妻子。小青仗義憤言，欲斬殺許仙。值白娘子腹痛，遂攙扶回臨安待產。兒彌月時，法海收白蛇，鎮於塔下。許士林中狀元，得知身世，奏請皇上賜封，得祭塔見母，歡喜團圓。 | (1)小青散瘟。(2)南極仙翁賜丹。(3)法海見許仙有妖氣，羈留他。(4)白蛇尋夫怒罵法海，非小青怒斥。(5)發動水族、神將下凡等，富神話意義。(6)魁星言姻緣未盡，法海才放人。 |
| 《合缽》河南排印本（1947年） | 白蛇妖邪作亂，驚動西方古佛變就法海和尚，給許仙三道符，貼鎮白氏。白氏見符即驚，哀求丈夫要念舊情，勿害她。憶——「遊湖」、「贈銀」、「發配」、「開店」，端陽許仙於街市沽酒，遇法海教其下毒。而後「驚變」、「現形」、「盜草」、「釋疑」，金山寺尋夫。法海遣天兵鬥白蛇，以紫缽打破頭。法海提前世根由， | (1)法海賜符，異於其他諸作。(2)許仙沽酒於市，才遇法海教飲雄黃酒。(3)白蛇令子復仇。奉旨才能得救。 |

白蛇傳故事 型變研究

| 各鼓曲名稱 | 內　容　提　要 | 備註說明 |
|---|---|---|
| | 白蛇望子讀書中功名，為她報仇。唯金殿奉旨祭塔，才能搭救。 | |
| 《塔前寄子》河南排印本（1947年） | 許仙抱兒立塔前，後悔不該上金山還願，致妻離家破。聽塔內妻子泣訴許仙無情，憂心小青命運。許仙淚流，憐惜子無母餵奶。委子於姊，許仙出家。士林中狀元，不能立竿，上奏皇帝；御旨賜筵祭塔，士林叩謝皇恩。 | (1)許仙悔恨還願，抱子泣於塔前。(2)金山寺一仗，小青即無音信。(3)姑家狀元立竿不起，生恩極重。 |
| 《探塔》河南排印本（1947年） | 小青怨法海、許仙，合謀害姑娘。回想姊妹過去情景，不勝感嘆，發出十怨，[63]怪姑娘不聽她勸，[64]致災禍降生。想當年金母喜愛姑娘，封她為白雲大仙，如今困拘塔裡，今非昔比。她往塔前看姑娘，姑娘忙問她近況，並掛念許仙，知其出家。恬愛兒恩養何人？小青埋怨她對許仙仍是情深，憤恨法海，決定赴金山寺報仇，白氏無法攔阻，只有淚漣漣。法海遣護法諸神護寺，小青人單勢薄，只好退回桃花山。 | (1)以小青為主人翁。(2)許仙出家，白氏對他一往情深。(3)金母曾封白氏為仙。(4)小青為義復仇失敗。 |

| 各鼓曲名稱 | 內　容　提　要 | 備註說明 |
|---|---|---|
| 《祭塔》<br>河南排印本<br>（1947年） | 許士林中榜遊御街，忽從天上降下簡帖，指出：金山寺有父，雷峰塔有母，遂回府問身世，才了解真相。上奏皇上，赴西湖祭塔。塔內白蛇女悔恨遊湖、婚配，怪夫無情惹災殃。上神喚白蛇，告其狀元子祭塔，通融母子相見。白蛇淚訴遭遇：述「出洞」、「收青」、「借傘」、「許嫁」、「贈銀」、「發配鎮江」、「開店」、「散瘟」、「端陽」、「現形」、「盜草」、「還願」、「水漫金山」、「魁星相救」、「產子」等苦楚經歷。子聽母言，嘆未盡孝道，欲自盡，遭阻攔。魁星傳玉旨：封母為白衣菩薩，小青隨侍，封為青衣菩薩。白蛇得正果上峨嵋，雷峰塔旁蓋佛堂。修建金山寺，許士林忠孝雙全，萬古揚名。 | (1)天降簡帖透露身世的玄機。<br>(2)上神通融母子相見。<br>(3)狀元未盡孝欲自殺。<br>(4)玉旨封白蛇、青蛇為菩薩。<br>(5)許士林忠孝兩全。 |

　　在鼓子曲中，諸多情節不同於前作，頗具特色。如：在《合鉢》中，法海賜符許宣，以助收白氏。白氏盼子長成後，能為其復仇，加深了對法海的仇怨。也將許宣的懦弱、無情，寫得真切。在《塔前寄子》中，狀元家旗竿久不立，說明寄養的李家，不能顯榮，昭示白氏冤屈當雪，生恩當報之理。而《探塔》則是以小青為立場，彰顯她為白氏叫屈，

為義復仇的高情。在《祭塔》中，以天賜簡帖，助狀元了解身世，達到「忠孝兩全」的道德風範，頗獨樹一格，傳達「天人合一」的儒道倫理思想。而青、白二蛇也首度成為「菩薩」之尊，這與李喬《情天無恨》將白蛇推崇為「白素貞菩薩」，頗有相通之處。只是，李喬更深入的融入生命哲思於其中，讓她甚至「點化」法海，境界與寓意更為玄妙了！

## 四、鼓詞

鼓詞是流行北方諸省的講唱文學。學者們多認為它是由變文演變而來。乾隆時代南北兩地都已有大鼓書，但論其起源，應該更早。演唱的樂器以鼓、三絃、拍板為主，[65] 採「彈絃打鼓」的方式表演。大鼓書的分類，依樂器、地域、調子的不同，而有各種名稱。曲目大抵取材於歷史故事、小說、時事、社會瑣事等。如：《群英會》、《昭君出塞》、《三國演義》、《水滸傳》、《紅樓夢》等。

| 各鼓曲名稱 | 內　容　提　要 | 備註說明 |
|---|---|---|
| 《白蛇借傘》光緒間北京刻本（1875—1908年） | 許宣五歲即剋死父母，由姊撫養長成。姊夫安排在藥店工作。白蛇在清風洞修煉一千八百年，出洞遊玩遇真武仙。謊稱要去朝觀音，誓若欺騙，願遭鎮雷峰塔。她收青並與結伴遊西湖。清明時許宣前去祭父母，與她們相遇，因借傘、還 | (1)謀事、起誓、收青等情節，與玉山主人《雷峰塔奇傳》情節同。(2)女方主動示愛。　貪 |

| 各鼓曲名稱 | 內　容　提　要 | 備註說明 |
|---|---|---|
|  | 傘之故，而續緣、愛戀，成巫山會。珍娘家豪華富麗，許宣從此衣食無虞，一身榮貴。 | 「色」而合。<br>(3)無贈銀風波，即成夫婦關係。 |
| 《白蛇借傘》光緒間北京刻本（別本）（1875－1908年） | 二妖仙施法降雨，搭船、借傘邂逅許仙。因前生有緣，故今生來報恩。二女裝扮窈窕，許仙為之傾心。白氏說她是雲南封侯女，孤身寄居於杭州。向許仙借傘，約翌日到女家取傘，備筵席招待他，而後遂成夫妻。從此風流過日，產下狀元子。爾後狀元奉旨祭塔，萬古留名。 | (1)白珍娘為報恩邂逅許仙。<br>(2)僅提結婚、產子、祭塔之事，未詳述經過之情節。 |
| 《遊湖借傘》宣統間北京刻本（1909－1911年） | 許仙遊湖，邂逅窈窕二女，而同乘船。還傘勾情，奇緣是前生所造。 | 類似上篇之《白蛇借傘》。 |
| 《雄黃酒》光緒間北京刻本（1875－1908年） | 端陽節許仙夫婦共飲雄黃酒，夫妻醉臥共眠。許仙清醒，發現白蛇臥身旁，驚嚇而死。小青建議吞噬他，白氏罵她太癲狂。冒死盜仙草，險遭鹿、鶴二仙所傷。南極仙翁憐憫她，賜丹助許仙還陽。他回生後，驚疑妻子。白氏以白綾變蛇，當場斬殺，令夫信服。 | (1)酒醉共眠，酒醒驚變。<br>(2)白綾釋疑是當場令許仙目睹，非預作安排。 |

| 各鼓曲名稱 | 內　容　提　要 | 備註說明 |
|---|---|---|
| 《水漫金山寺》光緒間北京刻本（1875—1908年） | 仙界白娘子，因前生造定因緣債，與許仙借傘為媒而成婚配。因盜銀而配鎮江，遂開藥舖營生。因瘟病流行，而大發利市。端陽時，因共飲雄黃酒而現形，嚇死許仙。白氏冒死至長壽山盜丹，幸虧南極子賜丹，才救夫還陽。癒後許仙還願上金山，法海說他被妖纏。他跪請救命，躲在寺中。她盼夫不回，同青兒上金山。法海不放人，青兒勸她另覓俊男，她駁斥之，說烈女不事二男。發動水族漫金山，但諸神助陣，白氏敗逃回斷橋產子。法海令許仙歸家，與妻再見一面緣。他膽顫不前，法海賜金缽法寶，助他收妖。許仙持缽回家，白氏見缽心寒。說出為報從前救命恩，才借傘締姻緣。未料竟薄情害人！她被缽所收，鎮於雷峰塔。子中狀元，奉旨祭塔，才被封為大士。許仙已竟成仙位，青兒功果也修完，母子、夫妻團圓，同登極樂。 | (1)白氏出自仙界，為報恩而結親。(2)白氏重貞節，不事二夫，青兒未脫妖性。(3)許仙懦弱懼死薄情寡義，持缽收妻，非出於法海之手。他竟成仙。(4)白氏成菩薩，一家團聚。 |

鼓詞中《白蛇借傘》別具特色的是：極度渲染白氏居室的豪奢與氣派，許宣還傘時，目睹此富麗堂皇的陳設，飲宴後白氏許親，他們即恩愛巫山會。白氏說他此後錦衣玉食，如平上青雲。故事情節中並無贈銀、發配兩節，僅述雙方因「貪色」而合，享安樂的一面。它反映出許宣期盼驟得佳人、富貴的心聲吧！其中刪去請求許宣姊姊籌辦婚事之俗，逕自配龍鳳，頗不合白蛇自〈白娘子永鎮雷峰塔〉以來，其「人」性化趨向──遵從「人類」傳統禮俗的精神。

　　但值得注意的是：在《白蛇借傘》與其別本、《水漫金山寺》中，「報恩」是白蛇婚配的主因。而許仙仍是薄情之人。尤其是《水漫金山寺》中，許仙的形象，更是怯懦而自私：

> 尊聲師傅請聽言，我妻本是白蛇怪，我倆個成就夫妻有半年。望求師傅搭救我，不絕許門後代香煙。（頁93）
> 法海又把許仙叫：今日該你下金山，你與那白玉娘子見一面，夫妻父子得團圓。許仙說我妻本是白蛇怪，我又怕妖精纏磨不是頑。法海說我有佛缽交與你，降妖捉怪他占先。許仙聞聽心歡喜，手接佛缽下了山。一路好走來得快，來到了自己柴門在眼前，許仙邁步把大門進，佛家貴寶手中端。（頁95）
> 再把許仙言一言：手托佛缽口念咒，不多時佛家法寶空中懸，西北腳下狂風起，風雨雷雲不一般。（頁96）

這樣貪生薄義、手刃妻子的許仙，「竟成仙位」，雖然令人失望。但溫善的白氏畢竟蒙「玉皇封他為大士，如今留下白衣庵」。[66] 不僅天界玉皇肯定她，人間天子也封她「白衣

仙」，推崇她：

> 德厚流芳典型美，音容宛在性淑賢，懿追封白衣菩薩
> 稱大士，建修廟宇塑金顏，天下同行慈雲表，春秋致
> 寄受香煙。（頁97）

故在鼓詞《水漫金山寺》中，白娘子的處境是深受同情。其
貞烈節操令人敬佩。其慈母、賢妻形象描摹生動，[67] 其地位
崇高別於以往，可說是頗富特色之作。

## 五、子弟書

　　子弟書為流傳於清代的一種民間曲藝，在當時之北京和
東北地區最為風行。係由鼓詞派生而來，約於清乾隆年間，
由滿族八旗子弟所創，故名。又稱為「絃子書」，因唱時輔
以三絃；或一人唱書、一人彈絃，或單只一人且彈且唱。所
唱內容多取材於《三國演義》、《水滸傳》、《西遊記》、
《紅樓夢》、《聊齋誌異》等明清小說，以及雜劇、傳奇、皮
黃之戲曲故事。此外，反映當時社會生活之現實題材，為數
亦不少。作者多為知識份子或民間藝人，著名者有羅松窗、
韓小窗等。

　　子弟書在乾、嘉、道時代，曾盛極一時，但咸、同以
後，便逐漸式微，至清末民初，終於一蹶不振，遂成「絕
唱」。[68] 但是，在清一代曲藝中，子弟書不僅地位最崇高，
而且對當時其他曲藝的發展，影響甚鉅。其中又以大鼓書、
快書、牌子曲、馬頭調四種為最。[69]

| 各鼓曲名稱 | 內　容　提　要 | 備註說明 |
|---|---|---|
| 《合缽》<br>（一回）<br>嘉慶間北京文萃堂刻本<br>（1796—1820年） | 法海奉佛旨賜缽許仙以收白氏，他袖手旁觀。白氏追述舊事，感慨許仙無情。小青憤怒欲害許仙，法海及時制止，小青逃往山林。白氏交代許仙若再娶妻，務必善待孩兒。許仙出家，托姊養子。爾後子中狀元來祭母，夫妻母子再團圓。若要白蛇再出世，除非西湖水乾，故徒留雷峰夕照之景。 | (1)充滿佛教及宿命思想。<br>(2)許仙無情。<br>(3)白氏具賢妻、良母形象。 |
| 《合缽》<br>（別本）（二回）<br>光緒間北京別墅堂鈔本<br>（1875—1908年） | 第一回〈嗟兒〉：白氏被缽所收，小青怨恨欲殺許仙，白氏勸阻，說是命定，法海出現，小青逃逸。白氏交代許仙善撫幼兒，再娶婦時，勿打罵或另眼待他。嘆僅留一肚兜與些許鞋襪給他，盼他長成，狀元祭母。白氏依依不捨別親兒，幼兒啼哭淚漣漣。 | (1)白氏深情對許仙，願生生世世為夫妻，但他冷漠。[70]<br>(2)白氏具賢妻、良母形象。 |
| | 第二回〈入塔〉：母子難捨間，見金缽飛飄於半空中。許仙將子接過手後，缽如泰山壓頂般，罩住白氏。她請水族幫助她脫逃，無奈眾神將她網羅，她只好現出原形，被拘禁於塔下了。 | 白氏抗爭，發動水族助之，賴諸神圍捕才降服白氏。 |

| 各鼓曲名稱 | 內　容　提　要 | 備註說明 |
|---|---|---|
| 《哭塔》<br>（二回）<br>同治間北京<br>別墅堂鈔本<br>（1862—1874<br>年） | 第一回：白氏本是上界仙娥，因動凡心而降人間，誤投蛇胎，修成正果後，成為美女。她與轉世仙童許仙結為夫婦。法海本是千年得道的癩頭黿，赴蟠桃會見仙姬美而心思不端，她竟與許仙成婚，故嫉妒而向如來造蜚言，請求賜寶收妖。法海來到金山寺，值許仙來還願，二人遂商議用機關，以神符鎮住白娘子，收於金缽，壓於雷峰塔下。青兒雖及時逃難，因思念白氏，遂來到塔邊，欲了解白氏的處境。 | (1)白氏本是仙娥，許仙是仙童，尋「前約」而婚配。<br>(2)法海本是黿，見色動心，因妒而復仇。<br>(3)白、青情重。<br>(4) 許仙無情。 |
| | 第二回：小青兒在雷峰塔見不著白氏的蹤影，焦急呼喊。嘆白氏為多情所累，處境堪憐。白氏在塔內，聽見青兒的叫喚，悲傷泣訴心聲。怪夫聽妖僧之言，而恩愛成灰。青兒問何以不能以神通破塔而出？白氏說是金缽之故。青兒決心替娘娘往西天去求如來，以救她出塔。 | (1) 青兒哭塔，非白氏之夫或子哭塔。<br>(2)小青富情義，往西天求如來。 |

| 各鼓曲名稱 | 內　容　提　要 | 備註說明 |
|---|---|---|
| 《祭塔》<br>（一回）<br>光緒間北京鈔本<br>（1875—1908年） | 小狀元到雷峰塔來祭白氏，哀嘆彌月即母子分離，僅能想像母親容貌。恨當時年幼，否則定向佛爺求饒。感傷自己不能盡孝，恨不能學目連逕摧塔救母。奠酒筵，燒紙錢，無限感傷。後許宣得道，度白氏成仙，徒留「雷峰夕照」的情景，讓人憑弔、傳說。 | (1)白氏之子孝心感人。<br>(2) 母 子 未見。<br>(3) 許 宣 度妻。 |
| 《出塔》<br>（二回）<br>咸豐間北京百本張鈔本<br>（1851—1861年） | 第一回：小狀元誠心感動法海，讓母子相逢。小青在仙山煉功，知白氏劫滿，故趕來相會。主婢、母子、夫妻再相見，感謝法海施恩。白氏感謝法海當頭棒喝，點悟她，並向他禮拜作揖。狀元向母訴說離情，欲迎親供養。 | (1) 母 子 得見，因狀元子孝感法海。<br>(2)法海是點悟白氏者，深受禮敬。 |
|  | 第二回：母仔細端詳狀元子，不勝唏噓。因心有了悟，故欲潛心修行，不歸家團聚。許宣請求妻子饒恕當年事，但白氏心意已決，兒挽留不成，偕小青駕雲而去，徒留狀元子淚漣漣。 | (1) 許 宣 賠禮。<br>(2)白氏追悔當年一時迷惑誤道，今覺悟而勤修煉。 |

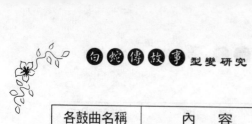

| 各鼓曲名稱 | 內　容　提　要 | 備註說明 |
|---|---|---|
| 《雷峰塔》（三卷）光緒31年盛京老會文堂刻本（1905年） | 卷上：有「遊湖」、「雨會」、「借傘」、「進府」、「贅婚」、「盜庫」、「贈銀」、「結案」、「發配」、「藥坊」等情節。許宣與白氏婚配自訂，許宣入贅。從此許宣不愁衣食，但盼多錢財，白氏盜銀，滿足所需。他拿銀贈姊，被捕快姊夫認出是贓銀。白氏隱身避拘提，許宣被判處死刑。白氏獄中現身，要他莫心急，近期將救夫。縣令夜夢觀音指示放人，說他還賴許宣救助。思議妙計，發配許宣至鎮江。家產衣物充公下，白氏決心開藥店生財。派小青在井中散藥，讓軍民生病，求醫送錢。 | (1)許宣是臨安一秀士。他主動搭訕白氏主僕二人。(2)白氏新寡。許宣多情。(3)白氏巧扮觀音托夢救許宣。(4)為「利」散疾。 |
|  | 卷中：有「撒災」、「散毒」、「飲雄黃酒」、「求丹」、「陣險」、「還陽」、「賜寶」、「還願」、「返寺」、「淖山」等情節。白氏為「愛」散疾造孽，致民眾死傷無數。縣官施藥無效後，轉向白氏買藥，軍民方痊癒。夫婦大發利市，許宣開懷得意。端陽時，夫婦共飲雄黃酒，她醉現原形，許宣被嚇死，白氏為夫冒險求丹， | (1)許宣貪利，重虛榮。薄情義，居然在聽到法海述白氏為妖後，即醒悟願出家，頗不合理。(2)法海得世尊賜寶，才能護寺、收 |

| 各鼓曲名稱 | 內　容　提　要 | 備註說明 |
|---|---|---|
| | 才挽回一命。世尊知妖孽危害，賜袈裟、錫杖、金缽予法海，令其收妖。許宣到金山寺，法海說他被妖孽所纏，出家才能得救，他也願入空門。許宣回家後，隱瞞實情，後以還願之由，投靠法海。白氏到寺中索夫不成，水漫金山。目睹到神力護寺，佛法無邊後，乃改由哀求放人，但遭拒絕。 | 妖，故她是罪人。<br>(3)白氏為愛造業、委屈犧牲。 |
| | 卷下：有「托缽」、「橋遇」、「生子」、「表情」、「僕逃」、「離兒」、「押法」、「榮歸」、「祭塔」、「追封」等情節。白氏悔恨端陽現形，懇求再見許宣一面。法海、白氏爭鬥不下，魁星救白氏，因其懷狀元子。法海因許、白姻緣未了欲遣返許宣，但他願侍方丈不肯歸，百般無奈下，才去斷橋會妻。小青指責許宣無情義，白氏低頭垂淚，他趕緊跪求妻子饒恕，誓言相守，不再聽信和尚之言。白氏原諒他，和好後歸家產子。法海持法寶來收妖，許宣親手持缽試驗，白氏悲其無情，說出為報前世放生之恩，才來結姻、產子。小青 | (1)許宣個性矛盾，缺乏主見與意志力，對白氏薄情寡義。<br>(2)白氏為報恩、傳香煙而與許宣聯姻。<br>(3)小青雖具義氣，但未與白氏共患難，先自行逃走。<br>(4)狀元子孝感動天，忠孝兩全。<br>(5)許宣成 |

| 各鼓曲名稱 | 內　容　提　要 | 備註說明 |
|---|---|---|
| | 恨他無義，欲對許宣行兇，被白氏阻止，法海出現致小青逃遁，白氏心痛。她囑咐他善待幼兒，並欲化身潛逃，但仍被鉢收、塔鎮。法海領許宣出家，交子於姊撫養。子長成，孝感動天，狀元祭塔，全家人相見。此時許宣列仙位，小青修道圓滿，白氏被封為白衣菩薩，狀元子奉旨回朝佐政，留下勝蹟、故事，供人墨傳。 | 仙。<br>(6)符合一般的情節。 |

　　在上述的「白蛇傳」故事子弟書中，白氏對丈夫的情感，是深情而熱烈。她是賢妻，是慈母，但對於自身的命運與處境，雖勇於向逆境抗爭，但至勢不可違時，則「宿命」的接受現實的安排。而許宣則和諸多戲曲、曲藝中的形象類似，是個薄情寡義，貪生怕死之人。值得注意的是：這些作品都與「佛教」思想有關，法海多是「傳道者」的角色。唯《哭塔》（二回）卻將其來歷說成是水族的「黿」，「色」心惑志之下，「由妒生恨」才來迫害許、白之合。在《西湖民間故事》中，指法海是「烏龜」，牠與白蛇爭食呂洞賓的湯圓（仙丹）失利，逃往西天。因在如來蓮座下聽經，學會許多本領。趁機偷了三樣寶物——金鉢、袈裟、青龍禪杖，到凡間雲遊，殺死住持，做起了當家。恰好撞見白娘子在保和堂藥店工作，想起昔日的怨恨，而蓄意報復，拆散她的家庭。[71] 子弟書《哭塔》（二回）與《西湖民間故事》中，都

將法海的出身列為「龜」類，都是「挾怨報復」，因三毒——「貪、嗔、痴」未淨，才破壞白娘子的幸福生活。只是前者（子弟書）著眼於描寫法海「色」欲惑志，後者（《西湖民間故事》）強調他「利」欲薰心，但都塑造了法海負面的形象。這與多數作品中，將法海尊為「佛使」收妖的崇高地位，形成強烈的對比。

子弟書《雷峰塔》（三卷）中，許宣是頗為爭議的人物。他於遊湖見到雙姝，驚訝於她們的美貌——「想不到無雙艷質今雙遇，分明是第一佳人第一仙」，[72]故而「許宣思乎心暗想，我今日三生有幸會桃源，不由的移步向前開言問」，[73]而主動搭訕、追求白娘子。他甚至自豪地認為：「生平有志我常誇口，若不遇絕世佳人不作並頭蓮」。[74]他與白氏成親，可謂為「人財兩得」：

> 這許宣自與白氏成親後，陡然富貴不同先。思食得食揀個樣兒用，思衣得衣任著意兒穿，窮秀才到此地位真受用，猶如平步上青天，誰知他得隴望蜀還不彀，又愁手內少銀錢。[75]

白娘子拿錢供他花用，他見錢眼開，自認為「俺今日與銀子大哥算有緣，懷揣兩錠出門去，要到街頭逛一番」。[76]白娘子為「柔情恩愛」而撒災攢錢，她「適可而止」不執著貪利，探詢丈夫「『官人哪你的心裡可還愁悶？』許宣說：『不但不愁更歡喜。』從此後又要外面充朋友，做幾件時樣的衣裳身上穿」，許宣贅親享福、恃妻圖利，可說是「人窮志短」，貪戀美色之人。他具「雙重人格」，在法海與白、青

之間搖擺，言行不一，貪生怕死，懦弱無信。當法海為他慧劍斬迷關時，居然能及時醒悟，爾後列入仙位。這種「頓悟」過程，是為「自保」而遁入佛門，非真正的覺悟性體，失之於匆促與矛盾，流於膚淺與世俗，徒具宣揚佛教的外衣，而乏人情合理化的啟示性。

許宣是「秀士」身分，倚賴妻子供養，卻不念夫婦之情，輕諾忘義，具「嘲諷」作用。他與報恩的白娘子在情義與人格上形成強烈對比。經濟無能的許宣，居然能有美妻與財富，這應是晚清黑暗時代下，人們寄寓心聲的「築夢之作」，「亂世哀音」吧！

## 六、山歌

山歌是南方小曲之一，多為榜人、農夫、牧童、樵子等人所唱。「蓋古水調、竹枝之遺」，為吳人所擅長。[77] 傅惜華《白蛇傳集》中，僅收錄了三種「山歌」，[78]編排於該書「中編」部分，名之為「小曲」。

| 各曲名稱 | 內　容　提　要 | 備註說明 |
|---|---|---|
| 《白蛇山歌》光緒間杭州刻本（1875—1908年） | 敘白娘娘「下山」、「收青」、「遊湖」、「借傘」、「成親」、「盜銀」、「配蘇」、「尋夫」、「端陽」、「現形」、「盜草」，罵小青，小青出走到崑山與顧公子成親。小青盜寶，累及許仙。白娘子搬遷至鎮江，許仙對賬遇小青。爾後「水漫金 | 增述白娘子罵小青、小青成親、小青盜寶等情節。此部份與《白蛇傳》（前）情節類似。 |

| 各曲名稱 | 內　容　提　要 | 備註說明 |
|---|---|---|
| | 山」、「斷橋相會」、「產子」、「合缽」、「子中狀元」、「奉旨祭塔」，孝感動天萬古揚名。 | |
| 《合缽》光緒3年杭州鈔本（1877年） | 許仙遊湖，白娘娘見之傾心。小青作法施雨，因借傘、還傘而招親。白娘娘盜庫銀，致許仙獲罪配蘇、開藥店。許仙遇茅山道士，她與之鬥法。端陽共飲雄黃酒，白氏現出原形嚇死許仙。她盜草而歸時，值小青欲害許仙，她趕緊救夫。許仙病癒後，至金山寺還願，羈留未歸。她索夫不成，水漫金山。斷橋相會後，白氏產子。法海交缽於許仙，狠心許仙竟缽收妻子。而後狀元子祭塔哭母，雷峰塔勝蹟到如今。 | (1)小青作法施雨，非白氏降雲。(2)小青欲害許仙，幸虧白氏來救。(3)法海賜缽，許仙狠心，手刃妻子。 |
| 《白娘娘報恩》上海石印本（1923年） | 眾姊妹相送，白蛇下山。途中收伏小青，邂逅許仙而成親。白氏盜銀，逃往蘇州開藥舖。端陽白氏喝雄黃酒現形，嚇死許仙。白氏盜草救夫，病癒後許仙金山還願。法海羈留他，白氏索夫不成，發動水族水漫金山寺，淹死鎮江數萬人。法海欲合缽，魁星相救，因其懷有狀元子，他日會奉旨祭塔見母。現有雷峰勝蹟，聽人津津樂道。 | (1)小青想嫁人。(2)許仙嚇死，白氏聘名醫診治無效，才盜仙草，異於其他寫法。（逕盜草，未延醫。） |

這三支曲子，是以十二月花名為調的山歌，皆言及「盜銀」、「配蘇」、「開店」、「驚變」、「還願」、「羈人」、「索夫」、「水漫金山」、「斷橋相會」、「合缽」、「祭塔」等情節，唯《白蛇山歌》提到小青負氣而與崑山顧公子成親一事，這與白話小說《白蛇傳》（前）的情節類似。而《白娘娘報恩》亦說「小青也想嫁男人」，[79] 足見白娘娘身邊這位丫鬟的私情，是漸被人所關注。畢竟白、許幸福的享受婚姻生活，一旁的小青怎可能不羨慕動心？故以心理學中「同理心」的觀點來看待，這是合乎情理的情節發展。李碧華的《青蛇》即是抓住這種矛盾而加以渲染成故事的主題。可惜在山歌中，這部分只是點到為止，並未深入！

## 七、南詞

「南詞」是江浙一帶對彈詞的稱呼（即平湖詞）。是流行於江南諸省的一種講唱文學，於明代則稱「陶真」，一作「淘真」。它約於乾隆期間，流傳至北平，雖興盛一時，但其與北方人豪俠之情性不契合，故官音彈詞在北方終至沒落。[80]

廣泛而言，彈詞由變文演變而來。[81] 於寧波又叫「文書」，上海又名「四明文書」，福建則稱為「評話」，廣東則是「木魚書」。[82] 彈詞的體制，可分述事與代言，即「文詞」與「唱詞」。音樂上，彈詞是「絃索說唱」與鼓詞用小鼓「拍板說唱」不同。其大半是整部長編，有分段、分回、分卷的情形，唱到一定的地方，即會停頓歇息，敬告觀眾以待下言。內容取材於中國小說、戲劇中，才子佳人故事為主。

| 各曲名稱 | 內 容 提 要 | 備註說明 |
|---|---|---|
| 《白蛇傳》（六篇；清·馬如飛作）光緒間刻本（1875—1908年） | 敘「遊湖」、「邂逅」、「婚配」、「贈銀」、「配蘇」、「重逢」、「開店」、「符驚」、「懲道」、「端陽」、「現形」、「盜草」、「救夫」、「盜賊」、「配鎮江」、「化檀」、「索夫」、「水鬥」、「脫險」、「橋遇」、「產子」、「合缽」、「狀元及第」、「祭母」、「毀塔」等情節。白氏被金母所度，許仙出家，孝子尋父母，獲仙機指引，三教團圓恨始消。 | (1)報恩而婚配。(2)先婚才告姊。(3)因水漫金山傷生靈，故被收之。(4)許仙收妻。(5)兒拆塔，她已被金母度去。 |
| 《白蛇傳》（別本）光緒3年蘇州鈔本（1877年） | 敘白氏不聽義兄勸，思凡下山。歷「收青」、「遊湖借傘」、「婚配」、「盜銀」、「配蘇」、「開店」、「贈符」、「懲道」、「端陽」、「現形」、「盜草」、「救夫」、「盜巾」、「配鎮江」、「員外調戲白氏」、「索夫」、「水漫金山」、「橋遇」、「產子」、「合缽」、「鎮塔」，許仙出家，修成正果等情節。 | (1)驪山老母賜仙草。(2)主要情節根據方本，但未述中狀元、祭母等情節。 |
| 《白蛇傳》（三回）咸豐間杭州寶善堂刻本（1851—1861年） | 一、湖塘遇妖：白氏為報十七世前的救命恩人——許仙，而邂逅西湖，因「借傘」而結緣、婚配。二、端陽現形：端陽時小青裝病避災，白氏陪伴許仙，被勸 | (1)白蛇為報恩而婚配許仙。(2)觀音賜草，許仙得救。 |

| 各曲名稱 | 內　容　提　要 | 備註說明 |
|---|---|---|
|  | 飲雄黃酒。她不勝酒力下現形，嚇死許仙。<br>三、取仙草：白氏囑咐小青細心看守許仙，赴瑤池仙洞求仙草。幸虧觀音慈悲賜草，白氏歡喜得歸救許仙，巧言哄騙許仙，夫妻如昔過日。 |  |
| 《合缽》<br>光緒3年杭州鈔本<br>（1877年） | 法海下山，持缽交許仙，說他妻是妖須收之。白氏對鏡梳頭，許仙缽罩其頂。她怨夫無情，交代他勿出家，另娶嬌娘為妻，兒子一至七歲的衣裳皆具備，要善撫育之。她詳看親兒不忍離，奈何收於金缽，苦楚難當！ | ⑴許仙無情。<br>⑵白氏賢德，具慈母形象。 |
| 《雷峰塔》<br>道光間紹興鈔本<br>（1821—1850年） | 許仙於王員外的藥店工作，清明於西湖邂逅白、青二女。許仙搭載、護送二女回家，並向她們借傘。翌日還傘，受招待、贈銀。白氏要他以贈銀開店，再來迎娶。許仙歡喜受銀，往姊家閒聊。姊夫識出乃為府庫失銀，遣人密報，捉走許仙供出實情，但白、青忽然隱遁，他被發配蘇州。王員外贈盤纏、交書信，委弟照顧許仙。白、青趕來相會，釋疑後歡喜成親。許仙偕妻拜謝員 | ⑴白氏借傘給許仙。<br>⑵贈銀為開店。待有成後，才迎娶白氏。<br>⑶王員外囑蘇州之弟關照許仙。<br>⑷佯稱白氏是父母早訂的妻房。<br>⑸改為白氏 |

| 各曲名稱 | 內　容　提　要 | 備註說明 |
|---|---|---|
| | 外，謊稱是昔日父母早訂的親。夫婦借錢開店，生意興隆。許仙赴廟見道士，指出他被妖纏身。他以人參換靈符，被白氏知曉、試驗後，即興師問罪懲戒道士。端陽天氣悶熱，白氏乘涼時現出原形，許仙驚見嚇死。白氏命小青看守許仙的屍體，逕往盜仙草。白鶴追趕，即變蛇身藏於茅坑，躲過一劫。南極仙翁說出因緣，成其救夫之願。她倆哄騙許仙，恩愛如昔。許仙與正室、偏房共處，快樂甜蜜。一日，許仙穿用白氏為其準備的華服與墜扇，至虎邱遊玩，被疑為偷盜王府之物，拘捕入官。許仙道出實情，提問白氏，她辯稱自幼即戴之，動刑時她邊隱遁。縣官查問許仙婚媾經過，疑白氏為妖，將他發配鎮江。他收拾啟程，遇王員外探望、贈銀，囑託代為處理事宜。員外寫信給鎮江的三弟，請他照料許仙。白氏逃至錢塘，與義兄黑魚精相見。她訴說經歷，他義憤填膺，欲報復知府，救回許仙，白氏怕他觸天條，加以勸說。她倆鎮江 | 稱心快意而變形，不是夫婦共飲雄黃酒而酒醉現形。<br>(6)收青為偏房。<br>(7)白氏盜物惹禍，許仙二次發配，蒙王家三兄弟照撫。<br>(8)黑魚精抱不平。<br>(9)白氏預知有難，派小青跟隨許仙，無奈天命難違。<br>(10)白氏於姊家現形，驚嚇許氏。<br>(11)花子捉蛇失利，被白氏愚弄。<br>(12)許仙無情缽罩白氏。<br>(13)小青被靈符打死。 |

| 各曲名稱 | 內　容　提　要 | 備註說明 |
|---|---|---|
|  | 尋夫，一番辯說後，三人歡喜回家，並拜謝王家三弟的照料。白氏懷孕，要小青跟緊許仙。他設計遣離小青，往金山寺見法海。法海見他妖氣纏身，說出來歷。白氏乃五百年前所救的白蛇，小青則是青蛇變佳人，天性是妖怪會傷身，許仙連忙跪求法海救命。白氏金山尋夫，遭法海擊遁。法海勸慰許仙，災滿回杭州，若臨難再尋他。白氏先行至杭州依姊，酣睡中現出原形，嚇死許氏，白氏夢中驚醒，救醒許氏。她述說經過，白氏安慰她，但她仍疑心。見花子玩蛇，即請他捉蛇。白氏幻蟒，戲弄、驚嚇花子，並虛騙許氏。許仙至姊家，聞白氏追至，速至淨慈寺找法海。他予許仙法鉢、靈符，他無情罩鉢於白氏頭頂。白氏驚呼，小青進門，被五雷之咒打死，法海趕來，收鎮白蛇於雷峰塔。許仙欲隨法海出家，法海說他命中有貴子，請他還家。黑魚精怒於法海收鎮其妹，欲營救卻失利，遂赴寺斬法海，卻為所伏。法海令其入塔救白氏子， | ⒁黑魚精欲怒斬法海，被伏，跪求饒命，減少張力。<br>⒂黑魚精救外甥。<br>⒃許猩猩認繼父並受贅張家。<br>⒄猩猩文武兼備，被封將軍。<br>⒅母子終未見面，但為歡喜大團圓的結局。 |

| 各曲名稱 | 內　容　提　要 | 備註說明 |
|---|---|---|
| | 由法海轉交許家撫養。一日，表兄嘲笑許猩猩為妖精所生，許仙才道出身世，偕子探望白氏，她言若子中金榜，即能奏君放母。猩猩打虎，名震杭州，被張員外收為義子，延師教導，文武全才，並招贅為婿，赴京趕考，高中狀元。值外蠻造反，他奉旨平亂，猩猩不敵蠻賊，幸黑魚精來救並因而戰勝立功。猩猩奏明皇上述家世，封許仙、張女，賜祭母、婚配，賞花銀、封官爵，光榮回鄉里。法海、王員外等諸親來賀，家門吉慶、康寧。 | |

　　南詞諸作中，大抵同於其他「白蛇傳」故事的情節。惟《雷峰塔》，可謂別樹一格。「贈銀」為替許仙開店，待其有成時，才迎娶白氏，是先助其立業後，才成家結婚。白氏對許仙的情義，大致同於「白蛇傳」故事諸作，展現熱情而稱職的形象。但白氏的三次「現形」，都是其「稱心」下所為。一為乘涼現形驚死許仙，二是酣睡失態嚇著許氏，三則故意捉弄捉蛇花子，這與以往飲雄黃、驅色徒而「現形」的作品背景不同。

　　小青則成為偏房，許仙坐享齊人之福，減低了許、白情愛的忠貞性。許仙受王氏三兄弟輪番的照應，缺乏男兒的獨立精神，這與傳統的許仙形象相同。他回杭州，乍聞白氏已

到，即赴淨慈寺尋法海，可見他頗為貪生怕死。他無情缽鎮
白氏，並以靈符打死小青，對於這兩位昔日共枕的愛侶，下
手毫不手軟，令人不勝唏噓。而法海的形象，則較像是「得
道高僧」。許仙是自己慕名而到金山寺，他為許仙解說因
緣，但未強留，又因許仙哀告他，他才以金剛經擊白氏。且
收缽，賜符也是許仙主動懇求救命下，他才教授方法。收缽
後，許仙要隨他出家，他勸他收心，仍歸山修行。黑魚精為
白氏報仇而襲擊他，他赦免其罪，並指引魚精入塔救甫產下
的外甥，並抱子交給許仙。所以，法海並非是殘忍不仁之
人，他扮演「執法」者的角色，洞明因緣，以維持人間「常
道」的運作。

《雷峰塔》南詞充滿命定思想與神怪色彩。白氏預知夫
妻情感恐遭劫難，故令小青跟隨許仙。但是，許仙仍是用計
脫逃，奔赴金山寺謁見法海，說明「定業難轉」的宿命論。
在白氏盜草救夫、許仙萌出家之意、救出塔內產子、蛇子中
金榜等事件上，都根據「命運」的定程來發展，也充滿神怪
的色彩。總之，南詞《雷峰塔》將前人諸多「白蛇傳」故事
的素材，加以整合而呈新作，雖然呈現另一風貌，但卻缺乏
創意，有拼湊枝葉，未成新意之憾！


# 八、寶卷

寶卷是繼變文之後，流行民間的另一種講唱文學。有敘
佛道故事及述民間傳說者，它與說唱鼓書、彈詞、變文相
似，因在文體的流變上，存在著密切的關係。[83] 其體例也像
變文一樣，是韻散合組的，不過韻文部分，有七字、十字

句，變化較多。而且除敘事體外，還有代言體。這種代言體，大約到清嘉慶以後方有。[84]

　　寶卷的發展，可以分成前後兩期，以清康熙年間為關鍵。前期以教派宣傳品為主，後期則趨向民間化，其內容主題與形制等，已有差異。[85] 就寶卷的內容而言，大致可區分為宗教類和非宗教類。中國四大傳說的題材，皆屬「非宗教」類的寶卷，它增強世事與人情的描寫，具有思想與藝術性，比寫神鬼類的宗教性寶卷為高。而與「白蛇傳」故事有關的寶卷有：《金山寶卷》[86]、《雷峰塔寶卷》[87]（《白蛇傳寶卷》[88]）、《佛妖鬥法寶卷》[89] 等，曾友志將這些寶卷，列於佛道故事中的神怪故事類。[90]

　　方成培《雷峰塔》傳奇增加了〈端陽〉、〈求草〉、〈水鬥〉、〈斷橋〉、〈合缽〉等情節，讓「白蛇傳」故事的發展，達到前所未有的高度藝術價值。但此後並未終止故事的發展。晚清年間，出現了說唱文學《雷峰寶卷》，可視為方成培《雷峰塔》傳奇以後，經過百年流變的代表作。

　　《雷峰寶卷》全名作《浙江杭州府錢塘縣雷峰寶卷》，凡分上、下兩集，有光緒十三年（西元一八八七年）杭州景文齋刻本。又稱《白蛇寶卷》，凡二卷，有上海文益書局石印本。另名《白蛇傳寶卷》，為上海惜陰書局石印本。[91] 其故事梗概如下：

　　（上集）

　　宋真宗時，峨嵋山中有條修煉一千七百餘年的白蛇，某次蟠桃會時，觀音菩薩帶她赴會，西池金母娘娘道出因緣，說她曾蒙恩人呂泰之救，恩人今名許漢文，應報恩後，方可列仙班。白氏下凡，行蹤被佛陀識破，揭諦攔截。她起誓前

去拜觀音，若有欺騙，願鎮壓於雷峰塔。[92] 白蛇到杭州，收青蛇——小青為婢，以借傘之由邂逅許宣，並與之訂婚約。盜府庫之錢財以贈許宣，致其配蘇。她倆赴蘇尋人。許、白結褵，情感甚篤。端午白氏喝雄黃酒後，現出原形，許郎驚駭而死。白氏冒死去南極宮盜草救夫，鹿童哀憐賜草，鶴童卻加追趕，蒙仙翁援救出險，許宣還陽。兩人釋疑後，自此又安居一陣子。白、青攝檀香，害客人投江自殺，為法海所救。法海明白原因後，即至許宣家化檀，他全數捐贈。佛像刻成，許宣赴寺中，被法海羈留，要求出家。白、青至寺尋人，哀求無用下，遂水漫金山。白氏等逃往杭州，法海因許宣孽緣未了，送他至斷橋與妻相會。許氏懷孕與白氏指腹為婚。不久，白氏產子，法海即將收她於缽中，小青憤恨許宣薄情，欲吞噬之。白氏阻攔，小青遠遁。

（下集）

法海將鎮白氏於雷峰塔，親人於塔前與她臨別相敘，她囑咐善撫嬰兒。許宣悲悽不已，削髮出家。許夢蛟七歲時，在學堂被嘲笑，問明身世，前去祭塔，因思母成疾，幸觀音醫治，才得脫險。小青復仇，被法海收伏，由觀音相救。夢蛟赴考前曾去祭母。赴考途中到金山寺認父，[93] 夢蛟中狀元後，蒙皇恩封敕父母、姑父母。前往祭塔，欲為母報仇，值法海放人，白氏隨之駕雲成仙而去。許宣為僧，蒙前生師兄法海指點，也修成正果。夢蛟與碧蓮成婚，夫妻和順，共生四子傳許、李兩門，他們俱登科及第，後世均亦成賢。

《雷峰寶卷》的開頭和結局，均與方本類似；並與玉山主人《雷峰塔奇傳》中諸多情節，有雷同之處。但寶卷把「天數」貫穿到全部的故事情節當中，成為每一事件的「宿

因」。[94] 從馮夢龍話本到方成培的傳奇，都說許、白有宿緣，只是虛應提起而已，並未詳述因緣。玉山主人《雷峰塔奇傳》，雖有言白蛇為「報恩」而婚配，但非受「仙人指示」，其乃是「自發性的行為」。而寶卷卻說得詳實而生動，從「邂逅」、「贈銀」、「發配」、「重逢」、「盜草」、「羈夫」、「斷橋相會」、「合缽」、「認父」等情節，無不應驗著冥冥的「天數安排」。

此書的內容情節深富「道德」與「倫理」的精神。它與方本所述的故事內容，詳略不同。白蛇被鎮於雷峰塔後的情節發展，方本只佔三十四齣中的兩齣份量。而此書卻將之成為下集的主要內容。《雷峰寶卷》上集中，對於白氏被收伏前的描述較為簡略。如：許宣帶符歸家、盜巾飾夫等情節，都刪減之，讓夫妻關係少了兩次波瀾。方本中，夫妻之間經常出現「危機衝突」的緊張狀況。但是，在《雷峰寶卷》裡，卻是「夫妻恩愛如魚水，一家和樂值千金」。[95] 即使「驚變」、「水鬥」後，夫妻倆都能冰釋前嫌。而在「合缽」中，更表現夫妻之情，流露了母子之愛。而寶卷下集中，主要敘述夢蛟孝感救親，三次祭塔以及赴金山尋父的過程。虞卓婭認為：

> （寶卷）上卷寫夫婦愛，下卷寫孝子情。家庭倫理得到完整而強烈的宣揚。如果說寶卷和一切宗教文學一樣要勸善懲惡，那麼這就是它所要勸的「善」。這種善，其實是儒家社會倫理的理想。所以，寶卷的情節，其實是倫理化的，倫理的內容藉「天數」的形式表現，佛法所實行的卻是儒家的要求。……，《雷峰

寶卷》雖然設計了一個佛教的框架與因果報應的套子，儒家的道德倫理卻佔據主導地位，與佛教勸人為善的宗旨不悖。[96]

在寶卷中，妻有情，夫有愛，子有孝，姑有義，[97] 婢忠勇，[98] 官吏清明，[99] 鹿童心善，仙翁慈悲，觀音救世，締造一個溫暖而富有人情味，充滿「理想化」的「善良」世界，這只是人們心靈的「圓夢」。因為，清代的社會存在著民族、階級、社會政治與經濟的矛盾，在這「黑暗」的局勢中，無力救世而卻必須無奈面對的生存壓力下，轉向由宗教中尋求慰藉，充斥「無路可走遁空門」的出世思想。因此，這種空幻思想與傷感情緒，往往滲透在文學作品中。與《雷峰寶卷》同時代的《雷峰塔傳奇》，不管是黃本和方本，都存有「宿命論」的思想。人們將現實的不滿，對於理想生活的渴望，寄託在宗教與文學中。故富有宣揚佛教思想的《雷峰寶卷》，即存在這種出世與入世的矛盾衝突，[100] 反映世人渴望「追尋理想實現」的精神。

方本傳奇立足於現實生活的矛盾，必然導致人物現實化。寶卷受儒佛結合的思想支配，旨在教化和勸善，必然要求人物理想化。方本傳奇塑造的是執著追求愛情，至死不渝的白娘子和動搖負心的許宣。寶卷塑造的則是悔過的白娘子和不負心的許宣。尤其是白娘子對許宣的深情，比方本有過之而無不及。在金缽壓頂萬分痛楚時，她一手護許宣，一手勸小青。除了水漫金山，傷及無辜外，以世俗的眼光而言，她是一個賢德女性，具佛心慧眼，在一定程度上已仙佛化了。[101]

《雷峰寶卷》用了許多理由，企圖調和人欲與佛法之間的矛盾：

1. 以「報恩」為白蛇的入世之由，肯定夫妻生活。
2. 由於水漫金山的鑄錯，才造成被懲戒的主因。
3. 收伏白蛇是慈悲的超拔，目的是助其重新修煉。
4. 以「孝感動天」之由，提前釋放白蛇，以慰孝子心，並肯定了人倫關係。

它讓現世生活，被統攝在這種「合情理」又不能違抗的天數之中，從而達到了和諧。寶卷中的佛法對現世生活的肯定與否定，形式上是佛包含儒，實質上佛利用儒，以佛、儒結合來規定現世生活的範疇，這即是寶卷所創造的和諧。在其中，既肯定人民有享受世俗生活的權利，又對超越規範去追求愛情及人生幸福的自由加以否定，這就是寶卷的立意所在。[102]

## 九、灘黃

灘黃原是江浙一帶流行的戲曲。清·乾隆時（西元一七三六～一七九五年），灘黃已經流行到北方，嘉慶時（西元一七九六～一八二○年），更於北京組班演唱於戲團，此後就寂然無聞。大抵江南有許多方言的俗曲，曾在乾、嘉時代一度流行到北平。因為那時北平的戲子，差不多都來自江蘇、安徽，所以把南方的俗曲，帶到北方去。到後來唱戲的人漸漸的換成北方人，這種小曲在北方就失傳了，灘黃即是此例。[103] 但南方的蘇州灘黃後來更「戲劇化」而產生蘇劇，成為灘黃之一大變化。[104]

　　相傳錢明樹創造了灘黃，所以稱為「錢灘」。後來在正戲唱完之後，唱一二齣滑稽性質的小戲，於是把「錢灘」就誤作「前灘」，而小戲呼為「後灘」了。[105] 演唱灘黃時，都是以絃子、琵琶、胡琴、鼓板為主。其演唱劇目，大致與崑曲相同。[106] 其唱詞內容，則較崑曲通俗，白多唱少，曲調極簡單為其特色。灘黃的角色比崑曲簡單，僅四種：陰面為旦角，陽面為老生、小生及丑角。

| 各折名稱 | 內　容　提　要 | 備註說明 |
|---|---|---|
| 《化檀》<br>光緒間上海石印本<br>（1875—1908年） | 法海奉佛下世，闡明「色空」觀念，以點悟許仙。許仙感謝妻子賢德輔弼丈夫，閒聊中透露夜夢觀音指示他要多布施。妻要他遠離佛道，僅誠心供觀音像即可。她是峨嵋野仙，奉師法旨來紅塵報恩，因許仙曾信茅山道士之言，她不想再有閃失，故告誡丈夫。未料法海來化檀十擔，以塑觀音像，並要他親送寺中，到時才告知隱情，許仙許之。 | (1)內容根據方本。<br>(2)白氏為報恩而下世。<br>(3)法海奉旨收白蛇，計誘許仙。 |
| 《斷橋》<br>光緒間上海石印本<br>（1875—1908年） | 白氏與青兒水漫金山失利，狼狽逃回斷橋。她倆憤恨許仙無情，惹出災殃！法海知許、白緣未盡，騰雲護送許仙來斷橋夫婦會。許仙畏怯不前，法海說她等不會傷他，可將罪過推給他來承擔。許仙拜謝禪師， | (1)《斷橋》內容出自方本。<br>(2)許仙膽怯懦弱，性格與其他諸作同。 |

| 各折名稱 | 內　容　提　要 | 備註說明 |
|---|---|---|
| | 果說是法海羈留，強迫出家等，掩飾赴金山寺之過。他跪求妻子原諒，稱從此僧道無緣，聽從妻命。值白氏將分娩，即同回姊家。 | |
| 《合缽》光緒間上海石印本（1875—1908年） | 許、白緣盡，法海奉旨收妖。夢蛟彌月，許仙夜夢妻子來辭別，欲攜他同去仙山，變蛇張口吞噬他！翌日，他見妻心有餘悸，故在店中招呼。法海來訪，許仙說已化檀，所為何事？他言其妻是蛇魔，故來收妖。許仙驚喜持缽至妻房，正在梳頭的妻子被缽所罩，痛苦難當。往事歷歷娓娓述，痛恨許仙狠心腸。許仙聞言，跪求法海。他說許仙前生對白蛇有救命恩，故今世圖報。恩緣今斷，快去收妖。小青恨許仙無情，欲現原形吞噬之。法海以淨瓶收她，拋在西湖內，白蛇則鎮塔下，夫妻永別！許仙拋妻撇子，隨法海出家。 | (1)增加緣盡矣，夜夢妻子變蛇噬夫的情節。(2)增加妻子泣訴許仙無義。(3)增加許仙跪求法海饒恕妻子，法海說「報恩」緣由。(4)小青被收淨瓶。 |

灘黃中《化檀》、《斷橋》、《合缽》都是根據方培成的《雷峰塔傳奇》而來。但《合缽》增加了「夢兆」，預示白蛇與許仙緣盡、情了。夢中白氏驚變成巨蟒，張口吐舌要加害許仙。事實上，卻暗示嚙人的不是白氏，反而是許仙！反襯出絕情無義、貪生畏死者竟是「人類」的許仙，而非「畜類」的白氏！

在灘黃《合缽》中，許仙的個性，比方本更為怯懦與遲疑。他接缽後，心情居然是「又驚又喜」：

> （唱）將缽付與漢文手，速上高樓降妖魔。快去！
> （生曰）是。（唱）漢文接缽身站起，又驚又喜在心
> 窩。（白）驚是驚娘子要遭金缽難。喜只喜將身跳出
> 是非窩。撩衣踏步高樓上，見娘子臨鏡把頭梳，忙將
> 金缽空中祭。（頁275）

他是持缽手刃妻子之人，但當妻子泣訴舊情種種時，又良心發現，跪求法海。法海道出他們夫妻的前世因緣，又指出白蛇必拘因其「水湧金山多造孽」時，[107] 他立刻應答：「是」，隨即將話轉述妻子，缺乏堅決抗爭的意志與態度。他問妻子何事叮囑？妻子要他「休跟法海去念佛陀」，[108] 但他最後仍是拋妻撇子入空門。故許仙弱勢的性格特徵，其對情感的矛盾與遲疑，在灘黃《合缽》表現得十分鮮明。

在情感的描寫上，灘黃《合缽》是極為淋漓盡致。白蛇被金缽罩頂萬般痛苦，又難捨夫君的情況下，缽由罩頭頂而及眉梢，由眉梢而及眼波，由眼波而及櫻桃口，層次漸進，顯示白氏痛苦逐而加劇，情感也愈見深沉與痛楚。她在眼不

能見夫影，口不能對夫言的情景下，一句「官人吓，做妻的永別了！」，[109] 將激越之情，迸放而出，是多麼令人震撼、摧心呀！此外，灘黃《合缽》將白娘子賢妻、慈母的形象，描寫得極為傳神。白娘子對許仙是深情而無怨悔：

> 我一不怨天來，二不怨地。（生曰）敢是怨著卑人？（旦唱）三來不怨我親夫。（生介）怨著何來？（旦唱）怨只怨鎮江開什麼生藥舖，為化檀香起災禍，做妻的為你金山上，算來也為我親夫。（生介）阿呀娘子吓！（旦唱）勸夫不必傷悲涼！坐在傍邊聽著我：你是個少年人，豈可無家室？（生哭介）（旦唱）必須另娶一個美麗娥。……（旦唱）要用花銀箱內有，還有那紗綢與綾羅。（生介）要他何用？（旦唱）孩兒的衣衫是一歲做起，做到六七歲，四季完全差不多，還有一雙虎頭鞋，八寶珍珠嵌，與孩兒穿了過端午。（頁276～277）

不僅對白娘子形象刻畫成功，小青也是「義絕」，大難臨頭，她不為保全自我而脫逃；[110] 對於許仙的絕情的行為，她義憤填膺，想立即吞噬他，最後慘遭法海收伏於淨瓶中。灘黃《合缽》是淒美的悲劇，白氏的「人間情」是令人動容，小青的「同類義」是令人敬佩，她們的高情厚義與許仙則是鮮明的對照。許仙對愛情是動搖而多變，缺乏承擔的勇氣。無為夫之愛，無為父之情。他在合缽、拜塔時都曾流淚，[111] 可惜這些淚水，卻不能滌淨他的心靈，清明他的智慧！

# 註　釋

1　一、關於梨園舊本有三種齣數不同的說法：

(1)傅惜華：除了黃氏本、方氏本之外，「此外一種是梨園舊本，舞台上《雷峰塔》的實演本。也就是方成培改編時所採用的底本。」並以為演出的流行時期，約在乾隆初年，而和黃圖珌本的演出時間很接近。傅惜華：《白蛇傳集‧敘言》（上海：古籍出版社，1987年6月），頁3。另趙景深說：「傅惜華的《綴玉軒曲志》提到雍、乾鈔本，許是陳嘉言父女的本子了。據云：『此本凡四十齣，上卷十八齣，下卷二十二齣。』並推定此本較早於方成培本。」趙景深：〈白蛇傳〉，《彈詞考證》（長沙：商務印書館，1938年7月），頁21；該文收錄於《白蛇傳》（台北：文化圖書公司，1993年7月），頁375。

(2)阿英：梨園舊本為三十八齣本。（見本論文第四章，註40）

(3)莊一拂：「舊鈔本。凡三十六齣。即為當時梨園演出腳本。」見莊一拂：《古典戲曲存目彙考》（上海古籍出版社，1882年），頁1350。

──徐信義言：「三人所言齣數不同，不知誰是？或者三人所言梨園本為不同之三本？究竟如何，未嘗寓目，不敢妄言。」徐信義：〈論黃圖珌的《雷峰塔》傳奇〉，收錄於中山人文學術論叢編審委員會：《中山人文學術論叢（第三輯）》，頁254。

二、杜穎陶說：「梨園鈔本的《雷峰塔》傳奇，曾見過十餘部。但每部齣數多寡，均不相同。若合成一本，而去其重複，可得六十餘齣，較原作之三十二齣，已超出一倍左右。」同本註(1)，趙景深之論〈白蛇傳〉。

2　朱宗宙：〈清代鹽商與戲曲〉，《鹽業史研究》（1999年，第二期），頁46。

3　沈堯：〈清代崑曲舞台的奇葩──《雷峰塔傳奇》〉，收於沈達人等編：《古典戲曲十講》，頁258。

4　方成培：《雷峰塔傳奇自敘》引自《白蛇傳》（台北：文化圖書公司，1993年7月再版），頁362。

5　林麗秋：《論雷峰塔白蛇故事的演變》，頁59～70。

6 同註3。

7 據說「他到（方成培）曾到梨園樂部看歌伎朱鏽紋演唱『蛇妖』白娘子，迷戀藥店學徒許仙，一見法海，便渾身戰慄，乞求饒命。下妝後，朱雙眉顰蹙，心裡有很大的惱恨，方便上去進行慰勉。朱苦笑著對方說：『我是一個歌伎，被人家賤視，今演白娘子，人家譏笑我是妖怪，更看不起我了。我只是為了糊口，不得不熬著內心的痛苦來上演。』說罷，淚隨聲下，方見此情景，心中甚是不忍，感到這個戲太侮辱女子了，便向朱表示，決心要改編這個戲。因此，他在劇本中，刪去了許多渲染了白娘子『妖性』的情節。第一次增加了〈端陽〉、〈求草〉、〈水鬥〉、〈斷橋〉、〈祭塔〉等劇目，表現白娘子為爭取幸福的婚姻生活，進行不屈不撓鬥爭的勇敢精神，大長了一下白娘子的志氣。尤其值得一提的是：劇本上還加了前所未有的白娘子懷孕的情節。……，這個『異類』不僅絲毫沒有害人的事實，而且居然能夠孕育出一個『人』的後裔，……，白娘子是『人』，而不是『妖』。」呂洪年：〈白蛇傳說古今談〉，《民間文學論壇》（1984年，第3期），頁23。

8 李玫：〈雷峰塔前言〉，見《雷峰塔》（北京：華夏出版社，2000年10月），頁1。

9 謝忠燕：〈人妖戀故事模式的延伸——論方本傳奇《雷峰塔》〉，《重慶師院學報哲社版》（重慶：重慶師範學院，2000年第1期），頁28。

10 方成培：《雷峰塔傳奇》引自傅惜華：《白蛇傳集》，頁409。

11 因在「乾嘉盛世」的繁榮虛景下，潛藏著劇烈的土地兼併和對工商業殘酷的壓榨，造成農民、小市民們對於統治階級的不滿。十八世紀中葉，農民的反抗行動遍布全國各主要地區。乾隆三十七年（西元一七七三年），爆發山東王倫的起義。而以手工業工人為主的市民運動，從康熙至乾隆也始終未斷。罷市、聚眾抗官、守門索犯等鬧街運動，層出不窮。「白蛇傳」故事的急劇變化，即在這個世紀的三十年代到七十年代中。因此，沈堯說：「舊鈔本和方本中『端陽』、『求草』、『水鬥』、『斷橋』、『合缽』的出現，意味著戲曲舞台對人民群眾高漲鬥爭情緒的敏銳感受。雖然一個神話故事，只能十分曲折地傳達這個感受。『水鬥』是藝術的幻想，但是，它使人聯想起現實生活中，那些反抗封建統治

的激烈鬥爭，以及那些鬥爭的被鎮壓。」沈堯：〈清代崑曲舞台
的奇葩——《雷峰塔傳奇》〉，頁261。（同註3）

12 李有運：〈《雷峰塔》——佛教文學的傑作〉，《戲曲研究第29輯》
（北京：文化藝術出版社，1989年3月），頁187。

13 謝忠燕：〈人妖戀故事模式的延伸——論方本傳奇《雷峰塔傳
奇》〉，頁30。（同註9）

14 「白娘娘的悲劇，是由內在的許宣動搖因素，和外在的與法海矛
盾因素構成的。」見阿英：〈論許宣的轉變〉，《雷峰塔傳奇敘
錄》，頁247。

15 趙德利：〈生命永恆：文藝與民俗同構的人生契點〉，《寧夏社
會科學》（1997年，第6期），頁83。

16 李有運：〈《雷峰塔》——佛教文學的傑作〉，頁183。（同註12）

17 同上註。筆者認為：李氏之見應是——〈出山〉中，黑風仙勸戒
白蛇，勿入凡塵，損毀修行。〈塔敘〉中，勸慰白蛇，何苦受
劫？自己已修成正果，可作惕勵。

18 戴不凡：〈試論「白蛇傳」故事〉，《百花集》（北京：作家出版
社，1956年7月），頁16～17。

19 影響到以後如玉山主人、田漢、張恨水、大荒等人，於改寫同素
材時，逐漸把許宣寫成好人的形象。

20 「因方劇的情節較完整，雖也含有糟粕，但對後來《白蛇傳》戲
曲的改編和民間說唱文學的情節影響較大，是故事發展的第三階
段，也是它的重要轉折點。」見羅永麟：〈論《白蛇傳》〉，《論
中國四大民間故事》（北京：中國民間文藝出版社，1986年8
月），頁94。

21 黃圖珌改編《看山閣樂府雷峰塔》之時，民間已有「產子」的演
出情節，但黃氏不以為然。見本論文前章所述。另參見趙景深：
〈白蛇傳考證〉，收錄於《白蛇傳》（台北：文化圖書公司，1993
年7月再版），頁374。

22 李祥林：〈「尋母」情節：男權世界中的女權回憶——戲曲藝術
與女性文化研究札記〉，《藝術百家》（1998年，第1期），頁52～
57。

23 徐朔方撰《雷峰塔奇傳》之前言，誤為《雷峰夢史》。見安平
秋、柳存仁、徐朔方等，古本小說集成編輯委員會編：《古本小
說集成‧雷峰塔奇傳》（上海：古籍出版社，1990年），頁1。

24　同上註，頁3。

25　柳存仁：〈《白蛇精記雷峰塔（雷峰塔奇傳）》之提要〉收錄於
　　《白蛇傳》（台北：文化圖書公司，1993年7月再版），頁3。

26　潘江東：《白蛇故事研究‧附資料彙編》，頁61～64。

27　由於文本中都以「漢文」稱之，故情節綱要表中，以「漢文」稱
　　之，餘則以「許仙」稱之，以便於人物形象的演變研究。

28　古本小說集成編輯委員會：《古本小說集成》，頁170。後內容脫
　　頁，採文化圖書公司編輯部編：《白蛇傳》，頁50～51。

29　余世鋒：〈白蛇傳說及其生存境界之演變〉，《湖北師範學院學
　　報》（2000年1月，第20卷，第1期），頁31。

30　同註23，頁53。刻本為「再忽」，應是「再嫁」。見玉山主人：
　　《白蛇精記雷峰塔》，收錄於《白蛇傳》（台北：文化圖書公司，
　　1993年7月再版），頁20；玉山主人：《雷峰塔奇傳》，收錄於
　　《白蛇傳》（長春：吉林文史出版社，2002年1月），頁219。

31　同註23，頁229。

32　同註23，頁9～10。

33　同上註，頁92～93，刻本「則此」應為「到此」；「方城正果」
　　應為「方成正果」。見玉山主人：《白蛇精記雷峰塔》，收錄於
　　《白蛇傳》（台北：文化圖書公司，1993年7月再版），頁29。玉山
　　主人：《雷峰塔奇傳》，收錄於《白蛇傳》（長春：吉林文史出版
　　社，2002年1月），頁229。

34　(1)聖母欲懲戒她假借黎山老母之名來取仙丹，觀音救白氏。(2)鶴
　　童欲傷白蛇時，白鸚童子奉旨救命。(3)蜈蚣精暗殺白蛇，白鸚童
　　子又奉旨來救。(4)夢蛟思親成疾，觀音相救。(5)水鬥時，奎星解
　　圍。

35　「觀音菩薩在印度為男，在中國則為女，由此，女性（母性）崇
　　拜又借助佛教的力量頑強地沿襲下來，女性神佛以其平民化的身
　　分深受老百姓的信仰與喜愛，在民間，觀音菩薩要比如來佛祖更
　　深入人心。」周怡：〈人妖之戀的文化淵源及其心理分析〉，
　　《蒲松齡研究‧紀念專號》（2000年Z1期），頁262。

36　「妾身冒罪致官人遁跡空門，今日相見，恍似夢中」。同註23，
　　頁265。另見頁235、256～259。

37　「念伊子許士麟廣修善果，超拔萱枝，孝道可嘉，是用赦俪前
　　怨，生於忉利。自此洗心回向，普種善因，可成正果。使女青

兒,頗明主婢之誼,不以艱危易志,亦屬可矜,並濯厥辜,相隨前往。」方成培:《雷峰塔傳奇》引自傅惜華:《白蛇傳集》,頁418。

38 「以浙江古籍出版社所出版的《白蛇傳論文集》索引統計就達五百種。其實這個統計是保守的,僅曲藝戲曲,據1959年統計,全國各民族各地區360個戲曲劇種和360多個曲藝曲種中,大部分都有《白蛇傳》改編的傳統保留劇目和曲目,……,幾乎所有的文學形式,都一遍遍不厭其煩的表現著它。」王曉華:〈白蛇傳與民族悲劇意識〉,《民間文學論壇》(1990年,第6期),頁5。

39 潘江東:《白蛇故事研究》,頁90～215。

40 李桂芬:《白蛇戲曲比較研究》(台北:國立台灣大學中國文學研究所碩士論文,2002年5月),頁139～202。

41 沈堯:〈清代崑曲舞台的奇葩——《雷峰塔》傳奇〉,頁269～270。(同註3)

42 徐亮:〈從《白蛇傳》看「一桌二椅」的變化及其作用〉,《四川戲劇》(1994年第1期),頁18～19。

43 ⑴「此劇還賦予青蛇與王道陵這兩個人物獨有的特點,這一點和其他劇種有很大區別的。在其它劇種,青蛇是女角貫穿全劇,而川劇則是男女互變。青蛇的性格更為複雜,他剛毅、忠誠、膽大義重,並且具備剛柔兼有的個性特徵。」林波、章菁森:〈川劇《白蛇傳》藝術創新三題〉,《四川戲劇》(1994年第2期),頁37。

⑵在灘黃戲《白蛇傳》(民國上海仁和翔書局石印本)中,青蛇也原是男身,素貞為報許漢文「買蛇放生救生靈,救我素貞有三次」的大恩,決下凡與許郎結姻。但「路上碰著青蛇精,要我素貞結婚姻。奴聽得七竅生煙火直噴,手執寶劍殺妖精。一場惡戰分輸贏,殺得青蛇心耽驚,跪在塵埃求饒命。他說道:『求我娘娘發慈心,收他做個使用人。』奴聽他投降問話是真心,饒他一條窮性命,叫他變成女人形,與我做了使女身,取名叫他小青青,跟我素貞去報恩。」見潘江東:《白蛇故事研究·附資料彙編》(中),頁549。(同註26)

44 沈堯:〈清代崑曲舞台的奇葩——《雷峰塔》傳奇〉,頁270～271。(同註3)

45 諸多戲曲的原始資料可參見潘江東:《白蛇故事研究·附資料彙

編》（中），頁370～730。

46　金清海：《台閩地區傀儡戲比較研究》（高雄：國立高雄師範大學中國文學研究所博士論文，2002年2月），頁85。

47　楊馥菱：《台閩歌仔戲之比較研究》（台北：私立輔仁大學中國文學研究所博士論文，2001年6月），頁85。

48　楊馥菱：《台灣歌仔戲》（台北：漢光文化事業有限公司，1999年6月），頁79。

49　曾永義：《我國的傳統戲曲》（台北：漢光文化事業有限公司，1998年7月），頁82～83；另可參見上註，頁74～77。

50　曾永義：《我國的傳統戲曲》，頁107。（見上註）

51　劇作家、名票友申克常，於在世時，也曾參考多方資料，改編京劇《白蛇傳》。申克常並認為：「祭塔」不如改成「哭塔」，加重許仕林的戲份，使這位新科狀元，在聽到母親所受的冤屈後，悲愴泣血，哀告上蒼。而這時，久隱修煉的青兒，也應挺身露面，不妨再來一場大開打，待上蒼察明實情後，應以雷轟雷峰塔，也真的「應」了法海的那句話——塔倒，西湖水乾，以平反白素貞的大冤，而收「大快人心」之效。但也有人認為：冤屈難伸的結局是更為感人，才能為今世、後世，帶來更大的警惕！參見陳宏：《國劇故事第二集》（台北：行政院文化建設委員會，1991年12月），頁30～31。

52　傅惜華編：《白蛇傳集》（上海：古籍出版社，1987年6月）

53　鄭振鐸：《中國俗文學史》（台北：台灣商務印書館，1999年4月，10刷），頁438。

54　潘江東：《白蛇故事研究》，頁194～200。

55　中國大百科全書總編輯委員會：《中國大百科全書‧戲曲、曲藝》（北京：中國大百科全書出版社，1985年3月2印），頁3。

56　桂靜文：《八角鼓》（台北：行政院文化建設委員會，1987年6月），頁5～6。

57　「大概南陽有幾位天才者，對於曲律力加改良，於是社會歡迎，蔚然稱盛。俗曲之流行，遍於南北各省，獨以南陽曲名世者，以俗曲在南陽獨能得到研進與發展。孳乳愈久，內容愈形豐富。而南陽曲名亦愈著。」張長弓：《鼓子曲言》（台北：正中書局，1975年11月台三版），頁1。

58　同上註。

59 同上註,頁2。

60 同上註,頁11。

61 同上註,頁47。

62 「白蛇傳」故事屬之。同上註,頁103～104。

63 「一不該西湖玩景,二不該收撫與俺,三不該使起風雨交加,四不該漁船借傘,五不該與許仙成就夫妻,六不該飲他雄黃酒筵,七不該放官人金山進香,八不該與法海結下仇怨,九不該搬蝦兵蟹將,十不該發大水漫他金山。」傅惜華:《白蛇傳集》,頁67。

64 「在斷橋你不聽奴家細勸,紅塵事不可久戀。我也曾勸姑娘撒手,你就要撒了手。」同上註。

65 李家瑞:〈談大鼓書的起源〉,王秋桂編:《李家瑞先生通俗文學論文集》(台北:學生書局,1982年4月),頁48。

66 傅惜華編:《白蛇傳集》,頁96。

67 「小兒啦娘的肉我的心肝,叫官人我與你許門生下後,你家萬代有香煙。……,你今日吃上為娘一口乳,就算是盡了母子一世緣。你的兜肚為娘做,最可歎還有一半未繡完。你休怨為娘的我捨了你,狠心你父要害僬!要得母子重相會,無非是夜晚鼓打三更天。」傅惜華:《白蛇傳集》,頁96。

68 陳錦釗:《子弟書之題材來源及其綜合研究》(國立政治大學中國文學研究所博士論文,1977年1月),頁250。

69 同上註,頁239。

70 「願與你生生世世為夫妻,且看咱那鴛鴦塚上並蒂蓮」;(白娘子合缽時萬般痛苦)「見許仙低眉合眼在床前立,白娘子神氣昏迷似軟癱」,傅惜華:《白蛇傳集》,頁105;104。

71 杭州市文化局編:《西湖民間故事》(杭州:浙江文藝出版社,1985年5月),頁13～35。

72 傅惜華:《白蛇傳集》,頁117。

73 同上註。

74 傅惜華:《白蛇傳集》,頁119。

75 同上註。

76 同上註,頁122。

77 潘江東:《白蛇故事研究》,頁211。

78 中央研究院歷史語言研究所所館藏的白蛇傳十二月花名調山歌計十一本。同上註,頁212～214。

79　傅惜華：《白蛇傳集》，頁143。（同註52）

80　李家瑞：〈說彈詞〉，王秋桂編：《李家瑞先生通俗文學論文集》，頁80。（同註65）

81　楊蔭深：《中國俗文學概論》（台北：世界書局，1954年10月），頁108～109。

82　婁子匡、朱介凡：《五十年來的中國俗文學》（台北：正中書局，1975年10月台四版），頁288。

83　鄭振鐸：〈什麼叫「變文」？和後來的「寶卷」、「諸宮調」、「彈詞」等文體有怎樣的關係〉，《說俗文學》（上海：上海古籍出版社，2000年5月），頁279。

84　楊蔭深：《中國俗文學概論》，頁104。（同註81）

85　車錫倫：《中國寶卷研究論集》（台北：學海出版社，1991年6月），頁519。

86　車錫倫：〈《金山寶卷》和白蛇傳故事研究中的幾個問題〉，《俗文學叢考》（台北：學海出版社，1995年6月），頁121～136。高國藩：〈論新發現的《金山寶卷》鈔本在《白蛇傳》研究中的價值〉，《民間文藝季刊》（上海：新華書店，1983年第5期）。

87　陳伯君：〈論寶卷《雷峰塔》的悲劇思想〉，《民間文藝季刊》（上海：新華書店，1984年第6期），頁65～91。

88　「《白蛇傳寶卷》和民間流傳的故事基本一樣，只是多了些荒誕不可信的描繪，沒有民間傳說好。」段平纂集：〈白蛇傳寶卷〉，《河西寶卷選》（台北：新文豐出版社，1994年），頁39。

89　「這故事可說是《白蛇傳》故事的延伸」曾友志：《寶卷故事之研究》（台北：中國文化大學中國文學研究所碩士論文，1999年6月），頁41。

90　同上註，頁41。

91　文化圖書公司編輯部編：《白蛇傳》，頁81～82。

92　類似玉山主人《雷峰塔奇傳》中所描寫：白蛇對北極真武大帝起誓之情節。

93　赴考前已認父，與玉山主人《雷峰塔奇傳》中第後才認父不同。

94　虞卓婭：〈《雷峰塔》傳奇與《雷峰寶卷》〉，《浙江海洋學院學報》（1999年12月，第16卷第4期），頁23。

95　傅惜華編：《白蛇傳集》，頁206。

96　虞卓婭：〈《雷峰塔》傳奇與《雷峰寶卷》〉，頁24。（同註94）

97 許氏大姑的形象,在《雷峰寶卷》中極具人情與正義,並非是軟弱的婦人,它比以往諸作性格更為強烈。她罵丈夫出賣許宣:「毫無情意心腸毒,獸心人面不成人!爹娘生我人兩個,手足分離苦傷疼。」罵許宣出賣白氏:「你今做事不聰明,你自妻子尚如此,何況同胞手足情?今朝與你來斷絕,快刀劈竹兩離分!……,可憐兄弟良心黑,下此毒手害裙釵。」(傅惜華編:《白蛇傳集》,頁203、231～232)

98 小青逃遁至峨嵋山修煉,七年後去金山寺為白氏復仇,九死一生中,被觀音所救。傅惜華編:《白蛇傳集》,頁246。

99 知縣發配許宣,是為救命。(知縣)吩咐許宣:「你還昏迷不醒!我想你若在此地,其罪難免。況那妖魔,必要害你性命。我本縣將你發配姑蘇,以免此禍。」「清官判斷不虛名,多愛黎民恩德深。文書發到姑蘇地,……,書上不寫軍犯罪,不過避宅保安寧。」傅惜華編:《白蛇傳集》,頁203。

100 陳伯君:〈論寶卷《雷峰塔》的悲劇思想〉,頁68。(同註87)

101 虞卓婭:〈《雷峰塔》傳奇與《雷峰寶卷》〉,頁25。(同註94)

102 同上註,頁27。

103 李家瑞:〈灘黃〉,見王秋桂編:《李家瑞先生通俗文學論文集》,頁61。(同註65)

104 潘江東:《白蛇故事研究》,頁117。

105 劉經菴、徐傳霖等著:〈中國民眾文藝之一斑——灘黃〉,《中國俗文學論文彙編》(台北:西南書局,1978年5月),頁90。

106 「灘黃既脫胎崑曲,所以完全照崑曲,把他難的地方改變罷了。」同上註,頁91。

107 傅惜華編:《白蛇傳集》,頁276。

108 同上註,頁277。

109 同上註。

110 如:子弟書《合鉢》中有:「青兒心膽登時碎,起了陣旋風一溜煙,自往山林逃性命。」傅惜華編:《白蛇傳集》,頁102。

111 (1)「白氏被金鉢罩頂時罵他:『我道你是有情有義的奇男子,那知你是忘恩負義呀薄倖徒,官人呀!你不看做妻要看孩兒面,伏望官人呀將金鉢扶!』(生唱)漢文聽,淚如梭,雙足蹲蹲手挫挫,忙將金鉢來扶起。」同上註,頁276。

(2)「〔尾聲〕漢文拜塔淚如梭,拋妻撇子沒奈何!」同上註,頁278。

# 第**6**章
# 白蛇傳故事的增異期(上)

　　「白蛇傳」故事在清代中葉以後，發展更為蓬勃。尤其是在戲曲與曲藝中，逐漸呈現多元的風貌，故事的情節，較諸往昔有頗多增異之處，而隨著時代演變，這個題材仍不斷地被重新創作、詮釋。如：小說《白蛇傳》（前）與《後白蛇傳》，即是民國以後用新興的「白話文」根據彈詞舊作（《義妖傳》）而改寫成的，朱眉叔將之歸為「白蛇傳故事畫蛇添足階段」。[1]

　　被譽為「現代關漢卿」的著名戲劇家田漢，以「十年磨劍」的精神，改編、創作了京劇《白蛇傳》，他刪除了往昔諸多故事情節的枝蔓，強化了主題思想，贏得廣泛的迴響與讚揚，朱眉叔將之歸為「白蛇傳故事思想內容提高階段」的代表作。[2]

　　小說家張恨水，晚年也創作了小說《白蛇傳》，並風行一時。這部作品的作者曾經被視為「無名氏」，但在兩岸關係改善後，終於真相大白。以上這些「白蛇傳」故事，以現代語文詮釋，且被賦予新的時代意義，彰顯了文學的新風貌與故事的新涵義。白蛇不僅人性化，更是現代女性真、善、美的精神體現，因此，本論文將此類作品，歸之為「白蛇傳的增異期」。

由於台、港兩地的政治民主，社會開放，宗教自由等因素，營造了文藝創作朝向多元性發展的時空環境，故「白蛇傳」故事亦有頗具地域特色的作品出現，為方便討論，本文將另成中、下篇論述之。

# 第一節　《白蛇傳》（前）

《白蛇傳》（前）的作者多認為是「佚名」，[3] 惟潘江東於《白蛇故事研究》中，指《白蛇傳》（前）及《後白蛇傳》作者是「夢花館主」所編寫。[4] 潘並援引第一回「仙蹤」之始所言，[5] 推論該書根據當時流行於江浙地區的《義妖傳》彈詞而來：

> 作者生存在科學昌明時代，素不迷信神怪的事實，為什麼偏要把那部白蛇傳傳唱，編成了尋常的白話小說，卻有一點兒緣故在內。因為這書看似神話，頗含著諷世的深意。就是開章仙蹤一段，也不過提綱挈領，做個全書總貌，說明報德的來源罷了，完全與《西遊記》、《封神榜》及各種劍俠小說等，大不相同。所以他這種彈詞，風行於江浙兩省，雖是婦人孺子，說到白娘娘、小青，沒有一個不知道的，並且忘了他是妖怪，反恨那許仙的薄情，彷彿實有其事一般。妙在他說得入情入理，又借用雷峰塔古蹟，使人以假為真，這也是以前做書人的故弄狡獪，不要上了他的當。[6]

《白蛇傳》（前）以白話文書寫，據其敘述的語法而推，應是民國以後的作品。[7] 它是根據彈詞《義妖傳》而潤飾、改編的白話小說，在坊間頗為流行，由於彈詞《義妖傳》不可見，故可藉之略窺梗概。[8] 而文化圖書公司出版的《白蛇傳》合編本中，收錄了《白蛇傳》（前）及《後白蛇傳》。在《白蛇傳》（前）的提要中，曾提到：

> 　　《白蛇傳》爰膺《義妖傳》別名。白娘娘和小青，感恩知己，一往情深，……，何怪讀者公評，一致讚美白蛇之義，反交相指謫許仙的薄倖負心，優柔寡斷，白氏匹配殊不相稱；人不如蛇，可發一嘆！本書既是神怪小說，且是寓言小說，足風末俗而針砭社會，卓具崇高價值。本書彈詞本，艱澀枯燥，簡單籠統，不能生動。本社爰聘通俗文藝家，將前面兩傳，重行編述，刷新面目，精采內容，俾本書之不脛而走，更深一層，步入讀者界的文化領域也。[9]

　　故知《白蛇傳》（前）是據彈詞《義妖傳》改編而來，敘述更為通俗、生動，它以符合時代的語言方式來詮釋「白蛇傳」故事，使之流佈更為廣泛，是別具意義。

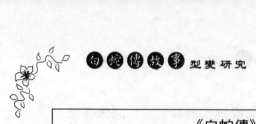

| 《白蛇傳》（前） | | |
|---|---|---|
| 各回名稱 | 內　容　提　要 | 備註說明 |
| 一<br>仙蹤 | 峨嵋白蛇吞食癩蝦蟆精的內丹，增加六百年道果。幻為美女，遇蕊芝仙子收為徒，取名「六支」，帶到西池。其在蟠桃園掃葉，遇聖母點化，道出身世，因其受恩未報，故將貶入人間了緣。遇黑魚精，結為兄妹。收青蛇，變為女婢。 | （改寫情節）<br>(1)內丹為化為老僧的蝦蟆精所有。<br>(2)報恩下凡。<br>(3)預示結局。 |
| 二<br>遊湖 | 至杭州依金母暗示，尋望之「最高」者即為恩人。他名許仙，幼孤，由姊、姊夫撫養成人，清明祭掃、遊湖，遇蛇精幻二女，小青藉故將「迷」字拍在許仙身上，令其情迷，邂逅搭船，白氏施法興風雨，並邀他來府避雨、借傘。 | (1)許仙謊騙自己開藥行具虛榮心。<br>(2)女方主動。<br>(3) 假銀騙船家。 |
| 三<br>說親 | 白氏答應小青可作偏房，小青才情願為紅娘。她施法搶點心、化骨為石，取得許仙信任。聲稱白氏是「望門寡」，願與匹配。召五鬼佈置場景，當夜成婚。 | （增加情節）<br>(1)小青欲分潤春光，為偏房。<br>(2)施法取物。<br>(3)許仙小氣。[10] |
| 四<br>贈銀 | 白氏翌日，取黑魚精的贈銀，轉予許仙。吩咐他以贈銀覓屋開店，叮嚀早歸。許仙前往姊家示銀，並說出緣由。姊夫奉命捕盜銀之賊，認出失銀，哄騙捕之。白氏已預料他有此劫，為命中註定。 | （改寫情節）<br>(1)盜銀是黑魚精轉贈，白氏無辜。<br>(2)姊夫誘捕他。 |

| 各回名稱 | 內　容　提　要 | 備註說明 |
|---|---|---|
| 五<br>踏勘 | 許仙被捕後，說出緣由，知縣遣人捉拿二女。發現宅第是祠堂廢墟，小青拒捕，化為掃帚。白氏押解中也興風隱遁。縣官覺得妖精厲害，決定親往踏勘，以明白真相。 | (1)二女施展妖法，愚弄當差。<br>(2)捕快們好色。 |
| 六<br>訊配 | 知縣踏勘，白氏辯稱是向梨山老母學仙術，非妖興禍。並道出知縣家世，威脅若不放許仙，定讓其高堂病死。知縣杖打許仙，白氏施法致杖刑知縣夫人，知縣遂放許仙，發配蘇州二年。藥店王員外與許仙之父結拜，送行、贈銀於許仙，以書信託人照料他。 | (1)白氏為行為辯稱，威脅縣官並施法戲人。<br>(2)王員外仁厚。 |
| 七<br>逼丐 | 白氏偕小青乘船入蘇，以攝來之銀買諸多家當，冒充官家，浩浩蕩蕩遷入陸家空屋。她佯稱是王家姻親，蒙騙看屋的鄰居，而順利喬遷。許仙金盡，被驛中甲頭逼迫於街市為丐乞錢。 | （增加情節）<br>(1)蒙騙取屋住。<br>(2)許仙為丐。 |
| 八<br>驛保 | 許仙不甘為丐，趁機投書王員外府中。員外知情後，備妥錢、信派人送去以保釋許仙。自此他在店中工作，因「迷」字入心，倍思白氏，夜夜悲嘆。員外知情，讓他翌日入城辦事、散心。 | (1)員外重義且仁厚。<br>(2)許仙思妻。 |
| 九<br>復艷 | 員外遣許仙收帳，至時店家已先派人送銀而出。他於市中，被小青認出， | 小青擒許仙，許仙先說妻非 |

| 各回名稱 | 內　容　提　要 | 備註說明 |
|---|---|---|
| | 被抓回白家。見府內豪華，疑為妖怪施法，但經白氏說明，他細察後即釋懷。夫妻相逢，春風得意。許仙歸藥店，被邀陪同見焦姓長輩。 | 人，卻又喜見美妻，頗矛盾，應是色迷心竅。 |
| 十客阻 | 焦某對許仙過於親熱無禮，許仙對王員外稱妻是王家親戚，非妖也，員外欣見夫妻團聚。此後許仙朝出暮歸，但白氏希望他自行開業，遂故意拖延他上班時間，致員外日久亦生怒。 | （增加情節）(1)施妖法讓許仙深夜可入城歸家。(2)離間許、王。 |
| 十一辭夥 | 王員外數落許仙不是，說他忘記本分、出身，致許仙情緒不佳，返家後發洩、訴說，白氏允言助其開店。許仙辭職，員外以為他另謀職，卻聞是自行開業，他起惡心，欲致歇業，讓許仙回店。 | (1)白氏計成，助夫立業。(2)員外壞心眼。 |
| 十二開店 | 許仙宴客，感謝員外協助供藥材、供人力助開業。員外見白氏貌美，確信其非妖。翌日開店，上午生意興隆，中午後顧客紛紛退貨，因藥材腐敗，許仙失意，向妻哭訴。 | 員外壞心，薦病者為傭，幸許仙將其病治好。以腐材批價許仙，生意惡。 |
| 十三散瘟 | 白氏為夫解憂，命小青散毒，以腐材賣人治病，立見效應。員外亦腹痛，遣人買藥，知腐材能治病，遂如法炮製。竟乏人問津，也不具療效，損失慘重。 | (1)白氏為夫解憂，雖散瘟但無礙。(2)員外得惡報。 |

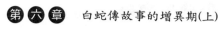

| 各回<br>名稱 | 內　容　提　要 | 備註說明 |
|---|---|---|
| 十四<br>贈符 | 保和堂聲名遠播，許仙名利雙收，助夫立業、傳下子嗣，是白氏下凡報恩的目的。呂祖誕辰，許仙赴廟中參拜，遇道士指許仙被二妖所纏，許仙以參藥換符。白氏預知天神來收，叫小青先逃，她跪求「趙天君」，說出報恩因緣，天神憫之，遂回天庭。 | （增加情節）許仙輕信道士之言，道士法力強，致天神下凡。 |
| 十五<br>鬥法 | 許仙猶疑是否該施符？但顧念安危，仍噴兩次符水在假寐的白氏身上。她強忍之，及時裝醒，質問許仙，斥其無情義，他謝罪求饒。小青回家，得知詳情，憤怒不已。白氏找道士理論，暗遣五鬼箍制道士，致無力施法，道士被逼跪饒，倉促逃遁。 | （刪改情節）白氏以五鬼箍制道士，令其不能鬥法，[11]而跪地求饒。她輕放道士。 |
| 十六<br>端楊 | 端午時，小青裝病避禍。白氏亦稱身染風寒，臥床休息。許仙溫柔照顧，並祭拜許、白的祖先，雖其殷勤問候，她煩躁悶熱不已。許仙依俗買蚊煙驅蟲蛇五毒，獨自吃飯，未觀賽龍舟。 | （增加情節）許仙入境隨俗以蚊煙驅毒，致白氏不適。 |
| 十七<br>現跡 | 白氏熄滅蚊煙而坐起，許仙端雄黃想為妻驅寒。哄騙她聞一下，竟灌入妻口。白氏痛苦掙扎，力推許仙出屋，他以為施藥錯誤，確定無誤後，又替妻取痧藥，入房驚見恐怖蛇形，許仙當場嚇死。小青歸家，搖醒白氏，白氏傷心，決定冒險盜草救夫。叮囑小青妥為處理事物，若他未歸，請小青另覓師父。 | (1)許仙愛妻，為助驅寒而灌酒，並取藥療妻。<br>(2)白、青亦是師徒關係。 |

| 各回名稱 | 內　容　提　要 | 備註說明 |
|---|---|---|
| 十八盜草 | 白氏哄騙鹿童，稱是呂洞賓座下黃衣童子，趁稟報之際，盜草逃遁。南極仙翁說出實情，鹿童不甘，追趕白氏，為其所傷而敗歸。南極仙翁蓄意通融，鶴童不察，追趕白氏，想為師弟報仇。 | 白氏藉機盜草，南極仙翁知情，故先改派鹿童看仙草。 |
| 十九救夫 | 鶴童追上白氏，欲加殘害，仙翁救命、療傷。以仙風助其回蘇救夫。許仙復甦後，心生疑慮，不敢與妻同房，久經勸解才相見。 | 「迷」字已嚇除，且對妻起疑。 |
| 二十婢爭 | 白氏命小青扮蛇出現，替許仙釋疑，夫妻和好如初。白氏允諾讓小青成為偏室卻未實現，雙方爭執，小青負氣出走，許仙埋怨白氏責備她，白氏言語譏諷許仙護小青，夫妻起摩擦。 | （增加情節）白、青是師徒，是主婢，亦是情敵。 |
| 二一香迷 | 小青吃醋出走，擬覓美男子結為夫婦，以香迷惑崑山顧公子，並謊稱苦命女迷路，致他將她帶回家中。公子被小青色迷，因她毒氣在身，兩相纏綿後公子終病倒。夫人知情，請人驅妖失敗，遂寫榜文，另待高明。 | （增加情節）小青媚誘顧公子，毒氣傷人，此為白氏未促她成偏室之因。 |
| 二二聘仙 | 白氏算出小青害人骨瘦如柴，化為觀音指示夫人去保和堂請許仙求救，他收禮啟程，顧家恭敬招待。 | （增加情節）扮觀音。許仙收名利。 |

| 各回<br>名稱 | 內　容　提　要 | 備註說明 |
|---|---|---|
| 二三<br>降妖 | 白氏前往顧家與小青相見，說出顧公子本是仙童，見青蛇可愛而一笑，致貶凡間。小青俯首聽白氏安排，遂於許仙假裝收妖時，以夜壺精混人視聽。白、青回家，顧公子喝「尿」符排毒，遷至上房安養。 | （增加情節）許仙荒唐收妖，白、青和好。 |
| 二四<br>慮後 | 顧公子漸癒，顧家備厚禮答謝。許仙返家，感念妻子幫助。小青編造理由，哄過許仙，一家和樂。白氏恐有後患，建議遷居，將所得寄杭州姑丈、姑母代管等，但聽許仙意見。 | (1)以救許仙的仙丹醫治顧公子。<br>(2)白氏遠見。 |
| 二五<br>賽盜 | 夫妻商定，送錢回杭州，請許氏大姑代為理財、置產。中秋節商家皆燈彩供拜，因遭人辱罵，致許仙獨辦失彩。白氏遂請小青至顧家盜寶，她見公子又起舊情，拍著小睡的公子肩膀，他驚嚇夜壺精復來，告知夫人，搜索無著，決赴蘇州求助許仙。 | （改寫情節）(1)玉山主人寫郎中設計賽寶。<br>(2)小青色心招禍，盜寶被揭穿。 |
| 二六<br>驚堂 | 顧公子登門致謝救命恩，見小青端茶，立刻認出。顧家總管認出許仙展出的珍物是顧家寶物，認為許仙養妖詐、盜，報官處理。白氏算出此劫，處理善後，貴重家當命五鬼助運於鎮江。 | 小青奉茶惹禍。縣官為錢塘令改派，輕判許仙。 |
| 二七<br>迷途 | 白氏被捕，仍施故技，盜屍為替身。白氏施法，令小青輕易搬運行李、家當到鎮江，向色鬼陳本仁租屋居住。 | 陳本仁此人實「不仁」，倒反修辭法。 |

| 各回名稱 | 內 容 提 要 | 備註說明 |
|---|---|---|
| 二八癡戀 | 陳本仁見白氏美貌,即熱情照應,協助整飭新居、店舖。仍開保和堂,生意興隆。白氏設酒筵,感謝協助,並提醒勿惹非議。他謊稱許仙流連煙花,並以鬼話嚇唬她們,意圖偷香。 | (增加情節)陳本仁離間夫妻感情,意圖不軌。 |
| 二九驚嚇 | 白氏洞悉陳本仁居心不良,決定懲戒。假意聽信他言,又安排冤魂索命,致驚避跌倒摔成重病,白氏才得安寧。許仙由王員外交保仍在其店工作,思妻而沉悶,員外安排他去鎮江辦事、散心。 | (增加情節)(1)陳本仁惡有惡報,冤魂索命。(2)王員外再救他。 |
| 三十京敘 | 許仙於鎮江見「保和堂」的招牌,遂一探究竟,夫妻因而重逢。許仙寫信交代諸事,並答謝王員外恩情,即與妻子在鎮江安居、開業。李本仁心病難醫,夫人過壽邀白氏來訪,欲償陳本仁之心願,盼能病情好轉。 | (1)王員外氣許仙復被妖女迷惑。(2)陳本仁色迷心竅。 |
| 三一巧換 | 白氏被留宿陳家,陳本仁夜襲之。白氏趁熄燈時,巧換為夫人與之同睡。他吐露真情並欲休妻,致夫人悔恨不已。陳本仁察覺是妻陪宿後,赤裸瘋癲而被狗咬死。夫人家產不保,出家為尼。法海即是當年失丹的蝦蟆精,修行得缽,奉佛旨渡人。算出二妖在鎮江,遣弟子「靜緣」化緣以點醒渡化許仙並報深仇。 | (1)陳本仁淫惡得報應,夫人淒涼。(2)法海復仇。 |

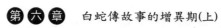

| 各回名稱 | 內　容　提　要 | 備註說明 |
|---|---|---|
| 三二化檀 | 靜緣化緣不利，跌倒受傷，許仙替他敷藥醫治。見緣簿無人布施，心生悲憫，答應助檀香十擔。白氏知情而不悅，莫可奈何下寬恕許仙，但不准他入寺參拜。許仙善舉感動上天，命文曲星下降應世，昌盛許門。觀音佛像刻成將開光，邀許仙至寺，他怕白氏惱怒不欲前往，但金山寺仍遣人邀之。 | (1)許仙布施感動上天，文曲應世。<br>(2)白氏懷孕，算不準陰陽，法海遣人力邀許仙。 |
| 三三開光 | 開光大典縣令不悅施主久候未至，欲派人拘提，寺方及時尋到許仙。許仙無奈前往，交代隱瞞實情。法海藉機說出真相，許仙不信，法海引徵事件讓他相信。白、青知情後來寺中尋夫。在寺中松樹上復見仙翁所贈之詩，令白氏心驚，但仍決心求法海放人。 | （改寫情節）<br>(1)許仙尚愛妻，具仁心。<br>(2)詩揭天機。[12] |
| 三四水漫 | 白氏哀求法海放人不成，小青怒噴毒氣傷法海，雙方遂起爭鬥。白、青失利，向黑魚精求救。義兄聽妹遭劫，發動水族水漫金山，護法與龍王合力平息災禍，黑魚精戰死。白氏聞訊悲傷不已，大勢已去下，決定回杭州找許氏大姑安頓、待產。 | （改寫情節）<br>(1)許仙見妻婢現形，才驚懼避禍。<br>(2)發動水漫金山者為黑魚精。 |
| 三五斷橋 | 法海不忍傷及無辜生靈，作法超渡眾生。許仙欲出家，他念其夫妻之緣未盡，由密道送他回杭州與妻相會。二女痛罵許仙無情，他塞責於法海，夫 | 法海具慈悲心，超渡無辜生靈，放許仙回家敘緣。 |

| 各回名稱 | 內　容　提　要 | 備註說明 |
|---|---|---|
| | 妻和好後同赴姊家，姊欣見弟等人來訪。 | |
| 三六姑留 | 夫妻投靠姊姊，白氏解說緣由，取信於他們。許氏出示許仙委託置產的帳目，並帶領參觀代購的新屋，許仙歡喜，稱讚白氏高瞻遠矚，未雨綢繆。仍開「保和堂」藥店，生意興隆，夫妻和樂。 | (1)白氏辯解許仙遭遇以取信於人。<br>(2)白氏賢德。 |
| 三七二賞 | 端陽時，小青裝病，白氏設計全家茹素、掃墓，臨行時故意跌跤，而在家中休養、避禍。姊夫陳彪看出疑點，窺見白氏現形模樣。急告許仙，從此疏離白氏，佯裝無事，待中秋天師過境再處理。 | (1)姊夫見原形。<br>(2)許仙膽怯，有意疏離妻子。 |
| 三八降蜈 | 白氏討好許仙，許仙卻不領情，令她傷心。舊日在神仙廟前遭難堪的道士張英，煉一蜈蚣精，裝在盒中，伺機交給許仙。許仙歡喜持之，暗放於白氏床頂。蜈蚣精夜襲白氏，險些喪命。查之為張英所為，予以懲戒。白氏遭冷落，許氏關心，雙方皆不明緣故。 | （增加情節）<br>(1)許仙冷落妻子，有意害妻。<br>(2)道士復仇。 |
| 三九指腹 | 夫妻分房已三月，許氏追問白氏夫妻失和的原因，白氏謊稱是許仙欲納小妾遭阻。又遣小青問明，知白氏無過。白氏回想端陽以後許仙變心，應 | （增加情節）<br>(1)許、白分房三月，許氏撮合。 |

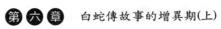

| 各回名稱 | 內 容 提 要 | 備註說明 |
|---|---|---|
|  | 是姊夫見到原形。許氏召許仙來，痛斥其對妻無禮。許仙細思後，答應回房同住。白、許懷孕，指腹為婚。 | (2)指腹為婚。 |
| 四十產貴 | 許、白夫妻和好如初，賴許氏之功。二婦臨盆，急覓產婆。姊夫告許仙，若產下異物，或白氏現形，必定難堪，許仙遂未覓產婆。白氏分娩痛楚難當，小青見許仙無動於衷，惱怒稟告白氏，只得自立產子。許家紅光照天，疑為失火，鄰人知是產子，紛紛來賀。 | （增加情節）(1)許仙對妻情感不堅，聽信姊夫之言未請產婆。(2)生子現瑞象。 |
| 四一成衣 | 白氏產子，許氏產女，兩家同慶。白氏心神不寧，為子裁衣，一至七歲，裝束具備。白氏時聞木魚聲，囑許仙勿近僧人。法海召夢神示夢許仙，為白氏吞噬他的情景，令許仙驚懼不已。白氏算出明日午時遇劫，為許仙手刃，想出：若牽絆他，或可免難。 | （增加情節）(1)法海召夢神作法點醒許仙。[13](2)白氏具母愛。(3)白氏預知將遇劫於許仙之手。 |
| 四二飛鉢 | 夢蛟、碧蓮滿月，白氏拖住許仙，以為可免難。至巳時因急事召他，未料卻被法海捉住，法海揚言來收妖。許仙不信妻是妖，爭辯中，姊夫要他試試無妨，未料飛鉢罩妻，許仙悔恨哭啼。白氏為子做衣，盼子讀書成人，吩咐許仙再娶，他稱若妻死他也不苟活，白氏含淚抱兒哺乳。 | (1)法海收妖一為自己報吞丹之仇，二為水漫金山，傷及生靈。(2)許仙覺悟。 |

| 各回名稱 | 內　容　提　要 | 備註說明 |
|---|---|---|
| 四三<br>鎮塔 | 小青聞訊，抱白氏痛哭，怨她不聽勸告，後悔莫及。怒斥許仙無情，變青蛇欲吞噬他。許仙急躲於妻身後，要求救命。白氏開示小青勿傷許仙、勿鬥法海，她聽命遁逃，準備修煉復仇。許氏與鄰人等痛罵法海妖僧騙人，姊夫證實白氏是妖。法海無奈，偕許仙等人，捧缽至雷峰塔前，讓白氏再變人形，說出緣由。 | (1)小青、許氏重情義，責許仙、法海，鄰人譴法海。<br>(2)姊夫乏情義。<br>(3)許仙默然。 |
| 四四<br>剪髮 | 法海放出白氏，她與夫、姑敘情，說出報恩緣由，並託夫寄子後，即沒入雷峰塔下。許仙肝腸寸斷，手繪妻像，自行落髮，將畫像、頭髮包紮，留子紀念。將衣物、箱囊等交姊後即謊稱出門散心，實則出家拜師。三年後雲遊至金山寺，待到十九年。陳家撫育夢蛟視如己出，他乖巧好學，蒙師長寵愛，卻遭同儕妒忌。 | (1)許仙繪妻圖像，傷情出家，似真情流露。<br>(2)夢蛟聰穎遭妒忌，方知身世。 |
| 四五<br>哭塔 | 同儕說出夢蛟身世，夢蛟即哭問許氏。拗不過他後，許氏說出實情。夢蛟哭泣尋母，終被尋獲。夢蛟思母成疾，終於化險為夷，陳彪夫婦乃另延名師教導夢蛟。小青修煉飛刀，欲替白氏復仇。 | (1)小夢蛟孝心感人。<br>(2)小青將報仇。 |

| 各回名稱 | 內　容　提　要 | 備註說明 |
|---|---|---|
| 四六<br>收青 | 小青到塔前與白氏敘十四年來的離愁，怨她不聽勸告，招致被鎮於塔下的命運。她燒塔欲救白氏，卻逢法海持淨瓶來收伏她。小青鬥法失敗被收瓶中，由觀音取走，小青在瓶中修行。夢蛟思雙親，無心於功名，許氏開導才啟程，路經金山，他欲見法海。 | （增加情節）<br>(1)小青被收淨瓶，觀音渡走。<br>(2)夢蛟見法海。 |
| 四七<br>見父 | 夢蛟至金山寺未見法海，卻與生父相認，並略述身世、遭遇。許仙出家法號道宗，夢蛟勸其還俗歸家，接受奉養，他懇辭之。夢蛟遂無意功名，遭父親勸勉，父子依依不捨地分別。 | (1)夢蛟見父。<br>(2)許仙雖不願還俗，但眷戀俗情。 |
| 四八<br>祭塔 | 夢蛟高中狀元，向皇上稟奏身世，皇上降旨封賞許仙、白氏及陳彪夫婦，並賜婚。夢蛟光宗耀祖，賞賜金山寺僧、祭祀祖先，並至雷峰塔前祭母。法海奉佛旨放出白氏，母子相見，白氏偕法海駕雲昇天見佛祖。夢蛟、碧蓮熱鬧完婚，進京前父子又相見一回。 | (1)夢蛟高中狀元而救母，推恩親人。<br>(2)白氏昇天。 |

　　《白蛇傳》(前)的故事情節可說是綜合往昔各種有關故事情節，作了更豐富的呈現。它將「白蛇傳」故事自〈白娘子永鎮雷峰塔〉以來，至玉山主人《雷峰塔奇傳》的故事情節，作了更包羅萬象的呈現。甚至增加、刪改了許多情節。如：「逼丐」、「客阻」、「婢爭」、「香迷」、「聘仙」、

「降妖」等（參閱以上之故事簡表），可說是一大突破。這些銳意增改的內容，使得故事更具「神怪小說」的色彩，更豐富多元的呈現故事的風貌。

其中最具特色的是：將白、青二者的關係轉變更錯綜複雜，她們是師徒、是主婢、是姊妹，也是情敵的關係。「說親」時小青為媒，替許、白巧扮紅娘，有言「三七」分潤春光：[14]

> 娘娘便託小青作伐，前去說親。小青一想：「你們貪圖歡樂，我卻沒有好處，自己太不合算！」連連搖頭道：「我是一個丫鬟，怎麼好做媒妁呢？還是娘娘親自去的好。」娘娘聽了，知道她有心作難，便假意說道：「你能把親事說合，將來和你夫妻三七均分，你道好嗎？」小青聽得自己有份，雖是娘娘為正，自己偏房，倒也快樂。（頁13）

後來因為小青身體餘毒未除，白氏未實踐諾言，讓小青成為偏房，而引發小青不滿，負氣出走，覓崑山顧公子貪歡，惹出許多事端，才衍生「香迷」、「聘仙」、「降妖」、「慮後」、「賽盜」、「驚堂」等情節。而在「哭塔」、「收青」的情節中，小青情義感人，除了指責許仙薄情無義外，更為復仇而修煉飛刀，企圖焚塔救人。小青的角色，非但不再是故事中的配角，而扮演關鍵性地位。因她的盜寶，驚動崑山顧公子，顧公子見她現形，而再登門找許仙收妖，致發現自家寶物被竊，懷疑小青是被許仙蓄養的妖精，故意詐騙害人，而報官懲治他，造成許仙再次被發配的命運。

玉山主人《雷峰塔奇傳》中，言及許、白婚後「小青亦有分潤春光」，以「不在話下」一筆帶過，未強調白、青之間的心理衝突與矛盾。[15] 而山歌《白娘娘報恩》[16] 提到小青想嫁人；《白蛇山歌》也述及白氏罵小青，小青出走到崑山與顧公子成親。小青盜寶，累及許仙等情節，[17] 這說明許仙生活在白、青二女之間，朝夕相處，日久生情是自然的現象。而李碧華在《青蛇》中，比《白蛇傳》（前）更撩撥了這份情愫，加深白、青兩女之間的妒忌與衝突，讓故事更突顯人性的情慾，更具戲劇性的張力。

　　此書將白氏的形象刻意美化，盜銀者不是白氏，亦非她指使別人所為，而是出於義兄「黑魚精」所贈。而水漫金山寺亦是他肇禍，看起來與白氏無直接關係，她是「仙境」下凡了緣者，故而謹記師訓，不傷生靈。但白氏還是「散瘟」、命小青「盜寶」，這其實非其所願，都是許仙遭遇生意危機與困境時，灰心失意轉向妻子求助時，她才不得已而為之。故此書裡的白氏形象，比以往諸作都善良、可愛。她為愛昏智，卻又時時謹記師訓，警惕自己速了塵緣即當思歸，但又被俗情所絆，致為時已晚。作者將白氏的犯錯，都以「命定」作掩飾，故許仙兩次發配，都是「在劫難逃」，非她所連累。她是賢妻、良母，助丈夫成家、立業，同玉山主人《雷峰塔奇傳》中的角色一樣，巧扮觀音助夫「名利雙收」。她是丈夫的避風港，精神支柱，每在許仙困頓失意時，給予精神與物質的援助。

　　許仙在此書中的性格，仍是懦弱而猶疑，而且和白氏的情感頻臨破裂危機。他對妻子極不信任，而且做出許多傷害她的事。他聽信道士之言，以人參換符咒，欲收妖妻；雖然

在端陽時，妻子身體不適，他溫柔照顧，但在白氏現形嚇死他後，白氏雖冒險救回他的性命，但此後他不願與白氏同寢，釋疑後才又和好；金山鬥法見妻現形，他急於出家；姊夫告知窺見白氏原形，他遂與她分居三月；道士遣蜈蚣精來害白氏，他幫助安置於床頂；妻子分娩時，他擔心妻現形並產下妖怪，無視於妻子腹痛命危；法海持缽來時，他聽信姊夫之言，姑且以缽試驗妻子，這些情節都足以見到許仙對妻子的情感與信任不足。二次的分居，讓許、白夫妻之情處於危機，第一次是小青幫忙釋疑，第二次是許仙姊姊許氏以「長姊如母」的勸說下，才夫妻重修舊好。白氏在此書中，對許仙是極度寬容、呵護，他一次次犯錯，她一次次包容，白氏發揮「母性」之光，帶領許仙獨立與成長。

　　陳炳良以「心理分析」的角度來詮釋「白蛇傳」的故事。他認為許仙之姊，無法提供他金錢的滿足，像是「壞母親」的角色；而白氏儘量供給許仙物質與精神上的需慾，有如「好母親」的角色：

> 他與白娘子的結合就是佛洛伊德（Sigmund Freud）所說「戀母情意結」（Oedipuscomplex）的蒸母的表現（moter incest）。當然，這種行為違反了社會的禁忌（toboo），故此，他犯了官非，被判充軍，就像俄狄蒲斯（Oedipus）離開忒拜城（Thebes）一樣。而最初去告發許宣藏了賊贓的人就是他的姊夫。這表示出他受到假代父親（surrogate father）的懲罰。後來許宣擔心會被白娘子所害，這就是心理學上所謂「閹割恐懼」（fear of castration）。這和他初遇白娘子後發

了一場「情意相濃」的綺夢時的心境，剛好成一對照。[18]

在此書中，許仙對白氏的情感如同以往諸作所述般，是又愛又恨。一方面貪戀其「色」與「錢」，又怕被其害死。他對白氏的真情有限，在感性與理性，夢想與現實之間掙扎。他的猶疑與懦弱，摧殘了白氏的真情與生命，陳炳良認為：

> 從心理學來說，許宣不是把白蛇制伏，而是犯了弒母的罪行，因此他會有懸望和罪疚感。日後，他兒子的孝心令白蛇得到釋放。[19]

許仙「覺醒」時，愛妻已遭劫難。他剪髮出家，手繪妻容，都是愛情的行動表現，但是畢竟悔悟太晚，悲劇難收！在此書中，寫出白氏悲壯的愛情。故事中增加道士以蜈蚣精復仇，許仙不請產婆等情節，加強白氏遭遇劫難的描寫，劫難愈多，愈見悲情，顯示修道與報恩之路，更是艱辛！此書的神怪色彩濃厚，在其中顯現人性的弱點與自私。許仙每一次的猶疑，都是擔心「獸類」之妻，會吞噬、加害他。他強烈的疑懼心戰勝白氏對他的熱情與善意，為「自全」他不惜對愛妻進行一次次的徵驗，在「本我」[20]與「自我」[21]中掙扎，白氏的形銷骨毀，終於喚醒他「超我」[22]的覺悟與提昇，許仙似是扮演「獸性」而至「人性」的逐漸進化歷程。

　　法海在此書中，將他的「前生」列為與白氏同是「異類」的「蝦蟆精」，因為白氏的前生誤吞其內丹，導致他今生下凡來復仇。在〈白娘子永鎮雷峰塔〉中，法海是為「弘法」

之由而渡化許宣,可說是「執著於宗教」的傳道者。但在此書中,他以「復仇者」與「佛使」的身分來收妖,動機並不單純,成為「假公濟私」[23] 的「披羊皮之惡狼」。既然要揭「宿怨」的瘡疤,鎮塔前放出白氏與親人道別。結尾時又因她兒子中狀元,奉「佛旨」來放白氏,顯得市儈之感。李喬在《情天無恨》的故事中,曾援用此書中法海前世的背景作為素材,說他是白氏的師兄,也同是異類「老蟾蜍、癩蝦蟆」,[24] 以此闡揚「物類平等」的宗教思想。

此書有強烈的佛教「果報」思想。如:王永昌以腐敗的藥材,賣給許仙,白氏以之作成治腹痛的神效之藥,他如法炮製,卻弄巧反拙,蝕本虧錢。陳本仁覬覦白氏的美色,企圖染指她,她知道他居心不良,但卻無極力阻撓,反而將計就計,順勢而為。他先被冤鬼現身報仇所驚嚇,[25] 苟且逃生後,復在相思白氏成疾,病入膏肓下,其妻為救他的性命,委屈誘騙白氏到家中拜壽,企圖趁機逞獸慾、治心病。白氏以法術將自己與陳妻巧換,致陳本仁駭然瘋癲,赤裸奔躍,被自家白狗咬死,文本中說:

> 這是他一生淫惡的果報,並不是白娘娘用的法術呢!
> (頁191)

而文曲星投胎許家,是因為許仙布施檀木「善感動天」,才賜麟兒與他:

> 這一番功德,果真不小,感動上蒼命文曲星官,下降塵世,昌盛許家。此種言語,雖似迷信,卻也是勸善

的意思。（頁197）

由於此書增加、渲染了許多的情節，極力鋪敘文字與內容，故雖循「白蛇傳」故事的主要結構而發展其脈絡，但它企圖作更深入的摹寫，讓故事更豐富多姿。它的神怪成分比往昔諸作更濃厚。將天理與人情的調和，更具體的展現。白氏屢屢遭劫，卻能化險為夷，即是以誠摯感人的「報恩」行動而絕處逢生。道士贈符許仙，白氏知大難臨頭，天神將下降來收她們，要小青先遁逃，她說：

> （許仙）竟將二兩人參抵押，請得靈符回來，要把你我降服，你快快逃避去罷！我是走不掉的，只有聽天由命的了。（頁82）
>
> 再說娘娘心膽俱裂，見窗外光芒射入，知是天神下降，我不妨訴此哀情，諒必神明也講道理的。想定主意，連忙端一張半桌，擺在窗前，爐內焚香，低頭跪下，虔誠祝告道：「素貞雖是蛇形所變，恪遵金母慈訓，奉命報恩，完此夙願，實非貪淫好色，又不敢傷害生靈。只待恩怨一清，即便回山。伏望天神垂憐寬恕，鑒我微忱。」……，聽得娘娘一番訴苦，深合情理，何忍傷他性命？況且他另有結局，與我無關，所以趙天君回歸天闕。（頁83）

白氏端陽現形嚇死丈夫，仙翁救她於千鈞一髮之間，並賜仙草助她救夫，都因為被其誠心所感，成全她報恩的志願。[26]故此書承襲以往「白蛇傳」故事自起源期、發展期、成熟期

的主要情節，以更接近「現實人生」的描寫，來突顯故事的
精神。將人性善與惡，情與理，貪婪自私與恩義利他作更為
明顯的映襯。故事人物姊夫、王永昌、陳本仁、許仙；與姊
姊、黑魚精、小青、白氏等的形象相對照，以生花妙筆鮮活
傳神的敘述，體現眾生百態的世情萬象，文字雖非典雅、精
鍊，但鉅細靡遺的敘述，卻將人性面揭示更為透徹。這些人
物的行為表現，往往又呈現人格「一體兩面」的部分，[27] 說
明複雜的心理需慾與道德現實之間，必須作統合的兩難困
境。

　　此書雖繼承前人創作素材，但卻以更豐富、多姿的面貌
呈現，以「諷世」的精神，淋漓盡致的描寫人性的弱點，讓
「白蛇傳」故事趣味性與教化性增強。如：「逼丐」中，寫
小吏之貪婪、現實面，在許仙金盡後，逼他利用人情的惻隱
心，乞討賺錢，顯現人性的醜陋面。故此書以白話小說的方
式竭力鋪陳、演義內容，對「白蛇傳」故事的廣泛傳布產生
相當的影響力。雖然其手法較為「媚俗」，但卻迎合大眾之
需，它寄寓宗教世俗觀與人生的現實性，仍是頗堪玩味之
作。

# 第二節　《後白蛇傳》

　　《白蛇傳》（前）的故事情節已趨完整，雖然夢蛟高中狀
元，奉旨完婚，白氏出塔「白日昇天」，但畢竟夫妻不能團
圓，夢蛟不能享受天倫之樂，終是悲劇收場，未能符合大眾
的心聲，故將故事再作演義，而有此書創作的契機。朱眉叔

認為故事發展至此，是「畫蛇添足」的階段。[28] 他認為：

> 中國下層社會的老百姓在灑淚之餘，意猶未愜，總希
> 望白氏夫婦能苦盡甘來。於是有民間藝人鑒於白蛇傳
> 故事的巨大影響和老百姓喜愛悲喜劇的心理，又創作
> 了彈詞《義妖傳後集》兩卷十六回。到了民國時代，
> 無名氏根據這部彈詞，改寫成章回小說《後白蛇傳》
> 十六回。[29]

所以，此書是基於「符合世俗心理趨向」的創作理念下而續
書。在第一回「脫胎」中，作者曾寫道：

> 後集《白蛇傳》，倘和前傳比較起來，很多矛盾之
> 處，前人續筆，為什麼不能一氣呵成，聯貫下去泯然
> 無迹呢？此中卻有道理。因為前傳原有「仙圓」一
> 回，末尾收束得十分道地，註腳肯定。說許仙坐化在
> 金山寺，白娘娘出了雷峰塔，超昇仙界。小青也在南
> 海菩薩處放出寶瓶，回到北玄山修成正果。照這般說
> 來，憑你有生花妙筆，如何續下去呢？勉強接續，難
> 免畫蛇添足，節外生枝了。所以稱為後傳，不稱續
> 傳，便說做書的取巧處。……，小本子擬把後傳拋
> 棄，仍照原書歸結，仔細一想，則又不好，埋沒作者
> 的苦心事小，未饜閱者願望事大，反道我虎頭蛇尾，
> 不肯替白娘娘張目揚眉，成全好事。因此我做到前傳
> 「祭塔」時，便告段落，刪去「仙圓」結束一場。…
> …，種種設備，無非為下文張本，預作轉圓地步。不

用說別的，即是許仙還俗一節，為本書關鍵。[30]

因此，作者刪減《白蛇傳》（前）之「仙圓」一回的內容，以作後傳「脈絡貫通」的基礎，他並自陳此書為「續貂確是蛇尾編」，[31]其故事梗概如下：

| 《後白蛇傳》 | | |
|---|---|---|
| 各回名稱 | 內　容　提　要 | 備註說明 |
| 一脫胎 | 佛祖令法海帶白氏：命伽藍赴觀音處領小青，二人面見佛祖。二人知過後，佛為她們換凡胎仙骨，因二人與許仙姻緣未滿，故下凡了緣，從此以姊妹相稱。送葫蘆一個，金函兩封，遇劫時可用。道出許仙將被狐精媚娘所纏，她將殘害生靈，命白氏拯救蒼生，囑咐勿傷於她。話說狐精媚娘欲脫妖身，須擇德貌兼美之男，以採陽補陰。她點化青蛙為婢，偕之共遊西湖，尋覓良人。 | (1)佛祖預告後事，一切是「命定」。<br>(2)白、青共夫。<br>(3)媚娘擅於蠱惑男子，以利脫胎。 |
| 二思凡 | 媚娘等四處尋覓良人無著，隱身一戶人家，見哀聲嘆氣者原是許仙。月印長老轉達法海之言，說他塵緣未了，要他蓄髮，在姊姊苦勸與夢蛟孝心下，他還俗歸家。因思念白氏，對畫像言語，被媚娘撞見，主婢二人遂變為白、青的模樣，蒙騙許仙。當夜許、胡無限纏綿。 | (1)許仙為了緣還俗。<br>(2)媚娘扮白氏享受男女之歡。<br>(3)人物命運皆受宿命論主導。 |

| 各回名稱 | 內　容　提　要 | 備註說明 |
|---|---|---|
| 三<br>假冒 | 胡媚娘有千年道行，知白、青將至，在許仙面前先稱有妖怪假冒她，要他切勿聽信，許仙信媚娘之說，至白氏與小青真身到許家，卻遭許仙斥責。白氏無奈，往許氏處訴苦。講出過去經歷，許氏才相信她為白氏，但卻無法解決問題。 | (1)胡媚娘惡人先告狀，讓許仙不認白氏真身。<br>(2)許氏知情。 |
| 四<br>驅妖 | 白氏無奈之下，打開金函，佛祖指示以肚兜作法護住許仙，並召四位天神協助收妖。白氏譴許氏送肚兜於許仙，見胡媚娘蠱惑之姿，天神金鞭打在媚娘身上，她躲於許仙身後，並急忙遁逃。白氏請許氏、四位天神證明她的身分，夫妻團圓，許仙並收小青為偏房。仇練私侵皇家寶物，該物被竊，賣於許家，懷疑為白氏所竊。夢蛟持此寶物進獻得寵，遂得罪仇練而結怨。 | (1)天神協助驅妖。<br>(2)許、青共效于飛。<br>(3)夢蛟無意間竟樹敵。 |
| 五<br>封王 | 奸臣弄權推薦夢蛟出使北番。胡媚娘與青蛙精冒白、青之名，懲戒一群小妖，小妖報告「爺爺」蜈蚣精，兩方遂起爭鬥，蜈蚣精等戰敗，胡媚娘接收其部眾與巢穴，正名身分後，欲率領眾等報仇於白氏。許、白、青掃墓遊湖，觸景生情。 | (1)夢蛟遭陷害。<br>(2)胡媚娘假冒白氏作亂，收服妖眾，欲興風作浪。 |

| 各回<br>名稱 | 內　容　提　要 | 備註說明 |
|---|---|---|
| 六<br>產子 | 小青夜夢武曲星托胎，並言母子若遇分離，不必悲苦，子將名顯朝廷，有相逢之期。爾後小青產子，取名夢龍。夢蛟出使失利，拘禁番營。而當年崑山顧公子為許仙救命，因在許家又見妖女小青，且見到顧家寶物出現許家，而告官處理。經顧老夫人勸說恐是誤會，才輕放許仙。而今顧公子續絃娶仇練之妹，其二女均嫁陳倫為媳，仇練生日，顧夫人擬親為兄祝壽送禮，但因顧公子轄內現妖為亂，故托禮於陳倫家代轉致意。 | (1)武曲星降世於許家，母子將暫離。<br>(2)顧公子任淮安節度使之職，地方出現兩妖魔為亂。 |
| 七<br>歸國 | 陳倫稟奏皇上，兩妖危害淮安之事，皇上敕令嚴守。夢蛟受困，番王有意招降，但其堅強不屈，番王敬佩召見。番王曾扮客商，目睹合缽鎮塔情景，聞知其是白氏之子，悟天命不可違，故備貢物交夢蛟帶回中國。夢蛟出使封王，仇練妒忌。而仇練生日，夢蛟、陳倫未賀，因陳倫是親戚，遂僅懷恨夢蛟。 | (1)二妖作亂，朝廷無奈。<br>(2)番王釋夢蛟，順天意。<br>(3)夢蛟榮歸，卻遭仇家妒忌。 |
| 八<br>報信 | 夢蛟拜見陳倫，說出擔心仇練迫害，陳倫安慰他。因陳夫人當年難產，受許仙醫治才存性命，感激不盡，故詢問夢蛟家中境況。父母團聚後，遣秦高帶信通知，卻遭仇練等劫盜，行乞來京，適夢蛟出使，故打聽無著。幸 | (1)陳倫與夢蛟有情誼。陳倫感激許仙救妻之恩。<br>(2)仇練恐白氏脫胎下凡之事 |

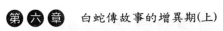

| 各回名稱 | 內　容　提　要 | 備註說明 |
|---|---|---|
| | 虧路遇夢蛟官轎，才得重逢，稟報詳情。陳彪、陶仁回杭州，告知夢蛟出使封王，闔家歡慶。夢龍聰明伶俐，五歲時，因九天玄女領佛旨欲帶他到仙山學道，遂用計哄騙登仙。小青失兒夢龍，悲傷不已，白氏提醒她，昔日已有夢兆指示，她才較為釋懷。陶仁帶家書與夢蛟，他知家中平安，歡喜不已。 | 為夢蛟所知，母子合力，必形成威脅，故害秦高，以阻音訊。<br>(3)天意安排夢龍往仙山求道。 |
| 九征妖 | 胡媚娘糾集妖眾盤據淮安鳳凰山，欲連番以謀奪江山。顧公子奏請皇上，盼遣兵討伐。仇練藉機薦夢蛟、陳倫二子上陣，遣自己的心腹王賢為中軍官，監視、阻撓軍事。夢蛟本已奉准還家省親，因此事而作罷。他以會仙陣破胡媚娘的迷魂陣，媚娘危急中，智遣蛙精為先鋒，王賢援兵不至，致夢蛟陷入困局。他疾呼母親白氏救難，為蜈蚣精聽聞，乃知其為白氏之子，遂愈加猛烈攻之，以雪前恥。 | (1)胡媚娘擾民害國，遭致圍剿。<br>(2)仇練害夢蛟，迫害姻戚。<br>(3)夢蛟暴身分，慘遭殘害。 |
| 十下獄 | 夢蛟危難中，幸虧九天玄女指示夢龍前往淮安救兄，擊亡蜈蚣精。兄弟相見，歡欣不已。夢蛟軍法處置王賢，王懷恨在心，伺機報復。媚娘不敵下，貪戀夢蛟俊秀，念與許仙舊情，智變為白氏，巧辯所為，遊說合謀攻入京城為王，蛟、龍二兄無法辨識白 | (1)夢龍救兄。<br>(2)媚娘變白氏，掩飾叛國行為，夢蛟不忍傷母，致誤軍情而遭拘捕。 |

| 各回名稱 | 內　容　提　要 | 備註說明 |
|---|---|---|
| | 氏真假，暫且休兵，派人回家探聽真偽。王賢將此事密報仇練，說夢蛟母子謀反，皇上遣使拘捕夢蛟。 | (3)媚娘貪色。 |
| 十一訂婚 | 夢蛟被囚於天牢，夢龍闖入仇練家，欲質問原因。他遭禁於花園中，趁機亦可打探兄長消息。陳倫二媳來見仇府千金繡鳳表妹，告知夢蛟被囚，危及戰前二夫，共思對策。繡鳳欣賞夢龍，夜探之，並為父親的作為向夢龍致歉。夢龍接受建議，回鄉求助父母面京說明，以洗刷夢蛟之冤。繡鳳答應在父親面前勸說，以防速害於夢蛟。繡鳳欽慕夢龍，丫鬟春蘭為紅娘，夢龍許婚此二女。 | (1)夢龍義勇救兄，遭禁花園。<br>(2)仇練害甥女婿，泯滅良心。<br>(3)夢龍、繡鳳、春蘭私訂終身。 |
| 十二請母 | 夢龍脫逃，仇練大怒，繡鳳說他本會仙術，不必責怪家丁。夢龍回家請母面聖，洗清夢蛟冤屈，若再陷構反而害己，不如解冤結。仇練聽女言有理，不再加害夢蛟。夢龍返家稟告父母情況，遂偕同進京面聖。媚娘作亂愈烈，戰前無主，顧公子二婿危在旦夕，稟朝廷增援兵，擬請白、青、夢龍協助安邦、平妖。 | (1)白氏知子遭陷是命中註定。<br>(2)母子等協助朝廷出征平亂。 |
| 十三照鑑 | 白、青拜謝陳倫照應夢蛟，並請他帶領謁見皇上。白氏陳說仇練陷害親兒情況，仇練駁斥其說。為證明白、青身分，以照妖鏡鑑之，果是仙女之 | (1)仇練反誣白氏為妖，寶鏡證明身分，為兒洗冤。 |

| 各回名稱 | 內 容 提 要 | 備註說明 |
|---|---|---|
| | 身。遂令母子們同去收妖。小青殺死蛙精，媚娘另施妖法怖陣。白氏無奈，取如來金函指引。深夜禮請天兵、四方神將等戰場助陣，盼能破妖陣俘胡媚娘。 | (2)金函指引戰略。 |
| 十四降魔 | 媚娘的妖陣被破，又看到天兵神將下凡將拘捕她，知大勢已去，遂往白氏處哀求饒恕。白氏怒責她傷天害理，因胡媚娘悲慘哀啼，白氏遂同情她。小青欲斬之，為白氏所阻。帝君下凡將砍媚娘，法海奉佛旨乘鶴而來，收鎮媚娘，要她苦修四十年。白氏、夢蛟等立功回朝，蒙天子召見、封賞，並報告征戰經過，懲處王賢、仇練。天子早聞白氏經歷，請她細述詳情。 | (1)媚娘被法海收鎮，黃河水底見天，方可出世。(2)奸惡遭報應。(3)白氏等立功揚名。 |
| 十五賜爵 | 白氏向天子報告她與許仙的姻緣與經歷，天子嘉勉她節義雙全，敕封白氏為御妹；小青、碧蓮為一品忠正夫人；夢蛟為護國侯王；夢龍為提督之職，陳連、陳達為兵部左右侍郎。許仙於中秋夜脫去凡胎，與白、青一同潛修。陳倫為媒，御賜夢龍、繡鳳完婚。 | (1)許家蒙皇恩封賞，喜氣洋洋。(2)仇家成親家。(3)許仙脫凡胎。 |

| 各回名稱 | 內　容　提　要 | 備註說明 |
|---|---|---|
| 十六昇天 | 夢龍、繡鳳歡喜完婚，收丫鬟春蘭為妾。夢蛟得子，夢龍二房生二丁。陳倫家兩媳生三女，仇練為媒，將許家三男與陳家三女婚配，締結良緣。白氏享受夫榮子貴，骨肉團圓。塵緣已滿，法海接許、白、青三人歸天闕往蓮台修道。三人與諸親話別，予夢蛟十六枝降神香，中秋燃香，骨肉可再相見。許家三子長成，皆文武全才。許、陳聯姻，熱鬧、歡喜。夢蛟、夢龍日後也白日昇天，人間天上幸福團圓。 | (1)許、陳家三對男女，歡欣聯姻。<br>(2)許、白、青三人同昇天，若中秋燃降仙香，則天、人又可歡喜相見，大團圓收場。 |

　　此書的主題思想、寫作手法頗為拙劣粗糙，難以引人入勝，讀之索然乏味。其內容脫沓重複，錯誤疊出，姓名互異，駢枝屢見，用筆生硬，經常不能自圓其說，[32] 與「白蛇傳」故事諸作，相去甚遠，非上乘之作。朱眉叔認為：

> 　　無論《雷峰塔奇傳》、《義妖全傳》彈詞，還是《白
> 蛇傳》（前）都是以反封建勢力干預自由婚姻為主
> 題。而《後白蛇傳》（實即《義妖傳續集》彈詞改寫）
> 則改變了這一主題，表現了正妻與第三者之間以及朝
> 廷中的忠奸鬥爭，其中逾情悖理之處甚多，撩動不起
> 讀者感情。[33]

　　作者杜撰一位胡媚娘，冒充白氏形象哄騙許仙，許仙不

辨真假，甚至錯認妻子，像「傀儡」般被人愚弄，這樣的手法，減損了許、白之間的情感價值。此外，許仙收小青為偏房，夢龍才與繡鳳私訂終身，隨即又私與繡鳳之丫鬟春蘭起誓，而新婚隨即納妾，實在有違愛情的常理。因為愛情本具「排他」性的特質，二女情願事一夫，彼此和諧相處的情形，畢竟少數，這或許只是滿足男性沙文主義的情慾渴望而已吧！許仙、夢龍這些男性在此書中縱情享受女性給予的溫柔愛情，讓「白蛇傳」的愛情主題呈現雜質，不再純美。

　　此書的故事情節神怪成分過於濃重，又過度強調巧合，予人牽強拼湊之感，不夠自然生動。例如：許仙對畫像中的白氏嘆氣表露思念情感，胡媚娘會正好聽聞；白氏合鉢之時，番王居然目睹，因憐憫白氏遭遇且不願違天意下，才放夢蛟等，都讓情節顯得荒腔走板，有失情理。而白、許、青的夫妻之緣、胡媚娘的作亂、夢龍的走失學道、夢蛟遭仇家陷構、番王釋放夢蛟，每一事件的發生，都以「命中註定」來解釋，實在過於矯飾。形成「天」的主宰力，超越「人」的意志力，故事過於缺乏人類積極的生命意義與奮鬥精神。

　　此書寫忠、奸之間的政治鬥爭，禍端肇因於仇練府中的寶物遭竊，被轉賣至許家，夢蛟將之獻給皇上，承蒙恩賞而怨妒成仇。這樣似乎是太「小題大作」，實在不足以構成政治上鬥爭，這樣的安排過於庸俗化。而皇上在聽完白氏的經歷後，為嘉其節義雙全，而敕封為「御妹」，特賞「仙侯聖母」之職，可說將白氏列為皇親國戚之列，位高而榮寵，雖然提昇了白氏的地位，但是卻有違常道。

　　此書是續寫失敗之作，因此沒有被搬上舞台演出，但是「它」卻投合大眾樂觀「喜劇」的心態，以「大團圓」的結

局收場，反映了人們的心聲。[34] 戴不凡曾對「白蛇傳」故事荒謬而脫離現實精神的部分提出意見：

> 「白蛇傳」既是神話，它是個幻想的故事，而不等於
> 一般的人間悲劇，因此，它除了告訴人正義者是不應
> 被鎮壓的以外，還必須通過具體的形象，來表現古代
> 人民預期中的勝利。小青行刺法海、燒塔，法海被關
> 入螃蟹殼，甚至許士林掛帥平蠻（《後白蛇傳》為許
> 夢蛟）、中狀元等，這些「白蛇傳」故事的結尾，多
> 少都可以證明古代人民是要在幻想中表現自己的勝利
> 的。在先民的預言已經成為現實的今天，我們有什麼
> 理由把他們這種洋溢著樂觀主義的結尾斬除呢？應當
> 知道：這種結尾是「白蛇傳」有機組成部分，而不是
> 生硬加上去的「光明尾巴」。……，用一切對待非神
> 話劇的觀點來看「白蛇傳」，無疑地都是不對實的看
> 法。[35]

誠如戴氏所言，此書是說明「善報」之理，「天人」感應的思想，為人民心理「補償」[36] 作用下的創作，是基於對原本「白蛇傳」故事的同情心理下而寫成，雖難免「續貂確是蛇尾編」，但卻顯示「白蛇傳」故事的題材是廣受喜愛，深入人心，白氏的遭遇與情義，是多麼令人動容而敬佩呀！

# 第三節 田漢《白蛇傳》

　　一九四二年，被喻為「現代的關漢卿」的田漢，根據「白蛇傳」故事的題材，完成了京劇《金鉢記》的改編劇本，[37] 但被認為「有影射當時國民黨反對統治下的醜陋現實之處」，[38] 而遭禁演。一九五○年，《金鉢記》易名為《白蛇傳》，在一九五二年第一屆全國戲曲觀摩大會上，由北京實驗學校首演「修改版」。田漢在〈《白蛇傳》序〉中表明自己的創作意圖，形容其修改創作該劇的過程如「十年磨劍」，期望達到「藝術慕道者的第一步」。[39]

　　田漢，一八九八年三月二日生，湖南省長沙市人。原名田壽昌，別名、筆名眾多。[40] 考中學時與其餘好友同時易名，與其等名字連起來念，正好是「英雄懷漢」，頗有年輕人反清的情緒。[41] 一九一二年，考入長沙師範學校。一九一六年隨舅父易梅臣赴日，進東京高等師範英文系。一九二八年任上海藝術大學文學科主任，不久被推為校長，倡導「新國劇運動」，創辦南國藝術學院，培養了大批戲劇及美術人才。又率領「南國社」到處公演諸多劇目。一九三二年加入中國共產黨，此時並創作了大量作品。抗日期間，曾組織各種抗敵演劇隊、宣傳隊，赴各地勞軍演出，開始全力投入戲劇創作與改革工作。抗戰勝利後又召集戲曲、話劇人士梅蘭芳等，主持召開多次「平劇改革座談會」。曾主編許多報刊，推動江淮劇、滬劇、越劇的改革，編寫許多話劇、電影劇本。

　　一九四九年後，田漢留居大陸，於中共執政期間，歷任文化部戲曲改進局局長、文化部藝術事業管理局局長、中華全國文學藝術界聯合副主席、中國戲劇家協會主席等要職，並創作戲曲《白蛇傳》、《金麟記》、《西廂記》、《謝瑤環》、《對花槍》，及話劇《文成公主》、《關漢卿》、《十三陵水庫暢想曲》等劇。文化大革命時，慘遭迫害，於一九六八年十二月十日，屈死獄中，享年七十歲。他是一個全能的劇作家，無論話劇、戲曲、電影、音樂、翻譯等，都有豐富的著作。其創作總數在百部以上。所著歌詞、新舊體詩更是不計其數。[42] 其中以京劇創作最著，《白蛇傳》即是其代表作之一，對後世白蛇故事之流傳頗具影響力，致往後之京劇、地方戲曲的演出與翻改，多以他的《白蛇傳》為本。茲略敘其故事梗概如下：[43]

| 田漢《白蛇傳》 | | |
|---|---|---|
| 各齣曲目 | 內　容　提　要 | 備註說明 |
| 一<br>遊湖 | 白素貞與小青因思凡出峨嵋洞府，來到風景宜人的西湖，見雙雙對對男女遊湖，不禁心生羨慕。她倆於雨中恰逢剛掃墓歸來，長得俊秀的許仙，一見鍾情，遂一同避雨、乘船。臨別依依，素貞遂手指天空，令驟降大雨，許仙慷慨借傘給她們，並約好明日登門取傘。 | 船夫唱詞「十世修來同船渡，百世修來共枕眠」；「風雨同舟便一家」作伏筆。 |

| 各齣曲目 | 內　容　提　要 | 備註說明 |
|---|---|---|
| 二<br>結親 | 許仙登門取傘，白氏設酒筵致謝。席間了解許仙的身世及背景，並敬其純孝，探問其未曾娶親後，遂表明白氏欲與結為連理。小青為紅娘，幫忙措合姻緣。許仙無財、無聘，有所為難，小青為其解除心結，當日遂完婚，未回家稟報姊姊。 | （刪改情節）無盜銀、審訊、改配之情節。先完婚，未先告知姊姊，顯示女方急於成婚。 |
| 三<br>查白 | 法海查明千年白蛇與許仙成婚，並合開藥店。派弟子法明前去查訪。法明向許仙募得檀香一擔，邀其於寺中觀音開光之期，前來參拜。小青見聞，以僧道無緣之由，不准許仙赴寺。法海聽完法明的稟報後，怒不可抑。 | （增加情節）法明訪查許仙，小青阻撓許仙拈香。 |
| 四<br>說許 | 白氏行醫仁心仁術，白氏有孕，許仙溫柔體貼白氏，夫妻恩愛。法海來店中訪許仙，告知其為千年蛇妖糾纏，指白氏時機一到，必定吞噬害人。許仙不信所言，法海建議端陽節與之共飲雄黃酒，必會分明。 | 白氏溫婉貞靜且夫妻如膠似漆，故許仙不信。 |
| 五<br>酒變 | 端陽時，小青欲赴山中避難，白氏與許仙因形影不離，故佯稱不適，臥床休息。許仙端雄黃酒，一再敬酒，白氏一再推辭。許仙決定不勉強她，隨口說出法海之言，並認為荒唐可笑。白氏驚 | （改寫情節）許仙未疑白氏，他自行說出法海之言，並認為即使她是妖，也依然 |

白蛇傳故事型變研究

| 各齣曲目 | 內　容　提　要 | 備註說明 |
|---|---|---|
| | 懼，然為解許仙之疑，自恃千年功力，遂強飲二杯，即大醉於床。許仙後悔勉強她喝酒，一因妻有孕；二因身體違和。愧疚與疼惜之情油然而生，取醒酒湯給白氏，驚見現形之白氏，遂昏死於地。白氏決定冒險赴仙山盜靈芝救夫，請小青代為處理許仙之事。 | 深愛不渝。只是內心掙扎良久，好奇心令其掀帳觀看。 |
| 六<br>守山 | 鶴、鹿二童巡守仙山，嚴防妖魔擅闖。 | |
| 七<br>盜草 | 白氏含淚赴仙山盜草，被守山之鶴、鹿二童發現，哀求不成，強摘靈芝，險被鶴童刺傷。南極仙翁及時制止，白氏說出原委，仙翁憫其懷孕與癡情，縱其離開。 | 白氏救夫，真情感人。向仙官求情，充滿人性。 |
| 八<br>釋疑 | 白氏冒死盜靈芝救夫，未料許仙從此對她冷淡。小青認為許仙無情義，不如產子後即抽身遠遁，以免日後陷愁城。白氏癡愛許仙，山盟海誓不忍離。許仙感嘆妻嬌美，但「人」與「妖」難配夫妻。白氏巧計將白綾變為銀蛇，稱是「蒼龍護家」為「男勤女儉」興旺之兆，引誘許仙觀看，去除端陽現形之疑。夫妻和好，情義纏綿，白氏趁機提醒夫君：勿信他人胡言。 | 編織「蒼龍護家」的謊言，取信許仙。 |

| 各齣曲目 | 內　容　提　要 | 備註說明 |
|---|---|---|
| 九<br>上山 | 許仙雖與白氏復合，但仍心疑，煩悶之際，望江景以解憂。適遇法海，點出心病，亦言端陽現形與白綾化蛇之原由，許仙感念白氏救命之恩，認為她是好人。法海指白氏因貪戀其年輕俊秀，若時機到，必吞噬害人。說蛇女誘人、害命之故事，讓許仙疑懼而謀自保。法海趁機誘騙許仙出家，許仙允諾但又反悔，決擇期拈香後再說。 | （增加情節）法海不懷好意，惡意離間、中傷白氏。用盡心機、手段欲控制許仙。 |
| 十<br>渡江 | 白氏與小青渡江尋許仙，憶及往日西湖同舟舊事，不勝唏噓。恨禿驢法海，妒忌夫妻恩愛，斬斷鸞鳳交。 | |
| 十一<br>索夫 | 白氏與小青赴金山寺索夫，小青氣憤，對法海態度魯莽。白氏卻哀求法海放許仙。法海稱許仙已出家，前世他即為和尚，怎能與妖魔女匹配？白氏言自己救貧病無數，非孽障害人。法海不依，逼二蛇干戈相向，法海急召天將收之。 | 唱詞押「尤」韻，具聲律美。法海認為：人與蛇不能婚配，牠雖善，仍惡之。 |
| 十二<br>水鬥 | 白氏悲憤，遂與小青發動水族與法海相抗衡。激戰中白氏動胎氣，恃小青及水族之掩護，且戰且逃。 | |

| 各齣曲目 | 內　容　提　要 | 備註說明 |
|---|---|---|
| 十三 逃山 | 許仙驚聞廝殺聲，料妻子來尋，向小沙彌求證後，極力哀求放他趕去與妻相見。小沙彌雖有師命，但不禁哀憫，遂引許仙下山。路逢法海，見其為妻求情，嘆許仙凡心重，又怕白蛇他處為孽，故請風神護送他回臨安，暫等白氏分娩後再收之。 | （改寫情節）法海命風神護送許仙至斷橋與妻等相會。許仙被拘禁時思念嬌妻，小沙彌慈悲放人，頗合情理。 |
| 十四 斷橋 | 姊妹殺出重圍，相抱而哭，嘆許仙無情。許仙來尋二位，白氏道出委屈，小青負氣欲與白氏相偕離去。白氏心軟，聽許仙說分明。許仙說真心愛白氏，誓言雖異類，情不渝。小青見夫妻團聚，料必有後難，欲辭別獨行，白氏以分娩之由，婉言相留，三人同回許仙姊夫家。 | 白氏、許仙、小青等皆道出心聲，唱詞押「ㄢ」韻。許仙誓言愛妻不渝。小青之言是「伏筆」。 |
| 十五 合缽 | 闔家喜慶白氏產子滿月，許仙愛妻，以簪花為她打扮，夫妻鶼鰈情深。法海忽來，言大限已到，命許仙用金缽收白氏，許仙不從，哀求放人。法海令伽藍護法捉拿白氏，小青再度救護不成，白氏要她先逃，他日再為復仇。白氏餵兒離娘奶，懇請許氏視之如己出，代為撫養，母子依依不捨。許仙悔嘆赴金山上香，法海指若不來拈香必已喪亡。許仙斥 | （改寫情節）許仙以行動表示愛意並不惜與法海對峙。小青有義，許氏富人情。唱詞押韻計有「一」、「ㄢ」、「ㄤ」、「ㄛ」韻。 |

| 各齣曲目 | 內　容　提　要 | 備註說明 |
|---|---|---|
| | 吃人是法海，非妻房。以身護白氏，阻撓拘提。法海令伽藍強執，在眾人悲啼呼喊聲中，白氏被收押。 | |
| 十六倒塔 | 小青含悲忍淚修煉數百年，率各洞眾仙至雷峰塔復仇。塔神猝然敗下，眾等燒塔。塔倒，白氏自彩雲中嫣然出現。 | （改寫情節）倒塔非白氏的狀元之子祭塔，而是小青高義復仇。 |

　　田漢的這部劇作，歷經十二、三年的醞釀與修改，才由《金缽記》蛻變為《白蛇傳》。他在〈《白蛇傳》序〉中提到，他參酌許多人的意見，並實際走訪峨眉山後，乃擷取建言，兼融己悟，才完成作品。他說：

　　　　說到磨也不只是北京在磨，各地方的同志都在磨。我
　　　　從廣西、武漢、哈爾濱等地的演出也得到一些啟發。
　　　　小沙彌引許仙逃山，忽然跟法海碰上了，法海命風神
　　　　送許仙到臨安去，這樣才趕上斷橋相會的時間，增加
　　　　了神話氣氛，加強了許仙跟白娘子、小青之間的矛盾
　　　　誤會。這主意是廣西桂戲演出想出來的。北京演出時
　　　　一度採用了，後來又取消了，於今我還是加上，我覺
　　　　得這樣小青更有理由責備許仙，是不是這樣呢？我願
　　　　意聽大家的意見。[44]

可見田漢於創作《白蛇傳》的態度，是認真而謹慎，謙虛而誠懇的。他尤其感謝王瑤卿先生在唱腔上給他的建議，致他在寫唱詞時，兼顧了聲情的表現。甚至對戲劇的情節，王老也提供了意見。如：「盜草」後，原有「煎藥」一節，有白娘子和青兒「二黃慢板」對唱，王老堅持保留，而田漢斟酌情節後，將這情節至於「釋疑」裡。而「斷橋」那場，小青氣憤地對替許仙辯護的白娘子說：「唉！到了今天你還是這樣袒護他，你的苦還沒受夠嗎，姊姊？」王老把「袒護他」改成「向著他」，田漢認為修正後就生動太多了。[45]

其實由《金缽記》到《白蛇傳》的過程，[46] 已是經過相當大幅度的修正。[47] 戴不凡先生曾以「無產階級反封建的觀點」，[48] 批評過田漢的《金缽記》，並認為非成功之作。[49] 戴氏檢視《金缽記》的觀點，似乎流於共產主義思維的泥淖中，頗有政治性的意識型態，雖不夠客觀，但他所提出的許多建議，在往後田漢修改舊作，改編《白蛇傳》時，也列為參考。[50] 茲歸納簡述要點如下：[51]

## （一）《金缽記》充滿迷信的宗教思想

將白素貞與許仙之姻緣，循舊著歸為「報恩說」，欠缺張力。[52] 白蛇下山是為報「數千年前的救命之恩」，因這樣的因素而「以身相許」，減少了白氏對追求幸福婚姻的熱情，有損於彰顯其抗爭精神的形象。且下山前，白蛇的師父獲悉情況，曾語帶玄機的暗示——「遇湖而合，遇海而分；遇酒莫亂，遇水莫爭」，充滿迷信思想，暗示白蛇的悲劇，是「咎由自取」的結果，這種報恩、因果之說，充滿宗教迷信的色彩。

## （二）《金鉢記》為配合時代、政治局勢，妄增情節，有違歷史背景

　　《金鉢記》說許仙父母在其幼時，在上海經商，為倭寇所害。小青盜銀，指其來源是日人提供漢奸所用，欲為禍作亂，是不義之財，而將「散瘟」改為法海等勾結倭奴，放毒害民。白娘子揭穿真相並救瘟、濟人，遂與法海結怨。這些情節雖契合當時抗日的時代背景，但過於牽強附會，荒唐怪誕，不合歷史發展狀況，而故事中所描述的地點，疏於考察，也不夠切實。

## （三）對於人物的處理，顯得零亂模糊

　　白蛇的師父——白蓮聖母與南極仙翁，二人是正派或反派人物，角色定位模糊？白蓮聖母何故既勸弟子勿赴劫難，應以修道為重，否則悔之晚矣！卻又語出玄語，臨別告誡一番；南極仙翁於白蛇盜草時，救白蛇於二仙童之手，卻又告誡她，分娩後即回山修行，勿鑄大錯！二人看似助白蛇，但都勸她回頭是岸，放棄追求幸福的權利，以免與法海爭鬥。他們似是反派人物，替神仙說教的意味。而小青於「煎藥」一場中，對白蛇也近乎於「苦口婆心」的勸諫，盼她回山修煉，免得許仙「恩將仇報」等語，也與小青的性格不符。

## （四）過於強調巧合，使故事缺乏合理性

　　《金鉢記》中以巧合為故事發展的關鍵，頗不合情理。舊本中，許仙發配蘇州後，是白娘子趕來相尋，才得相見。而《金鉢記》中，卻說許仙發配鎮江，出外郊遊，巧遇二人。小青一見許仙即說：「姑娘！無巧不成書，那邊來的可

不就是姑爺嗎？」語氣如同說書人，極不自然。

根據李紫貴的口述，《金缽記》最初是多位藝人集體創作，寫成草稿後，委由田漢整理而來的。故其中循著許多舊本的情節而改寫，難免存在許多問題。[53]《金缽記》中的白蛇，仍是具「妖性」，且有荒誕鬧劇的性質。但是經過「十年磨劍」後，集眾人的智慧與心力，邊排演邊修改後的《白蛇傳》，果然受到好評。朱眉叔即言，它和成熟階段的「白蛇傳」故事不太相同，雖然因襲了某些既有情節，但也刪除和改造了大量既有情節，不僅彌補了既有白蛇傳故事的嚴重不足，還提高了思想性。茲列舉其說，按故事情節發展，整理說明如下：[54]

1. 刪去了玉山主人《新編雷峰塔奇傳》中白娘子與許仙有「宿緣」而結褵的描寫。如此避免了前世姻緣的「宿命論」迷信觀點。

2. 刪去了玉山主人《新編雷峰塔奇傳》中，白娘子下青城山路遇真武北極大帝，誓言不朝南海，即遭被鎮於雷峰塔的描寫，避免將白娘子說成撒謊的人，有損於其完美的形象。

3. 刪去了玉山主人《新編雷峰塔奇傳》中，白娘子仇奪小青的仇王府花園之巢穴，以免造成其恃強凌弱的形象。而改之為同修煉的姊妹，彼此平等相待的關係。

4. 刪去了玉山主人《新編雷峰塔奇傳》中，盜銀、盜梁王物，致許仙兩次發配的情節，不使白娘子成為弄巧成拙的蠢材。

5. 刪除小說《白蛇傳》（前）白娘子為懲惡，而變成吊死鬼的恐怖情節。

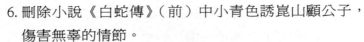

6. 刪除小說《白蛇傳》（前）中小青色誘崑山顧公子，
   傷害無辜的情節。

7. 刪去了玉山主人《新編雷峰塔奇傳》中，白娘子命小
   青散瘟賣藥的情節，以免讓白氏成為損人不利己者。

8. 刪去了玉山主人《新編雷峰塔奇傳》中，許仙聽信茅
   山道士之言，符鎮白娘子的情節。僅以法海之說突顯
   悲劇癥結，強化許、白之間愛情的張力。

9. 刪去了玉山主人《新編雷峰塔奇傳》中，水漫金山傷
   害無辜生靈，致獲罪被鎮於塔下的情節。僅描述索夫
   不成，發動水族聲援的情景，使白氏受難，免於「因
   果報應」說的合理性。

10. 刪去了小說《白蛇傳》（前）中，小青為許仙之妾的
    描寫，避免一夫多妻，複雜了故事的主題。

11. 刪去了玉山主人《新編雷峰塔奇傳》中，許夢蛟讀
    書、中狀元、祭塔、白氏受封、法海奉佛旨赦免白氏
    等情節，否定高官顯爵、宗教勢力能對壓迫者起救贖
    作用的描寫。

12. 玉山主人的《新編雷峰塔奇傳》中，描寫許仙乍聽法
    海說出妻子是蛇妖之事，立即相信，並請求法海救
    命，顯示對妻子的感情不夠深厚。而在此劇則改為法
    海第一次至保安堂警告許仙時，他並不置信。至端午
    節時被驚嚇，救醒之後，才懷疑妻子是妖，一度疏
    離。而白娘子以白綾變銀蛇，替許仙療驚後，才解開
    心結。後來許仙巧遇法海後，被其離間夫妻之情，但
    被囚禁禪房時，仍心繫妻子，想逃出網羅，營救愛
    妻。顯示其雖意志不堅，但對妻子之情，仍勝過猶疑

之慮。迨斷橋相會，白氏說出自己的委屈與衷情後，許仙方了解妻子的情深義重，誓言即使嬌妻是妖，也堅決廝守之心。如此反映許、白之戀禁得起考驗，而法海才是從中作梗者。

13. 玉山主人的《新編雷峰塔奇傳》中，許仙被法海所欺，持缽為其洗淨時，缽竟飛罩白氏，雖非許仙親持罩頂，但也是與他相關。而在此劇中，改為法海登門收妖，許仙拚命救護，突顯許、白之情終究堅貞不渝。

14. 玉山主人的《新編雷峰塔奇傳》中，白娘子被收鎮，認為是「謹遵佛旨」，大數已定，反映迷信心理與軟弱馴服之性。在此劇中，則為白氏痛罵法海無理，較能表現寧死不屈的堅毅態度。

此劇雖承襲前人之作，但田氏銳意去其糟粕，刪其枝蔓，強化了許、白之間的「愛情」主題思想。[55] 他將故事中的人物形象，塑造更為合情、合理，避免爭議性的負面描寫，[56] 故人物形象的呈現，較富人情。對於白蛇，田氏在《白蛇傳》的序中，說：

> 《白蛇傳》是中國民間流傳已久的神話故事。它最初還帶著若干恐怖的色彩，慢慢地衍變得更美麗，故事的主人公白素貞變得更可愛、更值得人們同情了。其所以值得同情是因為她那樣熱烈地純真地愛著許仙。為著他，她慘淡經營，在鎮江夫妻賣藥。為著他，她冒著生命危險到仙山盜取靈芝；為著他，她在哀求法海不應之後，不顧她有孕之身斷然跟這封建壓迫的代

表者作殊死的戰鬥，直到產後被金缽罩壓，仍不屈服。實在的，白娘子以及梁山伯祝英台這類故事，正如周揚同志所指出的：「強烈地表現了中國人民，特別是婦女追求自由和幸福的不可征服的意志，以及她們勇敢的自我犧牲的精神，她們在遠非她們的力量所能抵抗的強暴的壓迫者面前竟然來抵抗，沒有絲毫動搖，沒有妥協。她們至死不屈，簡直可以說，她們的愛犧牲了死。」[57]

就是基於對白蛇癡愛許仙的精神，以及其不願向命運低頭的堅強意志，讓田漢在改編《白蛇傳》時，極為用心經營白娘子的角色。田漢筆下的她，深情柔婉，明理達義，智慧堅貞，是情願「為愛而執著不悔」者。她對許仙信任而包容，一意委曲求全。即使小青勸說她慧劍斬情絲，她仍不計利害與後果，一往情深的對待他。故傳統的舊作中，許多例如：盜銀、散瘟、現形嚇人等對白娘子負面的描述，田漢都予刪除。他加強白娘子美好、善良的形象塑造。刪除其他舊作中迷信、因果、宗教等思維，讓白娘子不屈於命運，勇敢而堅強，具備現代女性獨立自主、克服環境的堅貞性格。

許仙在諸多舊作中，被形容成一個軟弱無能，常需要別人保護、照應之人。對於愛情，他不夠執著、熱烈。甚至為求自保，不惜出賣別人，是個較沒有責任感的男人。而白娘子對他鍾情，往往只因為他生得俊美，於西湖邂逅時，表現溫柔體貼，彬彬有禮。能於清明前去祭祖，略顯孝思，故「以身相許」。而「鎮符」、「抓蛇」等情節，顯示許仙對妻子趕盡殺絕，這似乎不足以令白娘子一再傾慕而「至死不

渝」，以飛蛾撲火的精神，為他犧牲、奉獻吧！因此，田漢
不同以往諸作，對許仙這個劇中人，作重新的詮釋，他說：

> 許仙也是值得我們精心塑造的人物。它代表了忘我無
> 私的愛和自我保存欲望劇烈戰鬥的情人。他是善良
> 的，但也是動搖的。他若完全不動搖，便沒有悲劇，
> 他若動搖到底，便成了否定人物。以前的佛教對《白
> 蛇傳》便是像後者這樣處理許仙的，那樣便毀了許
> 仙，也毀了白娘子。58

　　田漢在塑造許仙時，劇中安排了許多情節，使他變得溫
柔體貼，如：第一次法海登門，說穿白娘子的底細時，他並
未相信；妻子懷孕，他細心關懷；端陽飲雄黃酒時，雖然邀
請數次，妻子拒飲，他未勉強她，只是無意將法海的「戲
言」說出，白娘子驚訝之餘，為取信於丈夫，才勉強飲酒；
妻子醉酒時，他好心端醒酒湯，才意外撞見真相；療驚後，
他對妻如故；而遭囚禁時，他仍然懸念妻子的安危，急於挽
救妻兒的性命；斷橋相會，當他了解妻子對他的情意後，他
也真心回饋；妻子產後，他會主動去摘花，為愛妻裝扮；當
法海復來為難時，他為妻子挺身而出。這樣的描寫，讓許仙
「活過來了」！他雖然意志薄弱，被人離間，但是終究深愛
妻子，變得勇敢些了！誠如田漢所言，若把許仙塑造成負面
人物，那許、白之愛情，就不是那麼值得同情。如此，則白
娘子只是被「色」所惑，缺乏智慧與判斷力的「愚」婦，她
是所託非人，而卻執迷不悟的「癡情女」！因此，田漢在文
本中，特意安排「斷橋」相會，讓白娘子說出心中的感受：

只為思凡把山下，

與青兒來到西湖邊。

風雨湖中識郎面，

我愛你深情惓惓風度翩翩，

我愛你常把親娘念，

我愛你自食其力受人憐，

紅樓交頸春無限，

怎知道良緣是孽緣，

……，冤家啊！

誰的是，誰的非，你問問心間哪？（頁285～286）

而許仙聽到妻子的聲聲泣血的告白，深受感動，也認錯道
歉，誓言相守：

才知道娘子你情真愛重心良苦，

受千辛，忍萬苦，為的是許仙。

娘子啊！

你縱然是異類，我也心不變。（頁286）

這說明：許仙倒非一個薄情寡義之人，只是個性猶疑，意志
力不夠堅定，這才值得白娘子為他赴湯蹈火，在所不辭。故
美化了許仙，即是美化了白娘子，也美化了《白蛇傳》故
事，讓它更合情理，更富人情！蘇聯劇作家列斯里也主張許
仙應該是個好人，要求把許仙寫得跟白娘子一樣的可愛。[59]
因為只有許仙可愛，才值得白娘子一往情深。因此，作家張
恨水、大荒都為許仙平反，這是頗合情理的。

　　至於小青，在田漢的筆下，也不再是「默沉沉」個配角。她代表義勇，代表智慧，當白娘子辛苦救回許仙，他卻無情義的冷淡白氏，而白氏竟仍對許仙一往情深時，她甚至會洞燭機先的提醒白氏，要她適時離開，以免再次受難。而許仙誤信法海之言，致殃禍白娘子時，她是直言指責：

> 許官人好一片蜜語甜言，
> 你這負心之人，只顧你一人自在，哪裡知道小姊的苦楚！（頁286）

　　她不僅是傳統中所描述的是一位體貼的紅娘，更是有情有義的朋友。故傳統的「白蛇傳」故事中，倒塔之人是白蛇之子，而在田漢的京劇《白蛇傳》中，則改成了是小青復仇所為，這象徵「正義」之氣，代表「討伐」惡勢之聲。所以，張曉燕即指出：

> 如果說《祭塔》代表的是人民對於白娘子一種義憤的同情，那麼小青率眾倒塔更容易加強人民反對封建的力量與決心。[60]

　　從原作《金缽記》到《白蛇傳》，田漢都是以小青毀塔終場，「毀塔」代表人民的力量與怒吼，也象徵向舊傳統中無理桎梏與迷信思想的抗爭。小青她是一位忠心護主，睿智而果決的女性，由她這位具有「忠義」俠情的弱女子來倒塔，更是對強勢的壓迫，提出嚴正的控訴。田漢認為：

小青是與白娘子的美麗性格相襯托、相影響的強烈的
性格。她對於朋友是忠實的、堅貞的。她對於敵人，
對於壓迫者、背叛者，是嫉憤的、好鬥的。我們正要
求這樣愛憎分明的性格。我們也要求導演和演員，深
刻體會和表現這樣人物。[61]

阿英先生提到民間戲曲中有關小青的一個木刻本秦腔，其中
有〈雷峰塔〉、〈凌雲渡〉兩齣，專演青兒為白娘子復仇，
與法海與諸神祇惡戰。[62] 這個演變方向，後來在田漢編劇中
被吸納，[63] 故結尾由小青來倒塔。小青的角色，在增異期的
「白蛇傳」諸作中，產生的變化是很耐人尋味的。小青的形
象，在不同的《白蛇傳》文本中，呈現不同的形象。一種是
寫小青與白娘子，同心協力，手足情深。另一種則是說他們
彼此各有分合。在彈詞本《義妖傳》中，有「婢爭」、「聘
仙」和「降妖」，都寫到小青與白娘子為許仙爭風吃醋。[64]
小說《白蛇傳》（前）說她欲與白素貞分享丈夫，甚至為情
欲所困，傷及無辜。而在《後白蛇傳》中，她是許仙的侍
妾，也為其產子。在李碧華的《青蛇》中，她更是主人翁的
角色，嘲諷著情欲追逐的遊戲。而又諸如《稱心緣》傳奇、
民間歌謠等，小青往往也是主角，衍生了許多的故事情節。[65]
相較之下，田漢《白蛇傳》中的小青，角色就顯得較為單
純、可愛多了，她扶持白娘子，並與之患難相共，甚至為她
救贖，其情義是十分感人的。

　　對於法海，或以其宗教面具，為傳教的代言人；或說他
秉於天命，而下凡完成法旨。這些都帶有迷信色彩，頗不合
現代精神。田漢刪去這些命運、因果等宗教迷信的觀點，褪

去他法衣的光華,另作詮釋。他提到:

> 法海既是堅決和白娘子作對的矛盾的一方,就應該處
> 理得更深刻和更具有壓力。那樣白娘子的鬥爭,就顯
> 得更嚴重、更艱鉅,白娘子的悲劇更具有悲壯性。[66]

田漢劇中的法海,一直處於「主動、積極」的「破壞者」地
位。他缺乏「眾生平等」的大乘佛教思想,認為「人妖不能
匹配」。即使善良救人的白娘子,雖無害人,但他為達自己
「收妖、收徒」的目的,不惜以強凌弱,迫害白娘子;囚禁
許仙,勉強他出家。許仙本不相信白娘子會吞噬他,於猶疑
間,他竟編造另一個恐怖的「白蛇害人」的故事,強化許仙
的畏懼心理,而引許仙入殼,真是用盡心機。他編造說辭,
利用人性的弱點,以達己利。田漢成功的塑造法海居心叵測
的形象,讓許仙終於在欺騙中覺悟,在悔恨中自省。田漢讓
《白蛇傳》故事主題更明顯化,刪除其餘的迫害者,如:茅
山道士、好色之徒等對白娘子的侵害,而使故事更單純、明
白,僅將法海塑為罪魁禍首,是田漢突顯主題思想的方式。
畢竟,主要剝奪白娘子幸福生活的主因只有一個——法海收
缽,鎮壓雷峰塔,次要的鋪敘枝節,反而讓白娘子疲於設法
應付他們,反而有損於白娘子形象的完美性,因此,田漢裁
減情節,刪除冗節,實屬必要。

　　田漢筆下的白蛇,具有熱烈追求自我幸福的自主性,完
全無「蛇妖」駭人的形象,就連小青,作者也刪去了民間傳
說中「收青」的步驟,主題在於鋪寫白蛇與許仙的情感糾
纏。作者彰顯了她雖為異類,但蛇對人之戀,卻具備高尚的

情操。田漢將許、白的西湖邂逅,安排有如一對男女於浪漫的氣氛中自然遇合,刪去白蛇巧弄風雨的刻意製造機會,讓這段戀情成為一般的愛情悲劇。其主題是明顯的,人物性格的刻畫是傳神而饒富人情。除此之外,全劇充滿文學的詩意,[67] 無論寫景、抒情、敘事、對白、唱段等,都見作者匠心獨運,嘔心瀝血的經營。田漢不僅是劇作家,也是詩人,故劇中的唱詞,運用押韻的技巧,表現和諧而富情韻。文情並茂,唯美得令人陶醉神往。如描寫西湖景緻為:

> 風吹柳葉絲絲飛,雨打桃花片片飛。(頁263)

情景是嫵媚而春意盎然,讓人如置身仙境。又如:「酒變」場中,白娘子託付小青照料許仙,自己前去盜草救夫時,唱詞為:

> 忍淚含悲託故交,
> 為姊仙山把草盜,
> 你護住官人莫辭勞,
> 為姊若是回來早,
> 救得官人命一條,
> 倘若是為姊回不了,
> 你把官人遺體葬荒郊,
> 墳頭種上同心草,
> 墳邊栽起相思樹苗。
> 為姊化作杜鵑鳥,
> 飛到墳前也要哭幾遭。(頁273)

這段唱詞，押韻流暢，讀之淒美傷懷，感人肺腑，不禁一掬同情之淚。而白素貞索夫失利，逃回西湖，對著「斷橋」感嘆物是人非，不勝唏噓時，唱詞是：

> 西子湖依舊是當時一樣，
> 看斷橋橋未斷卻寸斷了柔腸。
> 魚水情山海誓全然不想，
> 不由人咬銀牙埋怨許郎。（頁284）

那種觸景生情，[68]悲恨交織，摧人心肝之痛，透過田漢的筆觸，表露無遺。他學力深厚，情感豐富，精通音律，詩文俱美，故能靈巧地駕馭文字，表達心聲。范克峻讚美道：

> 田漢大師在建國後改編的戲曲劇本《白蛇傳》、《西廂記》，完全以雋永的詩句，把整齣戲點染得如同一幅清新淡遠的水墨畫，只輕鬆自如的幾筆，就勾畫出了人物的精神風貌。……，田漢先生的筆，時大如椽，時小如針，大小由之，各盡其宜。[69]

戴不凡曾對自己兒子的詩，評語是：

> 有的詩比話都沒味，有的話卻如詩一樣美。你去看看田漢的劇本，台詞是怎麼寫的，那才叫詩呢！[70]

《白蛇傳》全劇中的文辭絕妙精鍊，饒富詩情畫意，配合角色中的人物性格，烘托其心理與情緒，表現文情與聲情於極

至，故能贏得讚譽，作為典範了！

　　全劇結構嚴謹，劇情推展，流暢而自然，簡化了以往的劇情，加強了性格描寫，[71] 這些都是符合情理的安排，尤具抒情美學與突顯愛情的特質，很能引起共鳴。朱恆夫即認為田漢的《白蛇傳》將過去的幾十齣，濃縮成十六齣。取捨以後，結構有以下三個特色：

　　1. 主線清晰，題意鮮明。

　　2. 張弛結合，波瀾起伏。

　　3. 上下結構，合情入理。[72]

尤其是結尾的安排，筆者認為令人震懾感動，而白娘子在彩雲中翩然而現，有如天仙下凡的情景，[73] 反而比過去的狀元「祭塔」更富意義。畢竟狀元祭塔，仍存著「士大夫」的情節。塔倒後，白娘子若是奉命回山或位列仙班，都減少了其不屈於現實命運安排的精神，也不合時代的心聲。故小青倒塔，是深具戲劇藝術的張力。[74] 而白蛇的出世，說明人間真情是罩不著，鎮不了的，彩雲中的白娘子情比天高，其追求幸福的精神是值得喝采與敬佩的呀！

# 第四節　張恨水《白蛇傳》

　　「白蛇傳」故事，是中國民間流傳已久的四大傳說之一，民國以來著作最豐富的通俗文學家張恨水，也曾對此一膾炙人口的傳說，加以改編，讓它更通俗化、更平民化，更久遠的流傳。他以生花妙筆，做了新的詮釋，在海內外受到廣大的迴響。困於政治環境之圍，這部作品在台灣是流行已

久,閱讀者眾,印刷頗多,但作者名字往往都闕如。而今政治開放終於真相大白,讓我們知道他是張恨水。[75]

張恨水,原名張心遠,祖籍為安徽省潛山,一八九五年五月十八日,生於江西廣信。七歲入私塾受啟蒙教育,十五歲考進南昌甲種農兵學校。十八歲時,因父親病逝而輟學。一度入蘇州蒙藏墾殖學校就讀,後又因學校解散而失學。一九一七年,他開始擔任新聞採訪記者。一九一八年至蕪湖,在《皖江日報》任總編輯,往後陸續於各報社、通訊社,從事新聞、編輯工作,達三十餘年。一九二四年,完成第一部小說《春明外史》,是文藝創作生涯的開端。一九四九年一月,共黨進入北平,他被《新民報》的社論指為「幫助國特迫害進步人士的兇手」而大受刺激。六月,即半身不遂,其間周恩來曾派人探望,並派他擔任文化部的顧問。同年並加入中國作家協會,並曾先後當選為「作協」理事。病情好轉後,復從事小說創作。一九五四年起,在香港《大公報》發表幾部改編自民間傳奇的小說。一九五九年,被聘為中央文史館館員。一九六七年,張恨水因腦溢血病逝,享年七十三歲。[76]

張恨水著作豐富,但毀譽參半。他早期的小說,受到屬「鴛鴦蝴蝶派」的影響,二〇年代以後,開始擺脫舊式言情小說的窠臼,走上現實主義創作道路。有人把他的作品,列為「黃色」系列,屬「鴛鴦蝴蝶派」的「反動逆流」,故曾遭封存;有人以法國文學家相比照,稱譽他是中國的大仲馬加半個巴爾扎克;有人將他與魯迅相提並論,稱他倆是——「代表著中國二十世紀純文學和通俗文學的兩個峰尖」,雙峰高下相望,二水分河長流。[77] 張恨水是二、三十年代中國最

走紅的作家，從事創作近五十年，據不完全的統計，共寫成長篇小說一百二十餘部，雜文近五千篇及大量的詩詞。他是中國近代文學史上，一位有影響力且多產的作家，他的小說故事情節曲折，語言樸實自然，在繼承和發展我國傳統的章回小說方面，有極大的貢獻。

張恨水於一九五五年，完成《白蛇傳》，是其晚年的作品。趙孝萱於其論文中，將張恨水一九四九年以後，直到逝世這段期間的創作，歸為：第四階段的「凋零期」。並言：

> 本階段作品的質與量，明顯不如前階段的表現。一則因四九年後因政治運動不斷，自由創作的環境驟失。並無明顯左傾色彩的作家，在作品表現上都噤若無言了。二則因一九四九那年，他因中風癱瘓，使得記憶力大不如前，即使後來逐漸恢復，寫作能力卻因此大受影響，可說功力大失。所以在四九年以後，因政治因素的干擾，前階段的作品題材完全消失，取代的是與政治與思想無關的古典改寫，如：《梁山伯與祝英台》、《白蛇傳》、《孟姜女》等作品。[78]

張恨水的《白蛇傳》雖然是改編自傳統的民間故事，但是，對於「舊材新作」，他仍有他自己的想法。他在自序中，針對歷來的「白蛇傳」故事中的人物形象加以綜論，提到他的觀點：

> 白素貞是白蛇，是一個伶俐的女子，不過這裡還有妖形存在。小青是個青蛇，定型是聰明、堅強富於鬥爭

性。許仙大概是個善良成分，但是耳朵軟，尤易動搖，結果幾為反動人物。結果，白青二人寫明確一點就夠了，許宣卻完全需要改造。試問：白素貞為什麼看中了許仙，為什麼為許仙死而無怨，這裡面一定有個緣故存在。所以我在本書裡面，完全把許仙寫好。[79]

這是作者寫作的立場，我們從其作品中，即見這樣的人物形象的呈現。此外，他對故事情節的描寫，亦有突破性的見解。他刪去與增加的情節有：

## （一）刪去的情節

1. 下山收青。[80]
2. 偷庫銀與盜寶。[81]
3. 許仙發配，白、青二蛇趕到蘇州，以至女店主勸合。[82]
4. 第二次發配。[83]

## （二）增改的情節

1. 西湖夜話。
2. 夜話與蘇州開店間，加寫許仙辭工的心理矛盾。
3. 施診。
4. 驅除道士之發生，寫於端午節前頭。[84]
5. 端陽驚變，改為暗寫。
6. 求草一段，寫得更感人。
7. 法海將許仙誆了去，表示許氏並無心前往法海處。
8. 哭塔並非許士林，而改為許仙。

張恨水在《白蛇傳》·序〉中，提到他寫此部小說的緣起：

當我寫《梁山伯與祝英台》和《秋江》之時，許多朋友都問我，為什麼不寫《白蛇傳》？這一段故事有強烈的反封建思想。我說：「我寫的。但搜羅的書，自覺還不夠全，稍微等一下吧！」[85]

後來張恨水參考了馮夢龍〈白娘子永鎮雷峰塔〉、黃圖珌《雷峰塔傳奇》、方成培《雷峰塔傳奇》、墨浪子〈雷峰怪蹟〉、陳遇乾《義妖傳》以及陳嘉言父女之改定本，[86]而改寫成白話小說《白蛇傳》。其故事之梗概略述如下表：[87]

張恨水的《白蛇傳》，雖是舊材新作，但是他參考了許多舊作的資料，比較、推敲之後，才改寫完成。雖然這不是他的代表作，且是病後心神體力減損後，才完成的作品，但

| 張恨水《白蛇傳》 | | |
|---|---|---|
| 各回名稱 | 內 容 提 要 | 備註說明 |
| 一、清明時節雨紛紛 | 許仙是藥店夥計，清明時節告假掃墓。遊賞西湖之際，忽見兩女子，一著白衣，一著青衣。白衣女子，將手指天，天即驟雨。匆匆避雨之際，乍見船家撐一小船划來，許仙即包船而歸。見方才所見之二女，為大雨所困，許仙遂允同船而渡。船中閒話身世：雙方父母皆亡，同齡而未婚。許仙賴姊姊、姊夫照料，白氏為官宦女，來杭依親。白氏指天作法，復幫許仙付船資。許仙借傘給她們，約好明日至白家取傘。 | 白素貞兩次指天作法喚雨，蓄意製造邂逅的機會。情節同於舊作，唯代付船資為白氏。顯示女方極為主動。 |

| 各回名稱 | 內 容 提 要 | 備註說明 |
|---|---|---|
| 二、美滿姻緣 | 白氏對景凝思，小青至，遂與之討論許仙的為人，覺得他老實、穩重、真誠，頗有好感。叮嚀小青備妥招待事宜，若打點得體，他日亦有機會成親。許仙因店務繁忙，延遲方至。他見到白氏的家中，裝潢設備富麗堂皇即大為驚嘆！飲宴中，小青作紅娘，為許、白說媒。白氏贈銀許仙，雙方飲交杯酒，擬隔日成親。 | 情節與舊作同。白氏說出許嫁之因。(1)老實。(2)自食其力。 |
| 三、夜話 | 婚後，許仙為她梳頭、戴花，濃情蜜意。三人趁著月夜，共同乘船遊湖。花前月下，許仙誓言永遠跟隨妻子，即使天塌也心不渝。白氏決定讓許仙辭退工作，三人盡興而歸。 | （刪減情節）刪減盜銀、發配等情節。夜話中海誓山盟。 |
| 四、從此長辭了 | 白娘子召馮、李二人幫忙，張羅藥舖開張事宜，並決定赴蘇州開店，許仙遂往辭工，舊日同事、老闆因他忠厚，頗捨不得。許仙隨妻學醫，夫妻情篤。白氏提及：赴蘇後，擬施診濟民。 | 夫妻情深，白氏具「仁愛」的形象。 |
| 五、手到病除 | 許仙於赴蘇前，向親朋辭行。姊福雲，嫁李仁，以營藥店維生，亦來道別，對白氏讚美有加。姊弟情深，姊叮囑許仙善待白氏，注意交友等事。白氏等搭船赴蘇，因施法之故，船速異常驚人。其指天呼風之狀，意外被許仙瞥見，問白氏，未獲證實，即 | 姊姊改名，姊夫職業為藥店營生。補敘許、白成婚順利。白氏宅心仁厚，濟世救人，贏得尊重。 |

| 各回<br>名稱 | 內　容　提　要 | 備註說明 |
|---|---|---|
|  | 罷。住、店合一，井然有序，舒適宜人。店名為「仁愛堂」，白氏仁心仁術，施診施藥，人稱「女界華陀」。 |  |
| 六、將老道解往雲山 | 許仙赴呂祖廟燒香，遇道士直指其身上有妖氣，給他三道符，令他回家捉妖，否則性命不保。許仙不信，回家先稟告白氏，白氏詫異，當場讓許仙一試，果然不動如山。白氏告小青此事，她倆偕許仙找道士理論，白氏當場吞服無恙。小青將道士駕往雲南，尊白氏交代，未加害他。並給道士銀兩，令其入城安住，不可妄動。 | （改寫情節）<br>(1)道士說出真相，在端陽之前。<br>(2)許仙自動說出符鎮之事。<br>(3)二蛇人性化，未害道士。 |
| 七、這話我不相信 | 白、青倆月夜觀景抒懷，覺得許仙尚稱真誠，道士之說，竟也先告知，頗為安慰。端陽前夕，法海來藥舖。不為化緣、不為施藥，堅持見許仙一面，誘至曠場，道出妻等是妖，並說出種種跡象，欲取信許仙。許仙不信，法海教他於端陽誘妻飲雄黃酒，即知真相。許仙仍不信，擬次日當笑話，於酒後茶餘再講給白氏聽。 | （改寫情節）<br>(1)法海親自登門告知真相，非許仙主動赴寺中得知。<br>(2)許仙堅不信妻是妖，斥為無稽，顯示愛妻子。 |
| 八、端午驚變 | 端午當日，小青先至山中避難。白氏告知許仙，已懷孕在身，恃千年道行，遂在家休息。許仙邀請白氏飲雄黃酒，白氏以懷孕為由而推辭，拗不過許仙，自信千年修行，應該無礙。未料飲後腹痛如絞，遂交代丈夫毋驚 | 情節大致同舊本諸作。許仙取刮痧藥非醒酒湯。 |

| 各回名稱 | 內　容　提　要 | 備註說明 |
|---|---|---|
| | 擾她而進房休息。許仙懊悔，致妻子不適，取刮痧藥、茶水以解妻病。未料竟見白氏的原形，嚇昏倒地。小青歸家，見狀搖醒白氏，白氏傷心愧疚，決赴崑崙山盜草救夫。 | |
| 九、崑崙盜草 | 白氏上山盜仙草，遇鹿、鶴二仙童追捕，險些喪命。南極仙翁出現，憫其深情，贈仙草予她。白氏歸家救回許仙，並以白綾變蛇，說牠誤闖被殺，取信許仙。許仙半信半疑，思及法海之言，不勝惶恐驚懼。白氏說出冒險盜草之事，許仙感動，下跪感謝救命之恩。 | 田漢的療驚在事後多日，張恨水則是當下療驚，許仙立刻答謝救命之恩。 |
| 十、不相干的化緣和尚 | 法海來店中找許仙，問他是否於端陽時見白蛇現形，許仙告知前後因果，法海把實情說出。許仙問法海，白氏盜草相救，是否為真？法海證實其情確是可感。他邀許仙出家，許仙未允。白氏邀許仙共餐，許仙說出法海之言。她倆辯稱是仙女下凡，法海妒忌所致。許仙相信，誓言不再聽法海胡言，一家和樂如昔。十日後，和尚來店化緣，許仙迴避不見，白氏出面應付，原是普通遊方僧，大家虛驚一場。 | （增加情節）(1)法海道出原委，反而使許仙被白氏冒險相救的精神感動。(2)白、青二人佯稱是仙女下凡。(3)張恨水安排方外遊僧，故弄玄虛，顯示許仙對白氏真心。 |

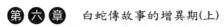

| 各回名稱 | 內　容　提　要 | 備註說明 |
|---|---|---|
| 十一、白素貞先禮後賓 | 白氏等同去散步，不留神間，許仙被法海所遣之黃巾力士，佯稱是見府尉所挾走，許仙哀求他放人，法海以二蛇令人畏怖而恫嚇之。許仙說她倆對他好，故其不驚懼。法海說他是特意來救他的，許仙反問端陽之時，何不來呢？法海大笑，令許仙出家。許仙跪地不允，卻仍被強押入寺看守。白氏尋不到許仙，知其被挾持，翌日便至金山寺索夫。法海要她倆回山修行，他會勸許仙出家。白氏跪求放他們夫妻團聚，法海不允，小青大怒，百般無奈下，白氏請法海明日午時答覆，若仍如此，則不惜水漫金山寺。 | （修改情節）法海以力士拐騙許仙至金山寺，且以救命為由，醜化白氏。白氏哀求以情，但法海仍強迫許仙出家，不顧人情。 |
| 十二、築堤水鬥 | 白氏召集水族，準備午時行事。又令土地（神）等，沿岸築堤，不得水漫百姓。白氏至寺中要人不遂，雙方展開纏鬥。法海欲發動天兵，擒拿二蛇，她倆遂召水族，決定水漫金山寺。法海以袈裟罩寺，故寺中無恙。白氏只得發動水族，奔殺入寺。豈料法海發動天兵神將，護寺捉人。白鶴仙童也來助陣，雙方廝殺時，南極仙翁喝鶴童道：「姓白的尋她丈夫，有什麼不對？」牠遂退回仙翁身邊。眾仙家聽之有理，紛紛退去。白氏叩謝仙翁之恩。白氏欲率水族入寺，但腰疼難耐，急欲臨盆，遂逃回杭州。 | （增加情節）(1)仙翁二次救命，且因祂的話，讓眾仙皆退，不捲入家務事中。(2)白氏築堤護生靈，顯示慈悲仁厚。 |

| 各回名稱 | 內 容 提 要 | 備註說明 |
|---|---|---|
| 十三、斷橋相遇 | 許仙被困於禪房中,聞妻來救,雙方展開廝殺,看守之人前往觀陣,許仙趁機而逃,因疲累睡臥道旁,遇南極仙翁護送至斷橋,白氏腹痛如絞。與小青休憩路旁。小青責怪許仙,白氏為他求情。許仙賠罪,說出被拐騙、囚禁、逃出等經過情形。取得諒解後,三人僱轎赴許仙姊姊家待產。 | (增加情節)許仙自己逃出金山寺,南極仙翁助許仙夫妻相見。 |
| 十四添了一個孩子 | 許仙等到姊姊家,即得空房安身。小青略施法術,住處、用品均即安置妥當。白氏分娩,產下一兒,名喚──許士林。 | |
| 十五、盡歡而散 | 許仙愁錢,夜深時告訴白氏,她告知已用五鬼搬運法,將在蘇州所賺的錢搬來了,請許仙開箱查看,並著手籌辦滿月酒慶祝事宜。白氏具慈母精神,親自哺乳兒子。宴請賓客時,白氏說明許仙娶她後的金錢來源,以去除疑心。澄清她不是妖,豈有妖怪能生子,替人傳宗接代之事?眾親友相信其言,大家盡歡而歸。 | (增加情節)(1)交代錢財流向。(2)白氏於眾人之前說明自己非妖之事。此情節頗有畫蛇添足的性質。 |
| 十六、合缽 | 許仙抱小孩去西湖散步,巧遇法海來尋。因人多,法海未窮追不捨。許仙欲將逢法海之事告訴妻子,但又恐兒剛彌月,徒增煩惱,故罷。許仙陪妻子梳妝,法海逕闖入,交缽與許仙,許仙不受,命妻快逃,竟被天兵天將 | (改寫情節)(1)許仙路遇法海。(2)許仙救護白氏,知其為蛇妖,仍深情不 |

| 各回<br>名稱 | 內　容　提　要 | 備註說明 |
|---|---|---|
| | 所圍。法海以為金山百姓報仇而來，白氏指築堤防水，未波及無辜。法海斥白氏現形，她寶劍被偷，不能抵禦。許仙見狀，跪地哀求，法海允母子再見一面。法海指白氏現在會求情，背後即吃人，快釋兒受降。白氏見哀求無益，遂欲與一搏，未料盂缽罩頂，她說出自己是千年修煉的白蛇，貪戀紅塵快樂，故與許仙結褵，未害生靈，且救活蘇州多人，問許仙怕她否？許仙回應愛她如故。小青義憤，拔劍欲砍法海，白氏勸她快逃，小青誓言將為姊報仇，及時脫困。許仙見缽下的白蛇，說她為他生子，他不怕她，要法海放人。法海堅稱救他一命，執意鎮壓白蛇於雷峰塔，許仙欲和他拚命，法海施法，讓他定住不動。法海命天兵天將防守，將白氏鎮於雷峰塔下。 | 渝。 |
| 十七、哭塔 | 許仙哀傷不已，娓娓道出白氏、小青身世，他說愛她如故，但事已至此，徒增慨歎罷了！鄰家有與許士林年齡相仿的嬰兒，即委託哺乳。姊夫陪許仙來看白氏，許仙哭喚白氏良久，忽見窗映白氏形影，她說塔神有事，西湖湖主憐憫許仙，故網開一面，讓夫妻再會一面。她要他再娶妻室，撫育 | （增加情節）哭塔人是許仙。白氏與許仙再見面，有畫蛇添足之嫌，此根據玉山人本加以改寫。 |

| 各回名稱 | 內　容　提　要 | 備註說明 |
|---|---|---|
| | 兒子成年。許仙說等她回來。夫妻哭敘一陣，忽然窗戶緊閉晦暗如故，不見動靜。許仙兀立凝窗癡望，悲愴不已。 | |
| 十八、白素貞出來了 | 小青隱遁至無人島，修煉多時。火候已到，遂召集馮、李二精怪，率水族眾等，同赴摧塔。韋陀等護法，見小青等聲勢浩大，也覺白氏無罪，鎮壓已久，遂皆退去。白氏與小青，裡應外合，終於使塔頹人出。她倆感謝水族眾等之恩，相擁而泣，並偕遊西湖，回憶往事。白氏想念兒子，相信許家必善撫之，不禁傷感淚流。 | （改寫情節）小青率水族等摧塔，眾神皆退，白氏被救，雖有圓滿結果，但餘韻不足。 |

是倒不同於他的一些商業性「唐塞」之作，也表現了他獨特的見解。他也與田漢有相同之見，將許仙的形象加以刻意改造。因為許仙若是不好，何以令白娘子垂青？何以願意為他粉身碎骨，在所不辭。而張恨水於《白蛇傳》最大的不同是：哭塔之人，竟是許仙。許仙從傳統以來，一個「傷害者」（或間接、或直接持缽收鎮白娘子），搖身成為一「癡情種」，這是一大突破。這樣的安排，讓許、白之戀，更富浪漫色彩，更具情感道義成分。

　　張恨水與田漢在《白蛇傳》的改寫上，具有兩個主要的相同之處：一是，都刻意重塑了許仙的形象；二是，都是小青摧塔。這樣的創作觀點兩者如出一轍，只是張恨水把許仙

- 262 -

雕琢得更細緻，角色的動作與形象，更為鮮明。他溫柔、善良與體貼，是好丈夫、好情人的典型，甚至會聽從白素貞之言，避見法海。而哭塔時，不僅對白娘子吐露愛意，更誓言不再娶妻，專情等愛妻歸來，也不是「負心漢」。但是，這樣刻意重塑的許仙，卻是更缺乏男子氣概的精神。許仙「哭塔」，是表達對妻子的深情，應當是自己獨對孤塔，吶喊心聲。安排姊夫陪伴，顯得許仙過於柔弱，需要人照護之感，情感不夠含蓄、獨立。且「哭塔」似乎畫蛇添足，再生枝節之感，並不會讓人感動涕流。過於強調塔神適時不在，湖主慈悲地讓他們巧合的「再敘心聲，囑咐家務」，反而使哀情不足，故事的發展有過於牽強之感。

　　張恨水與田漢都以小青為「倒塔」之人。她基於義憤，在勤加修煉後，終於救出白素貞。只是張恨水在敘述這段情節時，援用大量「神話」素材，將「神怪」小說的質性強化，讓護法神們「覺悟」：囚禁白素貞，並無意義，且面對水族之眾，何必自苦？故皆不戰而退，這似乎象徵著「天道」的覺醒。且張恨水一再安排南極仙翁出面搭救許、白二人，也明示著法海迫害無理，故南極仙翁屢以人道支援。而眾水族們，不僅水鬥時支援，倒塔時也兩肋插刀，其等對白娘子一再挺身相助，突顯「妖」比「人」更具義氣人情。

　　由於張恨水之作，完成於田漢之後，筆者以為：他改編小說時，應受田漢的京劇《白蛇傳》的影響，故人物的形象與情節發展是極為相似，只是張恨水比田漢在人物形象的塑造上，更鮮明了他們的性格。白氏是溫婉、仁厚、癡情的女子，許仙善良、體貼，但仍是溫吞個性。法海巧用心機，堅持人妖的階級不同，對白氏妄加迫害。小青則是高情重義，

靈巧可愛。因張恨水以小說方式來呈現故事內容，故鋪敘較多，人物的刻劃與情節的發展上，較為細膩、充實。如：故事中多了許多小人物，穿插於情節發展中，像馮、李二精怪，像鄰家奶娘等，他們忠厚、純樸，營造《白蛇傳》和樂溫馨的氣氛。

結尾的部分，張恨水安排二蛇重遊西湖、憶往事。白氏既提到兒子許士林，卻是淡筆形容，許家是忠厚之家，一定善加撫育。如此的結尾，餘韻不足。故事最後欲彰顯的是小青重義倒塔，白氏脫困而出，如此而已。故結尾的安排與描寫，頗有敗筆之嫌，無法予人蕩氣迴腸，感人肺腑的感受。

總體而言，在整部作品中，張恨水的文字敘述是非常流暢、自然。在小說的敘述特色中，是以第三人稱敘述形式來表現。張氏在序中，特別強調他增加「夜話」，及許仙等人物心理的描寫，這是舊式小說較為缺乏的部分。此書全文分十八回，卻未襲章回小說的舊套，而融入現代的思維與語法來表現小說中的章回形式。他積極為章回小說注入新生命，由翻譯小說、新文藝作品中，廣泛地增加人物心理、風景描寫和小動作的特寫，[88] 使內容更生動傳神。由於張恨水對電影及其他戲劇的喜好，致他在描寫人物個性及文字章法的剪裁上，頗有助益。在此書中，我們處處可見這樣的寫作特色之呈現。如：「美滿姻緣」中，一開始即藉景抒情，將白素貞春心蕩漾，相思出神的情景，烘托出來：

> 三四月裡的天氣，晴陰沒有一定，當昨日下了那一陣大雨，次日就是大晴天。白素貞一人坐在房裡，對著院子裡一叢竹子，數盆月季薔薇花，看著只管出神。

> 她坐著一只方墩，面前是梳妝鏡台，兩手抱住鏡台一
> 只角，房裡來人，她都不知道。（頁12）

描寫白素貞「觀竹」、「賞花」，凝望出神，似有暗喻的效
果。「竹」象徵「貞節」之情，與「素貞」之名，精神相
契，暗示「真情高節」之風。而對鏡惜「人」，賞「花」，有
「以花擬人」，憐惜之意。欲將好花般的青春，託給鍾情之人
的凝思。文本中又安排「藉花」冥想，深化白素真的心理摹
寫：

> （白素貞）繞了這個屋子，只管轉圈子，她想道：
> 「自從看見許仙，不知道是什麼緣故，總丟不下。原
> 來做人還有這樣一關，在二十歲附近，總有一個『情』
> 字解脫不了，本來麼，許仙這個人在誠實方面，的確
> 可取。我好好招待於他，他一定也好好做人。譬如
> 說，那個時候，瓶子裡插上一叢花，我說最小的一
> 叢，我就愛它。他就站在身邊，慢慢兒摘取，替我插
> 戴起來。唉！這是人生無邊的樂趣，叫人怎樣不想
> 呵！」正這樣想著，多寶櫃子架上，正有一只花瓶，
> 插上一叢野薔薇，那鮮紅的顏色，似乎對人發著微
> 笑，把鼻子湊近聞聞，有一陣幽香。心想：這要是有
> 個人兒，取下一枝，一定要我戴，這又多麼好呢！
> （頁14）

張恨水擅於藉由情景交融的手法，於作品中透過大量對自然
景致的描寫，以寄寓人物之情志與思想，烘托故事的情節背

景與心理描摹。他將西洋小說創作的技巧與敘述方式，融入
古典題材的寫作上，讓故事中人物的心理狀態刻劃地相當成
功，豐富了主角的心靈思想，形成與讀者更高的共鳴。故此
書在形式上，雖非傳統的章回小說模式，而是用現代語言、
語法，形成錯落的美感，活潑的呈現新式的章回小說體裁。
在內容上，也呈現反傳統的專制思想，更兼顧人性與人情。
在人物形象塑造上，他是精雕細刻，更完美、傳神的表現人
物的精神與形貌，個性與特質。此外，更加入了大量的心理
活動與細節描寫，讓此故事呈現另一番文學的美感。雖然尚
存枝蔓，且有匆匆收束故事，餘韻不足之感，但仍是瑕不掩
瑜，頗有創發與新意。

## 註　釋

1　朱眉叔：《白蛇系列小說》，（瀋陽：遼寧教育出版社，2000年
　　12月3印），頁55。

2　同前註，頁66。

3　同前註，頁28。

4　潘江東根據中央日報民國四十七年十一月第四版，易博恆撰「白
　　蛇傳故事來源」引。

5　現在坊間的版本，都不見此段敘述。潘江東於書稱該書是台中瑞
　　成書局所印行的版本。此為鉛印本，封面題名為《白蛇傳前後
　　集》，扉頁卻名為《繪圖前後白蛇傳》，潘江東於書中未註明該書
　　的出版年月，也未列入參考書目中。見潘江東：《白蛇故事研
　　究》，頁65。

6　同上註。

7　「……，此塔傳到民國十一年完全倒塌了，還虧近代攝影機，留
　　下幾張照片，後人還可以相見雷峰夕照的遺影呢。」雷峰塔事實
　　上是民國十三年九月二十五日倒塌，故《白蛇傳》（前）應撰寫
　　於民國十三年以後。而民國九十年三月十一日開挖雷峰塔地宮，

內有佛像、錢幣及神秘鐵函等物。佚名：《白蛇傳》（前），（台北：文化圖書公司，1993年7月再版），頁280；參見〈雷峰塔地宮開掘，發現珍貴文物〉，《聯合報》（2001年3月12日，第13版）。

8　林麗秋：《論雷峰塔白蛇故事的演變》，頁83。

9　佚名：〈白蛇傳（前）提要〉，《白蛇傳》（台北：文化圖書公司，1993年7月再版），頁1。

10　小青替白氏向許仙提親，許仙以為要借錢，不知如何回應，想到若是如此，先應承於她，等離開後，反正也尋不到他。佚名：《白蛇傳》（前）（台北：文化圖書公司，1993年7月再版），頁14。

11　作者於小說中，提及這段他改寫了彈詞的內容，原是白氏與道士精采鬥法，但「這一種說法雖覺熱鬧好聽，但是情理不合，你想神仙廟在城市大街，人煙稠密的地方，豈容那妖魅鬥法，各顯神通麼？……，所以把這些荒誕的話，還是刪改的為是。」同註10，頁89。

12　「休生煩惱莫生愁，上界問知根底由，金玉之言須切記，山中莫把老僧求。」同註10，頁204。

13　「就是叫夢神變做白娘娘，說明自己是白蛇精，因為貪你年輕貌美，與你配為夫妻，又責備他種種薄情，不該去請僧道來降服我，頓時變了臉面，披頭散髮，現出一條又長又粗的大白蛇，撲奔過來吞噬他，把他的夢境嚇醒。這一段情節，彈詞叫做『驚夢』，統篇四金剛騰雲，懸空八隻腳，迷信神怪渲染，不合現代讀者眼光，所以做書的這裡平鋪直敘，不炫奇駭怪也。」同註10，頁251。

14　秦女、凌雲認為：青蛇與白蛇三七分夫妻，是從錢泳：《履園叢話》中轉變來的。她說：「《履園叢話》中，說青蛇『生二子，俱聰慧』也便推演成《白蛇傳》中白氏生一子，叫許夢蛟，中了文狀元；小青生了一子，叫做許夢龍，中了武狀元了。」參見秦女、凌雲：〈白蛇傳考證〉，《中法大學月刊》（1933年1月，第二卷第3、4期），頁113～114。

15　玉山主人：《雷峰塔奇傳》，收錄於古本小說集成編輯委員會：《古本小說集成》（上海：古籍出版社，1990年），頁62。

16　「許仙坐櫃生意好，小青也想嫁男人。」見傅惜華編：〈白蛇山歌〉，《白蛇傳合編》，頁143。

17 「七月鳳仙花裡青，白娘娘罵了小青。小青氣別崑山去，許仙去收夜呼精。八月桂花陣陣香，小青盜寶比高強。願公子完願親看見，拉牢許仙到衙門。」同上註，頁139。

18 陳炳良：〈母子衝突——〈白娘子永鎮雷峰塔〉的心理分析〉，《形式・心理・反應——中國文學新詮》（台北：台灣商務印書館，1998年1月），頁160。

19 同上註，頁163。

20 根據精神分析的看法，人格由三個系統組成：即本我、自我、超我。這些名詞用來指心理過程，而不是人格運作的解剖部位；人格的運作是整體的，而非三者分別開來。本我是生物要素，自我是心理要素，而超我是社會要素。本我（id）遵循享樂原則，即致力於減低壓力，避免痛苦及獲取歡樂，本身沒有邏輯與道德觀念，完全依享樂原則去滿足本能的需求。GERALD COREY著、李茂興譯：《諮商與心理治療》（台北：揚智出版社，1998年10月，二版三刷），頁115。

21 自我（ego）跟外界的真實世界是有接觸的，它是「行政主管」，治療、控制與管制著人格。本我所知道的是主觀的現實，而自我則能分辨內心想像與外界真實的事物。同上註，頁116。

22 超我（superego）是人格的審判單位，掌管著道德規範，關心的是行為的好壞與善惡。超我代表理想，而非現實，它追求的不是享樂，而是完美。超我是父母親與社會等標準的內化，跟心理上的獎賞或懲罰有關，獎賞是自傲與愛自己的感覺，而懲罰則是罪惡與卑劣的感覺。同上註。

23 無名氏：《白蛇傳》（前），頁191。（同註10）

24 李喬：《情天無恨》（台北：草根出版事業有限公司，1997年7月修版三刷），頁319。

25 無名氏：《白蛇傳》（前），頁175～177。（同註10）

26 同上註，頁110。

27 如：王永昌對許仙屢屢恩助，但又賣腐敗藥材給白氏；陳本仁熱心助白氏，卻別有居心；姊夫對許仙有撫養之恩，卻又誘捕他而內心並不煎熬與不忍；小青對許仙有情，白氏當初說親時允諾丈夫與她三七分，小青為情慾與她反目而出走，而後白氏遇難，她為她復仇；黑魚精對小妹白氏情義扶助，卻發動水漫金山之禍，傷及無辜。白氏命小青散瘟，雖是為許仙解憂賺錢，卻連累蘇州

居民無端小恙；許仙於初遇白、青時，謊稱自己開藥店維生，他
為保全自身，一再殘害白氏；法海既領佛旨渡化蒼生，卻仍為當
年之仇怨，對白氏迫害，為賭氣不放許仙致水漫金山傷及生靈
後，他又超渡懼難者等，這些人物兼具善、惡兩面，只是輕重與
程度之別，說明人性需欲與道德良知間是需要調和，使內化的情
操與外顯的行為能平衡而提昇。

28　同註1，頁55。

29　同上註。

30　佚名：《後白蛇傳》，（台北：文化圖書公司，1993年7月再
版），頁299。

31　「小說雖似空中閣樓，無足輕重，也要講得有頭有尾，入情入
理，前前後後，脈絡貫通，纔能引人入勝；否則依樣畫葫蘆，一
味胡言亂語，誰要看你災梨禍棗重譯呢？」同上註，頁300。

32　同註1，頁65。

33　同上註。

34　追求圓滿，是人類美好的天性，不是某一個民族的心理，而是一
個蠻普遍的現象，中華民族亦有此趨向。魯迅贊成「白蛇傳」故
事的「大團圓」發展，因他表現廣大被壓迫民眾的心理，肯定了
真理與正義必定會贏得勝利的決心。民間文學中的「大團圓」結
局，常用善惡報應的形式表現出來。這種思想存在著侷限性，將
複雜的現實矛盾予以簡單化。即自身的力量無法戰勝邪惡，往往
借助神仙、皇帝等力量，實現「大團圓」的結局，故經常帶有
「宿命論」的色彩，表現出一定程度的消極性。民間文學中出現
「大團圓」思想的優秀作品和真實反映現實鬥爭的悲劇性作品，
實際上是互相補充，而不是截然對立。我們在「白蛇傳」故事的
演變中，明顯看出這樣的現象。白蛇雖被囚禁，但由法海遭懲
戒、小青復仇、狀元子中功名、皇帝的敕封、白蛇劫滿升天等情
節中，可看出民眾同情白娘子，在浪漫主義的作用下，令其超脫
現實，得到圓滿果報的思想。相關的論述可參考——劉守華：
〈談民間文學中的「大團圓」——兼對一個流行觀念質疑〉，《華
中師院學報》（1983年，第4期），頁126～134。

35　戴不凡：〈試論「白蛇傳」故事〉，《百花集》（北京：作家出版
社，1956年7月），頁27～28。

36　GERALD COREY著、李茂興譯：《諮商與心理治療》（台北：揚

智出版社，1998年10月，二版三刷），頁120。

37 據田漢一九五五年五月所寫的〈《白蛇傳》序〉言，他「磨此劍」約十二、三年。而據李紫貴口述：指1946年曾將1942年田漢改寫的本子拿出來演出。又言：田漢的《金缽記》曾於1944、1946、1947、1950、1952、1954年演出，1954年排演完成後，才算定稿。張曉燕誤為1944年田漢於桂林寫《金缽記》。且所述演出情形，亦有出入。參考(1)田漢：〈《白蛇傳》序〉，見柏彬、徐景東等編選：《田漢專集》（江蘇：人民出版社，1984年3月），頁166。(2)李紫貴口述、蔣健蘭整理：〈田老寫《白蛇傳》始末〉，《中國戲劇》（1998年，第七期），頁40。(3)張曉燕：《田漢傳統戲曲觀及劇作研究》（新竹：國立清華大學文學研究所碩士班論文，1994年11月），頁119。

38 田漢：〈《白蛇傳》序〉，見柏彬、徐景東等編選：《田漢專集》（江蘇：人民出版社，1984年3月），頁166。

39 同上註，頁169。

40 「田漢一生曾用過的別名、筆名有：伯鴻、明高、春天、張坤、陳瑜、漢仙、漱人、鐵瑞章、首甲、羅芳洲、紹伯、漢、陳哲生、敝人、叔常等。」柏彬、徐景東等編選：〈田漢傳略〉，《田漢專集》，頁5。

41 鄧平著、方全林編：《田漢——中國話劇的奠基人》（上海：上海教育出版社，1999年5月），頁2。

42 柏彬、徐景東等編選：〈田漢傳略〉，《田漢專集》，頁5。

43 田漢：《白蛇傳》收錄於：《中國新文藝大系·戲劇集（下）》（北京：中國文聯出版社，1991年9月），頁261～290。

44 田漢：〈《白蛇傳》序〉，見柏彬、徐景東等編選：《田漢專集》，頁167。

45 同上註，頁168。

46 雖然目前筆者未見到《金缽記》的劇本，無法一窺究竟。誠如戴不凡曾眼見文革期間，田漢許多藏書被洗劫，而手稿被當成廢紙以每公斤七八分錢賤賣，數十年手稿消失殆盡。故《金缽記》的原貌，無法全窺。戴雲：〈田漢與戴不凡〉，《新文化史料》（2000年，第2期），頁7。

47 李紫貴口述、蔣健蘭整理：〈田老寫《白蛇傳》始末〉，《中國戲劇》（1998年，第7期），頁39～41。

48 張曉燕：《田漢傳統戲曲觀及劇作研究》（新竹：國立清華大學
文學研究所碩士班論文，1994年11月），頁120。

49 「《金鉢記》改編的失敗，應當是戲曲改革工作中一個好教訓。
不站穩無產階級立場，不好好掌握辯證法的分析批評武器，以及
違反歷史唯物主義，戲曲改革──以至於一切工作，都將一事無
成。」戴不凡：〈評《金鉢記》〉，見柏彬、徐景東等編選：《田
漢專集》，頁603。

50 「我父親當年撰寫了批評田漢劇作《金鉢記》的文章，現在看
來，其中有些結論未免稍嫌絕對，部分言詞也有些過激，但論述
的史料依據是扎實的，寫作的態度也是嚴肅的。」；「田老對這
個曾給自己劇作提過尖銳意見的，只有高中學歷的青年，非但沒
有以上壓下的打擊報復和利用工作之機洩私憤，反而大膽任用，
並根據其工作能力和實際業務水平，逐步加以提拔，使之成為建
國以後戲劇界卓有建樹的專家學者，這不僅反映田老正直無私的
高尚品質，而且折射出五○年代共產黨員大多數領導幹部的光明
磊落和實事求是作風。」戴雲：〈田漢與戴不凡〉，頁5。

51 戴不凡：〈評《金鉢記》〉，見柏彬、徐景東等編選：《田漢專
集》，頁595～603。

52 「戴不凡1950年對這個報恩思想覺得不好，在《人民日報》上發
表文章提出批評，田老接受了他的意見改了。」見李紫貴口述、
蔣健蘭整理：〈田老寫《白蛇傳》始末〉，頁40。

53 問題在於：(1)盜銀、散瘟非白氏所為，與倭寇有關，情節不倫不
類。(2)保留迷信成分。《金鉢記》的不成功由於難捨蛇妖纏人的
舊情節。田本《白蛇傳》拋棄了白蛇纏人的富有魅力的情節，也
拋棄了心態複雜的許宣。陸煒：〈白蛇戲曲與故事原型的意
義〉，《藝術百家》（1994年，第2期），頁68。

54 朱眉叔：《白蛇系列小說》，頁73～76。

55 「這種『宿緣』和『報恩』說大大減弱了故事中人物行為的意
義。……，（田漢）《白蛇傳》則不同了，剔除了『宿緣』與
『報恩』說，白娘子的行為完全是由自己的愛情慾望所支配。」
見朱恆夫：〈評田漢的《白蛇傳》〉，《民間文學季刊》（北京：
新華書店，1989年，第4期），頁197。

56 田漢等人改寫《白蛇傳》，將白娘子的形象重塑，成為較完美的
典型，刪去盜銀等情節，讓白娘子人性化，著重許、白之戀的描

寫。但這種減少白氏「妖性」的寫法，有人卻認為不妥，認為：
「白娘子反封建鬥爭一味被『淨化』、被『提高』即為明證。
（如：田漢）……，我們從性格角度出發，認為像類似為了情愛
而『盜庫銀』致使許氏受到牽連的展現，更真實的表現出作為
『蛇仙』的『野氣』，倘這『野氣』淡化了，連『水鬥』也『撒』
不起『野』來，而『歸路』於『大青衣』，《白蛇傳》將不成其
為《白蛇傳》。」見魏子晨：〈《白蛇傳》與《天鵝湖》〉，《戲曲
研究（第45期）》（北京：文化藝術出版社，1993年6月），頁108。

57　田漢：〈《白蛇傳》序〉，見柏彬、徐景東等編選：《田漢專
集》，頁168。

58　同上註，頁169。

59　田漢：〈《白蛇傳》序〉，見柏彬、徐景東等編選：《田漢專
集》，頁169。（同註38）

60　張曉燕：《田漢傳統戲曲觀及劇作研究》，頁125。

61　田漢：〈《白蛇傳》序〉，見柏彬、徐景東等編選：《田漢專
集》，頁169。

62　阿英：《雷峰塔傳奇敘錄》（上海：上雜出版社，1953年9月），
頁73。

63　艾曉明：〈戲弄古今——談李碧華的《青蛇》、《潘金蓮之前世
今生》和《霸王別姬》〉，收錄於黃維樑主編：《活潑紛繁的香港
文學——一九九九年香港文學國際研討會論文集（下）》（香港：
香港中文大學出版社，2000年1月），頁575。

64　這些小青與白娘子爭風吃醋的情節，在內地八十年代，經過整理
後的彈詞腳本的新版本中，都被刪除了，理由是要清除「那些庸
俗和荒誕的東西」。薛惠芳：〈後記〉，見俞篠雲口述；韓德珠、
易楓整理：《白蛇傳——蘇州彈詞》（江蘇文藝出版社，1987年11
月），頁627。

65　鄧長風：〈康熙殘鈔本《稱心緣》傳奇的發現與《雷峰塔》版
本、情節衍變之推考〉，《國立編譯館館刊》（台北：1997年，26
卷1期），頁73～94。

66　田漢：〈《白蛇傳》序〉，見柏彬、徐景東等編選：《田漢專
集》，頁169。

67　如：「遊湖」一場，「田漢便是運用了詩的語言描寫西湖三月的
美景，勾繪出幻化人形的白蛇初到人間的喜悅，無異於一首優美

的散文詩。」穆欣欣：〈詩與戲曲的抒情性〉，《戲曲文學》（2000年4月），頁40。

68　白娘子對著斷橋，想起：昔日與許仙邂逅時，對未來滿懷憧憬；而今舊地重遊，卻是心痛神傷，是融景傷情的描寫。穆欣欣認為這段安排是：「為『情不可過』，提供大量的抒懷空間。即便是後來她與許仙重歸於好，她仍然留戀著斷橋，唱出了『猛回頭避雨處風景依然』，是融情入景最有力的一筆，也為『往復低回纏綿不盡』的情感找到了依歸。」穆欣欣：〈詩與戲曲的抒情性〉，頁42。（同註67）

69　范克峻：〈戲曲語言是詩的語言〉，《劇本》（1997年，第10期），頁53。

70　戴雲：〈田漢與戴不凡〉，頁6。

71　丁乃通：〈得道者與美女蛇〉，《民間文藝季刊》（1987年，第3期），頁252。

72　見朱恆夫：〈評田漢的《白蛇傳》〉，頁198～201。

73　朱恆夫認為田漢的《白蛇傳》不足處有三：「(1)沒有根據故事本身，揭示一個正確的主題。（禁止人性發展與爭取人性解放的矛盾。）(2)白娘子形象過分人化，減弱了故事神話美。(3)大團圓的結局。（白娘子『嫣然出現』，伴隨著白娘子的重返人間，觀眾由悲傷轉向興奮，在破涕的笑聲中忘掉了白娘子的苦難，也不再憤恨禁欲主義的可惡了。）」見朱恆夫：〈評田漢的《白蛇傳》〉，頁202～209。

74　「田漢同志寫京劇劇本《白蛇傳》，就從魯迅的雜文中得到啟發（魯迅：〈論雷峰塔的塔倒〉），將方成培寫的《雷峰塔傳奇》中的狀元祭塔那一折去掉，寫小青代表正義力量，用三昧真火燒死法海，……救出白娘子，表現婦女反封建、爭自由的主題。」見呂洪年：〈《白蛇傳》的古源與今流〉，收錄於《白蛇傳論文集》（杭州：浙江古籍出版社，1986年10月），頁91。

75　潘江東將民國六十七年九月，河洛出版社印行的《白蛇傳》，作者列為「無書名氏」，或許因政治因素所困，無從考查。見潘江東：《白蛇傳故事研究》，頁70～71。而張清發：〈由〈白蛇傳〉的結構發展看其主題流變〉，《雲漢學刊》（台南：1999年6月，第6期），頁42，在討論此書時，亦指出「無作者名氏」，可能張君援引潘氏之說，疏於再探查真相。莊嚴出版社曾將張恨水的

《白蛇傳》收錄於套書《中國傳奇》第四冊中，作者闕如，僅以該社之編輯部掛名。

76　石楠：《張恨水傳》（南京：江蘇文藝出版社，2000年1月）。

77　同上註，頁2。

78　趙孝萱：《張恨水小說新論》（台北：私立輔仁大學中國文學研究所博士論文，1999年7月），頁43。

79　張恨水：《白蛇傳》（太原：北岳文藝出版社，1993年8月），頁3。

80　同上註。作者認為「下山收青，這和許仙故事，絲毫沒有關係。」

81　同上註。「我以為白蛇要用銀子，哪裡都可以弄到。」

82　同上註。作者認為「這完全多餘，而且許、白的婚約，這樣一來，太不堅定。」

83　同上註，頁4。

84　同上註。作者認為「驅除道士一段，有人認為是釋道之爭，我仔細看來，還不像。我把它寫在端午前頭，才接上法海出來，這樣一來既不是突然而來，二來許仙對法海的話，絲毫不信，也更覺許仙可愛。」

85　同上註，頁1。

86　同上註。

87　張恨水：《白蛇傳》（太原：北岳文藝出版社，1993年8月）。

88　魏美玲：《張恨水小說研究》（台北：文化大學中國文學研究所碩士論文，1991年），頁226。

# 第 7 章

# 白蛇傳故事的增異期(中)

　　「白蛇傳」故事隨著時代與環境的變異，近年在台灣的發展是深具特色。由於經濟的繁榮，社會的開放，政治的民主，文藝的鼎盛等因素，使得此一題材，被重新認知與詮釋，以不同的角度與觀點，賦予新的時代意義。

　　詩人大荒以詩劇《雷峰塔》詮釋白蛇傳說，而此作有幸與音樂劇結合，以「歌劇」的形式來表現，[1]真是空前絕後的創舉。而張曉風〈許士林的獨白〉以唯美的文字，感性的筆法，觸動了人子思母的心弦，真切傳達了天涯浪子對天倫至情的渴慕心聲。李喬是台灣著名的小說家，他以宗教哲學與人性關懷的立場，重新改寫了「白蛇傳」故事——《情天無恨》。透過白素貞的生命旅程，作者不僅提供了自己體悟生命的經驗，也提供讀者深入省思的智慧。

　　大荒、張曉風、李喬都是台灣作家，他們重新詮釋「白蛇傳」故事的素材時，秉持「物類平等」的觀念，針對「白蛇」的異類出身而遭受歧視與迫害，深表同情。而大荒與李喬均以「神話」為創作元素，讓故事更具傳奇性。在時代上，這三部作品創作時間較為接近，因此，本文列於本章討論之。

# 第一節　大荒的詩劇《雷峰塔》

　　「白蛇傳」的故事家喻戶曉，而其題材是歷久彌新，在台灣更成為文學家與藝術工作者創作的靈感泉源。一九七三年，詩人——大荒，在名劇作家——俞大綱先生的鼓勵與鞭策下，花了兩年的時間，將「白蛇傳」故事寫成敘事詩的體裁，謂之「詩劇」《雷峰塔》。[2] 後來這部作品由許常惠先生譜曲成為「歌劇」，易名為《白蛇傳》，搬上舞台演出。[3] 將這部著作由平面而立體化的呈現於大眾面前，使其不僅具備了文情之美，更增添聲情與視覺的共鳴性。大荒於詩劇《雷峰塔》的序言中，提到他的創作動機：

> 我從大綱長者手中，接過《白蛇傳合編》，[4] 仔細研讀覺得傳統《雷峰塔》故事主題模糊，特別是白蛇變人的思想簡直一片空白。我發覺了而不乘時勾出，以待後人，倘後人竟不發現，或發現而又過分愛惜羽毛，惜墨如金，任令湮沒不彰，冤沉海底，那將是我國文學的損失。如果我能替這故事增添一星光輝，即無異替文化復興做了一分工作，縱使貽拾人牙慧之譏，無疑也是值得的。何況，我的嘗試假若能為現代詩開拓更遼闊的道路，使不限於「純詩」領域，似乎毀譽都不必計較了。[5]

秉於這種「文化使命」與「文學先知」的精神，他創作了這部「長詩」鉅作。

大荒，本名伍鳴皋，安徽省無為縣人。民國十九年生。
一歲時，因家鄉水災，舉家逃難至江南。八歲又遇日軍侵
略，遂在家放牛割草，至十二歲才復學。一九四七年從軍，
一九四九年隨軍來台。在軍中闖蕩十八年，三十六歲除役。
旋即進入國立台灣師範大學國文專修班，畢業後擔任國中教
師，一九九○年因病退休，後專事寫作。曾參加詩宗社及創
世紀詩社。著有詩集《存愁》、《第一張犁》、《雷峰塔》、
《台北之楓》、《剪取富春半江水》；散文集《在誤點的小
站》、《春華秋葉》；小說集《有影子的人》、《火鳥》等。
　　大荒蒐集了許多相關的「神話資料」，[6]輪番密集的批
閱，然後擬訂大綱，區分出場先後，訂出從「詩序」至「尾
聲」，共十五個章節。故「詩劇」《雷峰塔》中充滿著「神話」
色彩與「童話」氣氛，作者發揮想像力，以「唯美」的方
式，勾勒這個悠久的傳說。因此，張漢良說：

> 大荒詩作的題材廣袤，或基於生活經驗，獲取自詩
> 書；有田園式鄉愁，有現實生活寫照，有模山範水，
> 最特殊的便是對古典神話的現代處理。詩人幾年前完
> 成詩劇「雷峰塔」巨構，是現代詩壇上少見的講唱文
> 學作品。[7]

大荒的《雷峰塔》，以現代詩的形式與技巧，加入自己的創
見與思維，將「白蛇傳」故事以類似「小說詩」的方式來表
現，呈現了嶄新的風貌，也讓音樂家許常惠，得以藉「歌劇」
的方式，作另一種藝術演出，而賦予了這個古老的傳說故
事，新的生命與意義。[8]茲略敘作品的梗概如下：

| 章節名稱 | 詩句摘要 | 備註說明 |
|---|---|---|
| 序詩 | 嫵媚的西湖從來不懂沉思，<br>不識愁的滋味，<br>讓英雄埋劍，壯士埋名；<br>直到雷峰塔簽名落款，（頁3）<br>才是永恆的傑作，<br>在中國東南陳列。<br><br>活埋一個悲劇，<br>雷峰夕照乃是一抹淒艷！ | （增加情節）<br>本章鋪敘西湖附近的景色與風情，說明自然絕景中，頗多遺跡。<br><br><br>人們對白素貞一掬同情之淚，使得「雷峰夕照」更添淒美與哀情之色，而成為名聞遐邇的景觀。 |
| 一<br>變形 | 頓然厭惡自己的身世，（頁4）<br>僅僅為活著而尋找食物！<br>為延續而與異性交尾！<br>（而人類！）<br>他們熱氣騰騰工作，（頁4）<br>他們興致勃勃戀愛，<br><br>斷尾、拔牙、清血，（頁14）<br>齋戒以滌胃，切膚以清心， | （增加情節）<br>本章敘述嫌惡蛇身，想藉修行化為人身。<br><br>企慕過人的生活。<br><br>白蛇覺悟，開示青蛇，偕同袪除蛇身、蛇性，結伴赴峨嵋山潛心修煉。 |

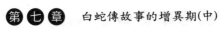

第七章 白蛇傳故事的增異期(中)

| 章節名稱 | 詩 句 摘 要 | 備 註 說 明 |
|---|---|---|
| 二<br>出山 | （白素貞）<br>天闕象偉逼，（頁28）<br>雲臥衣裳冷，<br>仙鄉雖有路，<br>人世更可親。 | 本章言二蛇初具人形，學習著衣知禮，取名做人。又再赴洞中修習，盼自己具四君子般的風操。 |
|  | （黑風仙）（頁30）<br>人世恆是失火，<br>智者遠引，<br>不作撲火的飛蛾。 | 機緣成熟，二蛇欲別黑風仙赴人間，黑風仙婉言相勸，人間苦難多劫，不如仙界愉悅。（根據方培成〈出山〉衍生） |
|  | （白素貞）<br>從無情到有情，（頁32）<br>我才獲准進入情界，<br>仙界以永恆為一世，<br>情界的一世就是永恆！ | 二蛇心意已堅，決赴紅塵，卜居首都——臨安。 |
| 三<br>結緣 | 癡迷點其神，（頁36）<br>忘我畫其態，<br><br>你們眼眸勾搭，（頁48）<br>你們眉梢糾纏，<br>你們沒有摩擦著火，（頁49）<br>只礙著一重羞澀；<br>你們春心沒有氾濫，<br>只因衣裳那道堤防。<br><br>松鼠用尾巴來掃地，（頁51）<br>袋鼠用荷包當畚箕，……。 | 白、青二蛇於春季來到西湖，白蛇見景色嫵媚，春心蕩漾。遂欲邂逅許宣，青蛇自願當紅娘。白蛇作法下雨，伺機與許宣同船。而後彼此說出身世，上岸後，許宣憐香惜玉，主動借傘給她倆，望著她們離去的身影，許宣依依不捨，牽動情愫。而白氏也對許宣情有獨鍾。<br>（增加情節）青青請西湖的土地神來裝修房子，佈置新居以迎接許宣的到來，白氏深致感謝。<br>（以神話與童話的方式，表現整飾、裝潢房屋的情景。） |

| 章節名稱 | 詩句摘要 | 備註說明 |
|---|---|---|
| 四<br>訂親 | （許宣）<br>緊閉雙目，依然看見，（頁54）<br>夜遲遲其去，畫遲遲其來。<br>我的心搖，我的目眩，（頁57）<br>我相信是人間天上。<br><br>（許、白）<br>你管纜，我掌舵，（頁64）<br>載著歡笑載著愛；<br>越過盈盈的水，<br>便是幸福的彼岸！ | 許宣輾轉難眠，思念白氏。翌日前往白府，如入人間天堂。見著白氏，魂不守舍。白氏設筵款待，感謝許宣借傘。因兩情相許，青青暗示，可婚配結褵。許宣出身寒微，不敢妄想。青青取錢相贈。<br><br>（改寫情節）白氏問錢財來由，青青說是裘王府遭天火的窖藏，她適時發現，恰巧助此姻緣。 |
| 五<br>波折 | 一場冰雹，（頁78）<br>打碎了待放的玫瑰；<br>鴛鴦未交頸，<br>先已作離人！<br><br>畫虎類犬，（頁80）<br>弄巧成拙，<br><br>是福不是禍，<br>是禍躲不過，<br>未結神仙眷，<br>先作階下囚！ | 許宣持銀回家，喜告姊姊、姊夫自己將成親之事。姊夫認出是贓銀，府吏何立去查銀時，驚見民眾說他等進入海市蜃樓。白、青知障眼法出岔，當即引火燒樓，眾衙役摔得鼻青臉腫。何立認為妖孽作祟，捉許宣問話。查庫銀是裘王府中監守自盜，遂無事結案。<br>何立稟告妖精作怪之事，太守遂判許宣發配蘇州。姊夫獲賞銀，寫信託人照料許宣。姊姊不忍骨肉分離，咒罵何立，但他巧是押解官，看在銀兩與姊夫情份上，不與計較。許宣無奈赴蘇州，感慨萬千。 |

| 章節名稱 | 詩句摘要 | 備註說明 |
|---|---|---|
| 六<br>成婚 | （許宣）<br>從獨身少年到情郎，（頁88）<br>從情郎到囹圄，<br>我已遭一小劫，<br>歷一輪迴！<br><br>（青青）<br>燭影！（頁104）<br>解釋淚的蠟燭為愛的融化，<br>解釋光的輻射為熱的蒸發，<br>解釋火焰是一把金鑰，<br>解釋洞房是一把玉鎖，（頁105）<br>不設防的城，<br>佔領即成春！ | 多虧姊夫安排，許宣隨即被假釋，在王敬溪客棧中管帳，思及際遇，哀聲嘆氣。白、青二人來找許宣，他遲疑而惱怒。青青述說白氏也是苦楚，但許宣稱她們是妖怪害官兵，但白氏說是何立害人，稱她們曾修異法，只是懲罰何立小試身手。<br><br>爭吵中王氏夫婦等加以和解，請他們於店中成親。白氏委屈失意，許宣跪下求情，遂歡喜成婚。 |
| 七<br>瘟疫 | （許宣）<br>幸災樂禍？（頁112）<br>抑瘟神是你們好朋友？<br>（白素貞）<br>不要性急，我的夫君，<br>我們沒生鐵打的心，<br>正因為我們計劃救人。<br><br>我不希罕做高官，（頁120）<br>我不希罕銀如山，<br>只希望行行醫，做做善，<br>今朝的妻室，<br>來日的母親。 | （增加情節）鄰近的崑山發生瘟疫，青青建議白氏開店行醫。<br><br>不久，蘇州亦傳瘟疫，白氏施藥行醫，救活許多病民，受到愛戴。<br><br>她們行醫治病，賺了許多錢，決定蓋小樓房、造花園，建園林，以供居住、玩賞，並期待順利產子傳嗣。 |

| 章節名稱 | 詩句摘要 | 備註說明 |
|---|---|---|
| 八<br>端陽 | 久違了！原罪！（頁131）<br>道道檻柵，<br>層層警惕，<br>竟為一小撮雄黃擊碎，<br>讓永世之囚，<br>以本來面目逃獄。<br><br>天之驕子，（頁132）<br>萬物之靈，<br>一條蛇突破你的防線，<br>便倒下如一截鋸木！ | 端午節時，青青去躲避，叮嚀白氏勿飲雄黃酒。白氏恃自己有兩千年道行，決定強撐。許宣一再勉強白氏飲雄黃酒，她拗不過他，勉強一喝，即醉臥床上。許宣懊悔，端熱茶想給妻醒酒。掀帳即見白蟒蛇棲息於榻上，驚嚇而亡。青青喚起白氏，提醒她南極仙翁花園中有仙草，可救命回陽，白氏決定去採摘救人。 |
| 九<br>療驚 | 乾一陣，星辰擺晃天關動！<br>，……，（頁147）<br>兌八陣，澤深墊巨起魚蟲！<br><br>（白素貞）<br>兩千年的奮鬥，<br>竟泡影成一瞬！（頁148）<br>（許宣）<br>害死了我，還要抵賴，（頁153）<br>我明明看見你變成白蛇！<br>（白素貞）<br>我害你死去活來，（頁154）<br>你害我出生入死，<br>愛或許就是這種模式；<br>讓我們從此長廝守，<br>活在一處，<br>死在同時！ | 白氏欲盜仙草，被鶴、鹿二仙童發現，她報告實情，求祂們賜予，但被拒絕。二仙童擺出八卦陣降妖，白蛇九死一生，幸虧入第八陣，「兌」屬澤，澤是蛇藪，她僥倖而逃。<br>（改寫情節）二仙童以八卦陣降妖。[9]白氏脫困非南極仙翁之助，而是「自助」脫逃。白氏等甫救回許宣，他張眼隨即昏蹶，白氏命青青變白綾為蛇，替他療驚，許宣向白氏道歉，二人恩愛如昔。 |

| 章節名稱 | 詩 句 摘 要 | 備 註 說 明 |
|---|---|---|
| 十吞符 | （魏霞飛）<br>被蒙在鼓裡的人哪，（頁162）<br>只知瘟疫她撲滅，<br>卻不知瘟菌是她散，<br>虧是你們吃，<br>當是你們上，<br>還把黑天使當作活菩薩！<br>（許宣）<br>你的慧見雷轟電掣，（頁164）<br>你的法言發我猛醒，<br>請勿怪愚妄的頂撞，<br>我願重金求你救我脫離魔<br>手！<br>（白素貞）<br>他不信貼肌的肉，（頁174）<br>不信親吻的口，<br>一絲風言風語，<br>就被人牽著鼻子走！<br>（青青）<br>歸去來兮！（頁175）<br>讓我們從他們的睥睨，<br>修成崇拜！<br>（白素貞）<br>我既來，決不返，<br>不得結果不罷休！<br>煉獄在前，<br>為了愛，<br>我也不回頭！ | 許宣到純仙廟看熱鬧，遇道士魏霞飛指許宣有妖怪纏身，不久會一命歸陰。眾人不信，說他的妻是「蘇州觀世音」，救人無數，道士是無稽之談。道士指白氏散瘟，別有用心。許宣心已動搖，撲通跪下，向道士求救。許宣得符咒後，搖醒睡夢中的白氏，哄騙說是觀音符水，喝下即生嬌兒。許宣心虛，被妻識破，她憤起咒罵，他只好說出實情。翌日，白、許尋道士理論，白氏當場吞符，證明自己無恙，隨即將道士以一道白光逐出。白氏對許宣失望，傷心許宣對他不信任。<br>青青憤慨地勸她回山修行。<br>白氏雖感傷，但決心為愛而赴湯蹈火，在所不辭。 |

| 章節名稱 | 詩句摘要 | 備註說明 |
|---|---|---|
| 十一 遭火 | 折騰我們命，（頁179）<br>搜刮我們錢，<br>還騙了我們的感激。<br>我們真是大傻瓜，<br>把死瘟神當作活神仙！<br>（白素貞）<br>都是野道害人，<br>信口一句雌黃，<br>又把春水吹皺；<br>不要煩憂，我們撫躬自問：<br>沒有做任何不義。<br><br>美艷的暴力，（頁188）<br>一切在一瞬間摧燬！ | （增加情節）白氏雖趕走道士魏霞飛，但街坊中卻散布著他對她的指控，認為白氏散瘟，故僅她能救活大家，有違常理。因而大夥來許家吃喝、要錢，起初夫婦倆殷勤招待，後來大家更為放肆，錢若給少，都賴著不走。許宣詢問後，方知真相。<br>許宣難過，青青生氣，白氏安慰他們，問心無愧即可。翌日，這群無賴復來滋擾，青青氣憤而整肅了他們。白氏覺得蘇州已無法安居，擬賣產喬遷。王敬溪也同意此見，委託鎮江李克用代為張羅前往之事。<br>當夜許宣宅第著火，鄰居們群集圍觀，竟無人救火，令人心寒、失望！ |
| 十二 色誘 | （李克用）<br>一見面，就傾心，（頁188）<br>我的心兒蹦蹦跳，<br>我的靈魂不回巢，<br>心心意意抱緊你，<br>猛饕餮冰肌香澤！<br><br>是我誤認了你？（頁200）<br>還是你弄錯自己？<br>為何形象一瞬間抽離？<br>玫瑰突然幻化蒺藜？ | 赴鎮江投靠李克用，許宣在其藥店做事，夫妻住在他家。李克用見白氏貌美而心神蕩漾，誤將婢女秋菊，錯看為白氏，妄加非禮。秋菊同意收錢了事，並協助誘騙白氏讓李克用逞慾。院君生日，邀許氏夫妻赴宴，巧計騙白氏與李克用獨處，他欲非禮她。<br>（改寫情節）<br>白氏幻為院君臉孔，並責罵李克用，致他驚嚇昏蹶。白氏將情景告知許宣，欲搬出李家，自立門戶。 |

| 章節名稱 | 詩句摘要 | 備註說明 |
|---|---|---|
| 十三 壇引 | （白素貞）<br>他們是高明的魔術師，（頁215）<br>打救苦救難旗，<br>行冠冕堂皇騙，<br>根本不須兌現，<br>他們遠遠把許諾推在身子後邊！（頁216）<br>（法海）<br>良藥總是苦口，（頁217）<br>忠言一向逆耳，……，<br>我鄭重警告你：<br>見到棺材，落淚就太遲！<br>（法海）<br>妖精肆虐，（頁220）<br>本已不容，<br>更不能繁衍孽種，<br>若不除去，<br>星星妖火，勢必燎原！ | （增加情節）李克用欲染指白氏不成，驚嚇成疾後，精神恍惚，家人疑其中邪，請法海禪師前來禳祓。果然他恢復神智，告訴法海中邪的來由，法海即拜訪許宣，說出實情，但許宣已決心不為所動，僅供養一斤檀香。因白氏懷孕，許宣遺憾知情太晚，否則多做功德。才說出和尚化緣之事，白氏排斥佛、道，不以為然。金山寺向許宣的藥店，訂購一擔檀香，許宣猶疑是否前往？白氏要他以生意為重，但速去速回，勿與方丈接觸。但甫入金山寺，法海即對他說真相，許宣不為所動，說她即使是妖，也深愛不渝。法海遊說，指出世上無不害人的妖精，他必定得出家。許宣心意動搖，但想到妻已懷孕，不忍拋棄，為她求情！法海強勢下，許宣屈服，情願剃度，但請放過赤子。言談中，白、青二蛇來尋許宣，他請求見面，但法海不允。說他已是佛門弟子，不可心生妄念，妖來正好收拾！ |

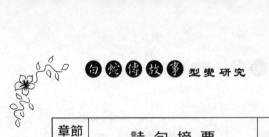

| 章節名稱 | 詩 句 摘 要 | 備 註 說 明 |
|---|---|---|
| 十四決鬥 | （法海）<br>分明是妖魅害人，（頁224）<br>堂堂人類，<br>豈能與異類聯姻？<br>（白素貞）<br>佛認萬物皆有佛性，（頁225）<br>為何不承認我們？ | 白、青二蛇來金山寺尋許宣，法海不肯放人，且出言不遜。他執禪杖打人，雙方遂展開纏鬥。法海請護法神助陣，白氏發動水族，水漫金山寺。<br>（改寫情節）法海持缽，罩住腹痛如絞的白氏，忽聽虛空中有人喚法海收缽，白氏身懷文曲，不得傷身！青青護住白氏，遁回西湖。白氏對一湖春景，不勝感慨。 |
| 十五生滅 | （白素貞）<br>倘我是人妖，（頁248）<br>你就是僧妖！<br>（白素貞）<br>永別了！我夫！（頁249）<br>重重疊疊的波波折折，<br>波波折折的苦苦辛辛，<br>苦苦辛辛的恩恩愛愛，<br>一下灰飛湮滅！<br>（許宣）<br>色本不空，（頁250）<br>被你挖空！<br>（許宣）<br>我仍不忘試用愛感動岩石，（頁253）<br>閃一條縫，<br>讓我從黑獄把你偷出。 | 白氏與青青感慨之餘，咒罵許宣無情無義，忽見他出現。她倆氣憤不已，責怪許宣。他說受到嚴密控制，故不得脫身。青青反問，若如此，何能回杭？他說是法海收缽失利，心灰意冷下，助他「一陣風」，索性令其歸。許宣知白氏對他情深義重，夫婦倆言歸於好。釋疑後，他們回到李仁姊夫家待產。冰釋前疑後，在歡欣期待之中，迎接新生命的降臨——許士麟。半月後，法海來收妖，青青帶士麟逃走，白氏咒罵法海是「妖僧」害人，被他持缽鎮壓於雷峰塔中。法海要許宣明白「色」即是「空」，隨他出家。<br>（改寫情節）許宣說妻離子散，已無家了！決心搭草棚於塔旁，餓時乞討，暇時唱歌，苦候妻子歸來！ |

| 章節名稱 | 詩 句 摘 要 | 備 註 說 明 |
|---|---|---|
| 尾聲 | 從草澤攀昇而上，（頁254）<br>再回潮濕，<br>是她已不復是她；<br>一段遼長的歷程，<br>就是一種巨大的改變，<br>她已從失去多少上，<br>得到了多少。<br><br>悲歡離合過，（頁258）<br>酸甜苦辣過，<br>人過、妻過、母過，<br>他已投資於未來——<br>丁香遍野，<br>水智山仁。 | （增加情節）對於白氏追求自我實現，成為「人」道的精神，表示肯定。雖歷劫，但卻是一種蛻變。而人往往不懂自省與上進，不知「珍惜人身」，而妄自菲薄。作者賦詩作贊，謳歌這段故事。<br><br>肯定白氏歷經人生歷程之磨難與考驗後，已提昇自我的境界，綻放出生命的智慧花朵！ |

　　作者透過對話、旁白、描述、刻繪、象徵、對仗、重疊、譬喻、文白夾雜，以及時空場景的轉換、跳接……等手法的交互運用，期使《雷峰塔》詩劇達到全面的可讀性，以至聽覺上的某種程度的滿足。全劇約三千餘行，誠屬偉構。一九七四年四月，於《幼獅文藝》第二四四期率先登出，分六期至二四九期刊畢。這也是國內文學雜誌首先以如此罕見的大篇幅，連載詩劇的創舉。

　　大荒在《雷峰塔》的「序」中，提到他對故事的主題有其個人的看法，茲歸納如下：[10]

## （一）宣揚佛法無邊

《雷峰塔》最早大致是宣揚佛教作品，架構在妖、人、佛三重關係上，著眼於邪不勝正，演變到後來，加上改邪歸正的結局，主旨仍在宣揚佛法無邊。到了清季中葉，又附會忠孝色彩（大約因為要演給皇帝看的關係），於是思想面目越發混亂了。

## （二）進化論的思想脈絡

白蛇苦苦修煉，乃是要掙脫「物」的身分，向上超拔，以獲得「人」的資格為終極目的，當她躋身人類，就因出身不好，在以正統自居的法海眼中依然是異類，所以他們間的衝突無可避免的。這樣一來，就可清晰看出進化論的思想脈絡，並隱隱由生物層面浮現文化上挑戰與回應的問題。

## （三）萬物有情，追求性靈的提昇

晉人王戎說：「聖人忘情，最下不及情，情之所鍾，正在我輩。」我以為可以替這一主題畫龍點睛，因為蛇由不及情而追求情界，僧由情界進入忘情界，彼此自不能調和。這是屬於生命情調的爭執，所以激盪悲壯，淒美動人。……，就佛家觀點看，凡生物都有情，蛇是生物，我把牠比附於不及情似不能成立；但此地不過當作「最下」代表而已，亦如法海是「聖人」代表。……，那麼鍾情的「我輩」究竟有何值得追求？我的答覆是：白蛇肯定生命只有在「情的世界」才有高貴的意義，情是溫暖，是善，是恩和愛，唯有「人類」才能圓滿達成。熊十力先生說：「夫萬物發展……由無

機物進至生物，（更）不知經歷幾許長劫。生物復經無量劫，進至人類，而性靈始露……是其所以特殊於萬物……乃為天之驕子。」這個性靈，就是情之閃光，也是萬物演化過程中所想望的最高境界。

大荒認為——「白蛇傳正是人類原始掙扎的追憶，而法海的阻撓，正是惡劣環境的象徵」，[11] 為臻於這樣的寫作立場，務使「情」之提昇與「理」之發展，符合故事的旨趣，他刪除及改動了許多怪誕迂腐的情節，另增變形、救瘟、遭火及序詩和尾聲。為了證明白蛇已充分完成人性，他刻意將「色誘」那一場，她驚變嚇走色鬼的對象，由過去的「蛇」或「魍魅」，改為「色鬼的妻子」。如此，即讓她的「妖姓」減少，而「人性」增加。[12] 雖然大荒有這樣的創作考量，但作品中仍不時出現白娘子施「妖法」的一面。如：「吞服」中，即有白氏破口罵人，施法驅道的情景：

（白素貞）

為了劌除心賊，

我要讓你看：

畢竟是妖的，

我？還是野道。

滾吧！我助你一陣風，

遠遠的，修行德性，

涵泳靈魂！

說過，用手一指，說聲去，魏霞飛已隨她手勢，呈一道白光，凌空而去。（頁174）

在大荒的筆下，白素貞的形象不若田漢、張恨水他們塑造的
那樣溫婉柔順。她是新時代的女性典型，熱烈而執著的追尋
生命中「自我實現」的歷程，不斷地超拔、掙脫「畜類」的
桎梏，渴慕「為人」而性靈通達、澄明。作者認為白蛇的奮
鬥精神，就是人類當初進化、奮鬥的寫照，而人類遺忘了這
段艱辛，變得自以為是，故步自封。所以，他增加了「詩
序」及「尾聲」，藉之謳歌白蛇這樣的生命情境與志願，讓
人們省思自我，也體會眾生平等、有情的觀念。雖大荒讓白
素貞賦予「神聖的生命哲思」，但作者塑造她的形象，卻不
同於田漢、張恨水等人所塑造之「屈意承歡」──「溫
順」、「完美」典型，而是「愛憎分明」，勇於表現自我情緒
的人。如：在「吞服」中她責罵許宣為道士所蠱惑，言詞是
鋒利而潑辣，為了維護自己的愛情與理想，她表現情感的激
烈度與〈白娘子永鎮雷峰塔〉是同出一轍：

　　（白素貞罵許宣）
　　堂堂男子漢，
　　耳根這樣軟，
　　人家說東你說東，
　　人家說西你說西，
　　分不出青紅皂白，
　　看不出善惡賢愚，
　　我替你害羞同時憤怒！
　　我要找那野道，
　　封他妖言惑眾的口！（頁168）

雖然大荒刪去白蛇令人怖畏的形象，但「波折」中仍以「妖法」對付何立等人，依循舊本改寫，不夠「圓融」的詬病。而許宣的人物形象，也有諸多值得商榷之處。如：「成婚」中，許宣一再責怪白娘子「妖精害人」，咄咄逼人中，最後竟還是歡喜成婚，立場薄弱而牽強。而「吞符」中，為求自保對道士請求救命；竟蒙騙白娘子飲下「觀音符水」，謊稱飲後可獲麟兒。這與後來搭棚於塔旁，癡情陪伴愛妻的形象，實在相去甚遠。青青的形象描寫，也與傳統的「白蛇傳」故事類似。法海的形象，則是為「用盡心機的僧妖」。大荒的詩劇《雷峰塔》，情節發展與人物形象的塑造上，襲舊本創作的成分頗多，而人物性格的呈現上，存在較多不一致性。

　　大荒於《雷峰塔》的材料處理上，或許是基於文學美感的營造，或許是要迎合台灣讀者的認同，出現選材與時代背景不契合的現象。如：「生滅」中，描述白素貞以身為人母的慈愛眼神、柔情雙手，凝視、推動搖籃裡的愛兒時的情景為：

　　……白素貞雙手扶著搖籃兩邊，低垂著頭，竭力想讓臉色鮮明些，好使嬰孩看清楚些。她陶醉而沉迷地唱著：

　　嬰呀嬰呀睏，

　　一暝大一尺，

　　嬰呀嬰呀睏，

　　一夜大一寸，

　　搖兒日落山，

抱兒睜睜看；

兒是我心肝，

驚你受風寒。（頁246）

以「台灣民歌」搖籃曲來詮釋母親對子女的情感，雖然真切感人，但出於「宋朝」的「白素貞」之口，似乎極不合故事中的時代背景。若只是歌劇表演時，增加音樂性與共鳴度，以之為襯場樂曲，則較為合理而適切。

「白蛇傳」故事在增異期中，為使故事的發展更合情理，更具時代意義，大多將許仙（宣）的形象重新改寫。田漢、張恨水與大荒，都將他塑為「溫柔、體貼、癡情」的男子。大荒安排《雷峰塔》故事的結局迥異於原作。白蛇入塔後，兒子由「異類」——小青撫養，而不是「人類」的姑母撫養。他無交代許士麟是否中狀元？也未寫「祭塔」哭母的部分。大荒與張恨水將故事的旨趣擺在於詮釋「愛情」的角度上，故哭塔者都是許宣，表現他對愛情的熱烈與執著。詩劇《雷峰塔》中，許宣築舍於塔旁，日夜陪伴著白娘子，雖深情感人，但和他聽到道士的諫言，立即懇求救命，懦弱而貪生怕死的情形，實在太矛盾。

大荒的詩劇《雷峰塔》在文學形式的表現上，是突破性的嘗試。他以「敘事」的現代詩手法，融入神話的題材，將這個久遠的故事，賦予新的文學生命力，可說是極富時代意義的創作表現。尤其在結局的安排上，是另有獨特的見解。彰顯異類對於情義的踐履，往往高於人類。白素貞因「情執」而願歷劫不悔，青青為「赴義」而承擔育子之責，他們都比人類更富「情義」，圓通「人情」。或許大荒安排許宣曾

一時執迷，一度膽怯，最終仍回報白娘子以不渝的深情相守，是另一種「良知」的回饋與「省悟」的愛戀吧！或許是因為許宣歷經情感乾涸後，才驚覺白素貞的情義可貴，而決定長伴愛妻！而許宣「餓時乞，暇時歌」可說是一種自我放逐，對生命之「色」與「空」的超脫吧！這與《紅樓夢》中曹雪芹讓賈寶玉出家的結局，有異曲同工之妙！因為賈寶玉的出離，可說是對林黛玉愛情的執著與超脫，是鍾情的體現。而大荒讓《雷峰塔》的許宣，枯守孤塔，過著槁木死灰的生活，也是鍾情的體現，更是對法海的悲憤控訴！林景蘇在〈白蛇傳的階級意識與象徵〉中對詩劇《雷峰塔》的看法為：

> 此故事情愛受阻的架構雖然未變，但白蛇的歷劫，顯然已受到了時代的諒解，並以許宣不變的堅貞來回報白蛇的真情，誠可謂淒美之至。[13]

大荒以新時代的文學形式來呈現「白蛇傳」故事的新貌，是重大的創舉。但是，文句的描寫上，也誠如他於〈《雷峰塔》詩序〉中言：

> 我是「不薄今人愛古人」的人，寫過不少神話詩，我認識到神話是文化的基型，可以多方開發，而在我國，似乎還是一片荒土。我願意作神話田畝的耕夫，翻新它，種植新的穀物。不過改寫《雷峰塔》長劇，卻是俞大綱先生的鼓勵與鞭策。首先我覺得語言困難不容易克服，現代詩不宜敘事是大家公認的，弄不

好，不流於浪漫主義就流於散文分行般鬆散，結果豈
不是畫虎不成反類犬？（頁2）

從詩劇《雷峰塔》中，的確也見到「散文分行」化的情形。
全劇的對話，大抵是在諸多象徵與寫實，以及遠近高低各不
同的情境中默默運行著。[14] 他將人物的「對話」以詩句的方
式來表現，故多是口語化，較缺乏詩境。且遣詞造句中，也
有略顯不夠典雅之處：

白素貞告訴她說：
有一天我們會走出山林，
在人的社會生活，
名字是第一種身分。

青青雀躍起來：
要下山就馬上動身，
我正嫌群山寂寞，
萬木淒清。（頁19～20）

美麗的饑渴，
才一撩撥，
便是期待胳肢的，
一片發癢的肌肉！（頁36）

但這篇著作像是長江、黃河之水，澎湃奔瀉而下，雖夾雜泥
沙碎石，但仍是氣勢磅礴。大陸學者沈奇認為大荒的詩作風

格有——「孕大含深」的特色,即是凝重、新奇、突兀、深沉而負重的「洪流」氣象。他又說:

> 冷、凝、沉——這是大荒詩語的基調。冷而不僻,出人意料,峭拔而突兀,常給人以強烈的藝術撞擊感;凝而不澀,聚力於引而不發,內凝外釋,句與句之間常有大的跨跳,似無從連結,但內在的氣蘊貫通。反生張力,回味有加;沉而不暗不滯,講究控制,不濫泄,不虛浮,自然就剔除了矯情和媚俗的侵蝕。冷語異象下,有生命大激情、大關懷、大徹悟之潛流洶湧,而非浪花泡沫之浮詞俗語。[15]

在「序詩」與「尾聲」中,即能看出這種大氣象、大氣蘊、大詩語感,冷峭、凝重而高遠浮沉的「大荒式」的精美詩風。如:

> 人心惟危!
> 道心惟微!
> 豪傑與風車為敵,
> 英雄以燈草作戈,
> 當眾光皆黑,
> 眾聲皆默,
> 她吶喊著跳上祭壇,
> 舞動熱情為火把,
> 接生命為新枝,
> 以愛的犁頭,

打土地轟轟烈烈曳過！（頁257）

大荒這部著作，除了以情愛的觀點來詮釋故事外，在他敏感
而睿智的思維下，更內涵著飽含生命哲學的觀點。琦君身處
海外，遺憾未拜讀，但她卻堅信：

> 大荒在《幼獅文藝》連載的「白蛇傳」故事長詩，我
> 可惜未曾拜讀。他的文章，我一直非常喜愛。因他常
> 於對人生的無可奈何中，透著無限悲憫之情。帶哲理
> 的雋語，不時閃爍於洗鍊的文詞之中，以他對人世憂
> 患的體認，來編寫《白蛇傳》歌詞，是再恰當也沒有
> 了。他一定發揮我國民俗文學深一層的意義，賦予白
> 蛇以完整的人格，將現代精神，灌注於此千古血淚故
> 事之中。[16]

誠如琦君對大荒文風的認知，他不僅將「白蛇傳」故事改編
為浪漫的傳說，更賦予嶄新的文化意義。他以生物進化與宇
宙創生的過程，對人類的驕矜與惰性，提出了批判。裨益於
性靈的滌淨與理想的踐履。[17] 他透過詩文的謳歌與讚頌，讓
我們醒悟應該謙卑的學習生活，珍重生命中已擁有的資糧，
把握當下，追求自我實現的境界與福慧的圓融具足！

# 第二節　張曉風的散文〈許士林的獨白〉

「白蛇傳」故事，原是「悲劇」的尾聲，由於中國人「喜聚不喜散」的心理特性，致故事結尾衍生了「大團圓」式的「喜劇」收場。狀元「誠意動天」，祭塔救母，滿足了讀者心的遺憾。但歷來由「合缽」，而至「祭塔」，少有人對於贏得功名富貴的「白蛇之子」，探究其積壓於內心深處的情感世界。現代女作家張曉風，以「人子之心」，試圖解讀潛藏在許士林背後的心路歷程。她以溫柔的感情，細膩的筆調，用其最擅長的「散文」方式，詮釋了深富時代意義的〈許士林的獨白〉。

張曉風，筆名有「曉風」、「可叵」、「桑科」等。一九四一年三月二十九日生於浙江金華，江蘇銅山人。一九四九年隨父母到台灣，小學時期就與同學成立「綠野文學社」，十七歲即在報刊發表文學作品。東吳大學中文系畢業，現任教於東吳大學、陽明大學。得過中山、國家文藝獎，當選過十大傑出女青年。她編、寫戲劇；著雜文、散文。然而真正呈現她面貌的，應是她的散文。可用學者的深度細讀，因它那麼深刻；可以孩子的天真翻閱，因它那麼淺明。[18] 著有散文集《地毯的那一端》、《步下紅毯之後》、《愁鄉石》、《黑紗》、《你還沒有愛過》、《再生緣》、《我在》等；雜文集《幽默五十三號》、《通菜與通婚》等；主編《中華現代文學大系》散文卷等。

〈許士林的獨白〉曾獲民國六十八年第二屆時報文學散

文推薦獎。文中寫出十八年來，許士林對於睽違已久的母親強烈的思念，它反映了人子不能享受母愛的人倫之悲，更彰顯了當時許多處於海峽兩岸，因戰亂以致骨肉分離的家庭，對於親情的渴慕與召喚。許士林的獨白，也是所有漂泊異鄉失怙之子的獨白，因此，作者於文題下寫著：

〈許士林的獨白〉——獻給那些睽違母顏比十八年更長的天涯之人[19]

張曼娟女士評論這篇文章時說：

（這）正是作者的「獨白」，可能也是寫作動機之一。今日台灣有多少許士林，大陸就有多少白素貞一樣的母親，被無形的雷峰塔緊罩著。這篇散文乃具有其獨特的時代意義。比〈白娘子永鎮雷峰塔〉和《白蛇傳》有了更明顯感人的主題。[20]

作者藉許士林的口吻，表達對母親的孺慕之情與心靈繫念，也是表達天涯浪子對於家園與親情的牽掛與懷想，故「白蛇傳」故事的「母題」，已具延伸發揮的現象，扣緊了「時代」，在新的時空、背景中，得到文學創作題材的再生來源。同樣的故事背景，不同的作家，不同的時代，不同的角度，表達了不同的觀點與心聲，讓這個流傳久遠的傳說故事，賦予新的風貌與意義。作者於該文的後記中寫到：

許士林是故事中白素貞和許仙的兒子，大部分的敘述

都只把情節說到「合缽」為止，平劇中「祭塔」一段
也並不經常演出，但我自己極喜歡這一段，我喜歡那
種利劍斬不斷，法缽罩不住的人間牽絆，本文試著細
細表出許士林叩拜囚在塔中的母親的心情。[21]

全文篇幅不長，共分為六個段落——「駐馬自聽」、「認
取」、「湖」、「雨」、「合缽」、「祭塔」。它未絮絮聒聒的
敘述「人蛇相戀」的悲劇始末，而是由「白蛇傳」故事的
「祭塔」一段演化而成，可說是作者閱讀心得的發揮。文中
僅就許士林狀元及第的身分，悲欣交集地奔赴雷峰塔，叩拜
母親的心情作描寫。全文真摯感人，聲聲發自為人子的內心
的吶喊，抑不住的悲憤情感，躍然紙上。所以，張曼娟認
為：

> 從《警世通言》的〈白娘子永鎮雷峰塔〉到曉風散文
> 〈許士林的獨白〉，它們原是一脈相承的，只是愈來愈
> 具情味。〈白娘子永鎮雷峰塔〉之所以「無情」，因
> 為讀之可以不為動容；《白蛇傳》之所以「多情」，
> 乃因讀後難免掩卷嘆息；〈許士林的獨白〉之所以
> 「深情」，是因為讀它總令人愴然淚下，感動不已！[22]

張曉風以散文的筆法，「母親」的身分，「人子」的心情，
運用心理學中「同理心」的技巧，將許士林奔騰於胸臆，積
壓多年的情感，懇切地傳達出來，這是她最成功之處。茲將
六個段落，簡析如下：

| 〈許士林的獨白〉[23] | | |
|---|---|---|
| **各段名稱** | **內　容　提　要** | **說　明** | **備　註** |
| 一、駐馬自聽 | (1)抒情——<br>「我的馬將十里杏花跑成一掠眼的紅煙，娘！我回來了！」<br>(2)情景交融——<br>「馬踢起大路上的清塵，我的來處是一片霧，勒馬蔓草間，一垂鞭，前塵往事，都到眼前。」<br>(3)血脈相連——<br>「我不需有人講給我聽，只要溯著自己一身的血脈往前走，我總能遇見你，娘。」<br>「都說你是蛇，我不知道，而我總堅持我記得十月的相依，我是小渚，在你初暖的春水裡被環護，我抵死也要告訴他們，我記得你乳汁的微溫。……，我知道你的血是溫的，淚是燙的，我知道你的名字是『母親』。」<br>「而萬古乾坤，百年身世，我們母子就那麼緣薄嗎？才甫一月，它們就把你帶走了。」<br>(4)憐惜母親——<br>「塔牢牢地楔死在地裡，像以往一樣牢，我不敢相信你馱著它有十八年之久，我不能相信，它會永永遠遠鎮住你。」<br>(5)想像母親容顏——<br>「十八年不見，娘，你的臉會因長期的等待而萎縮乾枯嗎？有人說，你是美麗的，他們不說我也知道。」 | 敘述許士林哽咽而悲欣交集地，急於去叩見未曾謀面的母親。<br>「霧」暗示自己身世之謎。<br>母子的血緣關係是存在的事實，無法磨滅，且親情自然相契，無法斬斷。<br>母親溫柔，母親之乳是「熱」而非「冷」。<br><br>襁褓失母，天倫悲劇，控訴法海殘忍。<br>對於母親的遭遇與處境，以「同理心」體會，並表達憐惜之情。<br>勾勒母親形象，足見想慕深切。 | 狀元及第。<br><br>似玉山主人本、《白蛇傳》（前）所述，身世被蓄意隱瞞。<br>「蛇」產「人」子，非異類。<br><br>法海無情，非人性，乏大愛。<br>白氏被鎮於塔中。<br><br>白氏有美麗的姿容。 |

| 各段名稱 | 內 容 提 要 | 說 明 | 備 註 |
|---|---|---|---|
| 二、認取 | (1)想像母親形象——<br>「娘,我知道你正化身千億,像我絮絮地說起你的形象。娘,我每日不見你,卻又每日見你,在凡間女子的顰眉瞬目間,將你一一認取。」<br><br>(2)母子雖不見,應相識——<br>「娘,你一直就認識我,你在我無形體時早已知道我。你從茫茫大化中捏我成形,你從冥冥空無處摶我成體。」<br>「我們必然從一開頭就彼此相識的。娘,真的,在你第一次對人世有所感有所激的剎那,我潛在你無限的喜悅裡,而在你有所怨有所嘆的時分,我藏在你的無限淒涼裡。娘,我們必然是從一開頭就彼此相識的,你能記憶嗎?娘,我在你的眼,你的胸臆,你的血,你的柔和如春漿的四肢。」 | 母親雖不得見,但日常生活中,見浣衣女子、繡花女孩、衲鞋老婦,都會淚濕眼眶,思及慈母。<br>在峨嵋山修煉化育的時候,母體即與子體血肉間已相通感,母子血脈相連,故自然天性下,彼此雖不能日常共處,但應該能相認,心靈熟稔。 | 白氏在其子心中,是善良、美麗、溫柔的慈母形象。<br>白氏於峨嵋山修行,根據《雷峰寶卷》之說。[24] |
| 三、湖 | (1)人間不平等的對待——<br>「千年修持,抵不了人間一字相傳的血脈姓氏,為什麼人類只許自己修仙修道,卻不許萬物修得人身跟自己平起平坐呢?」<br>(2)渴慕人間——<br>「娘,你來到西湖,從疊煙架翠的峨嵋到軟紅十丈的人間,人間對你而言是非走一趟不可的嗎?」<br>「娘啊,世間原來並沒有人跟你一樣 | 痛斥人類「不平等」的階級意識,不公平的對待異類。<br><br>敘述母親嚮往十丈紅塵,因渴慕想「成為人」,學習為人之道。 | 具「大乘」佛教「眾生平等」的觀念。<br>先修行為「人」,是異類必經的次第。<br>「人」卻不認真修 |

| 各段<br>名稱 | 內　容　提　要 | 說　明 | 備　註 |
|---|---|---|---|
| | 痴心地想做個人啊！」<br>⑶藉物抒感──<br>　　「冷泉一逕冷著，飛來峰似乎想飛到那裡去，西湖的遊人萬千，來了又去了，誰是坐對大好風物，想到人間種種就感激欲泣的人呢，娘，除了你，又有誰呢？」 | 「人身難得今已得」，人往往不懷感恩心，暗示人不能感恩圖報於天地化育與人情對待。 | 德為善。「人」不如「畜」，懂得謙卑感恩。 |
| 四<br>、<br>雨 | ⑴愛戀塵世，築夢艱辛──<br>　　「是不是從一開頭你就知道和父親註定不能天長地久做夫妻呢？茫茫天地，你只死心踏地眷著傘下的那一剎那溫情。」<br>　　「千年修持是一張沒有記憶的空白，而傘下的片刻卻足以傳誦千年。娘，萬里的風雨雷電何嘗在你意中，你所以眷眷於那把傘，只是愛與那把傘下的人同行，而你心悅那人，只是因為你愛人世，愛這個溫柔纏綿的人世。」<br>⑵肯定母親的作為──<br>　　「上天下地，你都敢去較量，你不知道什麼叫生死，你強扯一根天上的仙草而硬把人間的死亡扭成生命，金山寺一鬥，勝利的究竟是誰呢，法海做了一場靈驗的法事，而你，娘，你傳了一則喧騰人口的故事。」<br>⑶抒感，骨肉離散之悲──<br>　　「娘，峨嵋是再也回不去了。在斷橋，一場驚天動地的嬰啼，我們在彼此的眼淚中相逢，然後，分離。」 | 斥責其父的薄情，對母親的痴心，表示同情、惋惜。<br><br><br><br><br><br>盜草救夫，扭轉生死精神可歌可泣。<br>諷刺法海並非真正勝利者，白氏流傳千古的故事，影響力是值得肯定的。<br>白氏產子，骨肉分離；是宿命的悲劇。 | 感嘆多情傷別離，許仙寡恩情。<br>「傘」繫情緣；「傘」散恩義。<br><br><br><br>方成培《雷峰塔》盜草救夫、水漫金山之情節。<br><br>白蛇產子據方成培《雷峰塔》情節。 |

| 各段名稱 | 內　容　提　要 | 說　明 | 備　註 |
|---|---|---|---|
| 五、合缽 | (1)法缽鎮不住癡情——<br><br>　「都說雷峰塔會在夕照裡，千年萬世，只專為鎮一個女子的情癡，娘，鎮得住嗎？我是不信的」<br><br>　「像一朵菊花的『抱香枝頭死』，一個女子緊緊懷抱的是她自己亮麗的情操，而一隻法海的缽能罩得住什麼？娘，被收去的是那椿婚姻，收不去的是那婚姻中的恩怨牽掛，被鎮住的是你的身體，不是你的著意飄散如暮春飛絮的深情。」 | 肯定母親的深情，痛恨法海無理破壞幸福的生活。 | 法海無情，「人」反不如「畜」。 |
| | (2)子嗣活躍人間，象徵未被鎮壓——<br><br>　「——而即使身體，娘，他們只能鎮住少部分的你，而大部分的你卻在我身上活著，是你的傲氣塑成我的骨，是你的柔情流成我的血。」<br><br>　「娘，法海始終沒有料到，你仍在西湖，在千山萬水間自在的觀風望月，並且讀聖賢書，想天下事，與萬千世人摩肩擦踵——藉一個你的骨血揉成的男孩，藉你的兒子。」 | 母子血脈相連，雖然形體囿於塔中，但精神藉子嗣之軀，仍優遊自在於天地之中而與世人共同生活，法海是固執所見，白蛇之子終成狀元——成為「人」才。 | 白蛇血脈流傳，子嗣成為「人」，證驗其形已超拔成人。法海是失敗者。 |
| | (3)為母親爭光——<br><br>　「不管我曾怎樣悽傷，但一想起這件事，我要好好活著，不僅為爭一口氣，而是為賭一口氣！娘，你會贏的，世世代代，你會在我和我的孩子身上活下去。」 | 母親應是勝利者，因兒子含悲奮發，為其贏得尊嚴，且世代為「人」，其骨血將流傳於世。 | 白蛇之屈辱得以伸張。 |

白蛇傳故事型變研究

| 各段名稱 | 內　容　提　要 | 說　明 | 備　註 |
|---|---|---|---|
| 六、祭塔 | (1)已功成名就，憾未享受母愛——<br>　「十八年前是紅通通的赤子，而今是宮花紅袍的新科狀元許士林。我多想扯碎這一身紅袍，如果我能重還為你當年懷中的赤子，可是，娘，能嗎？」<br>(2)代父致歉——<br>　「而此刻，當我納頭而拜，我是我父之子，來將十八年的愧疚無奈併作驚天動地的一叩首。」<br>(3)悲憤控訴——<br>　「且將我的額血留在塔前，作一朵長紅的桃花：笑傲朝霞夕照，且將這崩然有聲的頭顱擊打大地的聲音，化作永恆的暮鼓，留給法海聽，留給一骇而傾的雷峰塔聽。」<br>　「人間永遠有秦火焚不盡的詩書，法缽罩不住的柔情，娘，唯將今夕的一凝目，抵十八年數不盡的骨中的酸楚，血中的辣辛，娘！」<br>(4)堅信真理、真情不渝——<br>　「終有一天雷峰會倒，終有一天尖聳的塔會化成飛散的泥塵，長存的是你對人間那一點執拗的癡！」<br>(5)母親精神與之長在——<br>　「當我馳馬而去，當我在天涯海角，當我歌，當我哭，娘，我忽然明白，你無所不在的臨視我，熟知我，……。」<br>(6)祈願——<br>　「讓塔驟然而動，娘，且受孩兒這一拜！」 | 十八年乖隔，萬種淒涼，忍辱有成，但遺憾未能享受母愛。<br>「天下無不是的父母」，許士林為父致歉。<br>對法海無理拘禁母親提出悲憤的抗議。<br>真理、聖道應順應人情，拆散母子親情令人心酸悲楚。塔鎮不住人間至情、至性，拆不散人倫關係。<br>母親之精神一直與他長在，是關愛他，而且深入的內化在他的生命中。將所有的思親之情，化為撼動人心的禮拜。 | 悲劇無法彌補，赤子憾恨法海泯滅人情。<br>暗示許仙無情寡義。<br>諷喻法海無情鎮壓白氏，有違佛法精神。<br>法海無法鎮壓人間至情。<br>雷峰塔必倒，白蛇終將出世。<br>親情天性，無法割斷，人間至情，自然流露。孺慕之情撼動人心。 |

-304-

「白蛇傳」故事中的重要情節，自〈白娘子永鎮雷峰塔〉時，已大致底定。後人根據時代及人情之需，增加了許多情節。如：方成培的《雷峰塔》即廣受歡迎與接受，其作品中「水鬥」、「產子」、「祭塔」等情節，成為張曉風撰寫散文〈許士林的獨白〉擷取的材料。她以「人倫」的角度，詮釋「白蛇傳」的故事。雖藉許士林之口道出內心的悽楚與悲憤，但事實上，也是說出長久以來人們對於這個故事的觀感。綜觀本文，其突顯的寫作特色有下：

## 一、擴大「白蛇傳」故事的思想內容

　　「白蛇傳」故事以往多在描寫許、白之間的愛情故事。黃圖珌更對世人妄增「產子」情節，深表不滿。事實上，增加「產子」情節，讓讀者對於白素貞，更能接受與同情。因為追求愛情，渴望享有美滿、幸福的家庭生活，本是人人的共同的願望。白素貞大膽熱情地追求自己的婚姻，其精神讓人企慕。而增加了「產子」情節後，讓「白蛇傳」故事不僅是愛情悲劇，更是人倫悲劇，也更讓人一掬同情之淚。只是白蛇「產子」後，大多描述其「大限」已到，幼兒襁褓時期即失母愛而已。黃圖珌之《雷峰塔》則敘述許氏產一女，與許士林指腹為婚。小說《白蛇傳》雖仔細描寫了姑母收養許士林，成長過程其身世成為眾人譏笑對象等事。而深入描寫狀元之子內心的煎熬與悽苦，十八年來壓抑的慨歎與深情的作品，唯有張曉風此文。它讓「白蛇傳」故事的思想內容，更為深入感人。由愛情題材，擴大為人倫的悲劇描述，更能引人同情與感動。畢竟愛情的變異性高於人倫親情，骨肉離

散之悲，更是無法彌補之痛，故〈許士林的獨白〉讓「白蛇傳」故事更豐富而多元，擴大了故事的思想內容。

## 二、人與畜，應當「眾生平等」的對待

在〈白娘子永鎮雷峰塔〉中，法海禪師之所以要收妖的理由，是因為白蛇是異類。雖然牠未殘害生靈，但是他以孽畜的角度來看待白氏，並未以客觀而公正的立場來處置白氏。以後的「白蛇傳」故事中，也基於類似的理由，安排白氏必須面對宿命──被收伏、被鎮壓的果報。「白蛇傳」故事的文本中，少有批評「人類」之處，也認為收妖是符合自然趨勢，較少思考「物類平等」的觀念。除了李喬的白蛇新傳──《情天無恨》，有較多的詮釋外，其餘多缺乏這樣的思維。而此文中，提出白氏憧憬想懂得「做人」，人類反而並不珍惜人身，不懂「做人」。[25] 人類只容許自己修仙修道，反而不許萬物與之「平起平坐」的悲憤之音。畜類之子，竟為「狀元郎」，其子嗣血脈，亦將源遠流長，提昇了白氏的階級，將「眾生平等」的觀念，於作品中展現出來。

## 三、 美化母性，加強人情與孝親觀念

「白蛇傳」故事的初期、發展期階段，白蛇的形象，仍有「妖性」存在。而至成熟期時，則「人性化」增強。但是多描寫白素貞是溫善、美麗而多情的形象。對於「產子」之後，或許因為已鎮於雷峰塔的關係，也因為「白蛇傳」故事主角本是陳述許、白之間的愛情故事，故對於其身為「母

親」的形象，著墨不多。在此文中，不斷地透過「想像」的方式，描繪母親的形象。許士林日常生活中隨時可見的女子們，都被其勾勒為母親的形象。故白素貞雖被鎮於雷峰塔，未能盡到為人母的責任，但透過兒子對其的思念，可以想像白氏的精神是無所不在，也強化她在兒子心目中，是近於「完美」形象。此外，白氏因為環境的限制，未能盡母職，但文中並未表現出兒子的對母親不滿的情緒，反而是「頭簪宮花，身著紅袍，要把千種委屈，萬種淒涼，都並作納頭一拜」。透過文中我們看到的許士林形象，是對母親充滿孺慕之情的「孝子」，甚至對於父親不義於母親，也代為致歉，這樣的描寫，符合中國傳統社會的「母慈子孝」形象。雖然不出舊本「祭塔」的「孝親」窠臼，但卻著眼於許士林「內心的獨白」，是另一創新的詮釋。

## 四、對冷酷無情的法海，提出嚴正的批評

隨著「白蛇傳」故事中白蛇逐漸「人性」化的演變下，法海的形象，也日趨醜化。白蛇既未傷害生靈，何辜被收鎮於雷峰塔？只是因為其為「蛇」身，即遭「原罪」的殘忍對待，這一直是讀者們的質疑點。故江浙人討厭法海，說他是幸福生活的迫害者，將之稱為「蟹和尚」（以螃蟹之排泄物喻之）。李碧華於《青蛇》中更描繪白氏盜草，九死一生中，南極仙翁來搭救，喝到：「姓白的尋她丈夫有何不對？」故法海收妖的理由，若僅因「人畜殊類」，則實在薄弱。張氏在此文中，透露了對法海極度不滿，以「人子失怙」的立場，說明了法海之滅絕人性。白氏雖被鎮壓，但血脈流傳，

千秋百世，「畜類」之子孫將揚眉吐氣的活於人間，知書達禮，修身處世，反而高潔於人類。這樣看來，「水鬥」、「合缽」白氏真情流露，是真正的勝利者。且奪人妻、母，否定至情與人倫之愛，豈是慈悲為懷的高僧所應為？張氏於此文中，言法海是鎮不住血濃於水的骨肉之親，罩不住飄飛如絮的人間深情。文中的許士林要為白氏爭一口氣，也表達了千百年來，人們的憤怨與心聲。假慈悲濟世的法海，冷酷無情，泯滅人性，是非莫辨，剝奪親情，張氏此文中，對其作為，提出嚴正的批評，可謂深契人心呀！

## 五、扣緊時代環境，反映人情心理

此文是所有天涯浪子的心聲。法海拆散了原本應該可以幸福圓滿的家庭，以致骨肉分離，幼兒失依。兒子對母親的聲聲呼喚與想望，透過張曉風深情的筆觸表露無疑。許士林是無辜的受害者，卻忍受十八年的孤寂與辛酸。而反觀海峽對峙下，被迫分離的骨肉與手足，也是何其無辜與悲悽。許士林眼見每一個世間女子，都想像為自己的母親。許士林魂牽夢縈於母親的形影，而這些流落天涯的異鄉浪子，睽違不只十八年者，更是情何以堪？法海摧毀了家庭，離散了骨肉，而誰是罪魁禍首，讓浪子無家可歸？而多少望眼欲穿的等待，又在日日夜夜穿梭的時光中落空！許士林的心聲，是天涯浪子的心聲。許士林對法海的控訴，是天涯浪子對局勢無奈的控訴。法海鎮不住人間真摯的情感，罩不住自然流露的親情。所以畢玲說：「曉風試著細細表出許士林叩拜囚在塔中的母親的心情，同時，也表出天底下兒女的依戀，尤其

是睽違慈顏長達十八年或更長久的遊子情懷，那一份牽腸的心緒，曉風鋪敘得相當成功。」[26] 所以，〈許士林的獨白〉反映了人情心理，它是時代的悲劇縮影，表現人人對天倫團聚的渴望。

## 六、情盡乎辭，感人肺腑

　　張曉風這一篇作品，除了以「人子」的角度，詮釋親情的可貴，寫出對母愛的渴盼外，更肯定白氏對愛情的痴心與執拗。她以深情的筆觸，以泣血的心情，吶喊的呼喚，表達深沉的哀情，字字令人摧心淚血，句句讓人蕩氣迴腸。文中共喚「娘」四十九聲，聲聲哀切；「母親」五次，次次思慕；「母」一回，熾熾孝忱，其發自肺腑的親情吶喊，讀之不禁令人動容流涕。這篇散文深情而富美感，頗有「散文詩」的意境之美，文字描寫細膩而婉約，善用錯綜、[27] 映襯、[28] 設問、[29] 感嘆、[30] 譬喻、[31] 誇飾、[32] 摹寫[33] 等修辭技巧，以象徵的筆法，或寓情於景，或藉物抒懷，表達深摯的感情，頗具文學藝術與人生哲思。能跳脫「小我」的創作思維，進入「大愛」的寄寓抒懷，因此能榮獲獎項的肯定。余光中曾評論張曉風的散文，說：「能寫景也能敘事，能詠物也能傳人，揚之有豪氣，抑之有秀氣，而即使在柔婉的時候，也帶一點剛勁。」[34] 觀此文確具有這樣的風格，在知性與感性之中，有婉約之情，有激昂之氣，有人情的關懷，更有大愛的情操，是情盡乎辭之作。

　　此文是在古典的題材之下，鍛鑄現代的情愫，以楊昌年在《現代散文新風貌》的理論來看，可歸之於「新釀式散

文」。即是將過去的素材，以之與現代人的心態生活相互連結，產生比較，以及比較之後的調適功能。是借屍還魂，是舊瓶新釀，在舊素材中顯示現代意義，發揮它改裝之後調適人性、人生的效應。由於現代物質文明高度豐裕，而人類精神生活反較為空虛飄泊，這種超現實的「新釀式散文」，可提供性靈生活的補劑。其使用神話素材以剖現人類的原型，使用舊材以與現代連結比較，作用在於以過往之情操，促現代人驚心調適。透過讀者潛意識的引發，提供比較、省思的作用，達到滌淨心靈，提昇精神層次的效用。[35] 此文以「深情」而「人性化」的筆觸，將「白蛇傳」故事，作「愛情」與「親情」的探索，雖不像小說故事一樣詳實陳述其發展情節，卻更具撼人心髓的效果，實是張曉風於寫作擅長於取材、修辭等散文實力的體現。陳芳明曾指出：

> 曉風的散文很從容，很安靜。她早期的作品文字熱情奔放，後來的作品就漸漸收斂情感。她作品最吸引我的是人性化的風格，亦即生活化。她常從最平凡簡單的事物中看到生命的樂趣與生活的奧妙，同時融入小說的創作技巧。她的散文有種後設的感覺——事情發生過後又重新建構，自然呈現無懈可擊的寫作境界。曉風建立了台灣戰後散文的另一種風格。[36]

而唐捐也說：

> 使我印象深刻的是，曉風對語言的經營。她曾說過：「散文不能像小說僅依靠故事和情節，最後還必須回

頭去經營語言。」事實上，曉風對故事、情節的經營是她最擅長的，因為她也是個小說家、劇作家。她寫散文不僅注意到人物與情節，同時更專注於語言的經營。[37]

故〈許士林的獨白〉寫出了「白蛇傳」悽婉動人的故事，精鍊的深情筆觸中，刻劃出生動的人物形象——癡情溫婉的白素貞；明理孝順的許士林；薄情寡義的許仙；剛愎冷血的法海，它扣緊時代，將天涯赤子對母親的依戀之情表達無遺，讓我們省思人性與人情的至理，究竟為何？故可說是一篇成功的「白蛇傳」新釀之散文。

# 第三節　李喬的小說
## 《情天無恨——白蛇新傳》

「白蛇傳」故事的淒美動人，在於白娘子執著於追尋愛情的美夢，被法海蠻橫無理的擊碎。人們因同情白娘子的遭遇，故更為憎惡法海的行為，說他是「蟹和尚」。在「白蛇傳」故事的增異期中，諸如田漢、張恨水、大荒、李碧華、張曉風等作家，也都對他口誅筆伐，醜化了他的形象。但晚近以來，將白娘子寄予最深的同情與最高的禮讚者，莫過於台灣小說家李喬，因為他立意將白素貞送上「菩薩寶座」。[38]他改寫的《情天無恨——白蛇新傳》，是以宗教的觀點，人性的關懷，來詮釋這個古老的愛情故事，是他「生命思考與佛理體會的演義展示」，[39]饒富創意與哲思。

　　李喬，原名李能棋，另有筆名壹闡提，一九三四年六月十五日生，台灣省苗栗縣大湖鄉人。一九五四年新竹師範普通科畢業，從事教職共二十八年。他於一九六二年正式開始創作，一九八二年自教職退休後，即專事寫作，《情天無恨》即是此時期的作品。[40] 由於出生地為深山偏僻處，有閩、客及原住民居處，他富有生活型態與族群互動的經驗。艱難的成長背景，也使他早期作品多以描寫飢餓及貧苦的寫實題材為主，紀錄大地的苦難與多磨。長篇三部曲《寒夜》、《荒村》、《孤燈》，以日據時代為背景，記敘台灣開發及歷史事件，是台灣大河小說的豐碑之一。

　　李喬在鄉土類作品的寫作中，往往在心理、思想及宗教層面上深入探討，而豐富了小說的樣貌。中期以後，他充分運用意識流及心理學取向的寫作技法，[41] 在《情天無恨》中便發揮了這樣的特色。他曾獲得「台灣文學獎」、「吳三連文藝獎」、「吳濁流文學特別獎」等獎項的肯定，他是台灣當代重要的小說家，長篇小說共十部，短篇兩百餘篇。文化評論《台灣的人醜陋面》、《台灣運動的文化困局與轉機》等五冊，理論《小說入門》及新詩《台灣，我的母親》、舊體詩等，共約六、七百萬字。他對台灣歷史、文化具有深入的研究，影響力廣大。[42]

　　李喬認為：「流傳的白蛇傳太簡陋、太粗糙，而白蛇傳是越想越多可發揮的題材。」[43] 於是他寫了《情天無恨》為白蛇立新傳、作翻案。故事主要情節的發展，多襲前人之作，但在鎮塔之後，卻是「翻案的關鍵處」──白蛇與法海展開「鬥法」，「困法」的歷劫，而後煥發出生命智覺的力量，促成「圓融」的開悟。故事的梗概，略敘如下：

| 李喬《情天無恨——白蛇新傳》[44] |||
| --- | --- | --- |
| 回目名稱 | 內　容　提　要 | 備註說明 |
| 一、西湖情有 | 白素貞（白蛇）住紫雲洞天，有一千六百年的修行。她因千年前，曾受到小男孩的救命之恩，對人類存有好感。遂決心走入紅塵，偕同小青（青魚）到西湖遊賞。於清明時，伺機邂逅許宣。大雨中，小青撐傘迎許宣脫困，並邀之渡船，許、白相遇，互道身世，且一見鍾情。許宣覺得與白氏一見如故，好似在夢中相會過千百次，白氏指恐為前世「真我」早已相見。閒聊中，她們提到「段家堂子」，許宣是常客，卻在她們面前謊稱不熟悉。上岸後，她倆合撐一把傘，借許宣一把傘，約好次日還傘、拜訪。 | (1)白素貞善良、可愛、愛笑，努力修行，敘述了「牠」的生態與環境。<br>(2)詳述許宣的家世及背景——敗落的官宦子弟。具浮躁自大，吃喝玩樂，流連風月的個性。[45] |
| 二、如夢似幻 | 許宣前往白府還傘，飲宴中，小青巧扮紅娘，促成許、白的婚事，白娘子攝湖取銀二十兩贈許宣，讓他買辦成親所需衣物等之用。他告知姊姊、姊夫將成親之事，但白氏交代從簡，故未請他們出席婚禮。婚後第三天，許宣被姊夫等拘提，懷疑他盜銀。許宣說出原委，並到白府抓人。廢墟中，驚見二美女，逮捕時，卻溜煙而逃，僅說出失銀一千二百兩是府吏「監守自盜」。許宣困坐牢中，思及成婚過程，長吁短歎。娘子美艷柔情，但卻 | (1)已成婚，許宣才被捕。<br>(2)白、青仍用妖術，以逃脫拘提。<br>(3)華屋是「幻境」，姊夫看到的是廢墟。<br>(4)盜銀改成小吏們「監守自盜」，失銀誇增為一千二百 |

| 回目名稱 | 內　容　提　要 | 備註說明 |
|---|---|---|
| | 無處子初夜的落紅，令他心疑。且無故受累，令他憤恨。小青來探，要他相信白氏會救他出獄。而白、青二人，愁對閒聊，白氏方知許宣懷疑他的貞操，他竟是輕信而多疑的男子，[46]她茫然無措，體會「做人」之難。她回想自己生命的歷程，不勝唏噓。白蛇之體，珍貴美潔，不幸被捕，幸被少年——呂泰所救，叮囑入深山修行，以跳脫「蛇」身。牠潛行入西王母之仙境修煉，蒙牠開示接引，因緣合和中，牠修得人身，但卻仍決意來紅塵赴劫。回首之際，感傷落淚，但她相信「幸福仍在掌握中」，許宣很快即會回來！ | 兩，贈銀僅二十兩，白氏非盜賊。<br>(5)增「處子」情節，是其創見。[47]<br>(6)增寫白蛇的生命演進過程與修行次第，融入神話素材、進化思想及眾生平等之思維。 |
| 三、多變人間 | 許宣因白銀案，流配到姑蘇。白、青二人追來想在該地開店，派小青邀許宣會面，他竟失約，她倆赴吳兆芳的「吉利堂」找許宣，他咒罵素貞是妖精，吳氏勸夫妻和好，他不肯回家，素貞決定搬進「吉利堂」，與許宣同住。白氏遊說許宣，他終於跟隨她回去開「濟眾堂」藥舖。吳氏要他們向他批藥材，但卻以劣材批售之卻大言不慚，並要求素貞去「吉利堂」看診，他們只好允諾。吳氏見她美貌，欲藉機非禮之，被白氏現原形所驚嚇。姑蘇發生瘟疫，素貞配藥方替人治病，為許宣賺了許多錢，但他貪 | (1)李喬極力描寫姑蘇的歷史、地理。<br>(2)強調「蛇」與「人」的品行，作映襯。「人」以許、吳等作代表，均格調不高。許宣庸俗，愛酒、色、財，白氏已察知狀況，並傷懷不已。 |

-314-

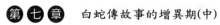

| 回目<br>名稱 | 內　容　提　要 | 備註說明 |
|---|---|---|
| | 心，想哄抬藥價。此外，他想偷腥，小青建議可施展媚術綁住許宣，她不屑用此方法，一心想作一個正經的好女人。吳氏散佈謠言，說瘟疫是素貞所施，她為正視聽，決定公開治病秘方，以享同業，並邀小青以「大愛」救人濟世。素貞出外散心，吟唱〈楓橋夜泊〉，悟出禪機，決定重新溫習修行的功課，體悟生命圓覺的大道。 | |
| 四<br>、<br>無<br>限<br>有<br>限 | 素貞一心想與許宣真情相守，但他卻輕信而用情不專。呂祖聖誕在酬神的廣場中，許宣遇道士黑坤，他說許宣被妖怪纏身，會致命亡身，給符三道，以救性命。許宣遲疑後，仍對素貞施符，她發覺後，許宣蒙騙說是為她驅除邪病，她問知實情後，前去教訓道士，但此事仍令她傷心不已。法海出現，勸許宣勿色迷心竅，妖怪害人，勸他猛醒。教其於端午時，令她喝雄黃酒，即知真相。未料，強灌她飲酒後，驟現原形，許宣驚嚇而死，小青勸她，既已緣盡，不如歸去修行。素貞執意冒險盜草救夫，險被鹿、鶴二仙童所傷，幸南極仙翁賜藥，她才得歸救夫，並為療驚。素貞已懷孕，她對許宣的作為，傷心失望，遂留書出走。許宣才知妻子的重要，焚香祝禱，望她回家。素貞返家後，法海即來相擾。 | 本章情節多襲舊本，但細節處理上，較合情理。<br>（增加情節）白素貞留書出走，許宣才有悔意。本章加強許宣的心理描寫。 |

| 回目名稱 | 內　容　提　要 | 備註說明 |
|---|---|---|
| 五、究竟相空 | 法海本是蟾蜍，一日遇難被捕，幸道宣法師等之救，才得化本體，成為人身，精進修行。他知素貞懷孕，認為若生下「妖胎」，則有違「律法」，故請妙眼尊者書寫「迷」字，拘拿許宣。白素貞找法海尋夫不果，發動水族，水漫金山。為免傷害生靈，已築堤預防。法海與之鬥法，素貞因顧慮多，未能專心應對，遂被打入雷峰塔中。情急中，她說出法海非人，也只是蟾蜍精而已，這一語震懾了他，法海化為巨石，矗立於塔外。小青告知素貞，許宣不仁忘義，竟與堂子的姑娘廝混，素貞漠然無語。她於雷峰塔內，竟見藏有八萬四千卷的佛經，遂專心閱讀、修行。遇熱心親切的斯芬克士——半人半獸的奇性異體，帶領她認識諸多同類，了解宇宙生命的化育萬象，體會眾生平等、有情的道理，她驟然智悟，雷峰塔不復窒礙，她已成菩薩。她走向巨石，點悟法海，他對素貞菩薩禮讚後，走回金山寺。她滿臉慈悲，吟出有情偈——「眾生情法牽，業轉造三千，夜上須彌頂，天風月孤圓」頓時美妙、皆大歡喜。 | 本章是精華處創見處頗多：<br>(1)法海是修行一千七百年的蟾蜍精，曾在西王母瑤池裡聽道，是素貞的師兄，自認是「悟」的代表，「法」的守護者。<br>(2)水鬥時築堤，未害蒼生，同張恨水的寫法。<br>(3)許宣並未出家。去堂子廝混。<br>(4)未交代素貞產子、中狀元等。<br>(5)「情」（素貞）與「法」（法海）對決。素貞智悟成為菩薩。 |

李喬這部《情天無恨》，可說是「宗教小說」，他曾提到創作這部小說的緣起：

> 由於因緣際會，我早年即和佛書佛理有些「瓜葛」，二十多年來，始終維持若即若離的牽連。我發現，我們沒有一本稱得上純粹宗教思想的小說，然則，區區何不一試？[48]

整個故事雖富宗教色彩，但並非「載道傳教」之作，只是作者過濾佛學之外的思想意識的呈現，實際上有反佛理的思維，[49] 是作者生命境界的體悟。[50] 故事忽而情愛纏綿，忽而鬥法激烈，不僅構成狂濤壯瀾的氣勢，更富人生的啟示與人性的哲思，極具創發力與多元思考性。宋澤萊曾指出：

> 這本《白蛇新傳》和原來的白蛇傳是有差別的，本來的白蛇傳相當粗糙淺薄，主要是原來的作者沒有深刻的宗教經驗，更大的問題是：它反應一般人對佛教的誤解，我們很難在《白蛇傳》找出深刻的人性體認，他只是代表中國家庭倫常對出世思想的反映。李喬不落原小說的窠臼，他把出世、入世、菩提、無明、人類、畜類、情感、教條的對立性攤開，企圖在這場鬥爭中，將他們的對立性徹底敉平。顯然李喬想藉小說直探宇宙的第一義，這種嘗試如果不是對宗教有見解的人，是不敢做的。我們容易看出來，假如原先的白蛇傳，只是小乘出入世間的錯誤觀念，李喬的《白蛇新傳》就是企圖糾正它，使之成為大乘的正確觀念。

因此，白素貞終於變成菩薩完成解脫，許宣成為一個
猜忌、浪蕩凡夫，法海只是一個執著於戒律教條的僵
化佛徒。這本《白蛇新傳》具有多方面的象徵意義，
從出世、入世的立場，都可以找到很深的奧義，
……。51

李喬《情天無恨》第一章至第四章，可說是整個故事的「引
子」，而最精采的則是第五章，這章也是展現他獨到的思想
與創見所在。雖然「引子」中大部分的情節，多襲於舊作，
但描寫的技巧與文學的運材上，卻獨樹一格。茲將其創新處
列舉如下：

1. 盜銀之事（李喬改寫為白娘子施法，由湖中撈起銀
   兩），改以監守自盜方式處理，較合情理。
2. 安排西王母修行之情節，為前後創作思想的統一性作
   呼應。
3. 蘇州瘟疫流行濟世（是自然釀災，非白、青散瘟），
   非白素貞施法圖利，她具大愛救世的精神。
4. 人物多了老畢、老詹、七星道人等精怪，皆重情義，
   無殘害、殺生之惡行。
5. 揭示「族類平等」觀，將異類與人類的階級消除，具
   「物類平等」的思想，故事蘊含「謙卑」的精神。
6. 水漫金山「三寶」鬥法，情節與傳統「白蛇傳」殘害
   生靈不同。
7. 法海是蟾蜍精，與白素貞可說是師兄妹，都受西王母
   的點化與照拂。
8. 「情」（素貞）與「法」（法海）相鬥，佛法不離人

情，素貞出塔成菩薩，法海終因素貞的指點，而「頑石點頭」，由自卑而了悟自性。

9.許宣貪利好色與素貞的堅貞溫善，形成對比。

10.增添如嫦娥等中西方的神話素材，豐富故事內容。

11.以「處子」情節，突顯男性心理的卑弱。

12.增加秦檜與岳飛朝廷之爭的描寫，藉南宋的歷史背景，寄寓以「異類」關照人世的鬥爭。

此書在人物的形象描寫上，它比舊作更突顯了角色們的性格。如：白素貞是多情而執著地體悟「性體」者。整本小說中塑造她成為一位慈悲、純真的女子，願為真情摯愛，無悔付出，故她盜草救夫，甘願讓道行倒退五百年。雖然她真心善待許宣，但他卻對她是不珍惜、不信任。她屢屢察覺許宣的為人不足以託付終身，[52] 但仍「擇其所愛，愛其所擇」的付出，勇於承擔愛情的苦果和為人的責任，李喬透過深入的心理描寫，讓我們了解她進化的歷程，體會她的處境與心聲。由於許宣的不堪與卑下，讓她更是值得同情，她具有傳統女性「以夫為天」的思維，趨向於「母性」的感召精神之展現。[53] 因此，許素蘭說：

> 白素貞的決定，除了再次呈現其「世俗化」的一面之外——傳統婚姻關係中「嫁雞隨雞」、「從一而終」的觀念，使得許多女性即使發現彼此之間已無愛情存在，卻仍可基於責任與道德而維繫婚姻——其對許宣存著「感化」之念，則又有「自渡渡人」的宗教意義。同時即將為人母親的角色轉換，也意味著白素貞在情愛追尋、理想破滅之後，已逐漸有了從「女性」

轉變為「母性」的傾向。[54]

　　值得注意的是：李喬讓故事中的素貞，更大膽而熱情的追求所愛。在傳統的故事中，是許宣借傘給她們。而在此書中，卻是小青持傘，主動守候許宣，她們並自動借傘給他，故是許宣來還傘，而非他來取傘，這樣更加強感情的張力。[55]而初夜後，李喬刻意摹寫許宣的「處子」心理，足見在兩性關係上，作者是想打破舊傳統對女性的桎梏，突顯男性沙文主義的無知，強調許宣對愛情的疑慮與自卑。

　　「白蛇」的地位，在李喬「物類平等」觀的驅使下，提昇至史無前例的崇高境界。雖然鬥法後，「牠」困於雷峰塔中，但因緣聚合下，藉佛經的引薦與自我的頓悟，「牠」打破了對「人形」的迷思，直接躍升為菩薩果位，甚至啟化了法海的迷障，消融了他的「我執」，讓他了解性體，面對自我。不僅李喬超越物類之限，闡揚大乘精神，將「白蛇」提昇為「菩薩」，在他的創作思想觀中，往往藉「素貞」之情性與風操，映襯人類的卑劣與醜陋，「白素貞像一面鏡子，將周圍的『人性』照得清清楚楚，人性的自私、貪婪、不滿現狀，在白素貞面前全部清楚明白的呈現」，[56]提供人類自省的機緣，檢視人類謙卑之情，提示對眾生之愛。[57]

　　許宣是「人性醜陋面的代表」，[58]是作者文化批判的呈現。李喬寫作時，特意安排了他的出身時空，成長背景，找出其性格形成的因素，讓故事更合情理的推展。在李喬塑造下，他是個懦弱、現實、好名利、貪女色之徒。他缺乏情義，當素貞遇難，他竟留戀於花街柳巷的聲色歡場中，毫無感傷之情與援救之心。作為一個落拓的官宦子弟，他自怨自

艾，玩世不恭，他與吳兆芳的性格，都代表人性的卑下與污濁。趁蘇州瘟疫時，他想哄抬藥價，素貞黯然離家時，他的念頭竟是：

> 是白娘子棄他而去，不是他轟走白娘子，或自己挾帶銀子主動溜走。
>
> 這段日子，心裡曾經模糊的浮現攜款遠走的念頭。他想，把那幾千兩銀子運走！不，是換成銀票，然後悄悄離開這如謎女人白素貞……。（頁306）

當他發現白素貞與小青真的棄他而去時，他冷靜下來，焚香祝禱。但誠心期盼希望落空後，他開始詛咒她們，祈求法海來收妖。[59]許宣的行為是令人唾棄，這種「人類」與「異類」的白、青二蛇，形成強烈的對比。

　　法海的形象，在《情天無恨》中，與舊作相去甚遠。李喬替他找到合理的出身依據並和律宗祖師爺——道宣和尚拉上關係，讓他執著於戒律修行，不通人情，極度的自卑與自大。說他本是蟾蜍精修煉而成，認為自己的作為都是「自利利他」，更是「萬法的化身」。假「護法鎮魔」之名、[60]救許宣之由、行迫害異類之實。他強逼許宣出家，甚至殘忍殺生，[61]未見其慈悲濟世、通達人情的一面。素貞渴望與許宣相守的心願，原是發自內心的自然情理，是生存的基本權益，法海強以律法加以壓迫、制止，若援引李喬「反抗哲學」的理論加以詮釋——「反抗正是釋放生命意義與力量的最佳手段」；「是人性中（甚而物理界也如此）至高貴的美德，且也是本能」，[62]白素貞為「生存」而抗法海，是具有

正當與必要性，他未深悟此理，一意執著於律法，缺乏人情與悲智的修為。他與素貞鬥法時，赤裸醜陋的上身迎戰，在素貞也露出玲瓏的身軀，互相以「原形」纏鬥時，他竟缺乏自持力，表現「不自見」的悲哀。故素貞喝斥他的本相時，他驚訝錯愕而化為一尊冥頑不靈的巨石，幸虧素貞「人情」的點化，才復見真我，啟化性靈。因此，在李喬筆下，他不是大覺悟的載道高僧，反而是個未解行佛法精髓的佛徒，他與白素貞是對比的形象。藉二者的對照將李喬宗教觀──小乘自利與大乘泛愛的精神體現出來。

小青在故事中仍是青魚精，[63] 她不信任人類，對於「人」的了解，甚至勝過白氏，這證明對「人」的信心、信仰越淺薄，越容易看清「人」的真面目。她是有情義的人，屢勸白素貞勿貪愛人世，身陷劫難，應及時醒悟、修行。她與素貞是道侶，也是姊妹，比起〈白娘子永鎮雷峰塔〉的形象，是鮮活許多。她與大荒筆下所描述的形象較為接近，但因白氏雖懷孕，而已內化無形故未產子，所以不像詩劇《雷峰塔》中，她為白蛇養子，義比天高了！姊夫是明哲保身之人，姊姊則是無主見，膽怯怕事，順任丈夫的傳統女子。[64] 他們和傳統舊本中的典型相同，其他配角如吳兆芳，除了好色外，又是好利無恥之人，他將腐敗的藥材賣給素貞，還邀求赴他的藥舖掛診，做了卑劣之事，見到素貞毫無羞色，是卑鄙下流的典型。老畢、老詹、七星道人他們都是「水族異類」，卻甘願「捨身成義」，這與「人類」的代表許宣、吳兆芳等，形成對比，即人身獸心，異類人情，貴為萬物之靈的人類，應該以謙卑、平等、慈悲、博愛、情義之心，來對待眾生，珍惜當下，覺照自我，才是佛法的精神，而非在教義與

律法中執著自利。

在文字的表現上，有人認為此書較接近「鴛鴦蝴蝶派」的筆調，批評李喬於完成《寒夜三部曲》的鉅作後，還會寫出《情天無恨》這種浮濫的文字，實在不夠文雅，有損格調。[65] 如：

> 所以，放開自己，大膽來，勇敢來，無拘無束地，盡情盡意地，攻擊她，佔有她，毀了她；嗯，毀掉她，毀掉她那無塵無垢，清淨純潔完美的好玉；我許宣就把最卑鄙最污穢最下流殘缺腐朽的「許宣」塗在她胴體上，注進她內裡合而為一，兩人一樣的污穢下流殘缺腐朽，那又怎麼樣？（頁128）

另外作者在鋪敘人物的容貌及西湖的景色，較襲前人的描寫，往往陳腔濫調，缺乏創意。少了一套屬於自己的美學觀點，來潤飾自己的文字。但儘管如此，李喬是一位極重視形式與內容的小說家，[66] 他以歷史素材為「實」，小說創作的虛構筆法為「虛」，在「虛實交替」中，營造出小說的特殊情調。他恣意馳騁想像力，虛擬情境，縱浪於生命大化中，透過文字的渲染力，將故事人物的心理意識與思想感情，傳神的表現出來，展現了深入思考後的寫作才情。彭瑞金認為：

> 《情天無恨》接在「寒夜」三部作之後出現，在寫作境界上，或許只是出自一極單純的動機，但在心境的變化上，此作或許有李喬極強烈的自我衝刺的目標。[67]

李喬曾經自剖創作《情天無恨》的心得說：

> 一九八二、一九八三年間寫作《情天無恨──白蛇新
> 傳》是筆者生命行程中重要因緣，尤其「憑空」描述
> 白素貞與法海最後決鬥那一段，筆者收筆後自覺對於
> 生命界已然有了另一境地的領會。[68]
> 《情天無恨》的寫作，是個人寫作生涯中，收穫最巨
> 大的一部。個人深深體會到：寫作是自我教育，是成
> 長成熟重要法門的奧秘。這本書的完成，徹底「教育」
> 了個人的兩點：一、人間情法並存而對立的必然與必
> 須；人對於世間法與超世間法的領會與自處之道。
> 二、白素貞與法海的對決，最後兩者都運用「怖一切
> 為障者印」相抗──真理唯一，唯一何以對抗唯一？
> ……，那是運用唯一的傢伙的問題，至此人，存在所
> 有的有限性煌煌亮亮呈現出來。個人寫到此，確實一
> 身是汗。至此，敬畏謙卑的全然領受完成。[69]

情法世間存在著相互性與相對性，「無法不成世間，無情亦
滅絕」，[70] 法執則成「化石」，濫情則成苦海，人世間不能無
「情」滋養性體，也不能無「法」端正人心。所以，許素蘭
指出：

> 李喬揭示了：先天之「情」，與後天之「法」，相融相
> 輔之必要與可能。[71]

而胡萬川也說：

入世為人，秉持的是對人世的情與愛（沒有對人世的愛慕，便無須修煉人形）。世間原本也就只一個情與愛，萬法畢竟情所造。可是，依佛所說，卻又惟情是苦，世間諸苦，莫非情造。無情即無苦，可是無情卻又無世間。白素貞因情入世，對這人世間的情苦糾葛，自當歷經。可是，這經歷，又豈真是一個「情苦」就可了得？[72]

《情天無恨》雖然充滿佛教的理論論辯，但李喬說：「文學不是為宗教或哲學作註，……，文學是老實安分在『象』中，以語言文字呈現全象的一些景觀。」[73] 文學描繪的是人間世象的神態風貌，因此，《情天無恨》既不是探討佛理，也不是給「白蛇傳」故事作宗教教義的解說，寫的只是世「象」，人「象」。[74] 胡萬川說：

> 白娘子的故事之所以綿傳不絕，久潤人心，除了故事表層的興味之外，往往是因為裡層的蘊含，觸及的是難以片言而喻的人性，包括欲求與矛盾。套用李喬先生自己常用的話來說，就是「這裡頭有東西」。[75]

而林濁水也對《情天無恨》揭示了寓意，他說：

> 冷戰之後美國主流社會既立律法正統，以一統美利堅眾民，又以膚色劃分我族他類，終於跟隨著中東、西藏、東歐之後，爆發美國有史以來，最慘烈的種族暴動。歷史和人世真是這樣的。那麼多多關注《新傳》

（《情天無恨》）中所描述的女媧之世，那種「人獸可
以雜居，能夠和平相處，人有時以為自己是馬，有時
又以為自己是牛……。」眾生平等無我的世界——那
種沒有什麼主流正統大一統，沒什麼萬法唯一的世界
——縱使那是永遠的烏托邦，也可以使世界多些和
平，使人（謙卑地）「隨緣……感到些許的圓融」
吧。《新傳》的寓意或竟在此。[76]

《情天無恨》突顯人性的盲點，以眾生平等、謙卑虛懷的精
神，追求「無我」、「圓融」、「大情」、「大愛」的境界。
許素蘭即指出：

> 李喬的《情天無恨》，基本上，則是對男女愛情抱持
> 否定、懷疑、不信任的態度，既認為情慾是修行的障
> 礙，稍一不慎即有可能墮入萬劫不復之地，而男性的
> 色欲也只能令女性情愛理想破滅、失落，並不能提昇
> 生命境界，唯有破除情愛拘執，將具有排他性、獨占
> 性的小情小愛，轉化成具有包容力與奉獻精神的大情
> 大愛，才是生命自我解救，自我救贖的途徑。[77]

臻於大情大愛的菩薩精神，才是生命的超越。[78] 李喬藉
白素貞的「人生行旅」與「浩劫重生」，體悟生命的有限
性，積極、創發、奮起的把握生命的當下，去除「我執」，
追求「自性」與「自信」。善待有情眾生，莊嚴而融通實現
生命的大道！李喬《情天無恨》具小說家的淑世懷抱，是一
部藉白蛇故事來省思人生的「生命啟示錄」。

# 註　釋

1　(1)郭芝苑曾編輕歌劇《許仙與白娘娘》。許常惠根據大荒之作編
　　歌劇《白蛇傳》。

　　(2)「完成於1979年的Op.33的歌劇《白蛇傳》，是以中國民間家喻
　　戶曉的神話故事為創作的題材，是許常惠所有音樂作品中耗時
　　最久、規模最大的作品，他花了十年之久的時間才完成定稿。
　　《白蛇傳》的音樂創作對於許常惠本身來說，是一項極大的挑
　　戰，在他的概念中，要將中國戲劇提升到更高的藝術層次，並
　　能與現代其他藝術形式並駕齊驅的途徑，除了由京劇、地方戲
　　曲的改革之外，創作新的藝術形式——中國歌劇，乃是一條值
　　得嘗試的道路。」參見吳美瑩：《論台灣作曲家音樂創作中的
　　傳統文化洗禮——以郭芝苑、許常惠、馬水龍的作品為例》
　　（台北：國立藝術學院音樂研究所碩士論文，1999年5月），頁
　　204；135～138。

2　（大荒說）「『記得有一次，去拜訪前輩作家俞大綱先生，他把私
　　藏的海內孤本《白蛇傳合編》借給我，令我十分感動。我之所以
　　再三躊躇，不敢貿然動筆，首先我覺得語言的困難不易克服。
　　……，根據前人著作改寫，最多落個規撫前賢罷了。』當時大綱
　　先生不以為然，他說：『白蛇傳是神話，是祖宗留下來的公產，
　　沿著歷史下來已有許多人改寫過，特別是現代，文體劇變，一般
　　讀者很難消受古典詩文，改寫更有價值……。』這一席話，令大
　　荒若有所悟，頓然覺得：如能以嶄新的詩劇形式，把這一家喻戶
　　曉的神話故事改寫，達到語意清明，雅俗共賞的境界，或許也為
　　現代詩開鑿另一扇風光明媚的窗戶，縱使有拾人牙慧之嫌，無疑
　　也是值得的。」張默：〈最後把我拆成一堆筆劃——大荒的詩生
　　活探微〉，《聯合文學》（台北：1996年12月，13卷2期（146期）），
　　頁136。類似之言，亦見於大荒之自序：《雷峰塔》（台北：天華
　　出版社，1979年8月），頁2。

3　音樂家許常惠曾多次與大荒交換意見，終於傾一年時間譜成樂
　　曲，易名為《白蛇傳》，由中國廣播公司主辦，聲樂家多人參
　　與，於一九七九年七月五～七日，在台北國父紀念館隆重首演，

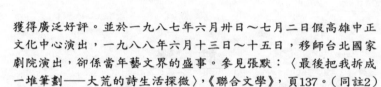

獲得廣泛好評。並於一九八七年六月卅日～七月二日假高雄中正文化中心演出，一九八八年六月十三日～十五日，移師台北國家劇院演出，卻係當年藝文界的盛事。參見張默：〈最後把我拆成一堆筆劃──大荒的詩生活探微〉，《聯合文學》，頁137。（同註2）

4　即傅惜華：《白蛇傳集》。古亭書屋出版時易名為《白蛇傳合編》。

5　見大荒：《雷峰塔》（台北：天華出版社，1979年8月），頁2。

6　「從事詩劇《雷峰塔》的寫作，是大荒詩生活的另一個轉捩點。作者在回憶這一階段的創作歷程，頗為令人震懾。正式思考這部詩劇始於一九七一年，大荒自喻是一個『不薄今人愛古人』的人，曾經寫過不少以神話為素材的詩作，他認為神話是文化的基型，可以大力開發，迄今在中國現代詩壇似乎還是一片荒地，所以他願意做神話田畝裡的一名農夫，翻新泥土，植入新的穀粒。」張默：〈最後把我拆成一堆筆劃──大荒的詩生活探微〉，《聯合文學》，頁136。（同註2）

7　張漢良、蕭蕭編著：《現代詩導讀》（台北：故鄉出版社，1979年11月），頁232。

8　琦君旅居海外，遺憾未目睹大荒《雷峰塔》詩劇，她在報紙上又獲悉它被改編為「我國第一部現代化的中國歌劇」時，曾說：「該劇集一時之精英，多人之智慧，是現代文學、音樂、美術的高度綜合，更把握住我們民族的民族精神、文化意識。相信這嶄新的藝術創作，一定使國人耳目一新，而使中國音樂，向前邁進一大步。」琦君：〈《白蛇傳》的回憶〉，《留予他年說夢痕》，頁175。

9　大荒稱其八卦連環陣的描寫，是「襲用子弟書〈雷峰塔〉卷中『陣險』原文，僅末句『汪洋巨壑湧波瀾』改寫為『澤深壑巨起魚蟲』（據清光緒三十一年──西元一九○五年，盛京老會文堂刻本）」所成。大荒：《雷峰塔》，頁155，註二。

10　大荒：〈《雷峰塔》序〉，《雷峰塔》，頁3～4。（同註5）

11　同上註，頁4。

12　同上註，頁4。

13　林景蘇：〈白蛇傳的階級意識與象徵〉，《文藻學報》（高雄：第10期，1996年3月），頁9。

14　張默：〈最後把我拆成一堆筆劃──大荒的詩生活探微〉，《聯

合文學》，頁138。（同註2）

15　沈奇：〈銘心入史存此愁──論大荒和他的代表詩作《存愁》〉，《幼獅文藝》（台北：1993年12月，480期），頁96。

16　琦君：〈《白蛇傳》的回憶〉，《留予他年說夢痕》（台北：洪範書店，1998年11月15印），頁176。

17　「尾聲」中可明顯察知他這樣的觀點。如：「……尊榮是人性的磨刀石\通過禮義的秋水\才見清澈的靈魂。」；「……從征服水土不服開始\一步跳出野蠻\人便停在滿足上\發現酒很超現實\而超現實很權威\人便急忙假面於醉的後邊\搔首弄姿\裝腔作勢！」大荒：《雷峰塔》，頁255～256。李喬在《情天無恨》中也有類似的觀點。認為「蛇高於人」。另可參閱鄭清文：〈多情與嚴法──試探李喬《白蛇新傳》的文學與宗教（上）〉，《自由時報》（台北：2001年6月14日），第39版。

18　張曉風：《步下紅毯之後》（台北：九歌出版社，1997年5月初版37印），封底之作者介紹。

19　同上註，頁141。

20　張曼娟：〈白蛇傳中拆不散的愛情和斬不斷的親情──自《警世通言》至〈許士林的獨白〉〉收錄於金榮華：《比較文學》（台北：福記文化圖書有限公司，1982年8月），頁87。

21　張曉風：《步下紅毯之後》，頁149。（同註18）

22　張曼娟：〈白蛇傳中拆不散的愛情和斬不斷的親情──自《警世通言》至〈許士林的獨白〉〉收錄於金榮華：《比較文學》，頁88。（同註20）

23　張曉風：《步下紅毯之後》，頁141～149。（同註18）

24　傅惜華編：《白蛇傳集》（上海：上海古籍出版社，1987年6月），頁191。

25　余秋雨、張曼娟對此與張曉風有相同的看法：(1)白娘娘想「做人」。他曾言：「她（白氏）是妖，又是仙，但成妖成仙都不心甘。她的理想最平凡也最燦爛：只願做一個普普通通的人。這個基礎命題的提出，在中國文化中具有極大的挑戰性。……，於是，法海逼白娘娘回歸於妖，天庭勸白娘娘上升為仙，而她卻抱著生命大聲呼喊：人！人！人！她找上了許仙，許仙的木訥和委頓無法與她的情感強度相對稱，她深感失望。她陪伴著一個已經是人而不知人的尊貴的凡夫，不能不陷於寂寞。這種寂寞，是她

的悲劇，更是她所嚮往的人世間的悲劇。可憐的白娘娘，在妖界仙界呼喚人而不能見容，在人間呼喚人也得不到回應。……，在我看來，白娘娘最大的傷心處正在這裡，而不是最後被鎮於雷峰塔下。她無懼於死，更何懼於鎮？她莫大的遺憾，是終於沒能成為一個普通人。雷峰塔只是一個歸結性的造型，成為一個民族精神界的憺然象徵。」余秋雨：〈西湖夢〉，《文化苦旅》（台北：爾雅出版社，1996年6月27印），頁215～216。(2)張曼娟說：「白素貞，素是其心，貞是其情，自始至終，只想作一個女人。……，一朝一代的流傳，世人都覺虧欠了白蛇，於是給了她一個穿紅袍騎白馬的狀元兒郎，葡匐著跪在塔前，搖山撼岳地喊一聲：娘——。這或許可以安慰一個忍辱負重的母親：可是，怎麼才能補償一個被薄倖情人背叛辜負的女人？」張曼娟：〈白蛇出世，重入紅塵〉收錄於蔡志忠所繪的漫畫集《雷峰塔下的傳奇——白蛇傳》（台北：時報文化出版公司，1994年5月），頁4。

26　畢玲：〈有情世界談張曉風《步下紅毯之後》〉，《明道文藝》（台中：1979年12月，45卷），頁145。

27　如：「那尖塔戳得我的眼疼，娘，從小，每天，它嵌在我的窗裡，我的夢裡，我寂寞童年唯一的風景，娘。」張曉風文字技巧上所用的排比，較不工整、刻板，是在統一中求變化，形成錯綜的句法。

28　如：「有人將中國分成江南江北，有人把領域劃成關內、關外（排比修辭），但對我而言，娘，這世界被截成塔底和塔上（映襯修辭）。」等。

29　如：「而你，娘，你在何處認取我呢？在塔的沉重上嗎？在雷峰夕照的一線酡紅間嗎？在寒來暑往的大地腹腔的脈動裡嗎？」；「娘！那豁然撕裂的是土地嗎？那倏然崩響的是暮雲嗎？那頹然而傾倒的是雷峰塔嗎？那哽咽垂泣的是——娘，你嗎？」張曉風於〈許士林的獨白〉中，常用連續設問的方式行文，深具震撼性，也增加了文章的氣勢，表現深藏於許士林心中的疑問，將無奈而悲憤的心情，淋漓盡致的表現出來。

30　如：「歲歲年年，大雁在頭頂的青天上反覆指示『人』字是怎麼寫的，但是，娘，沒有一個人在看，更沒有一個人看懂了呀！」這屬於許士林深沉而猛烈的情感，藉著感歎詞呼喊出來。

31　如：「我是小渚，在你初暖的春水裡被環護，……。」；「被鎮

住的是你的身體，不是你的著意飄散如暮春飛絮的深情。」；
「你的柔和如春漿的四肢。」等。

32 如：「我的馬將十里杏花跑成一掠眼的紅煙，娘！我回來了！」
屬於速度上之誇飾。

33 如：視覺摹寫——「人間的新科狀元，頭簪宮花，身著紅袍，要
把千種委屈，萬種淒涼，都並作納頭一拜。」；聽覺摹寫——
「在斷橋，一場驚天動地的嬰啼，我們在彼此的眼淚中相逢，然
後，分離。」；觸覺摹寫——「我知道你的血是溫的，淚是燙
的，我知道你的名字是『母親』。」；觸覺摹寫——「令你隔著
大地的腹部摸我，並且說：『他正在動，他正在動，他要幹什麼
呀？』」；嗅覺摹寫——「像一朵菊花的『抱香枝頭死』，……。」
鄭芳郁認為，張曉風於寫作中，所運用的修辭技巧，以「摹寫」
法之運用最為成功，是其一大特色。見鄭芳郁：〈張曉風《步下
紅毯之後》的四種修辭格試探〉，《國文天地》（台北：1994年5
月，108期），頁74。

34 余光中：〈亦秀亦豪的健筆——我看張曉風的散文〉，收錄於
《中國現代文學大系・評論卷・貳》（台北：九歌出版社，1989
年），頁760；原刊載於《聯合報》，1981年3月5日。

35 楊昌年：《現代散文新風貌》（台北：東大圖書公司，1998年3月
修訂版），頁89～91。

36 李欣倫紀錄、整理：〈在古典中鍛鑄現代——世紀末談張曉
風〉，《中國時報》（台北：1999年7月14日），第37版。

37 同上註。

38 李喬：〈「白蛇」如何薪傳〉，《小說入門》（台北：時報文化出
版社，1986年3月），頁231。

39 李喬：〈我的文學行程與文化思考〉，《台灣文學造型》（台北：
派色文化出版社，1992年7月），頁344。

40 李喬將其作品出現的年代，約分四期：(1)1952～1967：由試探而
立身決志的時期，作品全是短篇小說，約八十五篇，另加一些小
散文、雜文。(2)1968～1976：短篇全盛期，許多重要作品，也在
此期產生。(3)1977～1981：寫作重點轉向長篇，評論與雜文相對
地也增多且廣泛涉及。(4)1982年以後：自教職退休下來，時間與
「心理」完全自由，生活、人生進入另一境界。節錄於李喬：
〈我的文學行程與文化思考〉，《台灣文學造型》，頁339～351。

（同上註）

41 林慶文：《當代台灣小說的宗教性關懷》（台中：私立東海大學中國文學系博士論文，2001年6月），頁43。

42 莫渝、王幼華編：《苗栗縣文學史》（苗栗：苗栗縣立文化中心，2000年1月），頁263～269。

43 李喬：〈「白蛇」如何薪傳〉，《小說入門》，頁230。（同註38）

44 李喬：《情天無恨》（台北：草根出版事業有限公司，1997年7月修版三刷）

45 「他，腦海眼前，全是媚娘的倩影色相」，許宣喜歡去段家堂子找媚娘等歡場女子。李喬：《情天無恨》，頁48～55。（同上註）

46 李喬：《情天無恨》，頁136。（同上註）

47 「〈如夢似幻〉是第二章，寫許宣和白素貞的結合，也引起白銀風波。這和一般版本相若，問題在細節。李喬用處女膜來分辨，蛇不知道，人才關心。以前，李喬也向我提起這個細節，我感覺得出這是她的重要『創見』。這是任何版本所看不到的。」鄭清文：〈多情與嚴法──試探李喬《白蛇新傳》的文學與宗教（上）〉。（同註17）

48 李喬：〈「白蛇」如何薪傳〉，《小說入門》，頁231。（同註38）

49 同上註。

50 「……，佛教不是李喬的信仰，但在寫作《情天無恨》時的李喬，則沒有人可以說得這麼肯定，時間的推移則澄清了《情天無恨》闡釋作者『生活和人生境界』，才是真正寫作目的，佛法云云，形同煙幕。」彭瑞金：〈人、妖交纏，佛法解不開的人間情慾──解讀李喬的《情天無恨》〉，《驅除迷霧，找回祖靈──台灣文學論文集》（高雄：春暉出版社，2000年5月），頁322。

51 宋澤萊：〈李喬宗教思想摸象──為李喬《白蛇新傳》點眼〉，收錄於李喬：《情天無恨》，頁16～17。（同註44）

52 如：李喬：《情天無恨》，頁136、166、174、197、263、264等。（同註44）

53 「初始以女性特質出現，向人間尋索真情至愛的白素貞，在遭遇一連串波折、阻撓，終於自情愛幻滅中覺醒。其雖因腹中胎兒消失於無形，而做不成人間母親，但是，成就『菩薩道』所具現莊嚴、慈悲、圓融、寬容……的法相，卻一直是李喬文學中『大地母親』的形象特徵。白素貞雖失落了浪漫的男女私情，但其生命

經過一番錘煉，終於藉著母親形象的轉化，蔓延在天地間，成為莊嚴的人間大愛。」許素蘭：〈愛在失落中蔓延——李喬《情天無恨》裡情愛的追尋、幻滅與轉化〉，《文學台灣》（台北：1997年，第21卷），頁197。

54　同上註，頁192。

55　李喬：《情天無恨》，頁56。（同註44）

56　徐碧霞：〈李喬《情天無恨》之新意探討〉，《台灣文藝》（台北：2000年12月，第173期），頁14。

57　「從白素貞『非人非非人』的立場，對人類行為提出批判與質疑，雖是人物觀點的技巧運用，卻也反映出李喬有意跳脫以『人』為本位，打破『人為萬物之靈』的迷思，以更謙卑的態度，承認『人之有限』，面對宇宙萬物的思考方式。」許素蘭：〈愛在失落中蔓延——李喬《情天無恨》裡情愛的追尋、幻滅與轉化〉，頁192。（同註53）

58　李喬：〈「白蛇」如何薪傳〉，《小說入門》，頁232。（同註38）

59　李喬：《情天無恨》，頁313。

60　李喬：《情天無恨》，頁359。

61　李喬：《情天無恨》，頁376～385。

62　李喬：〈「反抗哲學」簡說〉，《台灣文化造型》（台北：前衛出版社，1992年12月），頁316。

63　「讓小青還原到原始故事身分：大青魚，而非青蛇。」李喬：〈「白蛇」如何薪傳〉，《小說入門》，頁232。（同註38）徐碧霞認為：「《情天無恨》堅持『小青』的原形是西湖底下的『大青魚』，這是具有美學概念的，白色與青色予人柔和協調之感，表現出大自然活潑的生命力；在視覺上一魚一蛇的搭配，好像人類一胖一瘦的搭配，具有互補的效果。若是兩蛇則予人太陰涼之感，難以傳達對情愛的熱情感，一魚一蛇恰恰有著一溫一涼的平衡感。魚和蛇同樣是『濕生動物』，這也表明了白素貞與程小青先天的形體透露了兩者互補和共同之處，作者如此描述是相當巧妙的。」徐碧霞：〈李喬《情天無恨》之新意探討〉，頁18。（同註56）

64　李喬：《情天無恨》，頁155。（同註44）

65　林芳玫、林深靖、王麗芬等，持這種觀點。呂昱主持：〈情天無恨——李喬作品《情天無恨》（白蛇傳）討論會〉，《新書月刊》

（台北：1984年12月，第15期），頁54。

66　彭瑞金：〈人、妖交纏，佛法解不開的人間情慾──解讀李喬的《情天無恨》〉，《驅除迷霧，找回祖靈──台灣文學論文集》，頁319。（同註50）

67　同上註，頁320。

68　李喬：〈一刀兩論〉，《台灣文化造型》，頁77。（同註62）

69　李喬：〈宗教內外，謙卑敬畏──序‧新版《情天無恨》〉，《情天無恨》，頁22～23。（同註44）

70　李喬：〈「白蛇」如何薪傳〉，《小說入門》，頁232。（同註38）

71　許素蘭：〈愛在失落中蔓延──李喬《情天無恨》裡情愛的追尋、幻滅與轉化〉，頁196。（同註53）

72　胡萬川：〈一番隨喜──序《情天無恨》〉，收錄於李喬：《情天無恨》，頁11。（同註44）

73　李喬：〈緣起〉，《情天無恨》，頁26。（同註44）

74　彭瑞金：〈人、妖交纏，佛法解不開的人間情慾──解讀李喬的《情天無恨》〉，《驅除迷霧，找回祖靈──台灣文學論文集》，頁337。（同註50）

75　胡萬川：〈一番隨喜──序《情天無恨》〉，收錄於李喬：《情天無恨》，頁8。（同註44）

76　林濁水：〈族類、律法與悲劇──試論李喬《情天無恨》〉，收錄於《情天無恨》，頁417～418。

77　許素蘭：〈愛在失落中蔓延──李喬《情天無恨》裡情愛的追尋、幻滅與轉化〉，頁199。（同註53）

78　筆者於民國八十九年五月二十三日，參加台北縣立新埔國中所舉辦的「台北縣八十八學年度國文科新課程教師研習會」，當時李喬先生應邀主講「台灣文學的過去、現在與未來」。筆者曾請教他，關於創作《情天無恨》時的心得，茲簡列如下：
【問題】：「情天無恨」──白蛇新傳所傳達的象徵意義，可說是您的創見，這部小說不同於以往的古典故事，顛覆了傳統。如：白素貞成為圓滿覺智的佛菩薩，法海化為冥頑不靈的巨石，可否談一下您在這部小說中，所傳達出的宗教情感觀？
【回答】：生命是有限的，人應學習謙卑，法海堅持自我，缺乏寬容，反而是一種「我執」，白素貞對生命理想的追尋，充滿真性，心靈是純美可愛。蛇（畜生）與人，事實上並無尊卑之分，

而是在於心性的證悟。這本著作是我個人心性修養很重要的作品，許多觀點也是我的獨創。藉宋朝的歷史背景下，產生的白蛇傳故事，我要傳達的是宗教不是一種「迷執」，而是一種內在的覺智過程，應有慈悲與寬容性。法海堅持自己是天道、是真理，對白素貞之趕盡殺絕，並不是宗教理想的實踐。有「怨」、有「恨」，如何超拔，如何覺悟？因此故事結尾時，安排白素貞與法海對決，雙方均結印鬥法，難分軒輊，均執「真理」以行道，這時幾乎擱筆驚疑，該如何將故事了局呢？但頓悟——「使天下有情者得其所願」，而終將情感與真理融合，創造了「白素貞佛菩薩」的證道，而擊敗了法海的謬誤執迷。宗教與世情應是心性的體悟與實踐，將怨恨超拔，才是最可貴者。台灣人，台灣這塊土地，世世被宰制，代代被強暴，但仇怨應化解，應超拔，才有希望，才能圓滿。

# 第8章
# 白蛇傳故事的增異期(下)

　　近年來，香港作家李碧華將白蛇傳說另作「翻案」，讓它成為情欲「勾引」的故事，具戲謔性的嘲諷與警世性的思維作用，而被拍成電影，饒富藝術興味與人生哲思。此外，「白蛇傳」故事的題材，更以「多元化」的藝術形式，展現不同風貌。雲門舞集也曾以舞劇的方式來詮釋它。其他如：舞台劇、芭蕾舞等，都擷取它為表演的素材，讓這膾炙人口的傳說，更具多元藝術的價值。

　　社會開放之下，「同性戀」者的情欲與心理，已逐漸受到大眾的尊重與接納。「白蛇傳」故事，被視之為具有「同性戀」的象徵意涵。因此，嚴歌苓的創作〈白蛇〉，也別具意義。李碧華是香港作家，嚴歌苓是大陸移民海外的作家，兩位女作家的作品中，都以中國大陸文化大革命為故事的背景，[1] 具諷寓中共政治迫害的意義。且《青蛇》與〈白蛇〉同是「愛情」小說的性質，而且兩位作家所塑造的故事人物，皆具「同性戀」的議題的色彩，頗能反映現實人生中複雜的情感現象。

　　嚴歌苓〈白蛇〉中的主角，是位善跳蛇舞的舞蹈家，因曾演出《白蛇傳》舞劇而知名，故筆者將此作與雲門舞集演出《白蛇傳》產生聯想作用，同列討論。另外，同性戀者田

啟元的《白水》、《水幽》的舞劇創作，改編自「白蛇傳」故事，反映「同性戀」者潛藏的情慾心聲與肢體渴望，他們透過附身於「白蛇傳」故事的手法，表達了「同志」之愛與內心的嚮往。至此，「白蛇傳」故事已另具嶄新的時代風格與意義，茲略論於後。

# 第一節　李碧華的小說《青蛇》

一九八六年，李碧華根據「白蛇傳」的故事，改編成為《青蛇》。該書以「小青」的口吻，敘述故事的發展。雖是改寫舊題材，事實上卻是「擬古翻新」的創作。《青蛇》是在傳統文本的空隙裡，找到生發點。她讓小青成為主人公，使她的性格與其他人物構成張力，帶動情節的發展與推演，小青她不再是「配角」，扮演「烘雲托月」的角色，而是以她的視角，來詮釋故事。李小良有如下的看法：

> 有關《青蛇》，中國傳統文化中從來是「正印花旦」白蛇的故事，給重述為「二幫花旦」青蛇的故事。在一片戲言和戲弄之中，青蛇更儼然成了所謂「真相」的代言人。……也在這些遊戲筆墨之間，隨意、無意的把香港介入與香港「無關」的故事。小說《青蛇》令香港又一次介入「中國」的故事——當然還是一個重寫的故事，是邊緣香港重新檢視中心大陸的論述介入。「香港」與「重寫」，在李碧華的這些敘述裡，往往是連在一起的。[2]

李碧華所寫的故事，是代表香港人，雖處邊緣，卻創造另一歷史格局的獨特經驗。她原籍廣東台山，中學時代即熱中寫作，開始投稿。一九七六年至今，曾擔任記者、編劇、教師，在影視、舞台劇等藝術領域嶄露頭角時，便在報刊撰寫專欄及小說連載。由一位劇作家跨入小說創作，其諸多著作均被拍成影視作品，影響較大的如：《胭脂扣》、《霸王別姬》、《青蛇》、《生死橋》、《潘金蓮之前世今生》、《秦俑》、《誘僧》等，也獲得多種國際獎項。

《青蛇》是蛇化身為人的故事，「男人是什麼？」，[3] 成為「她們」變身的動機與思索的謎題。「她倆」遂決赴塵劫，找尋答案。其內容大要如下：

青蛇由唐朝至今，一千三百多年來，皆居於西湖斷橋邊。她與白蛇結緣，是因不慎中毒時，白蛇因修持功力高深，故能及時搭救，感激之餘，遂追隨之，且情同姊妹。百般無聊下，俱幻為窈窕淑女，遊歷人間。

一日，路逢一位白髮老人兜售湯圓，青蛇好奇之餘，便買來品嚐。未料，湯圓倏即滑入口中。驚疑中，見老人變回真身——呂洞賓，原來誑了她們，吞下七情六慾的仙丸。此後，白蛇——素貞，春心蕩漾，欲到人間，覓一位「平凡」男子與她享受愛情的歡愉。青蛇害怕寂寞，遂與白蛇相偕同陷紅塵。

白、青二蛇，甫入凡間，即目睹法海收妖。但二人及時閃躲，幸未遇劫。

清明時節，許仙赴寺中追薦祖宗。歸途遇雨，遂與二蛇邂逅。素貞（白蛇）貪戀許仙俊美之「色」，計誘借傘，藉還傘時，勾引他。小青（青蛇）暗戀許仙，許仙卻鍾情於素

貞。小青與素貞為了許仙，而各懷心機，頗有爭風吃醋的意味。[4]

一瞎眼道士，嗅出蛇妖的氣味，灑硫磺驅蛇，被素貞破解，小青將其師徒三人扔入水中，加以懲戒。小青穿牆入壁，進入庫房盜銀五十兩，交予素貞，素貞又將之贈與許仙，作為成親之用。素貞與許仙兩情相悅，山盟海誓，約定永遠廝守。

官差何立率人緝捕盜銀的嫌犯，青、白二蛇，使媚、賄賂何立，了結官司之禍。小青覺得自己是犧牲者，非常委屈。許仙是個恩將仇報的自保之人。素貞情迷心竅，袒護許仙，小青感到失望。

素貞建議離開杭州，遂赴蘇州開藥店──「保和堂」。時值瘟疫流行，素貞行醫，「貧病施藥，不取分文」，醫術高明，可謂「妙手回春」。素貞精明能幹的「女強人」之勢，讓許仙缺乏自信，成為街坊不大被看得起的男人，扮演著「小丈夫」的角色。但素貞對丈夫仍是柔情纏綿，操控著許仙的神魂身心。

小青情感寂寞，想與素貞分享許仙。她向素貞提出此要求，但被斷然拒絕。一日，許仙無意間讚美小青長得美麗，應該找個如意郎君成婚。此言勾動小青的心弦，她情挑許仙，許仙也若有似無地予以情感回應。

許仙赴呂祖廟燒香，逢一道士，指出許仙被妖精所纏，遂給二符相救。不料，被素貞揭穿，認為他耳軟心亂，易受人離間，令人失望。素貞找道士算帳，將其逐至雲南。

素貞與小青都愛戀許仙，小青佯稱是試探許仙是否專情於素貞，素貞不信，倆人爾虞我詐。素貞失手打小青，有意

趕走小青。小青執意留下，素貞言明許仙為其所有，小青不可分享。[5]

　　端午佳節，法海禪師執杖來訪許仙。告知他為蛇妖美色所惑，故來救命。教其若灌飲雄黃酒，則蛇妖必定現形。小青獲悉許仙與法海之謀，不僅袖手旁觀，並陰謀加害素貞。她偷取出素貞的蛇皮，暗藏七根繡花針，致素貞現出原形後，痛苦掙扎，動彈不得。小青假意救援素貞，才驚見許仙已嚇昏而不省人事。素貞決定冒死去崑崙山盜靈芝草以救夫。

　　小青目睹素貞盜草救夫，九死一生的驚險狀況，並受素貞之託，先取草回家以救許仙。許仙賴仙草之神效而復甦，竟與小青越軌、偷歡。素貞回家，許仙憶起遭蛇驚的情景。素貞用腰帶變蛇，垂掛庭院，佯稱自己奮力殺蛇，疲憊不堪，以消除許仙之疑慮。許仙心虛，對素貞百般照顧。素貞眼尖，洞悉小青與許仙暗通款曲的真相，遂與小青廝殺、對決。

　　素貞告知小青，自己已懷身孕，不能失去許仙，小青體諒，決定慧劍斬情絲。而許仙對小青仍懷情意，幾次示愛，均被小青回絕。許仙對小青有情，卻於神靈前起誓：絕對不負白娘子之情。許仙藉機找小青私奔，卻被小青怒斥：「你滾！」許仙指出：小青趕他，但素貞是不肯他走的，他未欠小青什麼，只覺得惋惜——小青先拒絕他。[6]小青盼許仙保守秘密，三人能如常生活。

　　小青路遇法海禪師，法海勸她：「苦海無邊，回頭是岸。世上所有，物歸其類，人是人，妖是妖，不可高攀，快快屏除痴念，我或放你倆一條生路。……」小青未聽其訓

誠，竟脫衣迎向盤坐如石雕的法海。法海思緒恍惚不定，流汗心動，賴持咒以定性。小青使出渾身解數勾引法海，當緊要關頭時，法海怒斥小青，並奮力將其推開。小青伺機非禮法海，致其羞怒難當。小青對他遙喊：「你要什麼？」法海道：「我要的不是你！我要許仙！」小青極度震驚，卻聽法海說：「世上有什麼事不可能發生？好呀，我把他帶走給你看。」小青心慌：法海眼中的至美不是粉雕玉琢的女人，竟是許仙。[7]

法海將許仙帶走，許仙掙扎、反抗，說自己與佛無緣。法海以妖怪恐會致命為由加以脅迫，許仙則說：「我不怕，我要回去。師父，在妖面前，我是主；在你面前，不知如何，我成了副。師父莫非要操縱許仙？」法海以人間無常之理，開示許仙，並挾持之。素貞與小青來金山寺找許仙，法海不肯放人，他說：「他是人，豈能降格與你族同棲？他，日後在金山寺，庭園靜好，歲月無驚。」

素貞尋夫不成，委婉哀求法海，盼他能慈悲放人。但法海固執，不通人情，素貞遂發動族類，水漫金山寺。法海則請求天兵天將，捉拿蛇妖。此時，法海更強迫許仙出家，許仙堅稱戀棧紅塵與女色，不願遁入空門。素貞身懷六甲，不敵威逼，雖有小青護衛，但險遭殺戮。值千鈞一髮之際，南極仙翁憫其尋夫是常理，且懷文曲仙胎，哀憐救之。素貞脫困，感謝小青急難相伴。

許仙逃出後與素貞等重逢。小青責怪他——「非人也！」她們欲逐許仙，許仙哀求，素貞深愛許仙，又心軟容之。素貞甫分娩完，倏見黑影疾奔——法海持缽收妖。素貞無法逃躲，渾身顫抖，耳畔聽見孩兒聲聲哀啼。素貞跪求饒命，法

海指出：仙骨已下凡，白蛇在劫難逃，許仙是其故意放出查探情況者。許仙驚羞交加，跪地為白娘子求饒，小青也替姊求情，但法海仍決意收妖。素貞奮死搏鬥失敗，許仙抱頭飛竄，無情逃躲。

素貞被馴服，臨別對小青言：「小青，我白來世上一趟，一事無成。半生誤我是癡情，你永遠不要重蹈覆轍。切記！」小青提劍，為姊復仇，許仙血濺身亡。

白蛇被鎮壓於塔下，法海定身於小青面前，盂鉢噹噹而下，竟未敢收她，即倉皇而逃。小青帶著孤兒——許士林，書其身世於信中，附於襁褓間，寄放於富貴人家的門前，待被收留後才自行引退。此後，小青孑然隱身修行，不問世情。

時光悠忽，歷宋、元、明、清……，遞嬗了多少歲月？小青已不復記。一日，忽見一壯志少年原名許士林，因懷革命赤誠，易名為許向陽者，高擎著文化大革命的旗幟，摧毀了「雷峰塔」，白蛇因而出世了！素貞以為那毀塔救她的人，是她的愛兒，但小青點醒她：「八百年了，隔了那麼多次的輪迴，他會記得？別自找麻煩啦！」她們感謝文化大革命，感謝由文曲星托世，而策動了此次毀塔救母的「解放」行動。但目睹文革慘況，她們決定避世隱居。

素貞詢問許仙的去向，小青說是他情願出家，後來修行數年後，一夕坐化。小青根據馮夢龍的《警世通言》交代結局，並未告知她為她復仇，而殺害他的真相。她倆不再相信男人，不看一切的傘、扇、瓜皮小艇……，一切足以勾起傷痛回憶的事物。情感一貧如洗，清空自在……。

在西湖畔，聽見來來往往的情侶，於良辰美景前起誓：

「一生一世，鍾情相守」的盟約時，她倆會嘲弄失笑……。一日，煙雨濛濛中，一美少年捧書經過素貞身旁，她——不安定了！她打扮入時，迎向他了！小青詫異素貞未記取教訓，竟又欲縱身情海。但是，這一次她是隻身赴約，不喚小青同行，以免「分一杯羹，重蹈覆轍」！

素貞此回化身為張小泉剪刀廠的女工，雖置身生產優秀剪刀的工作中，卻「剪不斷世間孽債情絲」。那少年應該是——許仙的輪迴，她生生世世都欠他呀！

小青因為寂寞，著手寫著她的經歷。忽悟：在回憶之際，不若製造下一次的回憶吧！於是，在淡煙急雨中，她也邂逅一位藍衣少年，也——撐開一把傘了！她仍是素貞的妹妹——同為張小泉剪刀廠的女工。她決定向他借傘，再約他明日前來取回。她一擰身子，孃孃地追上去……。

《青蛇》的故事背景同為宋朝，但時間跨越元、明、清、文化大革命以至到現代，她以「現代人」的情感觀來看「白蛇傳」這個民間傳說，可說是「以今人之心，度古人之腹」。小青在傳統故事裡的曖昧之處在《青蛇》中被挖掘，她是白素貞的友伴、姊妹、也是情敵。此外，小青和所有人物都構成了引誘和排斥的關係，因此這個故事變成了情慾演義，同性戀、異性戀、三角關係糾纏不休。原型故事裡人物的性格得到變形和誇張的發展。其次，小說裡保留了原型故事裡情節進展的基本線索，從收青、遊湖到合缽達到高潮。爾後，小青痛殺許仙，法海不戰而退。值文革時，許氏後代砸了雷峰塔，白蛇諸妖出世，創造一個新的故事。《青蛇》其內容檢視了角色間之心理分析，詮釋了彼此之愛、恨、情、愁的錯綜關係。作者認為《青蛇》是：

一個「勾引」的故事：

素貞勾引小青、

素貞勾引許仙、

小青勾引許仙、

小青勾引法海、

許仙勾引小青、

法海勾引許仙……

——宋代傳奇的荒唐真相。[8]

「勾引」存在於人的心靈底層，因為「情欲勾引」，而造成「勇赴塵劫」致「執著不悔」。而李碧華所謂的「真相」，是她自己對虛構故事的說詞，或堪稱為她的調侃。作者於其雜文中言：「但凡『傳記』都不是『真相』。」「誰要深究真相？真相更不好看。」[9]正因為無所謂真假，作家可以自己的觀點，另作創新與詮釋，或是以假亂真。《青蛇》故事情節大致同「白蛇傳」，但是，頗有別出心裁，另作創變之處：

1. 法海私慾薰心，欲「勾引」許仙，有「同性戀」情愫。[10]

2. 白蛇為「愛情」，青蛇怕「寂寞」，而入紅塵人間，並非為報恩、了緣等理由。

3. 呂洞賓賣小湯圓，計誘白蛇、青蛇吞下「七情六慾」的仙丸。[11]

4. 白蛇與青蛇爭寵，許仙愛白蛇，後戀青蛇，欲與青蛇私奔。

5. 法海被青蛇引誘，險些亂性，他非得道高僧，書中無

「教化」性，乏宗教服務的意味。

6. 青蛇復仇殺許仙，白蛇之骨肉被青蛇遺棄，讓人寄養。

7. 雷鋒塔倒，是因紅衛兵在文革時所為（白蛇子——許士林（即許向陽）率眾摧毀，是「政治」動力，非「孝親」表現），白蛇出世，仍執著愛情。

8. 藉「傘」媒繫「情」，詮釋跨越千年之愛。[12]

9. 蛇與人之情愛觀與階級地位不同，人畜有別。[13]

10. 許仙貪愛女色，不欲修行，不是修道有成，一夕坐化。[14]

11. 以現代人情感矛盾與心理需求，詮釋「白蛇傳」之愛情故事，富「現代化」精神意涵。

12. 融入政治背景、社會狀況，表現作家個人意識與時代風潮。

　　李碧華擅長改編舊題材，呈現新風貌。這類作品包括《青蛇》（〈白娘子永鎮雷峰塔〉）、《潘金蓮之前世今生》（《金瓶梅》與《水滸傳》）及《霸王別姬》（崑曲《千金記》）等。在其新文本上採用「改編」、「戲謔（parody）」等技巧，從而造成「文本互涉」。[15]由於其改編經典的方法，頗具有作家的個人意識與風格，而呈現許多新意。她於《青蛇》文本中，透露出撰寫該故事的動機：

　　　　這樣的把舊恨重翻，發覺所有民間傳奇中，沒有一個比咱更當頭棒喝。

　　　　幸好也有識貨的好事之徒，用說書的形式把我們的故

事流傳下來。

宋、元之後，到了明朝，有一個傢伙喚馮夢龍，把它收編到《警世通言》之中，還起了個標題〈白娘子永鎮雷峰塔〉。覓來一看，噫！都不是我心目中的傳記。它隱瞞了荒唐的真相。酸風妒雨四角糾纏，全都沒在書中交代。我不滿意。

明朝只有二百七十七年壽命，便亡給清了。清朝有個書生陳遇乾，著了《義妖傳》四卷五十三回，又續集二卷十六回。把我倆寫成「義妖」，又過分的美化。內容顯得貧血。我也不滿意。

——他日有機會，我要自己動手才是正經。誰都寫不好別人的故事。這便是中國，中國留下來的一切記載，都不是當事人的真相。（頁240）

《青蛇》該書的主人翁——小青，不再是傳統「白蛇傳」故事中——「沉默」的配角，較異於傳統「白蛇傳」故事的性格特徵。[16] 她化身為「西湖斷橋底下的大作家」，藉著筆墨以抒發心理深層的感受。本書中所突顯的寫作觀點與特色有下：

1. 人的情感存在許多矛盾與衝突，愛情存在著不確定性——「理想」與「現實」；「道德」與「欲望」，彼此糾葛。「每個男人都希望生命中有兩個女人：青蛇和白蛇。同期的，相間的，點綴他荒蕪的命運。[17] 每

個女人也希望生命中有兩個男人：許仙與法海的『勾引』。」[18] 故人們對於情感往往不斷作追尋，喜新厭舊，而且對於愈是得不到的東西，愈是珍惜、看中。[19] 李碧華於書中，深刻表達其對愛情的觀點：具不確定性。由許仙對愛情的搖擺態度中，表達其對「海誓山盟」這類愛情宣言的懷疑，以戲謔的寫作手法中，嘲弄世人的愛情承諾。

2. 雖經輪迴，人之「質」與「性」不變——《青蛇》以「情孽輪迴」的故事，放縱、馳騁於時空中，[20] 與讀者分享情欲與性幻想。說明人們歷經劫難的苦痛與磨鍊後，雖一時會有智慧的覺悟，但卻往往健忘，而朝慣性的思維運作或發展，這是人性的弱點。故素貞雖歷劫重生，但仍溺陷於情海中——「剪不斷世間孽債情思」。[21] 雷鋒塔倒，素貞出世，象徵著舊傳統與禮教的崩解，她仍幻為現代摩登女子，追尋愛情。[22] 而小青自認為從此感情上將「一貧如洗」，但仍是循著素貞的模式，展開另一場情感追逐。

3. 小說中富政治諷喻與批判的意味——《青蛇》的後半部分，是以中國的文化大革命作為背景，藉紅衛兵之力，來推倒雷峰塔。而五〇年代，中共便以《白蛇傳》作為官方意識型態的宣傳工具，配合其對人民灌輸階級鬥爭的思想，以便展開「反封建」的實際的鬥爭行動。[23] 李碧華在書中，「鑲嵌」這樣的時代背景，以「小青」之口，諷喻對文化大革命的觀感，她以嘲弄與不屑的方式，提出揶揄式的批評。[24] 其對文革的描寫，雖並未十分詳盡、深入的控訴，卻有尖酸刻薄的

諷譏，故仍沒有超出傷痕文學的範疇。她對文革與毛澤東的批評，反映香港人面臨「九七」回歸，對共產政權的不安與焦躁心緒，《青蛇》中對文革的批判，是作者對於未來政治前景的憂慮表徵。[25]

4. 戲謔式的寫作方式，顛覆傳統的故事內容與結局——李碧華的《青蛇》是一種「遊戲式」的寫作方式，[26]在文本中，藉「青蛇」之口，透露出對歷來「白蛇傳」故事諸多文本的不滿，對於這些改編者也提出「玩笑性」的批評。但是，事實上「青蛇」也不過是個虛構角色而已。在《青蛇》中，李碧華顛覆傳統「白蛇傳」故事的角色，人物性格更為分明，情欲更糾葛，心理更深入，將許多潛藏在人性的弱點與通病，藉角色的塑造，而表現出來。如：故事中加入同性戀錯綜複雜的關係，摧塔救母也非因「孝親」之故，致更無大團圓情節，可謂別具一格。

5. 對於女性的命運呈現新的視點——李碧華在《青蛇》中塑造了小青，她與白素貞為爭許仙而反目成仇，但是化解干戈的真正關鍵是素貞懷孕。因為懷孕，所以小青讓步，素貞戰敗，法海施暴，許仙負心。李碧華對女性的哀憐，對愛情幻象的嘲諷，在此不言而喻。此外，不管柔順纏綿的白娘子抑或嫵媚佻達的小青，她們在感情的強烈程度和道義的承擔方面，在《青蛇》中，都勝過了男性。小青與白娘子的衝突，因為白娘子要做「母親」而冰釋，這代表對女性命運的認同。[27]李碧華在「合缽」中，讓許仙負盡白娘子，形成必死該誅的下場，也為千古以來蒙冤的小女子們出了一

口氣，對於傳統父權社會下大男人主義中負心男子們，進行了控訴。她在《青蛇》中，讓女性自覺於命運，也讓女性反映了心聲，體現她們保護自我權益的理想。

李碧華的「故事新編」，可謂為藉舊故事為參照互文（intertext）而變奏延伸的小說。陳岸峰認為：這些小說與「舊文本」的關係，在於新文往往加注了「情欲」和「政治」的元素，因而呈現為舊文本的「反叛」的特色。[28]「文化大革命」這場政治風暴，未淨化情欲，反而揚起情欲風波。陳燕遐針對李碧華《青蛇》，以文化評論的角度，提出觀點：

> 李碧華不斷揭露男人多麼窩囊不值一哂，人世所謂愛情多麼幼稚可笑。然而，《青蛇》之引人入勝，也不在於它戳破了愛情的真相，而在於李碧華的故弄玄虛，把一個簡單的民間傳說，點染得異色紛陳，欲念橫生；表面上處處指出男女間的互相欺騙，實則在故作譏誚的洞悉世情中，難掩對情欲的執迷與憧憬。因此，不但白蛇戀棧貪嗔痴愛，連一直充當洞悉真相的解話者青蛇，也在一夕偷歡的許仙之外，還有刻骨銘心的法海；經過大傷元氣的一場酸風妒雨四角糾纏，才說「再也不對人類用情」，到頭來還是不甘寂寞，決意繼續這種愛情遊戲追逐，迴環往復，生生不息。這正好說明流行文化的職能不在點悟蒼生，而在為平庸人生提供一個情欲想像空間，滿足讀者在平凡人生難有的貪嗔痴愛幻想，也許荒唐但不踰矩，最終仍乖乖地沒有溢出男女定型與異性愛等現代社會規範，在

文本內玩一場安全的情欲想像遊戲。[29]

　　《青蛇》可說是「白蛇傳」故事的變調，位於指點故事，品評人物的青蛇，扮演一個旁觀的自覺者，卻也是全情投入的遊戲參與者。作者塑造一個欲望烏托邦，在虛擬的文本世界中，傳達出現代人錯綜複雜的心理世界與孽債情網，更反映了香港文學與時代環境相契合下的人文關懷。王德威在他的論文〈世紀末的中文小說〉中，綜合論述了李碧華的小說：

> 李碧華是香港的暢銷作家，所作《胭脂扣》、《潘金蓮之前世今生》、《霸王別姬》、《青蛇》等因受影劇界的青睞，更為聲名大噪。李的文字單薄，原無足觀。但她的想像穿梭於古今生死之間，探勘情欲輪迴，冤孽消長，每每有扣人心弦之處。而她故事今判的寫法，也間接托出香江風月的風貌。尤其在九七「大限」的陰影下，李的小說講死亡前的一晌貪歡，死亡後的托生轉世，兀自有一股淒涼鬼氣，縈繞字裡行間，她的狹邪風格，畢竟是十分香港的。[30]

　　文學是時代的心聲，能充分體現時代環境的文學作品，方具蓬勃的朝氣與意義。李碧華的文筆雖不高，但通俗淺白的文字中，卻多所寄寓，她傳達了香港當時的政治、文化脈絡，描繪現代人的情欲，在多元開放社會中，潛藏的需欲與盲點。劉登翰所主編的《香港文學史》中，對李碧華的作品，作以下的評論：

嚴格地說，李碧華的小說並不是一般的純言情小說，
它們有比愛情更豐富的內涵，在歷史的、社會的、美
學的、哲學的層面上，所給人的思考，是一般的言情
小說所不能比擬的。

她的作品有著引人深思的「邊緣性」，既不在純文學
的中心苦思，又不在消費文化的陣營盤桓過久，嘗試
走一條「中庸之道」，其作品既不嚴肅到無人問津，
又不俗到「走火入魔」，而是熔二者於一爐。[31]

在《青蛇》中，我們看到李碧華的文字背後，所富涵的
深刻議題，不管是政治、生命或情感等方面，不僅呈現了作
者個人意識，更予讀者省思與想像的空間。如：現今社會中
情感問題，較過去更為複雜化。這或許肇因於現代人，其工
作、生活、環境的日趨多元性，致人們的情感觀念與態度，
較為開放。婚外情、同性戀等情欲糾葛之事，已屢見不鮮。
《青蛇》在舊題材的翻作下、戲謔的故事裡，充分反映現代
人的社會與生活的實況，它賦予「白蛇傳」故事另一新風
貌、新契機，讓這久遠的傳說，更具時代性與生命力。

## 第二節　「白蛇傳」及其他

中國人對動物的看待分為三大類：一是保留神的地位，
如：鳥類神化為鳳，獸類神化為麟，爬蟲類神化為龍；二是
服役於人，而與人為友的六畜。三是仍與人類為敵的毒蛇猛

獸。即動物因具有神性、人性與獸性。反之，人也具有神性、人性與獸性。中國人說「天人之際」，又言「人獸關頭」來形容內心善惡之爭，可謂中國人承認神性、人性、獸性同具於人類，也同具於動物界。[32]

白蛇的悲劇命運肇因於是「異類」的出身，而其故事的演變，也是由獸性而人性，進而達到神性的境界。白蛇的進化歷程與慧命內涵，是「人」類高貴情操的展現。反之，故事中的諸多「人」物，往往卻是道德沉淪者，與之形成強烈對比。藉此一「人」與「異類」的愛情故事，可以反映人性，寄寓生命哲理。

雲門舞劇「白蛇傳」，以肢體的舞蹈表現這個古老傳說，讓「蛇舞」不僅呈現藝術的美感，更啟發了生命之感性與理性的思維課題。而蛇的蠱魅性、誘惑性與人性的情慾形成聯想，致「同性戀」者，往往藉白蛇傳的素材，表現情感的原慾與綺麗。作家嚴歌苓的〈白蛇〉，藉舞蹈家「白蛇」的遭遇，敘述了一段同性戀的故事。這些藝術、文學的創作來源，都溯自「白蛇傳」。

一九七五年雲門舞集演出現代舞劇「白蛇傳」，不僅雅俗共賞，引起熱烈迴響，更是東、西方戲劇藝術與舞蹈表演的融合。香港中文大學的哈利遜‧懷嘉先生（Harrison Ryker）說他看到雲門舞集所演出的「白蛇傳」，令他聯想到捷克默劇團（Laterna Magica Players），而陳耀成又說：

> 吳素君、林秀偉的青、白二蛇剛健孋娜，對角色的心領神會與演出的圓熟，真令人拍案叫絕。而尤其突出的是林懷民對「白蛇傳」的詮釋，我們可以完全以佛

洛依德心理學角度閱讀這舞。青、白二蛇是原慾
（id），許仙是自我（ego），法海是超我（super
ego）。原慾是渾沌、粗鄙，但亦應允狂喜。人的自我
壓抑本來與性生活同始同終。許仙召來傳統宗教庇護
自己，但斲傷了原慾，也帶來終極的欠缺。「白蛇傳」
是有力的舞台意象——人靈慾的永恆的互相傾軋。此
外，二蛇微妙的主僕關係，精美的道具：傘、簾（這
還變了雷峰塔）及抽象雕塑，都更令這舞更活潑有
力。有時我想像，縱使有一天雲門逝去，「白蛇傳」
仍會繼續流傳，反映出現代中國人對傳統的思考。[33]

林懷民編導的「白蛇傳」中，白蛇、青蛇的舞蹈動作，純然
模擬「蛇」的肢體動作，可說是「蛇舞」。蛇舞由來已久，
這種舞蹈的起源應該是在原始時代，與當時的蛇圖騰、蛇崇
拜有關。[34] 在殷代已經出現模仿動物運作的舞蹈，蛇的動作
尤其是水蛇，全已曲線進行，較其他動物的動作，更接近舞
蹈。因此，林懷民所設計的仿蛇動作，有其目的性與象徵
性，體現了青、白蛇的性格與神態。劇作家俞大綱即指出：

> 白蛇和青蛇的性格不同，青蛇富於蛇的原始生命力，
> 開始使用於爭取許仙愛情時的攻擊性就極為強烈。而
> 白蛇則是運用蠱惑的，有技術的方式（使用扇子表現
> 作法迷人）來爭取愛情，以具有人性與人情。青蛇的
> 妖魅、靈污、多變化，平面發展的「蛇行」動作，是
> 直接描摹蛇性與蛇的動作。而白蛇則以水蛇「天矯」
> 的立體動作來賦予人性，這些全是林懷民抓住性格而

設計的動作。[35]

林懷民所設計的舞蹈動作，是將中國戲劇、舞蹈的表演形式，與西方舞蹈體系作融合，配合故事劇情、人物性格而展現新的風貌。在中國表演藝術逐漸黯淡、褪色之時，這齣舞劇是「新罈盛舊酒」，不僅別出心裁，更是芳醇醉人。俞氏又指出：

> 模仿蛇的動作，來發揮舞蹈的曲線動態美，林懷民編導的「許仙」，可以說是繼承殷代蛇舞及楚舞，發揚了中國人善於模擬動物動作的技藝傳統。模仿蛇的動作，作為白蛇和青蛇的肢體語言，傳達她們的思想感情，頗有漢絹畫的人首蛇身的意味。[36]

它吸收中、西舞蹈風格，展現富民族藝術的傳統精神，令人肯定與喝采！如：將平劇中的身段，活用為新的肢體語言。擷取陶俑及古畫中吸收過來的舞蹈形象，化為舞蹈動作，[37]讓我們的民族舞蹈注入活泉，展現嶄新的時代意義與文化光輝。

此外，爵士舞蹈家吳倩佩曾經將許仙與白蛇淒美動人的愛情故事，編導為中國爵士舞劇《白蛇傳》[38]，吳倩佩認為：

> 《白蛇傳》故事張力非常適於爵士舞的肢體動作，因此運用爵士，使其更具可看性，於是舞劇的籌備自一年多前就開始進行。……，但為求劇情緊湊，劇中部分採倒敘手法呈現。[39]

此劇中的〈水漫金山寺〉部分更是高潮所在，把爭鬥場面發揮得淋漓盡致，予人驚喜與震撼的感受。吳氏將爵士舞與具中國風的民族身段自然融合，透過舞者的動作內蘊中體會白蛇的癡情、許仙的理性、青蛇象徵新新人類不願被管束的自我，及法海代表的法理正義。將法、理、情、自由的觀點由舞蹈來詮釋探討。該劇利用現代的動作語彙、時空倒錯的情境和聲光科技的運用，給予故事新的生命力。[40]

古人稱舞者的細腰為「纖腰」，舞者藉腰部作軸心，俯仰迴環的動作極為靈活，近似於蛇。後人往往稱女子細腰的靈活為「水蛇腰」，故蛇與舞蹈有密切的關聯性。一般人都認為蛇帶有蠱惑性、妖魅性，而又狠毒，會傷人致死。其生殖力強，很早即是生殖崇拜的對象。蛇之纏綿性、親密性以及雄雌蛇關係的久遠性，[41]令人由衷羨慕，而產生情感、婚戀方面的「美好」聯想。但是，蛇生俱妖性，又給人邪惡的印象。此種對蛇存有美好與邪惡的心態，顯示矛盾而複雜的情愫，故世人比喻具有這種特性的女人為「蛇蠍美人」。嚴歌苓[42]的小說〈白蛇〉，[43]即將女主角塑造為——具水蛇腰、美麗、風騷、毒辣的化身。而嚴氏又藉著「白蛇傳」故事的象徵意涵，賦予主人翁一場介乎友情與愛情的情感際遇。

〈白蛇〉中的女主角孫麗坤是一位美麗的舞蹈家，[44]曾以獨創的「蛇步」，演出「白蛇傳」而享譽於世，人稱她為「白蛇」。在文化大革命期間，因她被指控與蘇修份子——男舞蹈家有染而被拘禁。她嫵媚而風騷，性感而動人，但是，於拘禁期間卻枯萎如槁木死灰，變得粗俗而臃腫。一日，一位英姿煥發的軍官——徐群山來訪，自稱是奉命來調查孫麗坤的案子。自此，每日前來兩小時。而孫麗坤亦於此時整飭

容顏，不再如此邋遢。

　　某日，他以摩托車載她到招待室調查，歷時六小時。數日後，孫坤麗突然精神失常而入院治療，男子也不再出現。經調查並無「徐群山」這樣的人存在。當日他於她出浴後，放了一段「白蛇傳」舞劇的哀怨音樂，原來徐是從小即迷戀她的戲迷，他撫摸著她，值關鍵時刻，她發現「他」與她竟是同性。她沒有阻止「他」的動作，仍讓這齣「戲」演完。

　　一年多後，一位名叫──「徐群珊」的短髮女子來醫院找她。自小，徐群珊即酷似個男娃娃。她扮演軍官是想親近童年心儀已久的對象。此後，珊珊天天來看她，手牽手，親密的散步、談心。她倆眼神、動作流露男女之情，引人非議。在確認她倆都是女性後，大家不再投以奇異的眼光。但是不久後，她獲平反而被禮車接走，珊珊並未來送她。

　　東山再起的孫麗坤，舞藝精湛受到矚目，風采不減當年。她接獲珊珊的來電，說她看到她的報導與演出，致上關懷與祝福。珊珊問她何時結婚？孫不知如何回應，珊珊說自己即將要結婚，邀她參加婚禮。她攜帶青蛇替白蛇怒指許仙的玉雕與蜀錦被面前往祝賀。歸途中珊珊送孫麗坤漫步街頭，她為孫抹去皺紋中的淚水。望著「她」手插褲兜，楞小子那樣微扛著肩的身影，孫麗坤心裡不斷叫喚著──「徐群山」。

　　在小說〈白蛇〉中，作者運用許多「白蛇傳」故事的意象於作品中。不僅女主角的人名是「白蛇」，許多的情節，也引用「白蛇傳」故事作為詮釋的素材。以敘述徐群珊幼時看孫坤麗演出《白蛇傳》的情景為：

台上正演到青蛇和白蛇開仗。青蛇向白蛇求婚，兩人
定好比一場武，青蛇勝了，他就娶白蛇；白蛇勝了，
青蛇就變成女的，一輩子服侍白蛇。青蛇敗了，舞台
上燈一黑，再亮的時候，青蛇已經變成了個女的。變
成女的之後，青蛇那麼忠誠勇敢，對白蛇那麼體貼入
微。要是他不變成個女的呢？……那就沒有許仙這個
笨蛋什麼事了？我真討厭許仙！沒有他白蛇也不會受
那麼多磨難。沒有這個可惡的許仙，白蛇和青蛇肯定
過得特好。唉！我真瞎操心！（《白蛇》，頁39）

徐群珊認為白蛇與青蛇是「同類」，是較為匹配。在河北省
行唐縣的傳說中，青蛇本是男性，與白蛇戰敗後，才服膺於
她，被她變為女身，死心塌地地成為她的侍女。[45] 故「徐群
山」對於「白蛇」的態度，讓孫坤麗產生特別的情愫：

他感到他是來搭救她的，以她無法看透的手段。如同
青蛇搭救盜仙草的白蛇。……，她已經不能沒有他，
不管他是誰，不管他存在的目的是不是為了折磨她，
斯文地一點點在毀滅她。（《白蛇》，頁51）

即使孫坤麗知道「徐群山」是「徐群珊」時，她在精神上還
是依賴她，那是一種虛擬的情感寄託：

這時刻，前舞蹈家是真正愛珊珊的。她把她當徐群珊
那個虛幻來愛，她亦把她當珊珊這個實體來愛。她怕
珊珊像徐群山那樣猝然離去，同樣怕珊珊照此永久地

-358-

存在於她的生活中。況且，不愛珊珊她去愛誰？珊珊
是照進她生活的唯一一束太陽光，充滿灰塵，但畢竟
有真實的暖意。（《白蛇》，頁77）

「她們之間從來沒有擺脫一種輕微的噁心，即使在她們最親
密的時候。」[46] 這是近乎於「愛情」隱晦不明的「同性戀」
感情。是理性與感性，現實與虛幻的二元掙扎的對立狀況。
珊珊結婚時孫麗坤所送的玉雕，是頗有寄寓：

> 禮物擱在亂糟糟的洞房裡。這時她才發現這座雕得繁
> 瑣透頂的玉雕是白蛇與青蛇在怒斥許仙。珊珊的丈夫
> 千恩萬謝，說玉雕太傳神太精緻了。珊珊看了她一
> 眼，意思說她何苦弄出這麼個暗示來。她也看她一
> 眼，表示她決非存心。（《白蛇》，頁84）

事實上，故事中孫、徐之間的關係曖昧，介乎友情與愛情之
間，「同性戀」的意味十足。「白蛇傳」故事中白蛇與青蛇
的關係，被人解讀為「女同性戀」的「典範」。而白蛇對許
仙的情慾釋為女／男同性戀的處境，也就是邊緣者愛上非同
類的中心族群。即許仙在知道白蛇的異類身分時，表現出來
的恐懼，也類似同性戀者向主流體制靠攏而屏棄異端的現實
嘴臉。[47]
　　嚴歌苓〈白蛇〉曾被尹祺[48]改編為電影劇本《白蛇》，
而獲得八十九年度優良電影劇本獎。陳儒修在〈世紀末的千
萬風情〉中認為：

《白蛇》獲獎，也說明有關性別意識的議題逐漸受重
視，本年度作品除了有同性戀主題外，並有涉及未婚
懷孕、單親家庭、愛滋寶寶、以及略帶暗示性的母子
亂倫等，顯示世紀末多元化的社會現象，各個作品也
能以直接面對的方式提出省思。[49]

電影劇本《白蛇》以同性戀議題，大膽告白了以往被禁錮的
情慾世界，令人印象深刻。廣播電視界的學者蔡琰即說：

> 《白蛇》是一個使我印象深刻的故事，一個好本子通
> 常引起讀者的涉入、聯想與想像。《白蛇》劇中的時
> 空交錯、文字引發的意象相當豐富：光艷的舞台表演
> 對比著陰暗的囚室，年輕亮麗的舞者對比著邋遢自棄
> 的老婦，女人清純的孺慕之情對比著成熟的情慾。故
> 事情節展示了女性情感世界之寬度，也顯露了人物的
> 成長與改變。可惜劇中敘事觀點多次改變，一些旁
> 白、敘述直接承襲自原著小說。若將小說本完全改寫
> 為劇本所需的場景、事件以及戲劇動作，應更為妥
> 善。本劇若遇具創意的藝術導演，或能得到較一般劇
> 本更為突出的拍攝成果。[50]

嚴氏的原著比尹氏的改編劇本更有創意與內涵，尹氏之作，
只是以另一種藝術表演的形式來詮釋故事罷了！它們都突顯
了「白蛇傳」故事是藝術創作豐富的題材來源，在新時代中
被重新解讀、詮釋，頗具新潮流的文化意象。

在李碧華《青蛇》中，我們在複雜的情慾「勾引」關係

中，即可窺見法海、許仙、白蛇、青蛇之間糾葛著女同性戀版、男同性戀版、雙性戀版、扮裝版、變性版……。[51] 而李幼新則將白蛇的處境，詮釋為男同性戀者愛上異性戀男人的故事，他並認為童話人魚公主故事的悲劇與白蛇的苦衷同樣都是「人」、「妖」兩面不討好，未獲得體諒與接納。牠們注定面臨兩頭落空，萬劫不復的命運。[52]

　　一九九三年，田啟元[53] 曾編撰《白水》一劇，以四位男演員演出白蛇、青蛇、許仙、法海四角色，成功的顛覆了傳統的異性戀想像，獲得感動與讚賞。他於一九九五年，為配合「校園同性戀日」在台大的演出，將該劇改為《水幽》，全部由女演員演出，儼然是「白蛇傳」傳說的女同志版。[54] 由於「蛇」與「舌」同音，張志維以「變態符號學」的觀點，將此二字同聲置換，將舌與情慾，藉林懷民的舞劇《白蛇傳》，提煉出一條「變態的舌頭」，再將此舌頭，游入田啟元的《白水》、《水幽》中，讓它進一步幻化、分岔、衍異、繁衍，孵化為一窩變態的情慾語言。將「白蛇」轉化成為「白舌」，可讓同性情慾變成同聲字的不穩定符號關係，更可從中帶出同性戀「現身」與「現聲」的複雜關連。[55]

　　同性戀「附身」在「白蛇傳」傳說中，成為「蛇行」與「蛇形」的肢體語言，藉由「蛇舞」扭動的是「舌頭」的圓滑運行，更是「情慾」身軀的澎湃展現。田啟元將《白蛇》劇名更以《白水》，即是將「水」象徵「情慾」。水漫金山象徵白蛇洶湧的情慾，而《白水》劇末安排演員除去衣物，在雨中洗身的儀式，象徵了形體的超越與流轉。[56]

　　由「白蛇傳」故事以「蛇舞」的表現，令人聯想到「同性戀」的主題思維，這個流傳久遠的傳說故事，在新時代的

多元社會中，被賦予新的詮釋意義與思維模式，說明了此故事具有豐富的內涵，其深度的文化哲思與藝術價值，在不同時代中，呈現嶄新的樣貌與生命形式，頗具研究與創作的意義。

# 註　釋

1　嚴歌苓在散文〈書荒〉中，談到幼年因目睹文革時查書、抄書、燒書的浩劫，生於知識份子家庭中的她，即飛快大量的閱讀對她而言，顯得超齡的書籍。嚴歌苓：〈書荒〉，《倒淌河》（台北：三民出版社，1996年），頁187～191。

2　李小良：〈穩定與不定——李碧華三部小說中的文化認同與性別意識〉，《現代文學評論》（1995年，第4期），頁104～105。另藤井省三作、劉桂芳譯：〈李碧華小說中的個人意識問題〉，收錄於陳國球編：《文學香港與李碧華》（台北：麥田出版社，2000年12月），頁104，亦引述評論之。

3　李小良認為：「小說中青、白蛇的『終身職業是修煉』（《青蛇》，頁2），目的是『想得道成人』（《青蛇》，頁9），小說雖在某些權力政治片段和衝突矛盾時刻顯出顛覆的不穩定性，但卻反覆地充斥了男女情欲關係的定型，最保守的隱喻大概是：女人（白蛇、青蛇）要『知道男人是什麼』才能成為『人』，再一次反證了女人是不完全的『人』，是一種父權性愛建制的呈現。當然這也是說要成為『人』，是必須懂得男女之『情』——一方面相對於中國傳統的『情』的論述（例如：晚明文人的論述），顯得是一個較狹隘的『情』觀，另一方面又強調了異性愛的『自然必需』，而企圖壓制（女）同性愛的合理空間。……，在壓抑了女同性愛的欲求的同時，文本是把同性愛的焦慮，換置到白蛇、青蛇、許仙、法海四個人物之間的複雜的異性愛關係來。」李小良：〈穩定與不定——李碧華三部小說中的文化認同與性別意識〉，《現代文學評論》，頁105。

4　李碧華：《青蛇》（台北：皇冠文學出版有限公司，1996年3月二版），頁52～58。

5　《青蛇》，頁106～122。

6　《青蛇》，頁173～177。

7　《青蛇》，頁179～186。

8　錄自李碧華：《青蛇》封底。（見註4）

9　李碧華：〈傳記〉，《水袖》（香港：天地圖書有限公司，1993年
　　9月，3版），頁38。

10　「嘿，這許仙真是天賦異秉，怎的男人女人都來勾引他？」《青
　　蛇》，頁191。

11　李碧華援引西湖民間故事的說法，加以改編。西湖民間盛傳白蛇
　　吞湯圓（仙丸）而成仙，賣湯圓的是呂洞賓，吐湯圓者正是許
　　仙，當時烏龜恰也在斷橋下，牠與白蛇相爭湯圓失利，遁入西方
　　聽經，轉世即是法海，為報仇而加害白娘子。見杭州市文化局：
　　〈白娘子〉，《西湖民間故事》（杭州：浙江文藝出版社，1985年5
　　月），頁13～35。趙豫蒙認為：「湯圓在白蛇故事中是個重要情
　　節，它交代了法海與白娘子矛盾衝突的根本原因，至於民間流傳
　　的白娘子報恩說，更緣於湯圓之故了。」趙豫蒙：〈淺談《白蛇
　　傳》的民族特色〉，《語文學刊》（1996年，第5期），頁47。

12　《青蛇》，頁254。

13　《青蛇》，頁91。

14　《青蛇》，頁204。

15　「『文本互涉』（intertextuality）乃保加利亞裔文學理論家克麗絲
　　蒂娃（Julia Kristeva）將其所提出的『正文』（text）和俄羅斯文
　　學理論家巴赫金（M. M. Bakhtin）的小說理論中的『對話性』
　　（dialogicality）與『複調』（polyphony）兩種理論融匯而形成
　　的。『文本互涉』這一概念包括具體與抽象的相互指涉。『具體
　　指涉』指的是陳述一具體的，容易辨別出的本文和另一本文，或
　　不同本文間的互涉現象；而『抽象指涉』則是一篇作品之朝外指
　　涉著的，包括更廣闊、更抽象的文學、社會和文化體系，乃無形
　　的。」陳岸峰：〈李碧華《青蛇》中的文本互涉〉，《二十一世
　　紀雙月刊》（香港：2001年6月，總第65期），頁74～75。

16　胡幗明分析《青蛇》裡的小青有幾種性格特徵：(1)依賴性強。(2)
　　自卑感重。(3)嫉妒。(4)攻擊力強。(5)重義氣。胡幗明：〈小說
　　《青蛇》中小青的性格分析〉，《考功集》二輯（香港：1998年9
　　月），頁253～293。

17　《青蛇》，頁235。

18　同上註。

19　《青蛇》，頁236。

20　李碧華於《潘金蓮之前世今生》中，也是慣用其「九轉輪迴」的寫作手法，以廣大的時空背景中，詮釋糾纏之情欲關係。

21　《青蛇》，頁254。

22　「那男子是誰？他是誰？何以她一見到他，心如轆轤千百轉？啊！我明白了。——如果那個是許仙的輪迴，則她生生世世都欠他！」同上註。

23　陳岸峰：〈李碧華《青蛇》中的文本互涉〉，《二十一世紀雙月刊》，頁75～81。（同註15）

24　如：「紅衛兵是特權份子，隨便把人毒打、定罪、侮辱，那恐怖的情形，令我汗毛直豎，難以忍受。所以我倆慌忙躲到西湖底下去。誰知天天都有人投湖自盡，要不便血染碧波，有時忽地拋擲下三隻被生生挖出來的人的眼睛，真是討厭！我們不喜歡這一「朝代」，索性隱居，待他江山移易再說。」李碧華對文化大革命，諸多批評，均以「小青」之口加以陳述。見《青蛇》，頁241～246。

25　陳燕遐：〈流行的悖論——文化評論中的李碧華現象〉，收錄於陳國球編：《文學香港與李碧華》，頁150。（見註2）

26　「羅蘭‧巴特（Rolad Barthes）提倡以一種享樂主義的態度，遨遊於文本之中，通過解構主義的解讀，得到一種個體的歡悅。作家將自己的社會理想、語言結構等，透過自由自在的循環方式，而無限制、自主地表達創作理念。」陳岸峰：〈李碧華《青蛇》中的文本互涉〉，《二十一世紀雙月刊》，頁77。（同註15）

27　艾曉明：〈戲弄古今：談李碧華的《青蛇》、《潘金蓮之前世今生》和《霸王別姬》〉，收錄於黃維樑主編：《活潑紛繁的香港文學——一九九九年香港文學國際研討會論文集（下）》（香港：香港中文大學出版社，2000年1月），頁576。

28　陳國球編：《文學香港與李碧華》，頁28。（見註2）

29　陳燕遐：〈流行的悖論——文化評論中的李碧華現象〉，收錄於陳國球編：《文學香港與李碧華》，頁148。（同註2）

30　王德威：〈世紀末的中文小說〉，《小說中國》（台北：麥田出版社，1993年），頁221～222。

31 劉登翰主編：《香港文學史》（北京：人民文學出版社出版，1999年4月），頁496。

32 俞大綱：〈動物在中國的地位——談雲門的新舞劇「許仙」〉，收錄於姜靜繪編輯：《雲門舞話》（台北：財團法人雲門舞集文教基金會，1993年8月），頁147～148。

33 陳耀成：〈又見雲門〉，收錄於《雲門舞話》，頁200。（同註32）

34 王迅：《騰蛇乘霧》，頁214。

35 俞大綱：〈動物在中國的地位——談雲門的新舞劇「許仙」〉，收錄於《雲門舞話》，頁142。（同註32）

36 同上註，頁145。

37 同上註，頁149。

38 於1996年9月17～21日在台北市立社教館；10月4～5日在台中中山堂；10月15日在高雄至德堂演出。參見黃建勳採訪：〈爵士舞韻中國心——中國爵士舞劇《白蛇傳》〉，《表演藝術》（台北：國立中正文化中心，1996年9月，第46期），頁41。

39 同上註，頁40。

40 同上註，頁40～41。

41 雌雄蛇交配時，緊緊纏繞在一起，顯得親密。交配時間長，歷時數小時。交配後不一定馬上受精，精子可在輸卵管中保存幾年，雌蛇可於往後三、四年中單獨生活，還可逐漸受精，產下受精卵。參考王迅：《騰蛇乘霧》，頁252。（同註34）

42 嚴歌苓，一九五八年生於上海。少年時曾習舞，一九七一年進入成都軍區歌舞團任舞蹈演員，往後隨軍隊到川、陝、甘交界的草原上演出。一九七八年，她二十歲時即開始發表作品。她寫作二十年的歷程中，發表過許多作品。葉如芳將之分為三類：（一）1978—1989，為大陸創作時期。（二）1989—赴美創作時期。（三）當代移民的生活故事。參見葉如芳：《嚴歌苓的移民女性書寫》（台中：私立東海大學中國文學研究所碩士論文，2000年7月），頁5～14。嚴氏有諸多長篇、短篇小說，其中被改編為電影劇本的有〈少女小漁〉、〈無非男女〉、〈天浴〉、〈白蛇〉。曾獲聯合報、中國時報、中央日報文學獎短篇小說首獎；以長篇小說《扶桑》獲聯合報長篇小說評審獎；以《人寰》獲中國時報第二屆百萬小說獎。現居美國舊金山，從事文學創作和電影劇作。著有《海那邊》等書。見《白蛇》封底。

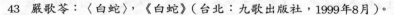

43　嚴歌苓：〈白蛇〉，《白蛇》（台北：九歌出版社，1999年8月）。

44　「或許為了表現情慾，嚴歌苓筆下的女主角幾乎都是美人，而且下場多半悲傷。她似乎奉行著『美麗就注定受罪』的信仰。」徐文娟：《嚴歌苓小說主題研究》（台南：國立成功大學中國文學研究所碩士論文，2000年7月），頁137。

45　譚達先：〈青蛇本來是男的〉，《中國四大傳說新論》（台北：貫雅文化事業有限公司，1993年6月），頁189。

46　嚴歌苓：〈白蛇〉，《白蛇》，頁82。

47　紀大偉、洪凌：〈身體像一個優秀的粽子——同性戀的端午節〉，《島嶼邊緣》（第十四期，1995年9月），頁90。

48　尹祺，1950年生於台北。曾拍攝劇情短片、紀錄片、廣告、音樂錄影帶、電視單元劇、連續劇。電影作品包括：《在陌生的城市》編劇、導演；《夜奔》導演。

49　該文收錄於尹祺：《白蛇》（台北：行政院新聞局，2000年11月），頁136。

50　蔡琰：〈讓人記憶深刻的腳本〉，收錄於尹祺：《白蛇》，頁138～139。（同上註）

51　阿忘：〈海洋，應不遠矣——〉，《婦女新知》（第158期，1995年7月），頁22。

52　李幼新：〈從男同性戀與《白蛇傳》到《豹人》〉，《男同性戀電影》（台北：志文出版社，1993年10月），頁377～379。

53　田啟元，1964年生於台北，1996年病逝，國立台灣師範大學美術系畢業，是愛滋病長期帶原者，共執導二十五支作品，媒體及觀眾大多同意：田啟元是近年來，最具原創性的小劇場導演。生平資料及工作年表參見田啟元口述：〈到了我這個年紀還在漂泊〉，《表演藝術》（台北：國立中正文化中心，1996年10月，第47期），頁64～66。

54　張志維：〈白蛇／舌傳：變態的情慾語言（雛形版）〉，《中外文學》（第312期，1998年5月），頁31。

55　同上註，頁32。

56　同上註，頁36。

# 第**9**章

# 結　　論

　　世界上許多民族都有「美女蛇」的傳說故事，也存在「蛇」崇拜的現象。女媧是人面蛇身的「美女蛇」，與她為兄妹或夫婦的伏羲則是「男性蛇」。而共工、黃帝、堯等，也都是蛇、龍所變。故遠古時期蛇、龍便成為華夏民族的圖騰崇拜物。

　　人類對於蛇是又敬又怕。蛇即是龍，因具神性，能變化其形，[1]《禮記‧禮運》將牠列為四靈之一。在民俗傳說中，蛇精狐魅之變美女是須經千百年的修煉，這是受魏晉以來宗教觀念的影響。蛇精、狐精等精怪故事，應是在說書人「作意好奇」的編造下，開始形成。[2]

　　人（男）妖仙（女）之戀往往因妖仙們具備神奇的魅力和魔力，而造成這種愛情關係的形成，她們具情感的主動性，[3]並隱藏了底細，往往凡夫不知她們的身分，所以「不知者無罪」，他們不受處罰。但是，「人」與「妖仙」的力量是對比的，因而故事中的男性較處於被動的接受女妖仙的情感與幫助，而又由於中國鬼神思想對於妖仙的恐懼，這類的愛情故事多沒有完美的結局，所有的妖仙最後終為天理不容，遭到收伏的命運，[4]「白蛇傳」故事即是這樣的典型。

# 一、「白蛇傳」故事型變的四個階段

唐末以後近千年的「白蛇傳」故事，本論文大體將之分為四個階段：

**第一階段**：以唐傳奇《太平廣記》之〈李黃〉、〈李琯〉、《夷堅志》之〈孫知縣妻〉和宋話本〈西湖三塔記〉為代表，都是寫妖蛇變美女來迷惑男子，道士除妖的靈怪故事，這是「白蛇傳」故事的起源期。

**第二階段**：以《警世通言》之〈白娘子永鎮雷峰塔〉、墨浪子〈雷峰怪蹟〉、陳樹基〈鎮妖七層建寶塔〉以及黃圖珌《雷峰塔傳奇》為代表，這是人妖共處，和尚干涉的時期。白娘子雖被人性化了，對愛情熱烈追求，但是卻遭到神權的破壞。清初黃圖珌《雷峰塔傳奇》雖較晚出現，但是也是屬於這類作品，以勸善說教為目的，這是「白蛇傳」故事的發展期。

**第三階段**：以稍晚於黃本的方成培《雷峰塔傳奇》、玉山主人《雷峰塔奇傳》為代表。白娘子是反傳統迫害，積極爭取愛情與幸福生活的典型。白蛇產子卻遭骨肉離散之苦，贏得了廣泛的同情。以後的地方戲曲與曲藝，更是以之為基礎，蓬勃發展，對於白蛇形象和主題思想的發掘，都比前期有本質的突破，這是「白蛇傳」故事的成熟期。

**第四階段**：「白蛇傳」故事在近代出現了許多改編的創作。舉凡小說、劇本、詩歌、散文、舞劇等，都以各種體裁、形式、角度來詮釋這個素材，出現了新的觀點與意義。尤其是港、台地區因政治的民主與社會的多元化，這個古老

傳說在角色、情節、涵義上，更是獨樹一格，甚至產生了質變性。白娘子的形象也更多情、善良而具奮鬥精神，這是「白蛇傳」故事的增異期。

　　從整個故事的構思與白蛇形象的蛻變而言：第一、二階段具妖怪害人的成分。第三、四階段，則較具人性與人情。故事的主題思想由「宗教教化」功能，鎮壓妖魔，警惕色慾，轉變為積極爭取[5]愛情及婚姻自主，[6]反抗傳統桎梏，具生命意志力與人本思想的體現。白蛇的下凡動機的演變歷程大致為：

思凡(春心蕩漾)→謫降、報恩、宿命了緣→為愛情思凡
〈白娘子永鎮雷峰塔〉　黃本、方本、玉山主人等　　田漢、大荒等

顯示在近代，此故事中情感主動性增強，宿命姻緣論的色彩逐漸減低。

　　以故事的結局方面，可看成是「痴心女子負心漢」的傳統悲劇母題的延續，充滿對族權、政權、神權及夫權的整體撼動，[7]而逐漸轉為喜劇發展的模式，這是符合中國人之人情與心理的發展方向。

　　此故事的體裁由「神怪」性質的小說，發展為詩歌、散文等具多元性的文學藝術創作題材，故事內涵也作了轉變，說明了「白蛇傳」故事在「型」與「質」的方面不斷繁衍、躍升，反映了文學演進的現象。而題材觀點方面，也由勸世的宗教小說，轉變為愛情小說、世情小說、政治小說的趨勢。

## 二、「白蛇傳」故事中主要人物的演變

在「白蛇傳」故事中主要人物的形象，隨著不同的時代環境與作品的不斷產生、發展，出現了演變現象，茲列表並略述如下：

「白蛇傳」故事主要人物性格、角色簡表：

| 人物<br>文本 | 白娘子<br>（白蛇） | 許宣<br>（仙） | 法海 | 小青（青魚；青蛇） |
|---|---|---|---|---|
| 馮夢龍〈白娘子永鎮雷峰塔〉 | 多情、率直、主動、仍具妖性 | 苟安懦弱、市井小民、重利貪色 | 得道高僧、驅除蛇妖、度化許宣 | （青魚）白氏的友伴、侍者 |
| 黃圖珌《雷峰塔傳奇》 | 痴心、多情、宿緣下挑戰天意 | 多疑膽小、負心懦弱、得道昇天 | 佛的使者、隸屬天界、下凡收妖 | （青魚）姊妹（青）紅娘 |
| 方成培《雷峰塔傳奇》 | 仙姑、賢妻、多情、義勇、堅貞 | 膽小、遲疑、守分、有情、矛盾 | 制裁蛇妖、水漫金山、奉旨恩赦 | （青蛇）主婢（青）、為白復仇 |
| 玉山主人《雷峰塔奇傳》 | 報恩重義、溫善任怨、幫夫賢妻 | 感性、有情、尚義、無奈、脆弱 | 襲方本之論、騙許仙持缽鎮妻 | 主婢、姊妹（共夫）、對許無情 |
| 《白蛇傳》（前） | 賢德妻子、重義多情、歷劫彌堅 | 任情、率性、多情、懦弱、誠實 | 蝦蟆精、不崇正道、公報私仇 | 同伴、主婢、姊妹、師徒、義氣 |
| 《後白蛇傳》 | 賢妻良母、護子救國、尊榮顯貴 | 意志不堅、懦弱乏智、任性多情 | 奉佛旨度化、接引許、白、青 | 姊妹、妻妾、人母 |
| 田漢《白蛇傳》 | 溫善多情、賢妻 | 多情、缺乏主見 | 執拗的迫害者 | 主婢、姊妹、倒塔復仇 |
| 張恨水《白蛇傳》 | 溫善多情、賢妻 | 溫柔體貼、多情 | 迫害許、白者 | 主婢、姊妹、率水族摧塔救白 |

| 人物<br>文本 | 白娘子<br>（白蛇） | 許宣<br>（仙） | 法海 | 小青（青<br>魚；青蛇） |
|---|---|---|---|---|
| 大荒<br>《雷峰塔》 | 多情、堅毅、帶領青蛇成長 | 遲疑、溫善、癡情而塔前伴妻 | 迫害許、白者 | 主婢、友伴、姊妹 |
| 張曉風<br>〈許士林的獨白〉 | 柔情慈愛、溫婉、端莊、具母性 | 負心、薄義、害妻 | 無情、冷酷、拆散家庭者 | |
| 李喬<br>《情天無恨》 | 報恩重義、多情智慧、溫善無怨 | 薄情無義、自私下流、風流成性 | 蟾蜍精、固執、挾怨報復者 | （青魚）主婢、姊妹、同伴 |
| 李碧華<br>《青蛇》 | 癡情、執著、溫善 | 游移、感情不專、享樂主義 | 同性戀、執迷不悟、自以為是 | 姊妹、主婢、情敵、為義復仇 |

## （一）白娘子的形象演變

她是故事的主角，也是「白蛇傳」故事的型變的關鍵。她由「蛇妖妻」型，轉變為「蛇賢妻」型。白蛇「進化」的程序是：

「妖」→「人」→「仙」→「菩薩」

黃圖珌以前的白蛇故事，是美女型的「蛇妖妻」。她雖有人味，但仍頗具妖性。黃氏反對妄加白蛇「產子」的情節，因為他認為「白娘，蛇妖也」。至方成培始將白蛇蛻變為「賢妻」的角色，更具「人情」與「人性」。白氏「產子」代表她具「人」格，她的兒子狀元及第，等於是為她揚眉吐氣。她以「仙姑」的身分，蒙佛恩超而上天界。[8] 玉山主人筆下的白蛇，則是「賢妻」的典型，不僅深情溫婉，更為丈夫的「名利」遠慮，助其成家、立業、揚名。至此，白蛇的

形象已從「醜」變「美」，其轉化過程實質上是故事內涵由「美」到「善」的統一。[9]

此外，李喬小說中的白蛇，是「開悟」度人的「白素貞菩薩」。以宗教的「果位」而言，白蛇逐漸提昇其「性體」，形象由富有「貪、嗔、癡」習性的蛇妖，逐漸演變為具足「真、善、美」情操的仙佛。

方成培將白蛇故事增加了許多情節，如：「求草」、「療驚」、「水鬥」等，加強鋪寫了白氏對愛情的執著。而玉山主人加強「報恩」思想融入故事後，白氏成為知恩圖報之人，具高尚的道德情操；而諸多戲曲、曲藝及前、後《白蛇傳》等著作中的白蛇形象，都是將她塑造為賢妻、良母的典型，更是許仙的精神依靠；尤其《後白蛇傳》中，她更是智、勇雙全，是安邦定國的巾幗英雄；《青蛇》中的她是「新時代的摩登女子」，藉由白蛇形象的轉變，突顯人文關懷與道德意識，理性的堅持與感性的情愫，也反映出世俗人民的心聲與期待。

## （二）許仙的形象演變

許仙的形象在「白蛇傳」故事中最受爭議，呈現兩極化的反應。

若以「宗教」勸世的觀點而言，他扮演著「借鑑」的功能，以「色」、「空」思想，來看他的遭遇。如：在〈白娘子永鎮雷峰塔〉中，因他性格上的猶疑與貪戀，才形成與異類婚戀的不堪經驗，他是意志力薄弱，缺乏定力之人；而以「愛情」忠誠的觀點而言，他是自私、儒弱，缺乏責任感的人。他明知妻子對他好，但一遇到生命安危的威脅時，都立

刻現實而冷酷，毀滅蛇妻，也斷送自己的幸福。他缺乏獨立自主的能力，顯現雙面的性格。他的行為幼稚而不成熟，白蛇像母親般地，呵護、提攜他。如：在玉山主人《雷峰塔奇傳》、小說《白蛇傳》中，他便呈現這樣的性格特徵。[10]

在「白蛇傳」故事增異期中，許仙的描寫轉變更大，但也呈兩極化的表現。一是認為許仙是「鍾情人」：田漢、張恨水、大荒將他的形象「美化」了。因他們以「愛情」故事視之。他們認為若醜化了許仙，則是否定白娘子的愛情與智慧，許仙若不值得她付出，而她卻為他粉身碎骨，是白氏貪戀色慾，執迷不悟的行為。他們將白、許塑造為「凡間人類愛戀」的悲劇模式，法海則是破壞者。至此，許仙的性格由軟弱，逐漸變為堅強，甚至具備反抗精神。故如：在大荒詩劇《雷峰塔》中，他形銷骨毀的結廬雷峰塔旁，永伴愛妻，鍾情極至；另則認為許仙是「薄情郎」：李喬、李碧華眼中的他，便是「色慾薰心」眷戀白娘子美色，現實而薄情寡義之人。因此，在李喬《情天無恨》中的他，在妻子遇劫仍繾綣於煙花，貪歡享樂。而李碧華《青蛇》中的他，則是遊戲於兩個女人間，自私的毀滅白蛇，致青蛇怒斬他。

將許仙塑成「負心漢」的作品，主要是表現「人」情，將白娘子雖是賤為異類但卻深情高義，許仙雖是貴為人類但卻薄情寡義，二者之間形成強烈對比。而許仙形象轉變關鍵是在方成培的《雷峰塔傳奇》中，他讓許、白之間的情感衝突，轉向白娘子與法海的衝突。因此，「白蛇傳」故事敷演出更多的情節，呈現故事多元化的發展傾向。

### （三）法海的形象演變

歷史上確有「法海」其人，他是唐朝的學問高僧，應該是正派人物，由於名聲享譽至後代，故民間傳說借用他，形成「白蛇傳」故事中的角色。[11] 在此故事中，法海的形象充滿矛盾性，多以「善」、「惡」兩類對比的方式呈現。說他是得道高僧或是佛使，是站在宗教哲學「弘法、醒世」的立場所塑造；而說他是破壞別人婚姻「挾怨報復」者，是站在世俗心理「悲憫、愛情」的觀點所立言。方成培以後的諸作中，法海逐漸由「道德高僧」轉為「三毒和尚」[12]的情形。

法海形象在〈白娘子永鎮雷峰塔〉中，是個「得道高僧」，他為了不讓蛇妖害人，才將白娘子收於鉢中，鎮於雷峰塔，是「慈悲」的救度者。黃圖珌《雷峰塔傳奇》中，他救漁民、許仙，仍是扮演著「濟人淑世」的角色。但方成培卻將他與白娘子的衝突性提昇，原是許、白之間的情感矛盾，逐漸轉變為白氏與法海的對立。隨著許仙對白娘子的愛情昇溫，責任感加重，及更突顯了法海形象的醜化。他由一位得道高僧，成為破壞人姻緣的「惡婆婆」角色，是「菩薩面，蠍子心」[13]的偽善者。玉山主人塑造他是謊稱討水喝，卻計誘許仙持鉢收妻的「騙徒」。因此，西湖民間故事中，指他將金鉢變成一頂金鳳冠，扮成賣貨郎，向愛妻的許仙兜售，讓他在兒子滿月時，買來鳳冠為愛妻裝扮，而被金鉢罩頂。[14] 在鎮江民間傳說中，講他因白娘子神醫救人，致向他求符治病的人銳減，影響他的香油錢收入，法海為爭利而生恨，才花言巧語誘拐許仙，白娘子索夫不成，水漫金山寺，他只顧把風火袈裟護住金山寺，卻不顧黎民的苦難。[15] 他拆

散許、白婚姻，小青帶螃蟹精找他算帳，他落荒而逃，逃到蟹殼裡，成為藏身於排泄處的「蟹和尚」[16]。在世俗人的心中，他的形象轉變是多麼不堪呀！

在民間曲藝子弟書《哭塔》、小說《白蛇傳》、《情天無恨》中，說他也是「異類」出身下凡塵世，但卻忘了「本性」，因嗔恨、妒嫉心作祟，才迫害了白娘子。李碧華筆下的他更是「同性戀」傾向，且為情慾所惑者。李喬更以「物性平等」的宗教觀來詮釋白氏與法海之間的衝突關係，將他醜陋化。李喬將白氏尊為圓融的「菩薩」，法海貶為固執的「巨石」，冥頑不靈的他是透過白娘子的點化才頓悟佛法與性體，二者形成強烈對比。有趣的是：法海的形象在近代以負面描寫居多，說明市民對白娘子是同情而讚賞，而法海代表禮教與法統對世人的桎梏，是多麼令人深惡痛絕！

## （四）小青的形象演變

「白蛇傳」故事情節變化愈豐富，小青的形象轉變亦愈具關鍵性。

在黃圖珌《雷峰塔傳奇》以前的諸作中，她是青魚精所變，白娘子的丫鬟。黃氏塑造她成「紅娘」的角色，白娘子的好幫手，欲與白蛇「恩愛平分」，卻不了了之，未交代許、青之間的情感發展狀況。黃氏以後的故事中，她也都是擔任「牽線」的工作。而方成培更加深她的「情義」描寫，她是為白娘子抱屈之人，甚至欲怒斬負義的許宣。也因她「忠誠尚義」被赦免罪過，主婢同引入天宮。

玉山主人將小青安排為與白娘子「分潤春光」者，結局則是「自度」而修成正果。至「白蛇傳」故事增異期中的她

形象轉變極大。小說《白蛇傳》中她與白娘子因爭風吃醋，致衝突性增高，她們是主婢、姊妹、師徒、情敵。她在白娘子遇難後，修煉飛刀十四年，為白氏毀塔復仇。而在《後白蛇傳》中，她成了名正言順的偏室，也為許家傳子，光耀門楣。在田漢、張恨水的作品中，都安排小青毀塔救白娘子。[17]她是正義的化身，斥法海、責許仙、救白氏；她是參謀軍師，每在白娘子困惑執迷時，及時給她建言；她是白氏同甘共苦的姊妹，情願為白蛇赴湯蹈火。在大荒的詩劇《雷峰塔》中，白娘子入塔後，是小青為她撫育「人子」，顯示小青雖是「異類」，卻發揮高於「人類」的情義與節操，塑造她成為「義極」的形象。

李碧華《青蛇》更以她為主角，以旁觀戲謔的姿態來看待許、白這場異類婚戀。小青也縱身慾海與許、白形成「三角戀情」。兩位蛇女的「情戰」激烈，終因白氏懷孕她即選擇成全與退讓，往後甚至義斬薄情的許仙，為白氏復仇。她以理性關照世情，揭開人性潛藏的本性。而最終仍是追隨白蛇的腳步縱浪紅塵，繼續灑脫的演義這段「白蛇」故事。

小青的形象演變從靜默的陪襯角色，逐漸走向核心位置，說明具愛恨分明性格的她，懷抱著率真、理性、勇敢、尚義、忠誠的情操，是令人欣賞與喝采的典型，人們都希望生命中有這樣的朋友，患難扶持、真情相待，以慰藉心靈，照亮幽暗。

「白蛇傳」故事由白娘子、許仙、小青、法海四個角色構成故事的基本形象體系。[18]白娘子是故事的主人翁，許仙是與她相匹配，但居於輔助者的陪襯地位，甚至在部分此題材的作品中，許仙的情感回饋方面是反襯白娘子者。小青則

是另一個輔助性陪襯角色，是嫉惡如仇、急公好義、捨己為群的形象化身。三者形象相輔相成，但僅構成矛盾的一面，[19] 若無法海，此故事即失去曲折與衝突的張力，他的存在意義，代表毀滅愛情，製造悲劇的可惡勢力，是居於「反襯」的地位，[20] 象徵稱霸的男權與禮教的拘執。由於他根深的「階級意識」阻撓，才塑造出白娘子具備完美的人格、貞節的情感、堅毅的意志形象。

透過「白蛇傳」故事主要人物的型變歷程，突顯出生命進化意義與道德良知。更說明市井文化與社會心理的精神象徵。它的主題和主角性格的轉變，呈現出強烈的社會價值導向，[21] 故事深具諷寓性、詼諧感、文學觀、人性面等多元風貌，是人民集體創作的體現，心靈意識的反應。

## 三、 「白蛇傳」故事的涵義

「白蛇傳」故事彰顯了歷史時代、宗教哲學、文學價值、民族文化、藝術美學、情慾象徵的意義，茲將其寓含的多元意義，略述如下：

### (一) 歷史時代的意義

「白蛇傳」故事經過漫長的演變歷程，創作改編者眾，立場觀點各異，故能反映了每一個時代的歷史背景與社會風尚。如：官府差役的敲詐、廟會獻寶的繁華、小市民間爾虞我詐等，都是當時生活狀況的反映。又如：〈白娘子永鎮雷峰塔〉，便體現了宋代市民文化、政治現實、經濟生活的情景。因當時小市民生活貧困，白氏盜銀相贈以助婚聘，是符

合民俗與現實的考量，也是她依循人類禮制表現深情的作為。

又田漢改編的《金缽記》，居然將當時抗日的背景融入在故事中，體現當時的政治局勢。而經過十年修訂後，田漢將它詮釋為「愛情」故事，刪除自玉山主人《雷峰塔奇傳》以來的「宿命」姻緣觀，改以爭取愛情的不屈形象，成為具堅毅精神反傳統桎梏的表徵。

李碧華《青蛇》與嚴歌苓〈白蛇〉將「文化大革命」的歷史背景融入作品中，含有嘲諷批判的意味。《青蛇》更將大陸開放、改革後的風氣與環境，融入故事的情境裡。而同性戀者將「白蛇傳」故事賦予精神象徵，這些都展現了「白蛇傳」故事在不同的歷史時代中，展現不同的內涵意義，這些創作背景值得深思與探究。

## （二）宗教哲學的意義

「白蛇傳」故事是佛教色彩濃厚的作品。[22]〈白娘子永鎮雷峰塔〉始以「勸世」的立場，說明「色」與「空」的思想，富醒世意味，而後黃本、方本等，亦承襲此論。此外，「白蛇傳」故事中，不乏偈語與禪意，更將「因果」觀、「宿命」論、「輪迴」說、「報應」、「戒律」、「無常」等思想等寄託於作品中，表現深度的宗教意識。甚至將法海代表律宗，用白蛇來代表禪宗，即眾生性無非人性，亦即無非佛性，點出其宗教關係。[23]近人李喬《情天無恨》更是將「白蛇傳」故事敷演為「宗教」小說性質，展現「大乘」佛教的「平等」觀。另如：如來佛祖、觀音菩薩、護法諸神，都成了小說人物，祂們扮演「執法」或「救贖」的角色，充

滿奇幻迷信思想,發揮了佛教傳教的功能。

白蛇修煉成仙變人的說法,是受到魏晉以來道教文化的影響。道教人物與科儀在「白蛇傳」故事中,也有具體展現。道士作法、畫符、佈陣、捉妖等神怪場面不時出現。如:瑤池金母、黎山老母等女性神祇出現,代表「崇母」文化的庇護意義,也充斥在故事的素材中。此外,又如:南極仙翁、魁星、仙童等人物構成特殊的「眾仙譜」以執行「天道」。

儒家「人倫」教化思想與「成德」之道,在「白蛇傳」故事中具體發揚。因狀元的「忠孝」節義才救贖母難,推恩及親。作品中眾人物的行為表現——善、惡、忠、奸、仁、義、孝等方面,都顯示儒教在道德實現上的具體作用,含有「警誡」的意義。

「白蛇傳」故事在佛、道、儒三教思想上,作了密切的融合,體現「天人合一」的天道觀念,將宗教思想落實於人生現實中,以教化人心,啟示人性。但是,若以白娘子「思春下凡」的立場而言,則是儒以禮教,道以戒律,佛以輪迴與因果,此三教合一的傳統文化,合力對白娘子施以情感的壓迫與禁錮,讓此故事展現白娘子毫不屈服地精神與堅毅的生存意志。事實上,它所反映的尚有「人性」與「獸性」之爭,故此題材是深具宗教哲學的意義。[24]

## (三)文學價值的意義

「白蛇傳」故事是中國四大傳說,綜合了民間文學、通俗文學和文人文學藝術的優點,更展現民族「集體意識」的創作精神。它是文學中不朽的創作題材,在不同時代,分別

以不同的文學形式、體裁展現不同的風華，呈現它多元性的文學風貌。

隨著文體的流變與社會環境的遞嬗，它仍是大眾喜愛的故事題材，被不斷的詮釋、敷演，突顯此傳說的內涵深刻與哲思廣遠。以往在中國各地，皆以不同的文學形式來創作此素材，即使面臨新時代的「白話文學」運動衝擊後，它在小說、散文、詩歌等方面，反而綻放出新的蓓蕾，值得讚賞。在中西文化、藝術交流下，甚至出現大荒以「詩劇」的形式表現這個古老的而浪漫的傳說，足見「白蛇傳」故事是深具文學價值，即使處於日新月異的時代，也能以不同的文學體裁煥發出燦爛奪目的光輝。

## （四）民族文化的意義

「白蛇傳」故事是流傳悠久的傳說，透過「集體意識」的心理趨向，白蛇的性體由「獸」蛻變為「人」、「仙」，達到圓滿的「佛」界；人們對白蛇由「畏怖」之情變成「同情、憐愛」，進而成為「崇敬的精神象徵」；白蛇、許仙的情感由「慾」提昇為「愛」；故事結局的發展由「悲劇」逐漸變為「喜劇」等，都可體現我們民族文化心理的現象。[25]

「白蛇傳」故事反映清明祭祖、端午賽舟、雄黃驅邪、仙佛聖誕、廟會趕集、民間遊藝、宗教活動等民俗生活，也將民間信仰、社會風俗、市民文化、婚姻禮俗等狀況，靈活呈現，頗能反映我國民族文化的現象。例如：魯迅曾撰〈論雷峰塔的倒掉〉、〈再雷峰塔的倒掉〉兩文，[26] 即表達對白娘子的同情，斥責法海的多事，怪他是水漫金山寺的罪魁禍首，最後逃入蟹殼成為「蟹和尚」是罪有應得；人們偷盜雷

峰塔的磚塊，迷信若搬回家中便能逢凶化吉，致使雷峰塔終於傾頹倒塌。散文家琦君在〈《白蛇傳》的回憶〉[27]一文中表達對白娘娘的同情，指出家鄉端午的廟戲，一定演出全本《白蛇傳》，白娘娘是扶助弱者救苦救難的慈悲神仙，成為故鄉年輕少女少婦祈願膜拜的對象，扮演著「東方愛神」的角色。[28]這些都顯現出「白蛇傳」故事富有深遠的民族文化意義。

## （五）藝術美學的意義

「白蛇傳」故事裡的白蛇形象，由「醜陋猙獰」的蛇妖，逐漸轉變為「溫善可愛」的女性，最後提昇為「尊貴圓滿」的仙佛，體現「人物精神」的人性之美；情節「神奇玄妙」，富神話色彩，摹寫生動、想像豐富，表現「淋漓盡致」的故事之美。白娘子勇敢抗爭，追求自我實現，為愛情而飛蛾撲火的精神，顯示「悲劇美學」[29]的淒絕之美。

它以小說、散文、詩歌、戲曲、曲藝、舞蹈、電視、電影、繪畫、雕刻等方式詮釋故事，達到怡情悅性、提昇心靈境界的作用，具有「寓教於樂」的性靈之美，特別是「白蛇傳」故事增異期的諸作，更突顯這樣的特質。如：田漢的京劇與大荒改編的歌劇《白蛇傳》；李碧華原著改編的電影《青蛇》等，充分結合文情、聲情、感官等的表達，展現「多元藝術」之美。

此外，故事的素材極具人生哲學與宗教意識的思維，能透過故事的呈現，以開闊思想，提昇「生命智慧」之美。如：〈白娘子永鎮雷峰塔〉雖消極的宣傳「色」、「空」思想，但對於沉迷女色之徒亦具提示性。李喬《情天無恨》將

大乘宗教的「平等」思想,「悲智」情懷,融合在故事中,具有生命啟示作用。故「白蛇傳」故事蘊含悲劇美、形象美、崇高美和理想美等美學因素,[30] 具有高度的藝術美學意義。

## (六)情慾象徵的意義

「白蛇傳」故事是個充滿「愛情」的浪漫故事,而從民間發掘出來的故事顯示:大多以寫「情」為主,[31] 藉由許、白之戀中,來體現自由婚姻的可貴。白娘子主動而執著的熱情,被喻為「東方的愛神」化身。許仙與兩個可愛女人共處在同一屋簷下,讓人聯想到白、青之間可能存有「爭風吃醋」的情形;白、青本是情感相依的關係,白娘子婚後專一的對待許仙,白、青之間情感自然會受影響;法海執意拘禁許仙,動機令人懷疑,這是「白蛇傳」故事被象徵「情慾」以及被「同性戀」思想附身的原因,也是李碧華《青蛇》中所表現出的情感思想。此故事闡揚「人」之「情」,母題之外,被今人加諸濃重的「情慾」色彩與精神象徵,如:嚴歌苓〈白蛇〉中的女主角,即是「美麗」而「重情」的舞蹈家,其形象是受「白蛇傳」故事的影響。[32]

# 四、「白蛇傳」故事的影響

「白蛇傳」故事是不朽的創作題材,不僅國人為它感動,更流佈國外,廣受研究、珍藏與改編,也成為比較文學的議題。此外,它更成為多元的藝術創作的來源,不斷在新時代裡綻放出燦爛的文化光輝。茲以文學、藝術的觀點,論

其影響性。

## （一）在國外受到矚目

「白蛇傳」故事不僅在中國流傳久遠，受人喜愛。它的神話色彩與異類風情也引起外國作家、學者的興趣，紛紛加以改編、研究、珍藏。如：英、法、德國皆有譯本；西方、日本皆有相關論文研究；英國博物館、日本各大學公藏及私藏等，在在都顯示「白蛇傳」故事在國外廣受重視。[33]

## （二）中西比較文學的議題

由於世界地區、各國家的民族差異，因此出現了很多蛇女異文，表現了不同時代、不同民族的文化特徵。據統計達七八十種，遍布於中國、印度、日本、朝鮮、蘇聯、法國、荷蘭、希臘、土耳其、美國等十幾個國家。這種民間故事的類型，具有普遍意義。[34]

「白蛇傳」故事不僅在國外廣為流傳，更成為與其他民族之間的比較文學議題。其中以日本的〈蛇性之淫〉與英國的〈蕾米亞〉，最常被與之聯想、討論，[35] 說明了中國的「白蛇傳」故事是躋身於世界文學之列，而且深具影響性。

### 甲、〈蛇性之淫〉[36]

日人上田秋成[37]曾改編中國的短篇小說，編輯為《風月物語》一書，其中〈蛇性之淫〉完全脫胎於〈白娘子永鎮雷峰塔〉與〈雷峰怪蹟〉等作品，故它與「白蛇傳」故事經常被相提並論，比較中、日兩國在「人蛇戀」上的文學差異現象。[38]

在〈蛇性之淫〉中，許宣成為「豐雄」，白娘子成為

「真女兒」，青青成了「麻呂子」，他們在雨中因借傘相識、相戀，這與「白蛇傳」故事的邂逅情節相似。真女兒盜寶刀贈豐雄而害他受累坐牢。刑滿後豐雄到已出嫁的姊姊家暫住，偶遇她倆，他駭然連聲驚叫：「鬼來了！」但經二女的解釋，豐雄又接納她們，並與真女兒結婚同住姊家，生活美滿幸福。某日出遊賞花，一白髮老人注視真女兒與麻呂子後，即要她們現出原形，她倆隨即縱身躍入潭中而逃走。

豐雄回到故鄉後，他在父母的安排下與富子結婚。酒後發現真女兒附身於富子身上，責怪他薄情無義。豐雄驚駭不已，急尋岳父求助。遂找高僧收妖，但高僧卻被蛇妖害死。復至道成寺找法海和尚幫忙。竟發現富子背後有一條白蛇纏繞，法海將牠收入鐵缽中。在念經時，另一條略小的青蛇也現形，遂同放入鐵缽裡，埋在寺旁的土中，不准牠們再入人世。不久，富子病逝，豐雄因無蛇妖危害而享長壽。至今道成寺仍有蛇塚，即是此故事的遺跡。後來此故事又被改編為〈白夫人的妖術〉，甚至被拍成電影而轟動一時。[39]

中國的〈白娘子永鎮雷峰塔〉，白娘子雖有妖性，但深具人情，無害人的舉動。而〈蛇性之淫〉的蛇妖美人形象猙獰，會殘害人命，是扮演復仇者的角色，[40]具恐怖神怪色彩。我國的白娘子是真、善、美的化身，她的際遇令人愛憐；她的情義讓人頌揚，筆者認為我國的「白蛇傳」故事更富人性，略勝一籌。[41]但由〈蛇性之淫〉的改編、流傳，可看出「白蛇傳」故事在日本是頗受歡迎。[42]

乙、〈蕾米亞〉

〈蕾米亞〉的故事源於希臘神話，在十七世紀由英國散文家布頓（Robert Burton）加以報導，復經十九世紀的英國

大詩人濟慈（Keats）根據布頓的故事，寫成一首叫〈蕾米亞〉（Lamia）的敘事詩。

原是一條蛇的蕾米亞，在幫助希臘神候米斯（Hermes）找到女友後，要求他把自己變成一個嫵媚的女人。柯林思青年李西亞斯對她一見鍾情，並與之同居。由於相愛甚深，就議定結婚。婚前他領她走過柯林思城，遇上李西亞斯的老師，即哲學家阿波羅尼亞斯。蕾米亞一見到阿波羅尼亞斯即大驚，警告李西亞斯勿邀請他來參加婚禮。可是，阿波羅尼亞斯不請自來參加了婚禮，並在婚宴中一直瞪視著蕾米亞，把她看得花容失色，蒼白如死，終於化為無形。而令人意外的是：隨著新娘的消逝，李西亞斯也當場死在新郎的座位上。

顏元叔教授將〈蕾米亞〉與《白蛇傳》中主要的三個角色拿來比較。認為《白蛇傳》比〈蕾米亞〉內容豐富，不過象徵結構是極為相似。許仙是李西亞斯，白素貞是蕾米亞，法海和尚是阿波羅尼亞斯，許仙與白素貞的婚姻是感情的結合，法海是冷酷的理智，理智不許感情存在而將之扼殺。理由是：白素貞與蕾米亞皆是蛇，蛇不能與人婚配，所以冷酷的理智看得清楚萬物的等級，分得清楚人蛇之別。但是，許仙與李西亞斯都願意忽略這個界線，而只要情之所鍾，則人與蛇女婚配亦無不可。顏氏認為：人與蛇都是自然的份子，兩相婚配未嘗不可。[43]

朱炎先生認為：將兩個故事的象徵意義相提並論是「大體上也說得過去」。但是，中國的《白蛇傳》主要的意義是在通過一個人蛇畸戀的故事，申明「各如其分」的倫理關係。法海代表的並非如顏氏所說「冷酷的理智」，而是一種

能持理智與情感於平衡的「道」。他只是去救許仙於迷亂人性的「魔」，故僅將白娘娘鎮壓在雷峰塔下，並未殺死她，正表現了他那種永不「絕情」的人道精神。所以，不能將居於中道的法海，與詭辯哲學家阿波羅尼亞斯，等量齊觀。[44]

　　顏、朱二位學者，儘管對於兩個故事的涵義觀點不同，但可明確了解：二個故事已是中、西比較文學的議題。它讓我們觸及各民族的精神與文學，仍有本質上的雷同處，其原始類型是相類似的。理智與感情的對立，是人類莫大的苦惱，如何調和而入中道，是值得深思的問題。而馮氏之作，更展現了我國的民族精神，也比歐洲的〈蕾米亞〉更複雜、[45]更富哲理。

## （三）多元創作的題材

　　「白蛇傳」傳說浪漫而傳奇，扣人心弦。它成為藝術與文學創作的泉源，孕育出許多傑出的作品。藝術家們在此故事中，尋找到創作的靈感，讓它更富藝術美感的價值。如：小說、詩歌、散文、音樂劇、歌劇、[46]戲曲、曲藝、舞劇[47]（如：雲門舞集、爵士舞、芭蕾舞[48]等）、舞台劇（如：《白水》、《水幽》）、電影、音樂、[49]美術雕刻、[50]漫畫、卡通等，詮釋這個題材，它具「多元創作」的特性，讓「白蛇傳」故事獲得更廣泛的流傳與發揚。

# 五、研究困境與展望

　　「白蛇傳」是亙古流芳的傳說，令人謳歌的故事，其影響廣泛而深入，是彌足珍惜的文化寶藏。其對精神表徵、民

俗思想、藝術人生、國外流佈等方面的發展，頗值得關注。它是文學創作中不朽的素材，是宗教哲學的思維課題，具藝術美學多元的價值，更是應以生命內涵的深度加以探索。

此故事在中國各地廣為流傳，[51] 衍生的傳說、曲藝、戲劇、小說、散文、詩歌等數量浩繁，要全面觀察並不容易，[52] 且部分史料尚須藉助田野調查的方式來蒐集、考證。由於地緣與政治環境所囿，資料的蒐集並不完備，亟待突破。例如：陳遇乾的彈詞《義妖傳》，被趙景深推為「這個故事最高的成就」，而在台灣的圖書館中卻遍尋無著，造成研究不便。林麗秋在撰寫其論文時，亦面臨相同的困境，[53] 故恐怕尚待機緣，才能搜羅更完整而詳實。

「白蛇傳」故事膾炙人口，不僅發人深省而涵義深厚，更是學者與文學、藝術家們研究、創作的焦點。隨著時代的演進與文體的流變，「白蛇傳」故事更呈現嶄新的風貌與意義，亟待持續關注。由於資訊科技的發達，致「網路文學」蔚為風尚，「白蛇傳」故事也成為現代人寄寓情感，表達心聲的素材。故事人物的典型與特質，具備了新時代諷世勵俗的精神，其發展令人玩味。

而以文學研究而言，它具「多功能性的研究」特色。[54] 筆者認為此題材尚有幾個方向值得再成專題，深入探討：

1. 藝術美學的觀點。
2. 心理分析的觀點。
3. 戲曲發展的觀點。
4. 區域發展的觀點。
5. 宗教哲學的觀點。
6. 民俗文化的觀點。

7. 女性主義的觀點。

8. 比較文學的觀點。

9. 社會政治的觀點。

10. 生命教育的觀點。

在日新月異的時代中，此題材仍不斷在衍生創作，充滿蓬勃的活力，因為它表達了人民的心聲，揭示了人性，反映了人生的現象。若能將此傳說，配合新潮流的思維與觀點來詮釋，則更能契合時代精神，發揚民族文學的價值。「白蛇傳」故事體現人性與人情的現象，富理性的思維與感性的浪漫，是社會與人生的寫照，具歷久彌新的研究與創作意義，若能掌握其發展的脈動與演變的特質，則更能讓它具備「時代進化」的精神，綻放文化智慧的光華，展現民族悠久博大的文藝生命！

## 註　釋

1　「龍，鱗蟲之長，能幽能明，能細能巨，能短能長，春分而登天，秋分而潛淵。」許慎：《說文解字》（台北：黎明文化事業公司，1986年10月），頁588。

2　汪玢玲：〈論《白蛇傳》的民族風格〉收錄於中國民間文藝研究會浙江分會編：《《白蛇傳》論文集》（杭州：浙江古籍出版社，1986年），頁21。

3　「異類通婚的特質：女性異類多主動自求婚配，其理由不外聲稱『此乃宿世姻緣、本五百年姻眷』；或為報恩，或為治病，充滿因果論的迷信色彩。」蔡蕙如：《《三言》與《十日譚》婚姻愛情故事之比較研究》（高雄：國立高雄師範大學國文系博士論文，2000年6月），頁28。

4　梁惠敏：《中國戲曲私奔程式研究》（台北：私立輔仁大學中國文學研究所碩士論文，2001年1月），頁98～100。

5 「在大多數中國古典文學中，追求愛情自由的結果是私奔、自殺、狂想或夢境，只有在《白蛇傳》裡是採取積極的態度，毫不猶豫地反抗，甚至是以牙還牙。」見沈仁杰：〈《白蛇傳》試論〉，《解放日報》（上海：1952年5月31日），轉載自丁乃通：〈得道者與美女蛇〉，《民間文藝季刊》（1987年，第3期），頁249。

6 「審視種種新編的《白蛇傳》戲曲、說唱本子，看到白娘子的思凡下山完全是出於對人間生活的嚮往，並非為了償還前世孽債，看到白娘子與許宣相遇、相愛，已完全是青年男女自然吸引，而不再是西天佛祖的有意安排。……『親授玄機』的刻板教衍。」程薔：〈一個閃爍著近代民主思想光華的婦女形象——白娘子形象論析〉，《民間文學論壇》（1984年，第3期），頁30。

7 謝柏梁：〈沖決封建羅網的《雷峰塔》〉，《中國悲劇史綱》（上海：學林出版社，1993年12月），頁246。

8 方成培：《雷峰塔傳奇》，引自《白蛇傳》（台北：文化圖書公司，1993年7月再版），頁360。

9 吳同賓：〈白蛇是怎樣從醜變到美的〉，《戲曲研究第7輯》（北京：文化藝術出版社，1983年3月），頁77。

10 「女性是母性與妻性的合體，戀母是尋求庇護，戀妻是尋求性愛，而前者是中國文化有別於西方的獨特之處，當男性的生存受到某種威迫的時候，他就會像孩童尋求母親的庇護那樣，希望投入她們的懷抱，穆桂英、七仙女、白蛇娘子等都是這種觀念影響下孕育設計出來的母性形象。」周怡：〈人妖之戀的文化淵源及其心理分析〉，《蒲松齡研究‧紀念專號》（2000年Z1期），頁262。

11 王驤考證確有法海其人（見《全唐文》三二〇卷），他並發現持缽鎮蛇說，源於《六祖大師緣起外紀》中一段。見王驤：〈白蛇傳故事三議〉，《民間文學論壇》（1984年，第3期），頁19。

12 佛教中三毒是：貪、嗔、癡，三種惡習性。法海為己利誘騙許仙，拘留、脅迫他出家。嗔恨白娘子是異類下世，為負氣不放許仙，致白娘子水漫金山寺，傷及無辜，鑄成大錯。甚至設計謀誘使許仙手刃妻子。他執於教法，無「眾生平等」觀，對白氏強加迫害，摧毀家庭，致幼子失怙等。

13 李志中等口述；鎮江市民間文藝研究彙編：〈白蛇的傳說〉，

《鎮江民間故事》（北京：中國民間文藝出版社，1982年8月），頁
97。

14　見杭州市文化局編：《西湖民間故事》，頁30～34。

15　同上註，頁93～99。

16　濟仲口述；趙慈鳳蒐集整理：〈法海洞〉，《鎮江民間故事》，頁
101～105。

17　西湖民間故事亦述小青毀塔，救出白娘子。見杭州市文化局編：
《西湖民間故事》，頁34～35。

18　四個角色沒有一個可以缺少，但如再增添，也屬多餘，這是一個
既簡約扼要，又相當豐富多彩的形象體系。程薔：〈一個閃爍著
近代民主思想光華的婦女形象──白娘子形象論析〉，《民間文
學論壇》，頁34。（同註6）

19　同上註。

20　田茂軍、林鐵：〈中國四大傳說中的男性形象〉，《民間文化》
（2000年，第6期），頁7～11。

21　劉美華認為：「《白蛇傳》故事主題及主角性格的轉變，呈現出
強烈的社會價值導向，而且是屬於中國的、市民的，頗具象徵意
義。」她認為此故事的象徵意義有：
一、傳統價值的實踐（維護父權社會的傳統價值：承宗、揚名、
　　妻賢、子孝）。
二、基本願望的滿足（追求財富的心理、社會地位的提昇、生命
　　無限延續的夢想）。
三、衝破體制的藩籬（潛藏的反禮教心理、反威權的心理、打破
　　階級意識）。
參見劉美華：〈《白蛇傳》故事演變及其象徵意義〉，《亞東學報》
（台北：亞東技術學院，2002年6月，第22期），頁23-6～23-9。

22　「《雷峰塔傳奇》是一部佛教文學傑作。作者是想通過白娘子的
愛情悲劇故事宣揚佛教思想。」李有運：〈《雷峰塔》──佛教
文學的傑作〉，頁182。

23　陳勤建：〈五四以來《白蛇傳》研究概況〉，《民間文學論壇》
（1984年，第3期），頁41～42。

24　羅永麟：〈《白蛇傳》與中國傳統文化的衝突及其悲劇價值〉，
《民間文藝季刊》（1989年，第4期），頁178～179。

25　「『白蛇傳』故事的悲劇性結尾，也曾受到過宗教迷信力量的利

用。後來『白蛇傳』故事經過民間的陶冶，才出現新的藝術處理，及增飾了一個『大團圓』的結尾，變悲劇為喜劇——白狀元祭塔、小青青相助、惡勢力受懲、白娘子出山、一家人團圓。……，這一結尾的魅力，在於表現出白娘子為捍衛自己的正當權益而不畏惡勢力，並決心與之鬥爭到底，即使鬥爭一時失敗，但反抗終不終止，而要世代相傳，直到最後勝利。」呂洪年：〈論《白蛇傳》故事的「世俗化」傾向〉，《杭州大學學報》（1990年3月，第20卷，第1期），頁22～23。

26  魯迅：《魯迅全集》（北京：人民文學出版社，1989年4刷（第一卷）），頁171～173；191～196。

27  琦君：〈《白蛇傳》的回憶〉，《留予他年說夢痕》，頁175～183。

28  朱眉叔認為月老以婚姻簿促成姻緣，未尊重青年男女對婚姻主觀意願，故年輕女性捨月老而祈求白娘娘，將祂視為保佑婚姻自由、愛情幸福的神。參見朱眉叔：《白蛇系列小說》，頁122。

29  「白蛇傳」故事具有以下的悲劇類型：(1)許仙的動搖性格，造成白娘子的災難，屬於「性格悲劇」。(2)白娘子下凡求侶，違背佛旨，遭受神的懲罰，屬於「命運悲劇」。(3)法海代表社會輿論，許仙變為男權壓迫妻子（婦女），因此白娘子受環境壓迫，屬於「境遇悲劇」。此故事自開始至結局，以情節結構而論，具有各種悲劇之長。改編為戲曲後，它的情節結構、人物和思想，都充分說明它具有豐富的悲劇精神。但是它的美學意義，還不僅如此。雖然《白蛇傳》是人民創造的一個藝術作品，但藝術作品不僅是美麗的領域，它還包括豐富的現實社會生活。羅永麟：〈《白蛇傳》與中國傳統文化的衝突及其悲劇價值〉，頁182～183。（同註24）

30  張元：〈論我國古代四大傳說〉，《北京教育學院學報》（1997年，第2期），頁40～44。

31  民間文藝季刊編輯部：〈關於新發現《白蛇傳》異文的討論〉，《民間文藝季刊》（1989年，第4期），頁214。

32  「雷峰塔白蛇故事提供了一些母題，這些母題在現代文學中仍然保存下來。在民國之後，很多作家重新創作《白蛇傳》，大多根據舊傳的故事，如嚴歌苓〈白蛇〉，其中白蛇不再指妖，而是指一個多情美麗的舞蹈家，但其『重情』的脈絡仍同，文中的白蛇

仍然是美麗而重情的，被塑造成『情』的化身，乃是受雷峰塔白蛇故事的影響。」林麗秋：《論雷峰塔白蛇故事的演變》，頁168。

33 「白蛇傳」故事在國外的主要發展狀況可參考：(1)王麗娜：《中國古典小說戲曲名著在國外》（上海：學林出版社，1988年8月），頁377～379。(2)朱眉叔：《白蛇系列小說》，頁131～134。

34 劉介民：《從民間文學到比較文學》（廣東：暨南大學出版社，1998年6月），頁261。

35 秦女、凌雲：〈白蛇傳考證〉，《中法大學月刊》，頁116～122。

36 「婬」與「淫」同字。多寫成〈蛇性之淫〉，梁淑靜之論文寫成〈蛇性之婬〉，此以各期刊論文之撰文者的標題為主。

37 上田秋成生於江戶時代享保十九年（清世宗雍正十二年；西元一七三四年）攝津（大阪）曾根崎，卒於文化六年（清仁宗嘉慶十四年；西元一八〇九年），享年七十六歲。其生平資料參見梁淑靜：《《白蛇傳》與〈蛇性之婬〉的研究》（台北：中國文化大學日本研究所碩士論文，1982年6月），頁36～41。

38 黃得時：〈白蛇傳之形成及人蛇相戀在日本〉，《漢學研究》（第8卷第1期，1990年6月），頁746。

39 同上註，頁749。

40 「〈蛇性之淫〉是對〈白娘子永鎮雷峰塔〉的翻案。這兩篇小說共同表現了女性對愛情的熱烈追求，但又存在本質的不同。〈白娘子永鎮雷峰塔〉主要意在勸導世人戒色，提倡色空觀念。」；「〈蛇性之淫〉增加了女性怨魂向男性報復的主題，反映了女性在現實生活中的卑下地位。」；「〈蛇性之淫〉則如題目所示，極力渲染了女性情慾魔性的可怕。」蔡春華：〈中日兩國的蛇精傳說——從〈白娘子永鎮雷峰塔〉與〈蛇性之淫〉談起〉，《中國比較文學》（2000年，第4期），頁98。

41 王聰建亦皆持此論。參見王聰建：《《風月物語》卷四〈蛇性之淫〉與《警世通言》〈白娘子永鎮雷峰塔〉之比較〉，《文大日研學報》（台北：私立文化大學，1996年12月），頁90。

42 (1)「日本的《風月物語》卷四〈蛇性之淫〉也是一篇人蛇相戀的故事，基本上可以說是受到中國白蛇許宣故事影響而寫成的，因為情節大部分相同，……，最明顯便是收伏蛇精的人是來自『道成寺』的『法海和尚』。」見張錯：〈蛇蠍女人——復仇與囚禁

的女性形象〉，《中山人文學報》（高雄：國立中山大學，1995年4月），頁84。(2)「中日兩國的蛇精傳說猶如兩條平行線，並未出現交叉現象，也沒有明顯的影響痕跡，直到上田秋成選擇〈白娘子永鎮雷峰塔〉翻案為〈蛇性之淫〉，中國的蛇精傳說才對日本的蛇精傳說產生影響。」蔡春華：〈中日兩國的蛇精傳說——從〈白娘子永鎮雷峰塔〉與〈蛇性之淫〉談起〉，頁105。（同註40）

43 顏元叔：〈《白蛇傳》與〈蕾米亞〉〉，《談民族文學》（台北：學生書局，1975年4月再版），頁125。

44 朱炎：〈評論顏元叔的《談民族文學》〉，《中外文學》（台北：第2卷第10期，1974年3月），頁151。

45 丁乃通：〈得道者與美女蛇〉，《民間文藝季刊》（1987年，第3期），頁233。

46 音樂劇‧輕歌舞劇《新白蛇傳》在大陸成為定點旅遊節目，已演出一百五十餘場。李彤：〈音樂劇‧輕歌舞劇《新白蛇傳》〉，《舞蹈》（1992年，第2期），頁40。

47 《白蛇與許仙》是大陸所編的舞劇，它在中國民間舞蹈與中國古典戲曲舞語的基礎上，吸收西方傳統舞語（主要是芭蕾舞語）而編成，以「白蛇傳」故事為創作題材。羅辛：〈從戲劇舞劇到交響舞劇的過渡〉，《舞蹈》（1994年，第4期），頁35～36。

48 蘇東美曾以搖滾芭蕾舞形式編《白蛇傳》，由香港芭蕾舞團於辛巳年演出。冼源：〈蛇年看《白蛇》〉，《舞蹈》（2001年，第2期），頁14～15。

49 如：作曲家洪千惠編《白蛇傳》，故事從下凡報恩，乃至於白蛇產子、孝心救母等八段，具雷霆萬鈞的史詩氣魄，曾由朱宗慶打擊樂團演出。見《聯合報》（台北：2003年4月19日，文化B6版）

50 旅日雕塑家余連春曾為爵士舞劇《白蛇傳》創塑雕像。黃建勳採訪：〈爵士舞韻中國心——中國爵士舞劇《白蛇傳》〉，《表演藝術》（台北：國立中正文化中心，1996年9月，第46期），頁41。

51 如：流傳在四川峨嵋山的故事《白龍洞》，說許仙上峨嵋山採藥，因而邂逅白蓮仙姑（白蛇），與她相戀。見張承業整理：《峨嵋山民間傳說》（中國民間文藝出版社，1982年），資料轉錄自呂洪年：〈論《白蛇傳》故事的「世俗化」傾向〉，頁20。（同註25）呂氏於該文中尚提及許多新的傳說，足見此題材在各地流佈廣泛、影響深遠。

52 以浙江古籍出版社所出版的《白蛇傳論文集》索引統計就達五百
　　種。其實這個統計是保守的，僅曲藝戲曲，據1959年統計，全國
　　各民族各地區360個戲曲劇種和360多個曲藝曲種中，大部分都有
　　《白蛇傳》改編的傳統保留劇目和曲目，……，幾乎所有的文學
　　形式，都一遍遍不厭其煩的表現著它。王曉華：〈白蛇傳與民族
　　悲劇意識〉，《民間文學論壇》（1990年，第6期），頁5。另可參
　　見潘江東：《白蛇故事研究》，頁90。

53 林麗秋：《論雷峰塔白蛇故事的演變》，頁167。

54 陳勤建：〈五四以來《白蛇傳》研究概況〉，頁43。（同註23）

# 參考書目

## 一、古籍

《禮記》（十三經注疏） 藝文印書館 1965年6月

《詩經》（十三經注疏） 藝文印書館 1979年3月，7版

漢・司馬遷 《史記》 鼎文書局 1987年9版

漢・許　慎 《說文解字》 黎明文化事業公司 1986年10月

晉・干　寶 《搜神記》 里仁書局 1999年1月

晉・陶　潛 《搜神後記》 木鐸出版社 1982年2月

晉・郭　璞 《山海經箋疏》 漢京文化公司 1983年1月

宋・郭茂倩 《樂府詩集》 里仁出版社 1984年9月

明・田汝成 《西湖遊覽志》 世界書局 1982年3月，再版

明・田汝成 《西湖遊覽志餘》 世界書局 1983年12月，再版

明・陸　楫 《古今說海》 廣文書局 1968年

明・吳承恩 《西遊記》 桂冠出版社 1994年4月，再版5刷

明・羅貫中 《繡像全圖三國演義》 青山出版社 1977年5月

明・施耐庵 《容與堂本水滸傳》 上海古籍出版社 1997年4月，6刷

明・釋一如 《三藏法數》 慈雲山莊；三慧學處 1995年7月

清・曹雪芹 《紅樓夢》 里仁書局 2000年1月6刷

清・錢靜方 《小說叢考》 河洛出版社 1979年10月

## 二、原始資料

| | | | |
|---|---|---|---|
| 宋・洪 邁 | 《夷堅志》 | 明文書局 | 1982年 |
| 宋・李 昉 | 《太平廣記》 | 北京中華書局 | 1986年3月，3刷 |
| 明・洪 楩 | 《清平山堂話本》 | 世界書局 | 1958年1月 |
| 明・馮夢龍 | 《警世通言》 | 三民書局 | 2001年4月，3刷 |
| 明・馮夢龍 | 《情史類略》 | 天一出版社 | 1985年5月 |
| 清・陳數基 | 《繪圖西湖拾遺》 | 廣文書局 | 1969年 |
| 清・墨浪子 | 《西湖佳話》 | 三民書局 | 1999年9月 |
| 清・方成培 | 《雷峰塔》 | 北京華夏出版社 | 2000年10月 |
| 編輯委員會 | 《古本小說集成》 | 上海古籍出版社 | 1990年 |
| 阿 英 | 《雷峰塔傳奇敘錄》 | 上海上雜出版社 | 1953年9月 |
| 劉烈茂 | 《清車王府鈔藏曲本》 | 江蘇古籍出版社 | 1993年 |
| 大 荒 | 《雷峰塔》 | 天華出版社 | 1979年8月 |
| 田 漢 | 《白蛇傳》 | 北京中國文聯出版社 | 1991年9月 |
| 孟仲仁 | 《白娘娘傳奇》 | 漢欣文化公司 | 1992年8月 |
| 張恨水 | 《白蛇傳》 | 太原北岳文藝出版社 | 1993年8月 |
| 段 平 | 《河西寶卷選》 | 新文豐出版 | 1994年 |
| 溫文龍 | 《白蛇傳》 | 三久出版社 | 1996年1月 |
| 李碧華 | 《青蛇》 | 皇冠文學出版有限公司 | 1996年3月，2版 |
| 張曉風 | 《步下紅毯之後》 | 九歌出版社 | 1997年5月，初版37印 |
| 李 喬 | 《情天無恨》 | 草根出版事業有限公司 | 1997年7月，修版三刷 |
| 嚴歌苓 | 《白蛇》 | 九歌出版社 | 1999年8月 |
| 張壽崇 | 《子弟書珍本百種》 | 北京民族出版社 | 2000年4月 |
| 古典文藝學會 | 《白蛇傳》 | 輯閱書城 | 2001年7月 |

佚　名　　《許仙借傘白蛇傳》　上海椿蔭書莊　中央研究院傅斯年圖書館藏

佚　名　　《白娘娘盜仙草》　　上海椿蔭書莊　中央研究院傅斯年圖書館藏

佚　名　　《白蛇滿遊花園》　　CD405　　　　中央研究院傅斯年圖書館藏

佚　名　　《白蛇記·興波》　　CD406　　　　中央研究院傅斯年圖書館藏

佚　名　　《白蛇記·回家》　　CD406　　　　中央研究院傅斯年圖書館藏

佚　名　　《白蛇記·投水》　　CD406　　　　中央研究院傅斯年圖書館藏

佚　名　　《白蛇記·三出》　　CD407　　　　中央研究院傅斯年圖書館藏

佚　名　　《白蛇·盜丹》　　　CD427　　　　中央研究院傅斯年圖書館藏

佚　名　　《雷峰塔》　　　　　CD429　　　　中央研究院傅斯年圖書館藏

佚　名　　《白蛇雷峰塔》　　　CD430　　　　中央研究院傅斯年圖書館藏

佚　名　　《白蛇寶卷》　　　　CD433　　　　中央研究院傅斯年圖書館藏


潘江東　　《白蛇故事研究》　　學生書局　　　1981年3月

　　　　　資料彙編包括：

　　　　　《水門、斷橋》（崑曲）《白蛇傳、水漫金山寺、祭塔、斷橋》

　　　　　　（皮黃）

　　　　　《雙斷橋》（梆子戲）

　　　　　《白蛇傳》（灘黃戲）

　　　　　《白蛇傳、士林祭塔》（越劇）

　　　　　《狀元拜塔》（福州戲）

　　　　　《許仙借傘》（閩劇）

　　　　　《士林祭塔》（粵劇）

　　　　　《斷橋會》（滇戲）

　　　　　《雷峰塔》（川戲）

　　　　　《義妖白蛇傳、白蛇雷峰塔》（寶卷）

　　　　　《白蛇傳》（彈詞）

《白蛇傳、義妖取草、水漫金山寺》（福州平話）

《雷峰塔白蛇記》（廣州木魚書南音）

《合缽、白蛇借傘、白蛇盜丹、水漫金山寺》（大鼓書）

《入塔、出塔、合缽、哭塔、祭塔》（子弟書）

《入塔、出塔、合缽、清明祭掃》（馬頭調）

《合缽、雷峰塔、水漫金山寺》（牌子曲）

《遊西湖》（岔曲）


傅惜華　　　《白蛇傳集》　　　　上海古籍出版社　　　1987年6月

　　　　資料包括：

《玩景觀山、西湖岸、雷峰塔、白蛇傳、合缽》（馬頭調）

《遊西湖、搭船借傘、盜靈芝、水門、金山寺、斷橋、合缽》
　　（八角鼓）

《收青兒、借傘、盜靈芝、水漫金山、合缽、塔前寄子、探塔、
　　祭塔》（鼓子曲）

《白蛇借傘、遊湖借傘、雄黃酒、水漫金山寺》（鼓詞）

《合缽、哭塔、出塔、祭塔、雷峰塔》（子弟書）

《白蛇山歌、合缽、白娘娘報恩》（小曲）

《白蛇傳、合缽、雷峰塔》（南詞）

《雷峰寶卷》（寶卷）

《化檀、斷橋、合缽》（灘黃）

《雷峰塔》（黃圖珌）

《雷峰塔》（方成培）

文化圖書公司　《白蛇傳》　　　　文化圖書公司　　　1993年7月再版
編輯部編

　　　　資料包括：

《白蛇傳》、《後白蛇傳》、《白蛇精記雷峰塔》、《雷峰寶卷》、
《看山閣樂府雷峰塔》、《雷峰塔傳奇》

## 三、有關論著

| | | | |
|---|---|---|---|
| 趙景深 | 《彈詞考證》 | 長沙商務印書館 | 1938年7月，初版 |
| 楊蔭深 | 《中國俗文學概論》 | 世界書局 | 1954年10月 |
| 戴不凡 | 《百花集》 | 北京作家出版社 | 1956年7月 |
| 青木正兒 | 《中國近世戲曲史》 | 台灣商務印書館 | 1965年 |
| 顏元叔 | 《談民族文學》 | 學生書局 | 1975年4月 |
| 婁子匡；朱介凡 | 《五十年來的中國俗文學》 | 正中書局 | 1975年10月台四版 |
| 張長弓 | 《鼓子曲言》 | 正中書局 | 1975年11月台三版 |
| 葉慶炳 | 《談小說妖》 | 洪範書店 | 1977年12月 |
| 錢靜方 | 《小說叢考》 | 河洛圖書出版社 | 1979年10月 |
| 張漢良；蕭蕭 | 《現代詩導讀》 | 故鄉出版社 | 1979年11月 |
| 靜宜大學主編 | 《中國古典文學研究專集》 | 聯經出版社 | 1981年6月 |
| 譚正璧 | 《三言兩拍資料》 | 里仁書局 | 1981年3月 |
| 王秋桂編 | 《李家瑞先生通俗文學論文集》 | 學生書局 | 1982年4月 |
| 李達三 | 《中外比較文學研究》 | 學生書局 | 1982年4月 |
| 趙景深 | 《民間文學叢談》 | 長沙湖南人民出版社 | 1982年7月 |
| 金榮華 | 《比較文學》 | 福記文化圖書有限公司 | 1982年8月 |
| 鎮江市民間文藝研究彙編 | 〈白蛇的傳說〉 《鎮江民間故事》 | 北京中國民間文藝出版社 | 1982年8月 |
| 陳鵬翔 | 《主題學研究論文集》 | 東大圖書公司 | 1983年11月 |
| 柏彬等編 | 《田漢專集》 | 上海江蘇人民出版社 | 1984年3月 |
| 曾永義 | 《說俗文學》 | 聯經出版社 | 1984年12月，2版 |

| 樂蘅軍 | 《古典小說散論》 | 純文學出版社 | 1984年12月 |
|---|---|---|---|
| 費嘯天 | 《國劇劇本故事考證》 | 國立復興劇校 | 1985年1月 |
| 王季思 | 《論古代戲曲詩歌小說》 | 廣州中山大學出版社 | 1985年3月 |
| 中國大百科全<br>書編輯委員會 | 《中國大百科全書‧<br>戲曲、曲藝》 | 北京中國大百科<br>全書出版社 | 1985年3月，2印 |
| 杭州市文化局 | 《西湖民間故事》 | 浙江文藝出版社 | 1985年5月 |
| | 《評彈通考》 | 北京中國曲藝出版社 | 1985年7月 |
| | 《中國文學欣賞全集》 | 莊嚴出版社 | 1985年11月 |
| 李　喬 | 《小說入門》 | 時報文化出版社 | 1986年3月 |
| 沈達人 | 《古代戲曲十講》 | 北京中華書局 | 1986年8月 |
| 羅永麟 | 《論中國四大民間故事》 | 北京中國民間文藝出版社 | 1986年8月 |
| 桂靜文 | 《八角鼓》 | 行政院文化建設委員會 | 1987年6月 |
| 薛惠芳 | 《白蛇傳——蘇州彈詞》 | 江蘇文藝出版社 | 1987年11月 |
| 郭箴一 | 《中國小說史》 | 商務印書館 | 1988年2月，8版 |
| 王麗娜 | 《中國古典小說戲劇在國外》 | 上海學林出版社 | 1988年8月 |
| 魯　迅 | 《魯迅全集》 | 北京文化藝術出版社 | 1989年4刷 |
| 藍棣之 | 《當代詩醇》 | 北京師範大學出版社 | 1989年3月 |
| 陳永正 | 《三言二拍的世界》 | 遠流出版股份有限公司 | 1989年6月 |
| 臺靜農 | 《佛教故實與中國小說》 | 聯經出版事業公司 | 1989年 |
| 鄭明娳 | 《中國現代文學大系》 | 九歌出版社 | 1989年 |
| 孫昌武 | 《佛教與中國文學》 | 東華書局 | 1989年12月 |
| 葉舒憲；俞建章 | 《符號：語言與藝術》 | 久大文化出版公司 | 1990年，初版 |
| 王溢嘉 | 《古典今看》 | 野鶴出版社 | 1990年7月，3版 |
| 葉慶炳 | 《中國文學史》 | 學生書局 | 1990年9月，2刷 |

| 郭立誠 | 《中國藝文與民俗》 | 漢光文化有限公司 | 1991年6月 |
|---|---|---|---|
| 車錫倫 | 《中國寶卷研究論集》 | 學海出版社 | 1991年6月 |
| | 《新詩鑑賞辭典》 | 上海辭書出版社 | 1991年11月 |
| 陳宏 | 《國劇故事第二集》 | 行政院文化建設委員會 | 1991年12月 |
| 賀學君 | 《中國四大傳說》 | 雲龍出版社 | 1991年12月 |
| 樂蘅軍 | 《意志與命運》 | 大安出版社 | 1992年4月 |
| 何星亮 | 《中國圖騰文化》 | 北京中國社會科學出版社 | 1992年 |
| 王小盾 | 《神話話神》 | 世界文物出版社 | 1992年5月 |
| 李喬 | 《台灣文學造型》 | 派色文化出版社 | 1992年7月 |
| 王德威 | 《小說中國》 | 麥田出版社 | 1993年 |
| （蘇）海通著 | 《圖騰崇拜》 | 上海文藝出版社 | 1993年 |
| 楊國樞 | 《中國人的心理》 | 學生書局 | 1993年1月，初版4刷 |
| 譚達先 | 《中國四大傳說新論》 | 貫雅文化事業有限公司 | 1993年6月 |
| 錢舜娟 | 《江南民間敘事詩及故事》 | 上海文藝出版社 | 1993年7月 |
| 俞為民 | 《明清傳奇考論》 | 華正書局 | 1993年8月 |
| 余光中等著 | 《雲門舞話》 | 聯經出版社 | 1993年8月 |
| 鎮江市民間文藝研究會 | 《鎮江民間故事》 | 北京中國民間文藝出版社 | 1993年8月 |
| 李碧華 | 《水袖》 | 香港天地圖書有限公司 | 1993年9月，3版 |
| 李幼新 | 《男同性戀電影》 | 志文出版社 | 1993年10月 |
| 謝柏梁 | 《中國悲劇史綱》 | 上海學林出版社 | 1993年12月 |
| 蔡志忠 | 《白蛇傳》 | 時報文化出版公司 | 1994年5月 |
| 中國古典文學研究會主編 | 《文學與佛教關係》 | 學生書局 | 1994年7月 |
| 方清何等編 | 《小說戲曲研究》 | 聯經出版社 | 1995年2月 |
| 車錫倫 | 《俗文學叢考》 | 學海出版社 | 1995年6月 |

| 歐陽代發 | 《世態人情說話本》 | 亞太圖書公司 | 1995年10月 |
|---|---|---|---|
| 嚴歌苓 | 《倒淌河》 | 三民出版社 | 1996年 |
| 李豐楙 | 《誤入與謫降》 | 學生書局 | 1996年5月 |
| 余秋雨 | 《文化苦旅》 | 爾雅出版社 | 1996年6月，27印 |
| 石育良 | 《怪異世界的建構》 | 文金出版社 | 1996年6月 |
| 段寶林 | 《立體文學論》 | 文津出版社 | 1997年4月 |
| 李福清 | 《李福清論中國古典小說》 | 洪葉文化事業有限公司 | 1997年6月 |
| 洪淑苓等著 | 《古典文學與性別研究》 | 里仁書局 | 1997年9月 |
| 董曉萍 | 《到民間去》 | 上海文藝出版社 | 1997年10月 |
| 陳炳良 | 《形式、心理、反應》 | 商務印書館 | 1998年1月 |
| 琦 君 | 《留予他年說夢痕》 | 洪範書店 | 1998年3月，15印 |
| 楊昌年 | 《現代散文新風貌》 | 東大圖書公司 | 1998年3月修訂版 |
| 劉介民 | 《從民間文學到比較文學》 | 廣東暨南大學出版社 | 1998年6月 |
| 王 迅 | 《騰蛇乘霧》 | 北京社會科學文獻出版社 | 1998年7月 |
| 曾永義 | 《我國的傳統戲曲》 | 漢光文化事業有限公司 | 1998年7月 |
| 趙 雨 | 《中國文學史話》 | 長春吉林人民出版社 | 1998年10月 |
| GERALD COREY/著 | 《諮商與心理治療》 | 揚智出版社 | 1998年10月 |
| 劉登翰 | 《香港文學史》 | 北京人民文學出版社出版 | 1999年4月 |
| 鄭振鐸 | 《中國俗文學史》 | 商務印書館 | 1999年4月，10刷 |
| 楊馥菱 | 《台灣歌仔戲》 | 漢光文化事業有限公司 | 1999年6月 |
| 周慶華 | 《佛教與文學的系譜》 | 里仁書局 | 1999年9月 |
| 高國藩 | 《中國民間文學》 | 學生書局 | 1999年9月，2版 |
| 石 楠 | 《張恨水傳》 | 南京江蘇文藝出版社 | 2000年1月 |
| 黃維樑主編 | 《活潑紛繁的香港文學》 | 香港中文大學出版社 | 2000年1月 |
| 莫渝；王幼華 | 《苗栗縣文學史》 | 苗栗縣立文化中心 | 2000年1月 |

| 彭瑞金 | 《驅除迷霧，找回祖靈》 | 高雄春暉出版社 | 2000年5月 |
| 鄭振鐸 | 《說俗文學》 | 上海古籍出版社 | 2000年5月 |
| 蔡宗陽 | 《中國文學與美學》 | 五南圖書公司 | 2000年9月 |
| 尹　祺 | 《白蛇》 | 行政院新聞局 | 2000年11月 |
| 陳國球 | 《文學香港與李碧華》 | 麥田出版社 | 2000年12月 |
| 朱眉叔 | 《白蛇系列小說》 | 遼寧教育出版社 | 2000年12月，3印 |
| 周良沛 | 《馮至評傳》 | 重慶出版社 | 2001年2月 |
| 鹿憶鹿 | 《中國民間文學》 | 里仁書局 | 2001年9月 |
| 朱光潛 | 《文藝心理學》 | 大鴻圖書公司 | 未註明出版年月 |
| 許漢超 | 《白蛇傳絹印畫》 | 漢超畫苑 | 未註明出版年月 |

## 四、學位論文

| 胡萬川 | 《馮夢龍生平及對小說之貢獻》 | 國立政治大學中國文學研究所碩士論文 | 1973年 |
| 陳錦釧 | 《子弟書之題材來源及其綜合研究》 | 國立政治大學中國文學研究所博士論文 | 1977年1月 |
| 梁淑靜 | 《白蛇傳與蛇性之淫的研究》 | 私立文化大學日文研究所碩士論文 | 1982年6月 |
| 魏美玲 | 《張恨水小說研究》 | 私立文化大學中國文學研究所碩士論文 | 1991 |
| 張曉燕 | 《田漢傳統戲曲觀及劇作研究》 | 國立清華大學文學研究所碩士班論文 | 1994年11月 |
| 吳美瑩 | 《論台灣作曲家音樂創作中的傳統文化洗禮》 | 國立藝術學院音樂學系音樂碩士班論文 | 1999年5月 |

| 楊凱雯 | 《《三言》幽媾故事研究》 | 國立中央大學中國文學研究所碩士論文 | 1999年5月 |
| 陳玉萍 | 《唐代小說中他界女性形象之虛構意義研究》 | 國立成功大學中國文學研究所碩士論文 | 1999年6月 |
| 曾友志 | 《寶卷故事之研究》 | 私立中國文化大學中國文學研究所碩士論文 | 1999年6月 |
| 金明求 | 《三言的死亡故事探討》 | 國立政治大學中國文學研究所碩士論文 | 1999年6月 |
| 趙孝萱 | 《張恨水小說新論》 | 私立輔仁大學中國文學研究所博士論文 | 1999年7月 |
| 林岱瑩 | 《唐代異類婚戀小說研究》 | 國立中興大學中國文學研究所碩士論文 | 1999年7月 |
| 陳秀珍 | 《《三言》《兩拍》情色世界探討》 | 私立東海大學中國文學研究所碩士論文 | 2000年6月 |
| 蔡蕙如 | 《《三言》與《十日譚》婚姻愛情故事之比較研究》 | 國立高雄師範大學國文系博士論文 | 2000年6月 |
| 葉如芳 | 《嚴歌苓的移民女性書寫》 | 私立東海大學中國文學研究所碩士論文 | 2000年7月 |
| 徐文娟 | 《嚴歌苓小說主題研究》 | 國立成功大學中國文學研究所碩士論文 | 2000年7月 |
| 簡齊儒 | 《台灣地區蛇郎君故事研究》 | 國立中興大學中國文學研究所碩士論文 | 2000年9月 |
| 梁惠敏 | 《中國戲曲私奔程式研究》 | 私立輔仁大學中國文學研究所碩士論文 | 2001年1月 |
| 楊馥菱 | 《台閩歌仔戲之比較研究》 | 私立輔仁大學中國文學研究所博士論文 | 2001年6月 |

| | | | |
|---|---|---|---|
| 林慶文 | 《當代台灣小說的宗教性關懷》 | 私立東海大學中國文學系博士論文 | 2001年6月 |
| 林麗秋 | 《論雷峰塔白蛇故事的演變》 | 國立中山大學中國文學研究所碩士論文 | 2001年7月 |
| 金清海 | 《台閩地區傀儡戲比較研究》 | 國立高雄師範大學中國文學研究所博士論文 | 2002年2月 |
| 李桂芬 | 《白蛇戲曲比較研究》 | 國立台灣大學中國文學研究所碩士論文 | 2002年5月 |
| 王碧蘭 | 《田漢《白蛇傳》劇本研究》 | 私立文化大學中國文學研究所碩士論文（在職班） | 2002年6月 |

## 五、期刊論文

| | | | |
|---|---|---|---|
| 秦女、凌雲 | 〈白蛇傳考證〉《中法大學月刊》 | 第二卷第3、4期 頁107～124 | 1933年1月 |
| 青木正兒著 隋樹森譯 | 〈小說「西湖三塔」與「雷峰塔」〉《文史雜誌》 | 第6卷第1期 頁7～10 | 1948年3月 |
| 朱 炎 | 〈評論「顏元叔的《談比較文學》」〉《中外文學》 | 第2卷第10期 頁151～153 | 1974年3月 |
| 楊國樞 | 〈從心理學看文學〉《中外文學》 | 第4卷第1期 頁106～115 | 1975年6月 |
| 曾永義 | 〈中國古典戲劇的特質〉《中外文學》 | 第4卷第4期 頁34～51 | 1975年9月 |
| 姚一葦 | 〈元雜劇中之悲劇觀初探〉《中外文學》 | 第4卷第4期 頁52～63 | 1975年9月 |
| 葉慶炳 | 〈禮教社會與愛情小說〉《幼獅文藝》 | 第54卷第6期（總282期）頁73～81 | 1977年6月 |

| 劉經菴等著 | 〈中國民眾文藝之一斑──灘黃〉 | 西南書局 | 1978年5月 |
| | 《中國俗文學論文彙編》 | | |
| 潘江東 | 〈白蛇故事的發展〉 | 第12卷第10期 | 1979年 |
| | 《中華文化復興月刊》 | 頁57～60 | |
| 畢　玲 | 〈有情世界談張曉風《步下 | 第45卷 | 1979年12月 |
| | 紅毯之後》〉《明道文藝》 | 頁145 | |
| 戴不凡 | 〈試論《白蛇傳》故事〉 | 上海文藝出版社 | 1982年10月， |
| | 《中國民間文學論文選(下)》 | | 1版2刷 |
| 吳同賓 | 〈白蛇是怎樣從醜變到美的〉 | 北京文化藝術出版社 | 1983年3月 |
| | 《戲曲研究第7輯》 | 頁63～77 | |
| (日)波多野太郎 | 〈《白蛇傳》餘話〉 | 北京文化藝術出版社 | 1983年3月 |
| | 《戲曲研究第9輯》 | 頁219～222 | |
| 劉守華 | 〈談民間文學中的「大團圓」〉 | 第4期 | 1983年 |
| | 《華中師院學報》 | 頁126～134 | |
| 繆咏禾 | 〈論人與異類戀愛故事〉 | 第4集 | 1983年5月 |
| | 《民間文藝集刊》 | 頁77～91 | |
| 高國藩 | 〈論新發現的《金山寶卷》鈔本 | 第5期 | 1983年 |
| | 在《白蛇傳》研究中的價值〉 | | |
| | 《民間文藝季刊》 | | |
| 白崇珠 | 〈白蛇之內在衝突與象徵〉 | 學生書局 | 1983年12月 |
| | 《古典文學（五）》 | 頁187～210 | |
| 羅永麟 | 〈白蛇傳的歷史價值和現實 | 第3期 | 1984年 |
| | 意義〉《民間文學論壇》 | 頁7～15 | |
| 王　驤 | 〈白蛇傳故事三議〉 | 第3期 | 1984年 |
| | 《民間文學論壇》 | 頁16～20 | |

| 呂洪年 | 〈白蛇傳說古今談〉 | 第3期 | 1984年 |
| | 《民間文學論壇》 | 頁21～26 | |
| 程薔 | 〈一個閃爍著近代民主思想光華 | 第3期 | 1984年 |
| | 的婦女形象——白娘子形象論析〉 | 頁27～34 | |
| | 《民間文學論壇》 | | |
| 薛寶琨 | 〈白蛇傳和市民意識的影響〉 | 第3期 | 1984年 |
| | 《民間文學論壇》 | 頁35～39 | |
| 陳勤建 | 〈五四以來《白蛇傳》研究 | 第3期 | 1984年 |
| | 概況〉《民間文學論壇》 | 頁40～43 | |
| 陳伯君 | 〈論寶卷《雷峰塔》的悲劇 | 第6集 | 1984年11月 |
| | 思想〉《民間文藝集刊》 | 頁65～80 | |
| 陳勤建 | 〈白蛇形象中心結構的民俗淵源 | 第6集 | 1984年11月 |
| | 及美學意義〉，《民間文藝集刊》 | 頁81～91 | |
| 呂昱主持 | 〈情天無恨——李喬作品《情天無恨》 | 第15期 | 1984年12月 |
| | （白蛇傳）討論會〉，《新書月刊》 | 頁54 | |
| 中國民間文藝研 | 《《白蛇傳》論文集》 | 浙江古籍出版社 | 1986年10月 |
| 究會浙江分會 | | | |
| 劉守華 | 〈蛇郎故事比較研究〉 | 第2期 | 1987年 |
| | 《民間文學論壇》 | 頁59～68 | |
| 陳建憲 | 〈女人與蛇——東西方蛇女 | 第3期 | 1987年 |
| | 故事研究〉《民間文學論壇》 | 頁41～48 | |
| 丁乃通 | 〈得道者與美女蛇〉 | 第3期 | 1987年 |
| | 《民間文藝季刊》 | 頁192～257 | |
| 李有運 | 《《雷峰塔》——佛教文學的傑作〉 | 北京文化藝術出版社 | 1989年3月 |
| | 《戲曲研究第29輯》 | 頁179～188 | |

李豐楙　　　〈道教謫仙傳說與唐人小說〉　中央研究院　　1989年6月
　　　　　　《中央研究院第二屆國際漢　頁353～375
　　　　　　學會議論文集》

桑秀雲　　　〈白蛇傳的人物和故事探源〉　中央研究院　　1989年6月
　　　　　　《中央研究院第二屆國際漢　頁379～399
　　　　　　學會議論文集》

賀學君　　　〈論四大傳說的總體特徵〉　　第4期　　　　1989年
　　　　　　《民間文藝季刊》　　　　　　頁158～173

羅永麟　　　〈《白蛇傳》與中國傳統文化的衝突　第4期　　1989年
　　　　　　及其悲劇價值〉,《民間文藝季刊》　頁175～183

陳勤建　　　〈新女性的雛形——論白娘娘在　第4期　　　1989年
　　　　　　中國文學史叛逆女性中的地位〉　頁185～195
　　　　　　《民間文藝季刊》

朱恆夫　　　〈評田漢的《白蛇傳》〉　　　第4期　　　　1989年
　　　　　　《民間文藝季刊》　　　　　　頁197～209

民間文藝季刊　〈關於新發現《白蛇傳》異文　第4期　　　1989年
編輯部　　　　的討論〉《民間文藝季刊》　頁210～218

呂洪年　　　〈論《白蛇傳》故事的世俗化　第20卷第1期　1990年3月
　　　　　　傾向〉《杭州大學學報》　　　頁21～25

王曉華　　　〈白蛇傳與民族悲劇無意識〉　第6期　　　　1990年
　　　　　　《民間文學論壇》　　　　　　頁4～10

黃得時　　　〈白蛇傳之形成及人蛇相戀　　第8卷第1期　　1990年6月
　　　　　　在日本〉《漢學研究》　　　　頁743～749

宋兆麟　　　〈什麼是「圖騰」？〉　　　　第6卷8期　　　1991年1月
　　　　　　《國文天地》　　　　　　　　頁100～102

| 徐龍華 | 〈《白蛇傳》中的潛性意識〉 | 第72卷73期 | 1991年7月 |
| | 《民俗曲藝》 | 頁203～225 | |
| 楊振良 | 〈曲藝格局和地域淵源——以客家山歌 | 第71期 | 1991年5月 |
| | 「白蛇傳」為例〉，《民俗曲藝》 | 頁94～106 | |
| 傅錫壬 | 〈楚辭九歌中諸神之圖騰形貌初探〉 | 淡江大學 | 1992年1月 |
| | 《淡江學報》 | | |
| 李 彤 | 〈音樂劇・輕歌舞劇《新白蛇傳》〉 | 第2期 | 1992年 |
| | 《舞蹈》 | 頁40 | |
| 夏 明 | 〈漢代陶井上的「神人操蛇制 | 第59期 | 1992年12月 |
| | 四方」圖騰〉，《歷史月刊》 | 頁114～117 | |
| 洪順隆 | 〈六朝異類戀愛小說芻論〉 | 創刊號 | 1993年2月 |
| | 《中國文化大學中文學報》 | 頁25～81 | |
| 魏子晨 | 〈《白蛇傳》與《天鵝湖》〉 | 北京文化藝術出版社 | 1993年6月 |
| | 《戲曲研究（第45輯）》 | 頁102～108 | |
| 沈 奇 | 〈銘心入史存此愁——論大荒和他 | 480期 | 1993年12月 |
| | 的代表詩作《存愁》〉，《幼獅文藝》 | 頁96 | |
| 徐 亮 | 〈從《白蛇傳》看「一桌二椅」 | 第1期 | 1994年 |
| | 的變化及其作用〉，《四川戲劇》 | 頁18～19 | |
| 林波；章菁森 | 〈川劇《白蛇傳》藝術創新 | 第2期 | 1994年 |
| | 三題〉《四川戲劇》 | 頁37～38 | |
| 陸 煒 | 〈白蛇戲曲與故事原型的意義〉 | 第2期 | 1994年 |
| | 《藝術百家》 | 頁66～73 | |
| 羅 辛 | 〈從戲劇舞劇到交響舞劇的 | 第4期 | 1994年 |
| | 過渡〉《舞蹈》 | 頁35～36 | |
| 鄭芳郁 | 〈張曉風《步下紅毯之後》的 | 108期 | 1994年5月 |
| | 四種修辭格試探〉，《國文天地》 | 頁74 | |

| 孫秀榮 | 〈魏晉南北朝志怪小說的情愛描寫〉《河北學刊》 | 頁54～60 | 1994年6月 |
| 段美華 | 〈白娘子形象的歷史遞變〉《國文天地》 | 第10卷4期 頁37～39 | 1994年9月 |
| 莫 克 | 〈蛇崇拜〉《中國（蛇志）雜誌》 | 第6卷第4期 頁53 | 1994年12月 |
| 張 錯 | 〈蛇蝎女人——復仇與囚禁的女性形象〉，《中山人文學報》 | 第3期 頁77～95 | 1995年4月 |
| 劉守華 | 〈閩台蛇郎故事的民俗文化根基〉《民間文學論壇》 | 第4期 頁19～25 | 1995年 |
| 紀大偉；洪凌 | 〈粽浪彈：身體像一個優秀的粽子—同性戀的端午節〉，《島嶼邊緣》 | 第14期 頁89～92 | 1995年9月 |
| 劉寧波；李琦 | 〈獸性與人性：人與異類婚配型故事之人類學建構〉，《民間文學論壇》 | 第2期 頁9～12 | 1995年 |
| 陳漢民；洪尚之 | 〈雷峰塔興衰論述〉《浙江學刊》 | 第1期 頁97～100 | 1996年 |
| 李豐楙 李亦園、王秋桂編 | 〈白蛇傳說的「常與非常」結構〉《中國神話與傳說學術研討會論文集》 | 漢學研究中心 頁413～431 | 1996年3月 |
| 林景蘇 | 〈白蛇傳的階級意識與象徵〉《文藻學報》 | 第10期 頁1～10 | 1996年3月 |
| 趙豫蒙 | 〈淺談《白蛇傳》的民族特色〉《語文學刊》 | 第5期 頁45～47 | 1996年 |
| 黃建勳 | 〈爵士舞樂中國心——中國爵士舞劇《白蛇傳》首度現形〉，《表演藝術》 | 第46期 頁41 | 1996年9月 |
| 張 默 | 〈最後把我拆成一堆筆劃——大荒的詩生活探微〉，《聯合文學》 | 13卷2期（146期） 頁136 | 1996年12月 |

| 王聰建 | 〈《風月物語》卷四〈蛇性之淫〉頁87～90 與《警世通言》〈白娘子永鎮雷峰塔〉之比較〉《文大日研學報》 | | 1996年12月 |
|---|---|---|---|
| 廖玉蕙 | 〈唐人志怪小說中異類婚姻的幾點 觀察〉,《中正嶺學術研究集刊》 | 第16期 頁207～234 | 1997年2月 |
| 張　元 | 〈論我國古代四大傳說〉 《北京教育學院學報》 | 第2期 頁40～44 | 1997年 |
| 穆欣欣 | 〈從妖到人──論中國戲曲中白娘子 藝術形象的轉變〉,《戲曲藝術》 | 第3期 頁100～104 | 1997年 |
| 陳泳超 | 〈《白蛇傳》故事的形成過程〉 《藝術百家》 | 第2期 頁99～101 | 1997年 |
| 趙德利 | 〈生命永恆:文藝與民俗同構的 人生契點〉,《寧夏社會科學》 | 第6期 頁78～83 | 1997年 |
| 許素蘭 | 〈愛在失落中蔓延──李喬 《情天無恨》裡情愛的追尋、 幻滅與轉化〉,《文學台灣》 | 第21卷 頁186～201 | 1997年 |
| 陳琬菁 | 〈端午情深──白蛇傳〉 《東吳中文系刊》 | 第23期 頁27～30 | 1997年5月 |
| 鄧長風 | 〈康熙殘抄本《稱心緣》傳奇的發現 與《雷峰塔》版本、情節衍變之推考〉 《國立編譯館館刊》 | 第26卷第1期 頁73～94 | 1997年 |
| 中田妙葉 | 〈論白娘子形象及其流變〉 《遼寧大學學報》 | 第6期(總第148) 頁80～84 | 1997年 |
| 范克峻 | 〈戲曲語言是詩的語言〉 《劇本》 | 第10期 頁53 | 1997年 |

| 李祥林 | 〈「尋母」情節：男權世界中的<br>女權回憶——戲曲藝術與女性<br>文化研究札記〉《藝術百家》 | 第1期<br>頁52～57 | 1998年 |
| 林顯源 | 〈傳統戲曲中「白蛇」故事之<br>白蛇形象演變與其內容意義<br>初探〉《復興劇藝學刊》 | 第23期<br>頁59～70 | 1998年4月 |
| 張志雄 | 〈白蛇/舌傳：變態的情慾語言<br>（雛形版）〉，《中外文學》 | 第312期<br>頁31～46 | 1998年5月 |
| 李紫貴口述；<br>蔣健蘭整理 | 〈田老寫《白蛇傳》始末〉<br>《中國戲劇》 | 第7期<br>頁39～41 | 1998年 |
| 胡幗明 | 〈小說《青蛇》中小青的性格<br>分析〉《考功集》二輯 | 香港嶺南學院中文系<br>頁253～293 | 1998年9月 |
| 劉魁立 | 〈中國蛇郎故事類型研究〉<br>《民間文學論壇》 | 第1期<br>頁41～45 | 1998年 |
| 朱宗宙 | 〈清代鹽商與戲曲〉<br>《鹽業史研究》 | 第2期<br>頁44～48 | 1999年 |
| 賴芳伶 | 〈啊！塵世裡的那種幸福——小談<br>白蛇與許宣之戀〉，《聯合文學》 | 第15卷14期<br>頁48～49 | 1999年2月 |
| 鄭　芳 | 〈論文學創作出現相同現象的<br>潛意識因素〉，《社會科學家》 | 第2期；總第76期<br>頁69～73 | 1999年 |
| 劉仲宇 | 〈人妖之間的「戀情」〉<br>《民間文化》 | 第3期<br>頁36～41 | 1999年 |
| 黃大宏 | 〈仙凡之愛及其磨難〉<br>《漢中師範學院學報》 | 第3期<br>頁20～24 | 1999年 |
| 黃敬欽 | 〈白蛇故事的迷思結構〉<br>《中國學術年刊》 | 第20期<br>頁485～504 | 1999年3月 |

| 張清發 | 〈由〈白蛇傳〉的結構發展 看其主題流變〉,《雲漢學刊》 | 第6期 頁35～57 | 1999年6月 |
|---|---|---|---|
| 賴芳伶 | 〈〈白娘子永鎮雷峰塔〉析論〉 《興大中文學報》 | 第12期 頁44～58 | 1999年6 |
| 李欣倫 | 〈在古典中鍛鑄現代──世紀末 談張曉風〉,《中國時報》 | 第37版 | 1999年7月 14日 |
| 虞卓婭 | 〈《雷峰塔》傳奇與《雷峰寶卷》〉 《浙江海洋學院學報》 | 第16卷第4期 頁22～27 | 1999年12月 |
| 林麗如 | 〈不薄今人愛古人──專訪大荒〉 《文訊雜誌》 | 第171期 頁101～105 | 2000年1月 |
| 謝忠燕 | 〈人妖戀故事模式的延伸 ──論方本傳奇《雷峰塔》〉, 《重慶師院學報哲社版》 | 第1期 頁26～30 | 2000年 |
| 余世鋒 | 〈白蛇傳說及其生存境界之演 變〉《湖北師範學院學報》 | 第20卷第1期 頁30～32 | 2000年1月 |
| 農學冠 | 〈蛇郎故事的原型及鼉(龍) 崇拜〉《民俗學研究》 | 第22卷第1期 頁68～71 | 2000年1月 |
| 戴 雲 | 〈田漢與戴不凡〉 《新文化史料》 | 第2期 頁7 | 2000年 |
| 周 怡 | 〈人妖之戀的文化淵源及其心理. 分析〉,《蒲松齡研究·紀念專號》 | Z1期 頁255～265 | 2000年 |
| 蔡春華 | 〈中日兩國的蛇精傳說──從 〈白娘子永鎮雷峰塔〉與〈蛇 性之淫〉談起〉《中國比較文學》 | 第4期 頁98～105 | 2000年 |
| 穆欣欣 | 〈詩與戲曲的抒情性〉 《戲曲文學》 | 頁40 | 2000年4月 |

| 潘少瑜 | 〈雷峰塔倒，白蛇出世──白蛇形象演變試析〉，《中國文學研究》 | 第14期 頁1～22 | 2000年5月 |
|---|---|---|---|
| 萬建中 | 〈蛇郎蛇女故事中禁忌母題的文化解讀〉，《雲南大學人文社會科學學報》 | 第5期 頁106～110 | 2000年 |
| 田茂軍；林鐵 | 〈中國四大傳說中的男性形象〉《民間文化》 | 第6期 頁7～11 | 2000年 |
| 金明求 | 〈《三言》故事中佛教死亡思維探索〉《第十一屆佛學論文發表會》 | | 2000年8月 26、27日 |
| 張育甄 | 〈論「搜神記」中屠龍與英雄歷險典型──以「李寄」殺蛇為例〉《興大中文研究生論文集》 | 第5期 頁141～150 | 2000年9月 |
| 徐信義 | 〈論黃圖珌的《雷峰塔》傳奇〉《中山人文學術論叢（第三輯）》 | 復文圖書出版社 頁247～264 | 2000年10月 |
| 徐碧霞 | 〈李喬《情天無恨》之新意探討〉《台灣文藝》 | 第173期 頁11～21 | 2000年12月 |
| 龔浩祥 | 〈從蛇妖到蛇仙〉《華中師範大學》 | 第13卷第6期 頁10～13 | 2000年12月 |
| 周建渝 | 〈「色誘」：重讀〈白娘子永鎮雷峰塔〉》《二十一世紀雙月刊》 | 總第12期 頁117～124 | 2000年12月 |
| 李東軍 | 〈白蛇傳故事在中日兩國的遞變〉《蘇州絲綢工學院學報》 | 第20卷第6期 頁100～101 | 2000年12月 |
| 劉立波 | 〈一條出乎意料的《蛇》〉《解放軍藝術學院學報》 | 第1期 頁94～95 | 2001年 |
| 蘇宗仁 | 〈蛇年趣話《白蛇傳》〉《中國京劇》 | 第1期 頁66～67 | 2001年 |
| | 〈古代神話中有關「蛇」的傳說〉 | 第1期 | 2001年1月 |

|  | 《貴州檔案》 | 頁37～38 |  |
| 李維；鐘國 | 〈遊霧吐雲話靈蛇〉 | 第2期 | 2001年 |
|  | 《前進論壇》 | 頁36～37 |  |
| 冼　源 | 〈蛇年看《白蛇》〉 | 第2期 | 2001年 |
|  | 《舞蹈》 | 頁14～15 |  |
|  | 〈雷峰塔地宮開掘，發現珍貴 文物〉《聯合報》 | 第11版 | 2001年3月 11日 |
|  | 《聯合報》 （雷峰塔地宮開掘相關報導） | 第13版 | 2001年3月 12日 |
| 陳岸峰 | 〈李碧華《青蛇》中的文本互涉〉 《二十一世紀雙月刊》 | 總第65期 頁75～81 | 2001年6月 |
| 鄭清文 | 〈多情與嚴法——試探李喬《白蛇 新傳》的文學與宗教〉，《自由時報》 | 第39版 | 2001年6月 14、15、16日 |
| 孟繁仁 | 〈《白蛇傳》故事源流考〉 《歷史月刊》 | 第173期 頁97～103 | 2002年6月 |
| 劉美華 | 〈《白蛇傳》故事演變及其象 徵意義〉《亞東學報》 | 第22期 頁23-1～23-9 | 2002年6月 |
|  | 《中國時報》 （雷峰塔重建相關報導） | 第12版 | 2002年11月 11日 |
|  | 《聯合報》（白蛇鬥法海） | 文化版B6 | 2003年4月 19日 |

國家圖書館出版品預行編目資料

「白蛇傳故事」型變研究 ／ 范金蘭著, --初版

--臺北市：萬卷樓, 民 92

面；　　公分

參考書目：面

ISBN 957－739－451－5 (平裝)

1.中國民間文學－研究與考訂

858　　　　　　　　　　　92012720

## 「白蛇傳故事」型變研究

著　　　者：范金蘭
發　行　人：楊愛民
出　版　者：萬卷樓圖書股份有限公司
　　　　　　臺北市羅斯福路二段 41 號 6 樓之 3
　　　　　　電話(02)23216565‧23952992
　　　　　　傳真(02)23944113
　　　　　　劃撥帳號 15624015
出版登記證：新聞局局版臺業字第 5655 號
網　　　址：http://www.wanjuan.com.tw
E-mail　　：wanjuan@tpts5.seed.net.tw
經銷代理：紅螞蟻圖書有限公司
　　　　　　臺北市內湖區舊宗路二段 121 巷 28 號 4F
　　　　　　電話(02)27953656(代表號)　傳真(02)27954100
E-mail　　：red0511@ms51.hinet.net
承印廠商：晟齊實業有限公司
定　　　價：400 元
出版日期：2003 年 8 月初版

ISBN 957－739－451－5